考試分數大躍進
累積實力
百萬考生見證
應考秘訣

據日本國際交流基金考試相關概要

絕對合格特效藥

影子跟讀 標重音

日檢精熟單字

線上音檔 QR Code

用口耳打開單字量！

山田社日檢題庫小組・吉松由美・林勝田 ◎合著

前言

忘掉老派單字書，這是您的日語超能力啟動鍵！
開口就讓人驚艷，聽力、閱讀兩不誤！
銳利聽力，閱讀快如閃電！
音訓讀＋實用慣用語，無論考試或日常，一本搞定！
翻頁吧，讓您的日語變得不只是語言，而是一場精彩表演！

還在苦背單字？讓我們來點新招：

死記硬背是古早風，照著影子學發音！

千篇一律的例句？讓生字有故事，記憶不再風乾！

不怕日本腔？單字標記重音助您自信，說出東京味道！

哪怕是最鉅細靡遺的變化，例句都猜得準！每個出題重點，都是你日語進步的加速器！

閱讀、聽力，絕不狼狽！

不信？別急著否定！學習的旅途，我們一路相伴，
解鎖您的語言奧秘，成就說日語的大贏家！

本書量身訂製，讓您輕鬆掌握單字秘密武器：

1. 字霸學習法：主題圖像場景 ×50 音順攻略！當這些圖像不只閃過腦海，更是深刻到讓你夢裡都能回想，學得瞬間，記得永恆！
2. 超萌主題插畫來尋寶，加上單字比一比，這組合直接打破記憶界限！學習不再乏味，記憶力直接飛升，告別遺忘！
3. 單字重音標記，Shadowing 影子跟讀法，讓口說聽力雙修！
4. 例句學習單字，閱讀理解中印象加倍，生字不偷懶！
5. N4 文法搭配例句，黃金交叉訓練，時事、職場、生活輕鬆應對！
6. 文法知識解析抽象難點，宛如貼身自學導師，單字成就躍升！
7. 例句主要單字上色，詞語變化熟練度再進化，活用百變神器！
8. 最新單字出題重點解析，解密新制日檢考試趨勢，攻略熱門題型！
9. 書末 3 回模擬試題，實戰演練，學習成果證明大作戰！

自學、教學通用，這本史上最強、最完整的單字書，助您在考場大放異彩！快來解開單字的奧秘，日文漂亮說不停！

突破單字學習的新境界：

1. **趣味百分百**——黃金 3 部曲掌握生活單字，把學習變潮，讓日檢不再是學科，而是生活趣味：

◎**超燃情境分類**——跟風趨勢！將單字潮流化：烹調、交通、電腦，你想要的，我們都齊全！不管是主題分類助你增強記憶，還是 50 音順全效攻略，我們全都給你！日常生活裡用得上，潮人就是要這樣炫習單字！

◎**趣味尋寶**——跳進超萌插畫的世界，不只學習，還能玩得開心！每一頁都是尋寶之旅，發掘隱藏在圖像中的單字祕寶，讓學習日語變得生動又有趣！透過插畫讓你聯想、連結，直接運用到生活中。研究證明：自己做過的，記憶效果最佳！快來挑戰記憶極限，玩得開心，學得更深入！

◎**單字雙胞胎快打專欄**——準備迎接 N4 單字的雙胞胎快打大賽！那些讓您頭痛的相似單字，就像長得一模一樣的兄弟姐妹，都戴著獨特面具來參賽，內頁小專欄將在歡笑中被一一擊破！放鬆腦袋的同時，還能幫助您加運補氣，成為日語達人就指日可待！遊戲般的挖寶！

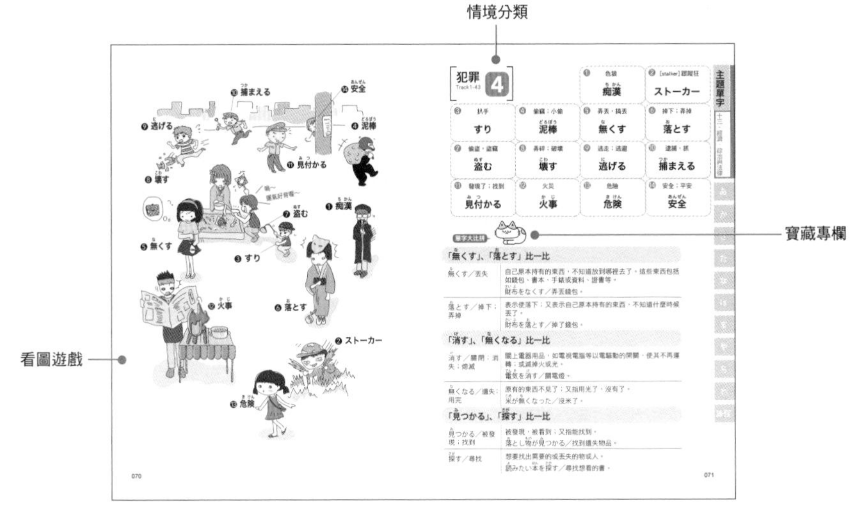

preface

2. 聽讀大提升—— Shadowing 影子跟讀法：

單字的聽力與口說應用，是許多學習者的難題。為了突破學習瓶頸，本書特別設計了「Shadowing 影子跟讀法」，讓您的聽力和口音達到專業水準。

影子跟讀法就是在聽到一句日語約一秒後，像影子一般完全模仿日本人的說話方式，也就是「模仿！模仿！再模仿！」。這種方法帶來 3 大優勢：

◆優勢 1 、精準發音、完美口音：

影子跟讀法透過百分百的模仿，讓您學習日本人的發音、語調、速度及口氣…等，讓自己的嘴部肌肉更精準地模仿，口音不知不覺就超有日本人的味道，就像在家族聚會上，狀似外國人，唸出一口地地道道的日語，讓親戚們瞠目結舌，您的日語之路由此開啟！

◆優勢 2 、日檢聽力大突破：

「能看懂書面日語，聽力卻力不從心。」要完美模仿，就需聆聽地道日語口音，並精準聽辨每個字詞，包括助詞、文法、口語縮約形…等，透過努力理解單詞和文法，培養完全理解句意的日語思維，您的聽力自然大幅提升。讓您在日本街頭，聽到一大串流利的日語對話，猶如置身於無國界的日語世界！

◆優勢 3 、口說能力飛速進步：

影子跟讀法結合聽覺與內容理解，大幅增強您的日語反應能力，透過反覆聽聞和模仿，您將自然地掌握日語，輕易表達文法結構，驚人的日語口說將令人讚嘆。就像在朋友聚會上，用一口流利的日語唸出歌詞，讓大家瞠目結舌，開啟了您的日語口說之路！

影子跟讀法的「先理解 × 再內化 × 後跟讀的完美 5 步」如下：

- **步驟 1** ：先聽一遍。讓音檔內容浸潤您的耳朵。
- **步驟 2** ：搞懂句子。深入理解句子中的單字、文法等意思。
- **步驟 3** ：朗讀句子。看著句子，大聲發聲，讓您的口語流暢無比。

・**步驟 4**：邊聽邊練習。摸索東京腔，模仿音檔的標準發音，專注於發音、語調及節奏。

・**步驟 5** ：開始跟讀。約一秒後如影隨形，跟著音檔保持同樣的速度，模仿完美發音和腔調。方式有二：

a. 看日文，約一秒後跟著音檔唸。

b. 不看日文，約一秒後跟著音檔唸。

例子來了：

老師唸：**夏までに、3キロダイエットします。**

我跟讀：（1 秒後）**夏までに、3キロダイエットします。**

這樣輕鬆模仿日本人的説話速度及語調，效果絕對超乎想像。

3. 提升口說流利度—重音標記單字：

本書特別標示每個單字的重音，讓您掌握日語詞彙的音節重點，輕鬆避免發音錯誤，提升口説流利度。透過這清晰的重音標記，您能更準確地模仿日本人的發音，輕鬆展現語言表達的高手本色。

每個單字按照 50 音順排序，方便查找並矯正台灣腔，釐清模糊發音！讓您短時間提升聽力、單字量，輕鬆通過日檢，讓您的日語不只流利，更標準又漂亮！就像聽到日本朋友稱讚您的發音時，心裡得意洋洋，彷彿成了自信滿滿的語言達人！

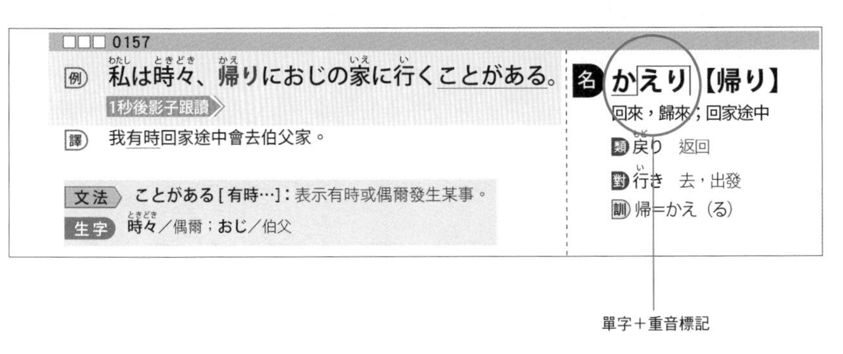

4. 印象加倍——從例句的閱讀理解中習得生字：

單字背過就忘？喝一杯茶、看一段例句，解決您的難題！我們採用從聆聽、閱讀例句的理解中學習新生字的方法，讓您像身在日本般，透過實際會話場景，讓這些生字在您腦海中烙下深刻的痕跡。

例句包含校園、生活、旅遊等 N4 情境，搭配 N4 文法，讓您單字 ・ 文法交叉訓練，得到黃金的相乘學習效果！不再受落落長的文句束縛，隨時利用零碎時間，日文全方位提升，讓您的學習印象加倍！

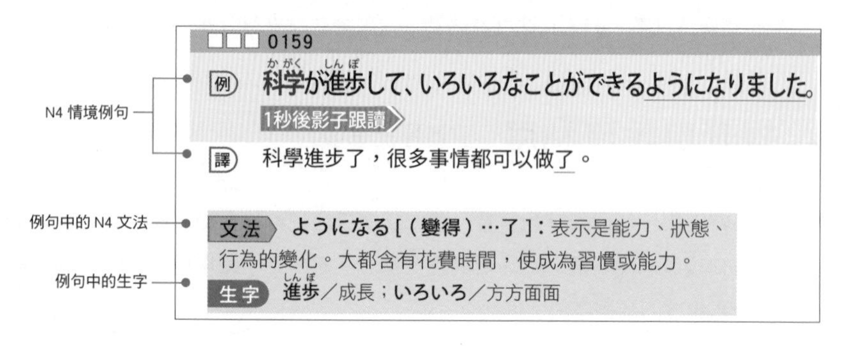

5. 專業悄悄傳授——

◆單字、文法小知識，貼身密授抽象難點解密：

這本書不是傳統的單字書，它可不只是單純的排列一堆單字而已！透過例句，我們偷偷塞了一些神奇小知識，解密那些看似抽象的難點。像是私人專屬密授，讓您在自學過程中也能歪打正著，輕鬆搞懂那些曾經令您困擾的語言之謎。不再讓學習一知半解，同時拓展您的知識視野。

順便告訴您，這可是學霸們都在秘密操練的高招哦！要是搭配《高效自學塾　新制對應　絕對合格　日檢必背文法 N4》，您就能搶先做好 120 分的準備，考試自然如魚得水！

◆例句主要單字上色亮點瞄準，單字變身網紅，詞語活用變化熟練度再提升：

單字在例句中經常變著花樣現身，為了讓您更專注地感受這些變化，本書特地搞了個小把戲！我們用了不一樣的顏色把句中的單字打扮得炫酷有趣，就像網紅一樣吸睛。

這樣的設計讓您一眼看穿詞性、變化形態以及文法接續等用法，學習更確實又有趣，吸收力 100%。這招讓單字在例句中變身網紅，讓您的語言技能也能在日本掀起一陣潮流，輕鬆達到日檢考試所需的高水準。猜猜我們是不是在暗示，學會這些技巧，您的日語成績也能風靡全球呢？

◆單字出題重點搶先攻略：

新制日檢絕非只是簡單的單字背誦，而是需要您深入了解出題玩法！在這本書中，我們完整解析「常考詞彙搭配」、「常考易混淆單字」、「常考同義詞」以及「文法」等內容，通通按部就班地擺進您的學習攻略。還有「音訓讀」、「慣用語」補充小專欄一網打盡！

看，這就是我們的專業一面，讓您的準備領先一步！不管考試怎麼出，您都能豁然開朗，信心爆表應對考試，一切盡在掌握中！而且，您應該知道，掌握這些小技巧，就像拿到了日語的進階魔法石，輕鬆征服日檢，成為日語世界的超級英雄！一起來挑戰吧！

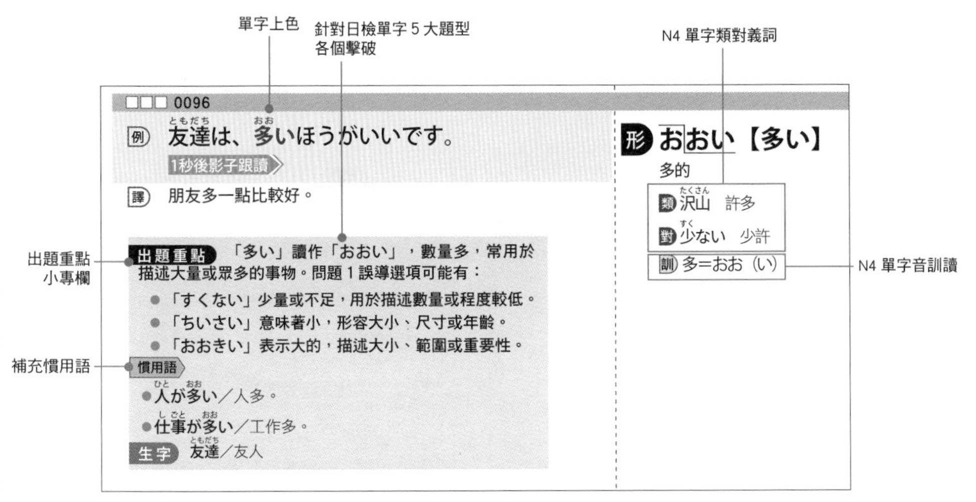

preface

補充小專欄

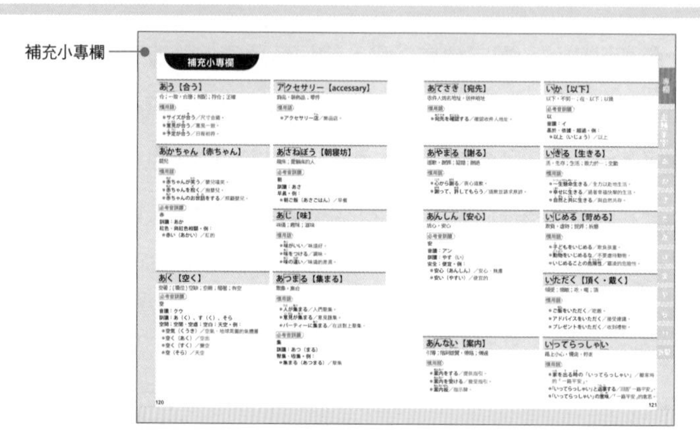

6. 命中測驗——激爽全真模擬，實戰新制考驗，大秀學習成果：

本書最後可是有文字、語彙部份的 3 回模擬考題喔！我們可不是開玩笑，這些考題都是按照最新題型精心打造，告訴您最準確的解題訣竅！經過這番演練，不僅能立即看見您的學習成果，更能掌握考試方向，讓您的臨場反應躍升到新的境界！就像是上過合格保證班一樣，您將成為新制日檢測驗的王者！

還不夠？那您還可以來挑戰綜合模擬試題，我們還特別推薦給您符合日檢規格的《絕對合格攻略！新日檢 6 回全真模擬 N4 寶藏題庫＋通關解題【讀解、聽力、言語知識〈文字、語彙、文法〉】》這本，練習後您將勝券在握，考試成績拿下掛保證！

應試訣竅

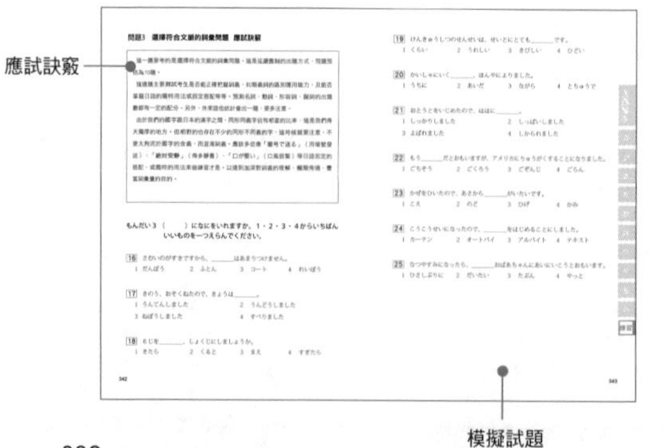

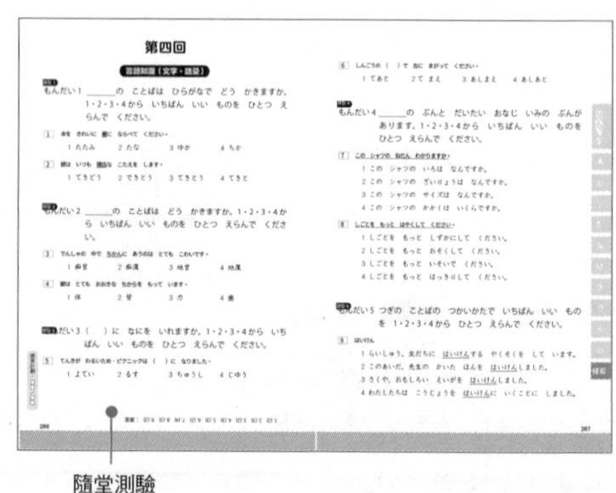

模擬試題

隨堂測驗

7. 進度規劃──確實掌握進步，一目了然看得到：

我們這裡可是用心設計了每個單字旁的編號及小方格，給您最方便的進度掌控！您會發現，每個對頁都有貼心的讀書計畫小方格，就像是您的個人專屬讀書計畫表！

您只需填上日期，輕鬆建立屬於自己的進度規劃，讓學習目標清晰可見，進步之路一目了然！讓我們嗨起來，一起努力，成為日語世界的閃亮之星吧！

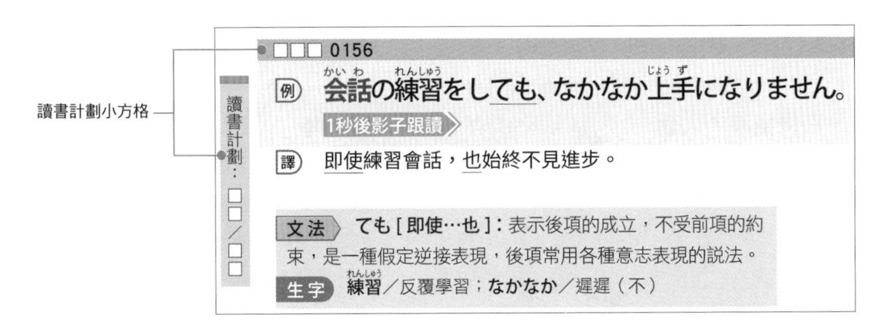

本書可是根據日本國際交流基金（JAPANFOUNDATION）的發表，堅持精心分析自 2010 年起最新的日檢考試內容，堪稱是內容最紮實、最強大的 N4 單字書！我們更是不惜耗時增加了過去未收錄的 N4 程度常用單字，這種細緻入微的調整讓單字的程度更貼合考試，讓您更有底氣面對考試挑戰。嗯，我們就是這麼細心，為的就是讓您的日語能力爆表！

而且，我們的理念是要讓您不僅能在喝咖啡的時間內享受學習的樂趣，還能在不知不覺中「倍增單字量」，迎刃而解「通過新日檢」！不只是單調背單字，我們特別搭配豐富的文法解析與實用例句，讓您快速理解、學習，毫不費力地攻略考試！

更棒的是，我們貼心地附贈手機隨掃即聽的 QRCode 行動學習音檔，這樣您隨時隨地都能輕鬆聽到 QRCode，無時無刻增進日語單字能力。說到這，我們就像是您的日語大吉祥物，時刻陪伴您在學習之路上！走到哪，學到哪！怎麼考，怎麼過！我們就是想要帶給您最佳利器，讓您高分合格毫無煩惱！別猶豫，一起揮灑日語魔法，燃爆日檢舞台！

目錄

contents

contents

あ行單字

か行單字

さ行單字

た行單字

な行單字

は行單字

ま行單字

や行單字

ら行單字

わ行單字

詞性說明

詞性	定義	例（日文／中譯）
名詞	表示人事物、地點等名稱的詞。有活用。	門（もん）／大門
形容詞	詞尾是い。說明客觀事物的性質、狀態或主觀感情、感覺的詞。有活用。	細（ほそ）い／細小的
形容動詞	詞尾是だ。具有形容詞和動詞的雙重性質。有活用。	静（しず）かだ／安靜的
動詞	表示人或事物的存在、動作、行為和作用的詞。	言（い）う／說
自動詞	表示的動作不直接涉及其他事物。只說明主語本身的動作、作用或狀態。	花（はな）が咲（さ）く／花開。
他動詞	表示的動作直接涉及其他事物。從動作的主體出發。	母（はは）が窓（まど）を開（あ）ける／母親打開窗戶。
五段活用	詞尾在ウ段或詞尾由「ア段＋る」組成的動詞。活用詞尾在「ア、イ、ウ、エ、オ」這五段上變化。	持（も）つ／拿
上一段活用	「イ段＋る」或詞尾由「イ段＋る」組成的動詞。活用詞尾在イ段上變化。	見（み）る／看 起（お）きる／起床
下一段活用	「エ段＋る」或詞尾由「エ段＋る」組成的動詞。活用詞尾在エ段上變化。	寝（ね）る／睡覺 見（み）せる／讓…看
變格活用	動詞的不規則變化。一般指カ行「来る」、サ行「する」兩種。	来（く）る／到來 する／做
カ行變格活用	只有「来る」。活用時只在カ行上變化。	来（く）る／到來
サ行變格活用	只有「する」。活用時只在サ行上變化。	する／做
連體詞	限定或修飾體言的詞。沒活用，無法當主詞。	どの／哪個
副詞	修飾用言的狀態和程度的詞。沒活用，無法當主詞。	余（あま）り／不太…

詞性說明

副助詞	接在體言或部分副詞、用言等之後，增添各種意義的助詞。	～も ／也…
終助詞	接在句尾，表示說話者的感嘆、疑問、希望、主張等語氣。	か ／嗎
接續助詞	連接兩項陳述內容，表示前後兩項存在某種句法關係的詞。	ながら ／邊…邊…
接續詞	在段落、句子或詞彙之間，起承先啟後的作用。沒活用，無法當主詞。	しかし ／然而
接頭詞	詞的構成要素，不能單獨使用，只能接在其他詞的前面。	御(お)～ ／貴（表尊敬及美化）
接尾詞	詞的構成要素，不能單獨使用，只能接在其他詞的後面。	～枚(まい) ／…張（平面物品數量）
造語成份（新創詞語）	構成復合詞的詞彙。	一昨年(いっさくねん) ／前年
漢語造語成份（和製漢語）	日本自創的詞彙，或跟中文意義有別的漢語詞彙。	風呂(ふろ) ／澡盆
連語	由兩個以上的詞彙連在一起所構成，意思可以直接從字面上看出來。	赤(あか)い傘(かさ) ／紅色雨傘 足(あし)を洗(あら)う ／洗腳
慣用語	由兩個以上的詞彙因習慣用法而構成，意思無法直接從字面上看出來。常用來比喻。	足(あし)を洗(あら)う ／脫離黑社會
感嘆詞	用於表達各種感情的詞。沒活用，無法當主詞。	ああ ／啊（表驚訝等）
寒暄語	一般生活上常用的應對短句、問候語。	お願(なが)いします ／麻煩…

其他略語

呈現	詞性	呈現	詞性
對	對義詞	近	文法部分的相近文法補充
類	類義詞	補	補充說明

<table>
<tr><td rowspan="2">詞性</td><td colspan="5">活用變化舉例</td></tr>
<tr><td>語幹</td><td colspan="2">語尾</td><td colspan="2">變化</td></tr>
<tr><td rowspan="7">形容詞</td><td rowspan="7">やさし
（容易）</td><td rowspan="2">い</td><td></td><td rowspan="2">現在
肯定</td><td>やさし + い
語幹 形容詞詞尾</td></tr>
<tr><td>です</td><td>やさしい + です
基本形 敬體</td></tr>
<tr><td rowspan="2">く</td><td>ない（です）</td><td rowspan="2">現在
否定</td><td rowspan="2">やさしく —+ない（です）
（い→く） 否定 敬體
—+ありません
否定</td></tr>
<tr><td>ありません</td></tr>
<tr><td>かっ</td><td>た（です）</td><td>過去
肯定</td><td>やさしかっ +た（です）
（い→かっ） 過去 敬體</td></tr>
<tr><td>く</td><td>ありません
でした</td><td>過去
否定</td><td>やさしくありません+でした
否定 過去</td></tr>
<tr><td rowspan="5">形容動詞</td><td rowspan="5">きれい
（美麗）</td><td>だ</td><td></td><td rowspan="2">現在
肯定</td><td>きれい + だ
語幹 形容動詞詞尾</td></tr>
<tr><td>で</td><td>す</td><td>きれい + です
基本形 「だ」的敬體</td></tr>
<tr><td>で</td><td>はあり
ません</td><td>現在
否定</td><td>きれいで +は+ありません
（だ→で） 否定</td></tr>
<tr><td>で</td><td>した</td><td>過去
肯定</td><td>きれい でし た
（だ→でし） 過去</td></tr>
<tr><td>で</td><td>はありませ
んでした</td><td>過去
否定</td><td>きれいではありません+でした
否定 過去</td></tr>
</table>

詞性說明

動詞	か（書寫）	く		基本形	か + く 語幹
		き	ます	現在肯定	か　き　+ます （く→き）
		き	ません	現在否定	か　き　+ません （く→き）　否定
		き	ました	過去肯定	か　き　+ました （く→き）　過去
		き	ませんでした	過去否定	かきません+でした 否定　過去

動詞基本形		
相對於「動詞ます形」，動詞基本形説法比較隨便，一般用在關係跟自己比較親近的人之間。因為辭典上的單字用的都是基本形，所以又叫辭書形。基本形怎麼來的呢？請看下面的表格。		
五段動詞	拿掉動詞「ます形」的「ます」之後，最後將「イ段」音節轉為「ウ段」音節。	かきます→かき→かく ka-ki-ma-su → ka-ki → ka-ku
一段動詞	拿掉動詞「ます形」的「ます」之後，直接加上「る」。	たべます→たべ→たべる ta-be-ma-su → ta-be → ta-be-ru
不規則動詞		します→する shi-ma-su → su-ru きます→くる ki-ma-su → ku-ru

<table>
<tr><th colspan="3">自動詞與他動詞比較與舉例</th></tr>
<tr><td>自動詞</td><td>動詞沒有目的語
形式：「…が…ます」
沒有人為的意圖而發生的動作</td><td>火　が　消えました。（火熄了）
主語　助詞　沒有人為意圖的動作
↑
由於「熄了」，不是人為的，是風吹的自然因素，所以用自動詞「消えました」（熄了）。</td></tr>
<tr><td>他動詞</td><td>有動作的涉及對象
形式：「…を…ます」
抱著某個目的有意圖地作某一動作</td><td>私は　火　を　消しました。（我把火弄熄了）
主語　目的語　有意圖地做某動作
↑
火是因為人為的動作而被熄了，所以用他動詞「消しました」（弄熄了）。</td></tr>
</table>

MEMO

N4 新制對應

一、什麼是新日本語能力試驗呢

1. 新制「日語能力測驗」

2. 認證基準

3. 測驗科目

4. 測驗成績

二、新日本語能力試驗的考試內容

N4　題型分析

＊以上內容摘譯自「國際交流基金日本國際教育支援協會」的「新しい『日本語能力試験』ガイドブック」。

一、什麼是新日本語能力試驗呢

1. 新制「日語能力測驗」

從2010年起實施的新制「日語能力測驗」（以下簡稱為新制測驗）。

1－1 實施對象與目的

新制測驗與舊制測驗相同，原則上，實施對象為非以日語作為母語者。其目的在於，為廣泛階層的學習與使用日語者舉行測驗，以及認證其日語能力。

1－2 改制的重點

改制的重點有以下４項：

1 測驗解決各種問題所需的語言溝通能力

新制測驗重視的是結合日語的相關知識，以及實際活用的日語能力。因此，擬針對以下兩項舉行測驗：一是文字、語彙、文法這３項語言知識；二是活用這些語言知識解決各種溝通問題的能力。

2 由４個級數增為５個級數

新制測驗由舊制測驗的４個級數（１級、２級、３級、４級），增加為５個級數（N1、N2、N3、N4、N5）。新制測驗與舊制測驗的級數對照，如下所示。最大的不同是在舊制測驗的２級與３級之間，新增了N3級數。

N1	難易度比舊制測驗的1級稍難。合格基準與舊制測驗幾乎相同。
N2	難易度與舊制測驗的２級幾乎相同。
N3	難易度介於舊制測驗的２級與３級之間。（新增）
N4	難易度與舊制測驗的３級幾乎相同。
N5	難易度與舊制測驗的４級幾乎相同。

＊「N」代表「Nihongo（日語）」以及「New（新的）」。

3 施行「得分等化」

由於在不同時期實施的測驗，其試題均不相同，無論如何慎重出題，每次測驗的難易度總會有或多或少的差異。因此在新制測驗中，導入「等化」的計分方式後，便能將不同時期的測驗分數，於共同量尺上相互比較。因此，無論是在什麼時候接受測驗，只要是相同級數的測驗，其得分均可予以比較。目前全球幾種主要的語言測驗，均廣泛採用這種「得分等化」的計分方式。

4 提供「日本語能力試驗Can-do 自我評量表」（簡稱JLPT Can-do）

為了瞭解通過各級數測驗者的實際日語能力，新制測驗經過調查後，提供「日本語能力試驗Can-do 自我評量表」。該表列載通過測驗認證者的實際日語能力範例。希望通過測驗認證者本人以及其他人，皆可藉由該表格，更加具體明瞭測驗成績代表的意義。

1－3 所謂「解決各種問題所需的語言溝通能力」

我們在生活中會面對各式各樣的「問題」。例如，「看著地圖前往目的地」或是「讀著說明書使用電器用品」等等。種種問題有時需要語言的協助，有時候不需要。

為了順利完成需要語言協助的問題，我們必須具備「語言知識」，例如文字、發音、語彙的相關知識、組合語詞成為文章段落的文法知識、判斷串連文句的順序以便清楚說明的知識等等。此外，亦必須能配合當前的問題，擁有實際運用自己所具備的語言知識的能力。

舉個例子，我們來想一想關於「聽了氣象預報以後，得知東京明天的天氣」這個課題。想要「知道東京明天的天氣」，必須具備以下的知識：「晴れ（晴天）、くもり（陰天）、雨（雨天）」等代表天氣的語彙；「東京は明日は晴れでしょう（東京明日應是晴天）」的文句結構；還有，也要知道氣象預報的播報順序等。除此以外，尚須能從播報的各地氣象中，分辨出哪一則是東京的天氣。

如上所述的「運用包含文字、語彙、文法的語言知識做語言溝通，進而具備解決各種問題所需的語言溝通能力」，在新制測驗中稱為「解決各種問題所需的語言溝通能力」。

新制測驗將「解決各種問題所需的語言溝通能力」分成以下「語言知識」、「讀解」、「聽解」等3個項目做測驗。

語言知識	各種問題所需之日語的文字、語彙、文法的相關知識。
讀　解	運用語言知識以理解文字內容，具備解決各種問題所需的能力。
聽　解	運用語言知識以理解口語內容，具備解決各種問題所需的能力。

作答方式與舊制測驗相同，將多重選項的答案劃記於答案卡上。此外，並沒有直接測驗口語或書寫能力的科目。

2. 認證基準

新制測驗共分為N1、N2、N3、N4、N5，5個級數。最容易的級數為N5，最困難的級數為N1。

與舊制測驗最大的不同，在於由4個級數增加為5個級數。以往有許多通過3級認證者常抱怨「遲遲無法取得2級認證」。為因應這種情況，於舊制測驗的2級與3級之間，新增了N3級數。

新制測驗級數的認證基準，如表1的「讀」與「聽」的語言動作所示。該表雖未明載，但應試者也必須具備為表現各語言動作所需的語言知識。

N4與N5主要是測驗應試者在教室習得的基礎日語的理解程度；N1與N2是測驗應試者於現實生活的廣泛情境下，對日語理解程度；至於新增的N3，則是介於N1與N2，以及N4與N5之間的「過渡」級數。關於各級數的「讀」與「聽」的具體題材（內容），請參照表1。

■表 1 新「日語能力測驗」認證基準

	級數	認證基準 各級數的認證基準，如以下【讀】與【聽】的語言動作所示。各級數亦必須具備為表現各語言動作所需的語言知識。
↑ 困難＊	N1	能理解在廣泛情境下所使用的日語 【讀】・可閱讀話題廣泛的報紙社論與評論等論述性較複雜及較抽象的文章，且能理解其文章結構與內容。 ・可閱讀各種話題內容較具深度的讀物，且能理解其脈絡及詳細的表達意涵。 【聽】・在廣泛情境下，可聽懂常速且連貫的對話、新聞報導及講課，且能充分理解話題走向、內容、人物關係、以及說話內容的論述結構等，並確實掌握其大意。
	N2	除日常生活所使用的日語之外，也能大致理解較廣泛情境下的日語 【讀】・可看懂報紙與雜誌所刊載的各類報導、解說、簡易評論等主旨明確的文章。 ・可閱讀一般話題的讀物，並能理解其脈絡及表達意涵。 【聽】・除日常生活情境外，在大部分的情境下，可聽懂接近常速且連貫的對話與新聞報導，亦能理解其話題走向、內容、以及人物關係，並可掌握其大意。
	N3	能大致理解日常生活所使用的日語 【讀】・可看懂與日常生活相關的具體內容的文章。 ・可由報紙標題等，掌握概要的資訊。 ・於日常生活情境下接觸難度稍高的文章，經換個方式敘述，即可理解其大意。 【聽】・在日常生活情境下，面對稍微接近常速且連貫的對話，經彙整談話的具體內容與人物關係等資訊後，即可大致理解。
＊容易 ↓	N4	能理解基礎日語 【讀】・可看懂以基本語彙及漢字描述的貼近日常生活相關話題的文章。 【聽】・可大致聽懂速度較慢的日常會話。
	N5	能大致理解基礎日語 【讀】・可看懂以平假名、片假名或一般日常生活使用的基本漢字所書寫的固定詞句、短文、以及文章。 【聽】・在課堂上或周遭等日常生活中常接觸的情境下，如為速度較慢的簡短對話，可從中聽取必要資訊。

＊N1最難，N5最簡單。

3. 測驗科目

新制測驗的測驗科目與測驗時間如表２所示。

■表２　測驗科目與測驗時間＊①

<table>
<tr><th>級數</th><th colspan="3">測驗科目
（測驗時間）</th><th></th></tr>
<tr><td>N1</td><td colspan="2">語言知識（文字、語彙、文法）、讀解
（110分）</td><td>聽解
（55分）</td><td rowspan="2">→ 測驗科目為「語言知識（文字、語彙、文法）、讀解」；以及「聽解」共２科目。</td></tr>
<tr><td>N2</td><td colspan="2">語言知識（文字、語彙、文法）、讀解
（105分）</td><td>聽解
（50分）</td></tr>
<tr><td>N3</td><td>語言知識（文字、語彙）
（30分）</td><td>語言知識（文法）、讀解
（70分）</td><td>聽解
（40分）</td><td rowspan="3">→ 測驗科目為「語言知識（文字、語彙）」；「語言知識（文法）、讀解」；以及「聽解」共３科目。</td></tr>
<tr><td>N4</td><td>語言知識（文字、語彙）
（25分）</td><td>語言知識（文法）、讀解
（55分）</td><td>聽解
（35分）</td></tr>
<tr><td>N5</td><td>語言知識（文字、語彙）
（20分）</td><td>語言知識（文法）、讀解
（40分）</td><td>聽解
（30分）</td></tr>
</table>

N1與N2的測驗科目為「語言知識（文字、語彙、文法）、讀解」以及「聽解」共２科目；N3、N4、N5的測驗科目為「語言知識（文字、語彙）」、「語言知識（文法）、讀解」、「聽解」共３科目。

由於N3、N4、N5的試題中，包含較少的漢字、語彙、以及文法項目，因此當與N1、N2測驗相同的「語言知識（文字、語彙、文法）、讀解」科目時，有時會使某幾道試題成為其他題目的提示。為避免這個情況，因此將「語言知識（文字、語彙、文法）、讀解」，分成「語言知識（文字、語彙）」和「語言知識（文法）、讀解」施測。

＊①：聽解因測驗試題的錄音長度不同，致使測驗時間會有些許差異。

4. 測驗成績

4－1　量尺得分

舊制測驗的得分，答對的題數以「原始得分」呈現；相對的，新制測驗的得分以「量尺得分」呈現。

「量尺得分」是經過「等化」轉換後所得的分數。以下，本手冊將新制測驗的「量尺得分」，簡稱為「得分」。

4－2　測驗成績的呈現

新制測驗的測驗成績，如表3的計分科目所示。N1、N2、N3的計分科目分為「語言知識（文字、語彙、文法）」、「讀解」、以及「聽解」3項；N4、N5的計分科目分為「語言知識（文字、語彙、文法）、讀解」以及「聽解」2項。

會將N4、N5的「語言知識（文字、語彙、文法）」和「讀解」合併成一項，是因為在學習日語的基礎階段，「語言知識」與「讀解」方面的重疊性高，所以將「語言知識」與「讀解」合併計分，比較符合學習者於該階段的日語能力特徵。

■表3　各級數的計分科目及得分範圍

級數	計分科目	得分範圍
N1	語言知識（文字、語彙、文法）	0～60
	讀解	0～60
	聽解	0～60
	總分	0～180
N2	語言知識（文字、語彙、文法）	0～60
	讀解	0～60
	聽解	0～60
	總分	0～180
N3	語言知識（文字、語彙、文法）	0～60
	讀解	0～60
	聽解	0～60
	總分	0～180

N4	語言知識（文字、語彙、文法）、讀解 聽解	0～120 0～60
	總分	0～180
N5	語言知識（文字、語彙、文法）、讀解 聽解	0～120 0～60
	總分	0～180

各級數的得分範圍，如表３所示。N1、N2、N3的「語言知識（文字、語彙、文法）」、「讀解」、「聽解」的得分範圍各為0～60分，３項合計的總分範圍是0～180分。「語言知識（文字、語彙、文法）」、「讀解」、「聽解」各占總分的比例是１：１：１。

N4、N5的「語言知識（文字、語彙、文法）、讀解」的得分範圍為0～120分，「聽解」的得分範圍為0～60分，２項合計的總分範圍是0～180分。「語言知識（文字、語彙、文法）、讀解」與「聽解」各占總分的比例是２：１。還有，「語言知識（文字、語彙、文法）、讀解」的得分，不能拆解成「語言知識（文字、語彙、文法）」與「讀解」２項。

除此之外，在所有的級數中，「聽解」均占總分的３分之１，較舊制測驗的４分之１為高。

4－3　合格基準

舊制測驗是以總分作為合格基準；相對的，新制測驗是以總分與分項成績的門檻２者作為合格基準。所謂的門檻，是指各分項成績至少必須高於該分數。假如有一科分項成績未達門檻，無論總分有多高，都不合格。

新制測驗設定各分項成績門檻的目的，在於綜合評定學習者的日語能力，須符合以下２項條件才能判定為合格：①總分達合格分數（＝通過標準）以上；②各分項成績達各分項合格分數（＝通過門檻）以上。如有一科分項成績未達門檻，無論總分多高，也會判定為不合格。

N1~N3及N4、N5之分項成績有所不同，各級總分通過標準及各分項成績通過門檻如下所示：

級數	總分		分項成績					
			言語知識（文字・語彙・文法）		讀解		聽解	
	得分範圍	通過標準	得分範圍	通過門檻	得分範圍	通過門檻	得分範圍	通過門檻
N1	0～180分	100分	0～60分	19分	0～60分	19分	0～60分	19分
N2	0～180分	90分	0～60分	19分	0～60分	19分	0～60分	19分
N3	0～180分	95分	0～60分	19分	0～60分	19分	0～60分	19分

級數	總分		分項成績					
			言語知識（文字・語彙・文法）		讀解		聽解	
	得分範圍	通過標準	得分範圍	通過門檻	得分範圍	通過門檻	得分範圍	通過門檻
N4	0～180分	90分	0～120分	38分	0～60分	19分	0～60分	19分
N5	0～180分	80分	0～120分	38分	0～60分	19分	0～60分	19分

※上列通過標準自2010年第1回(7月)【N4、N5為2010年第2回(12月)】起適用。

缺考其中任一測驗科目者，即判定為不合格。寄發「合否結果通知書」時，含已應考之測驗科目在內，成績均不計分亦不告知。

4－4　測驗結果通知

依級數判定是否合格後，寄發「合否結果通知書」予應試者；合格者同時寄發「日本語能力認定書」。

■ N1, N2, N3

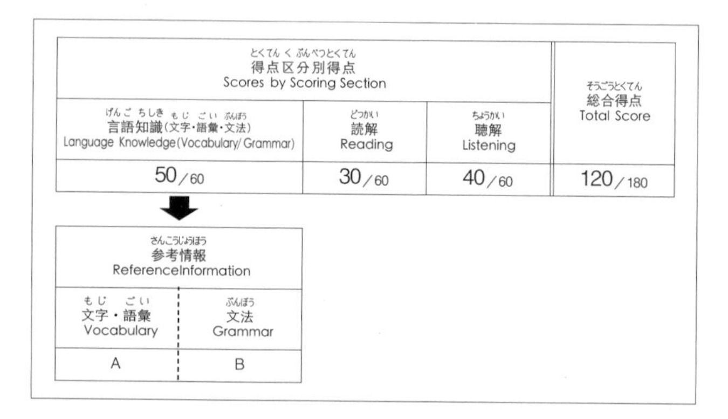

得点区分別得点 Scores by Scoring Section			総合得点 Total Score
言語知識（文字・語彙・文法） Language Knowledge(Vocabulary/Grammar)	読解 Reading	聴解 Listening	
50／60	30／60	40／60	120／180

参考情報 ReferenceInformation	
文字・語彙 Vocabulary	文法 Grammar
A	B

■ N4, N5

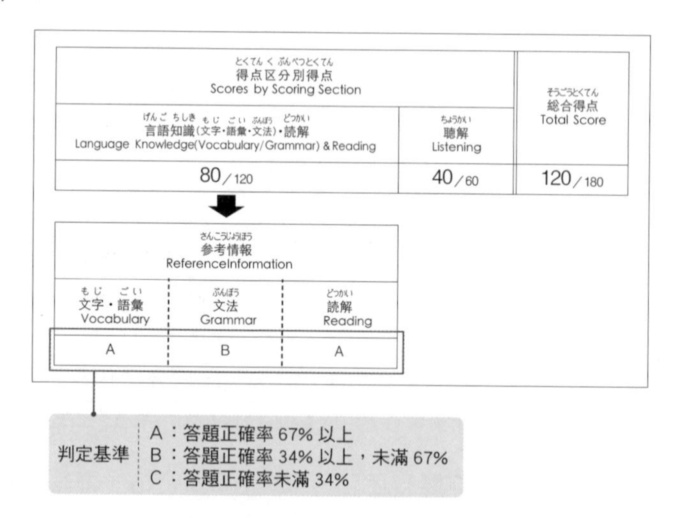

得点区分別得点 Scores by Scoring Section		総合得点 Total Score
言語知識（文字・語彙・文法）・読解 Language Knowledge(Vocabulary/Grammar) & Reading	聴解 Listening	
80／120	40／60	120／180

参考情報 ReferenceInformation		
文字・語彙 Vocabulary	文法 Grammar	読解 Reading
A	B	A

判定基準
A：答題正確率 67% 以上
B：答題正確率 34% 以上，未滿 67%
C：答題正確率未滿 34%

※各節測驗如有一節缺考就不予計分，即判定為不合格。雖會寄發「合否結果通知書」但所有分項成績，含已出席科目在內，均不予計分。各欄成績以「*」表示，如「**／60」。

※所有科目皆缺席者，不寄發「合否結果通知書」。

二、新日本語能力試驗的考試內容

N4 題型分析

測驗科目（測驗時間）		試題內容				
		題型			小題題數＊	分析
語言知識（25分）	文字、語彙	1	漢字讀音	◇	7	測驗漢字語彙的讀音。
語言知識（25分）	文字、語彙	2	假名漢字寫法	◇	5	測驗平假名語彙的漢字寫法。
語言知識（25分）	文字、語彙	3	選擇文脈語彙	○	8	測驗根據文脈選擇適切語彙。
語言知識（25分）	文字、語彙	4	替換類義詞	○	4	測驗根據試題的語彙或說法，選擇類義詞或類義說法。
語言知識（25分）	文字、語彙	5	語彙用法	○	4	測驗試題的語彙在文句裡的用法。
語言知識、讀解（55分）	文法	1	文句的文法1（文法形式判斷）	○	13	測驗辨別哪種文法形式符合文句內容。
語言知識、讀解（55分）	文法	2	文句的文法2（文句組構）	◆	4	測驗是否能夠組織文法正確且文義通順的句子。
語言知識、讀解（55分）	文法	3	文章段落的文法	◆	4	測驗辨別該文句有無符合文脈。
語言知識、讀解（55分）	讀解＊	4	理解內容（短文）	○	3	於讀完包含學習、生活、工作相關話題或情境等，約100~200字左右的撰寫平易的文章段落之後，測驗是否能夠理解其內容。
語言知識、讀解（55分）	讀解＊	5	理解內容（中文）	○	3	於讀完包含以日常話題或情境為題材等，約450字左右的簡易撰寫文章段落之後，測驗是否能夠理解其內容。
語言知識、讀解（55分）	讀解＊	6	釐整資訊	◆	2	測驗是否能夠從介紹或通知等，約400字左右的撰寫資訊題材中，找出所需的訊息。

聽解（35分）	1	理解問題	◇	8	於聽取完整的會話段落之後，測驗是否能夠理解其內容（於聽完解決問題所需的具體訊息之後，測驗是否能夠理解應當採取的下一個適切步驟）。
	2	理解重點	◇	7	於聽取完整的會話段落之後，測驗是否能夠理解其內容（依據剛才已聽過的提示，測驗是否能夠抓住應當聽取的重點）。
	3	適切話語	◆	5	於一面看圖示，一面聽取情境說明時，測驗是否能夠選擇適切的話語。
	4	即時應答	◆	8	於聽完簡短的詢問之後，測驗是否能夠選擇適切的應答。

＊「小題題數」為每次測驗的約略題數，與實際測驗時的題數可能未盡相同。此外，亦有可能會變更小題題數。

＊有時在「讀解」科目中，同一段文章可能會有數道小題。

資料來源：《日本語能力試驗JLPT官方網站：關於N4及N5的測驗時間、試題題數基準的變更》。2020年9月10日，取自：https://www.jlpt.jp/tw/topics/202009091599643004.html

N4
主題單字

⑫何方（どっち）
⑬遠く（とおく）
我要飛不同邊
⑭～方（ほう）
⑪此方（こっち）
愛死角落了
⑨手前（てまえ）
⑩手元（てもと）
我是女生♪
⑧隅（すみ）
⑥周り（まわり）
⑤真ん中（まんなか）
④内（うち）
③以外（いがい）
⑮空く（あく）
8/1
海!!!
8/2
②表（おもて）
⑦間（あいだ）
8/3
①裏（うら）
8/4
8/5

場所、空間與範圍 1
Track1-01

1. 裡面；內部 — うら 裏
2. 表面；外面 — おもて 表
3. 除外，以外 — いがい 以外
4. …之內；…之中 — うち 内
5. 正中間 — まんなか 真ん中
6. 周圍，周邊 — まわ 周り
7. 期間；中間 — あいだ 間
8. 角落 — すみ 隅
9. 眼前；靠近自己這一邊 — てまえ 手前
10. 身邊，手頭 — てもと 手元
11. 這裡，這邊 — こっち 此方
12. 哪一個 — どっち 何方
13. 遠處；很遠 — とお 遠く
14. …方，邊 — ほう 方
15. 空著；空隙 — あ 空く

地點 2
Track1-02

1. 地理 — ちり 地理
2. 社會，世間 — しゃかい 社会
3. 西洋 — せいよう 西洋
4. 世界；天地 — せかい 世界
5. 該國內部，國內 — こくない 国内
6. 村莊，村落 — むら 村
7. 鄉下；故鄉 — いなか 田舎
8. 郊外 — こうがい 郊外
9. 島嶼 — しま 島
10. 海岸 — かいがん 海岸
11. 湖，湖泊 — みずうみ 湖
12. [Asia] 亞洲 — アジア
13. [Africa] 非洲 — アフリカ
14. [America] 美國 — アメリカ
15. 縣 — けん 県
16. 市 — し 市
17. 鎮 — ちょう 町
18. 斜坡 — さか 坂

過去、現在、未來 1

Track1-03

1	剛剛，剛才		さっき
2	昨晚	ゆう	夕べ
3	最近；前幾天	あいだ	この間
4	最近	さいきん	最近
5	最後	さいご	最後
6	最初，首先	さいしょ	最初
7	以前	むかし	昔
8	現在；馬上；我回來了	ただいま ただいま	唯今・只今
9	今晚	こんや	今夜
10	明天	あす	明日
11	這次；下次	こんど	今度
12	下下星期	さらいしゅう	再来週
13	下下個月	さらいげつ	再来月
14	將來	しょうらい	将来

時間、時刻、時段 2

Track1-04

1	…時，時候	とき	時
2	天，日子	ひ	日
3	年齡；年	とし	年
4	開始；開創	はじ	始める
5	結束，最後	お	終わり
6	快，急忙	いそ	急ぐ
7	馬上	す	直ぐに
8	來得及；夠用	ま あ	間に合う
9	賴床；愛賴床的人	あさねぼう	朝寝坊
10	叫醒；發生	お	起こす
11	白天	ひるま	昼間
12	天黑；到了尾聲	く	暮れる
13	最近	こ ごろ	此の頃
14	時代；潮流	じだい	時代

「時」、「時代」比一比

時／時候	接在別的詞後面，表示某種「場合」的意思。 本を読むとき／讀書的時候
時代／時代；潮流；歷史	時間進程中作為整體看待的一段時間；或為與時間同步前進的社會；亦指以往的社會。 時代が違う／時代不同。

「この間」、「最近」、「さっき」、「この頃」、「もう直ぐ」比一比

この間／前幾天	在現在之前，不久的某個時候。 この間の夜／幾天前的晚上。
最近／最近	比現在稍前。也指從稍前到現在的期間。可以指幾天、幾個月，甚至幾年。 彼は最近結婚した／他最近結婚了。
さっき／剛剛	表示極近的過去。也就是剛才的意思。多用於日常會話中。 さっきから待っている／已經等你一會兒了。
この頃／近來	籠統地指不久前直到現在。 この頃の若者／時下的年輕人
もう直ぐ／不久	表示非常接近目標。 もうすぐ春が来る／春天馬上就要到來。

「最初」、「始める」比一比

最初／首先	事物的開端。一連串的事情的開頭。 最初に出会った人／首次遇見的人
始める／開始	開始行動，開始做某事的意思。 仕事を始める／開始工作。

「最後」、「終わり」比一比

最後／最後	持續的事物，到了那裡之後就沒有了。也指那一部分。 最後まで戦う／戰到最後。
終わり／結束	持續的事物，到了那裡之後就沒有了。 一日が終わる／一天結束了。

❸ お帰(かえ)りなさい
❷ いってらっしゃい
❶ 行(い)って参(まい)ります
❼ お大事(だいじ)に
⓫ それはいけませんね
❿ お目出度(めでと)うございます
お弁当
お弁当
⓬ ようこそ
❹ よくいらっしゃいました
❾ お待(ま)たせしました
❽ 畏(かしこ)まりました
❺ お陰(かげ)
❻ お蔭様(かげさま)で

寒暄用語 1
Track1-05

① 我走了
行って参ります（い・まい）

② 路上小心，慢走
いってらっしゃい

③ 你回來了
お帰りなさい（かえ）

④ 歡迎光臨
よくいらっしゃいました

⑤ 託福；承蒙關照
お陰（かげ）

⑥ 託福，多虧
お蔭様で（かげさま）

⑦ 珍重，請多保重
お大事に（だいじ）

⑧ 知道，了解
畏まりました（かしこ）

⑨ 讓您久等了
お待たせしました（ま）

⑩ 恭喜
お目出度うございます（めでと）

⑪ 那可不行
それはいけませんね

⑫ 歡迎
ようこそ

各種人物 2
Track1-06

① 您孩子
お子さん（こ）

② 令郎
息子さん（むすこ）

③ 令嬡
娘さん（むすめ）

④ 令嬡；小姐
お嬢さん（じょう）

⑤ 高中生
高校生（こうこうせい）

⑥ 大學生
大学生（だいがくせい）

⑦ 學長姐；老前輩
先輩（せんぱい）

⑧ 客人；顧客
客（きゃく）

⑨ 店員
店員（てんいん）

⑩ 社長
社長（しゃちょう）

⑪ 有錢人
お金持ち（かねも）

⑫ 市民，公民
市民（しみん）

⑬ 你
君（きみ）

⑭ 人員；…員
員（いん）

⑮ 人
方（かた）

男女 3

Track1-07

❶	男性	男性	だんせい
❷	女性	女性	じょせい
❸	她；女朋友	彼女	かのじょ
❹	他；男朋友	彼	かれ
❺	男朋友；他	彼氏	かれし
❻	他們	彼等	かれら
❼	人口	人口	じんこう
❽	大家；所有的	皆	みな
❾	聚集，集合	集まる	あつ
❿	集合；收集	集める	あつ
⓫	帶領，帶著	連れる	つ
⓬	缺損；缺少	欠ける	か

老幼與家人 4

Track1-08

❶	祖父，外祖父	祖父	そふ
❷	祖母，外祖母	祖母	そぼ
❸	父母；祖先	親	おや
❹	丈夫	夫	おっと
❺	老公；主人	主人	しゅじん
❻	妻子，太太	妻	つま
❼	妻子	家内	かない
❽	孩子	子	こ
❾	嬰兒	赤ちゃん	あか
❿	嬰兒；不暗世故的人	赤ん坊	あか ぼう
⓫	撫育；培養	育てる	そだ
⓬	養育小孩，育兒	子育て	こ そだ
⓭	相像，類似	似る	に
⓮	我	僕	ぼく

「男」、「男の子」、「男性」比一比

男／男人；男性	人類的性別；又指發育成長為成年人的男子。 男の友達／男性朋友
男の子／男孩	指男性的小孩。從出生、幼兒期、兒童期，直到青年期。 男の子が生まれた／生了男孩。
男性／男性	在人的性別中，不能生孩子的一方。通常指達到成年的人。 男性ホルモン／男性荷爾蒙

「女」、「女の子」、「女性」比一比

女／女人；女性	人類的性別；又指發育成長為成年人的女子。 女は強い／女人很堅強。
女の子／女孩	指女性的小孩。從出生、幼兒期、兒童期，直到青年期。 女の子がほしい／想生女孩子。
女性／女性	比「おんな」文雅的詞，一般指年輕的女人。而年齡較高者，用「婦人」。 女性的な男／女性化的男子

「お祖父さん」、「祖父」比一比

お祖父さん／祖父；老爺爺	對祖父或外祖父的親切稱呼；或對一般老年男子的稱呼。 お祖父さんから聞く／從祖父那裡聽來的。
祖父／祖父	父親的父親，或者是母親的父親。 祖父に会う／和祖父見面。

「お祖母さん」、「祖母」比一比

お祖母さん／祖母；老奶奶	對祖母或外祖母的親切稱呼；或對一般老年婦女的稱呼。 お祖母さんは元気だ／祖母身體很好。
祖母／祖母	父親的母親，或者是母親的母親。 祖母が亡くなる／祖母過世。

❶親切（しんせつ）
❿騒ぐ（さわぐ）
請適可而止
❺一生懸命（いっしょうけんめい）
❽可笑しい（おかしい）
❼適当（てきとう）
❻優しい（やさしい）
❾細かい（こまかい）
❸熱心（ねっしん）
❷丁寧（ていねい）
❹真面目（まじめ）
⓫酷い（ひどい）

態度、性格 5

Track1-09

1. 親切，客氣 — しんせつ 親切
2. 客氣；仔細 — ていねい 丁寧
3. 專注；熱心 — ねっしん 熱心
4. 認真；誠實 — まじめ 真面目
5. 拼命地；一心 — いっしょうけんめい 一生懸命
6. 溫柔的；親切的 — やさ 優しい
7. 適度；隨便 — てきとう 適当
8. 奇怪的；不正常的 — おか 可笑しい
9. 細小；仔細 — こま 細かい
10. 吵鬧；慌張 — さわ 騒ぐ
11. 殘酷；過分 — ひど 酷い

人際關係 6

Track1-10

1. 關係；影響 — かんけい 関係
2. 介紹 — しょうかい 紹介
3. 幫忙；照顧 — せわ 世話
4. 分別，分開 — わか 別れる
5. 寒暄，打招呼 — あいさつ 挨拶
6. 吵架 — けんか 喧嘩
7. 客氣；謝絕 — えんりょ 遠慮
8. 失禮；失陪 — しつれい 失礼
9. 誇獎 — ほ 褒める
10. 有幫助，有用 — やく た 役に立つ
11. 自由，隨便 — じゆう 自由
12. 習慣 — しゅうかん 習慣

❸毛（け）
❶格好（かっこう）・恰好（かっこう）
❾指（ゆび）
⓫血（ち）
❷髪（かみ）
❽腕（うで）
❻喉（のど）
❿爪（つめ）
❺首（くび）
❼背中（せなか）
❹ひげ
⓬おなら

人體 1

Track1-11

① 外表，裝扮	かっこう かっこう 格好・恰好
② 頭髮	かみ 髪
③ 頭髮；汗毛	け 毛
④ 鬍鬚	ひげ
⑤ 頸部，脖子	くび 首
⑥ 喉嚨	のど 喉
⑦ 背部	せなか 背中
⑧ 胳臂；本領	うで 腕
⑨ 手指	ゆび 指
⑩ 指甲	つめ 爪
⑪ 血；血緣	ち 血
⑫ 屁	おなら

生死與體質 2

Track1-12

① 活著；生活	い 生きる
② 去世，死亡	な 亡くなる
③ 移動；行動	うご 動く
④ 碰觸；接觸	さわ 触る
⑤ 睏	ねむ 眠い
⑥ 睡覺	ねむ 眠る
⑦ 乾；口渴	かわ 乾く
⑧ 肥胖；增加	ふと 太る
⑨ 瘦；貧瘠	や 痩せる
⑩ [diet] 規定飲食；減重	ダイエット
⑪ 虛弱；不擅長	よわ 弱い
⑫ 摺疊；折斷	お 折る

疾病與治療

Track 1-13

❶	高溫；發燒	熱（ねつ）
❷	[influenza] 流行性感冒	インフルエンザ
❸	受傷；損失	怪我（けが）
❹	花粉症	花粉症（かふんしょう）
❺	倒下；垮台；死亡	倒れる（たおれる）
❻	住院	入院（にゅういん）
❼	打針	注射（ちゅうしゃ）
❽	塗抹，塗上	塗る（ぬる）
❾	探望	お見舞い（おみまい）
❿	狀況；方便	具合（ぐあい）
⓫	治癒，痊愈	治る（なおる）
⓬	出院	退院（たいいん）
⓭	[helper] 幫傭；看護	ヘルパー
⓮	醫生	お医者さん（おいしゃさん）
⓯	強調某一狀態或動作；懊悔	…てしまう

體育與競賽

Track 1-14

❶	運動；活動	運動（うんどう）
❷	[tennis] 網球	テニス
❸	[tennis court] 網球場	テニスコート
❹	力氣；能力	力（ちから）
❺	柔道	柔道（じゅうどう）
❻	游泳	水泳（すいえい）
❼	奔跑，快跑	駆ける（かける）・駈ける（かける）
❽	打擊；標記	打つ（うつ）
❾	滑倒；滑動	滑る（すべる）
❿	丟；摔；放棄	投げる（なげる）
⓫	比賽	試合（しあい）
⓬	競爭，競賽	競争（きょうそう）
⓭	勝利；克服	勝つ（かつ）
⓮	失敗	失敗（しっぱい）
⓯	輸；屈服	負ける（まける）

單字大比拼

「お見舞い」、「訪ねる」比一比

お見舞い／探望	指到醫院探望因生病、受傷等住院的人，並給予安慰和鼓勵。又指為了慰問而寄的信和物品。 お見舞いに行く／去探望。
訪ねる／拜訪	抱著一定目的，特意到某地或某人家去。 旧友を訪ねる／拜訪故友。

「治る」、「直る」比一比

治る／變好；改正；治好	指治好病或傷口恢復健康。 傷が治る／治好傷口。
直る／修好；改正；治好	把壞了的東西，變成理想的東西；又指改掉壞毛病和習慣。 悪癖が直る／改掉壞習慣。

「倒れる」、「亡くなる」比一比

倒れる／倒下；垮台；死亡	立著的東西倒下；又指站不起來，完全垮了；另指死亡。 家が倒れる／房屋倒塌。
亡くなる／去世	去世的婉轉的說法。是一種避免露骨說「死ぬ」的鄭重的說法。 先生が亡くなる／老師過世。

「競争」、「試合」比一比

競争／競爭	指向同一目的或終點互不服輸地競爭。 競争に負ける／競爭失敗。
試合／比賽	在競技或武術中，比較對方的能力或技術以爭勝負。也指其勝負。 試合が終わる／比賽結束。

「失敗」、「負ける」比一比

失敗／失敗	指心中有一個目的想去達到，結果卻未能如願。 失敗を許す／原諒失敗。
負ける／輸；屈服	與對手交鋒而戰敗；又指抵不住而屈服。 戦争に負ける／戰敗。

⑫ 季節

自然與氣象 1
Track1-15

1. 樹枝；分枝 — えだ 枝
2. 草 — くさ 草
3. 葉子，樹葉 — は 葉
4. 綻放；打開 — ひら 開く
5. 種植；培養 — う 植える
6. 折彎；折斷 — お 折れる
7. 雲 — くも 雲
8. 月亮 — つき 月
9. 星星 — ほし 星
10. 地震 — じしん 地震
11. 颱風 — たいふう 台風
12. 季節 — きせつ 季節
13. 變冷；變冷淡 — ひ 冷える
14. 停止 — やむ
15. 下降；降低（溫度）— さ 下がる
16. 樹林；林立 — はやし 林
17. 樹林 — もり 森
18. 光亮；光明 — ひかり 光
19. 發光；出眾 — ひか 光る
20. 映照；相襯 — うつ 映る
21. 連續不斷；咚咚聲 — どんどん

各種物質 2
Track1-16

1. 空氣；氣氛 — くうき 空気
2. 火 — ひ 火
3. 石頭，岩石 — いし 石
4. 沙 — すな 砂
5. [gasoline] 汽油 — ガソリン
6. [glas] 玻璃 — ガラス
7. 絲 — きぬ 絹
8. [nylon] 尼龍 — ナイロン
9. 棉 — もめん 木綿
10. 垃圾 — ごみ
11. 丟掉；放棄 — す 捨てる
12. 堅硬；結實 — かた 固い・かた 硬い・かた 堅い

❹焼(や)ける
❶漬(つ)ける
❿苦(にが)い
❽味見(あじみ)
❻沸(わ)く
⓬大匙(おおさじ)
❺沸(わ)かす
⓭小匙(こさじ)
❷包(つつ)む
❾匂(にお)い
❸焼(や)く
⓮コーヒーカップ
⓯ラップ
❼味(あじ)
⓫柔(やわ)らかい

1. 浸泡；醃 — 漬（つ）ける
2. 包起來；隱藏 — 包（つつ）む
3. 焚燒；烤 — 焼（や）く
4. 烤熟；曬黑 — 焼（や）ける
5. 煮沸；使沸騰 — 沸（わ）かす
6. 煮沸；興奮 — 沸（わ）く
7. 味道；滋味 — 味（あじ）
8. 試吃，嚐味道 — 味見（あじみ）
9. 味道；風貌 — 匂（にお）い
10. 苦；痛苦 — 苦（にが）い
11. 柔軟的 — 柔（やわ）らかい
12. 大匙，湯匙 — 大匙（おおさじ）
13. 小匙，茶匙 — 小匙（こさじ）
14. [coffee cup] 咖啡杯 — コーヒーカップ
15. [wrap] 保鮮膜；包裹 — ラップ

用餐與食物 2

Track 1-18

1. 晚飯 — 夕飯（ゆうはん）
2. 飢餓；數量減少 — 空（す）く
3. 準備；打扮 — 支度（したく）
4. 準備 — 準備（じゅんび）
5. 準備；注意 — 用意（ようい）
6. 用餐；餐點 — 食事（しょくじ）
7. 咬 — 噛（か）む
8. 剩餘；遺留 — 残（のこ）る
9. 食品 — 食料品（しょくりょうひん）
10. 米 — 米（こめ）
11. 味噌 — 味噌（みそ）
12. [jam] 果醬 — ジャム
13. 熱開水；洗澡水 — 湯（ゆ）
14. 葡萄 — 葡萄（ぶどう）

餐廳用餐 3

Track1-19

❶ 外食，在外用餐
がいしょく
外食

❷ 請客；豐盛佳餚
ごちそう
御馳走

❸ 吸煙席，吸煙區
きつえんせき
喫煙席

❹ 禁煙席，禁煙區
きんえんせき
禁煙席

❺ 宴會，酒宴
えんかい
宴会

❻ 聯誼
ごう
合コン

❼ 歡迎會，迎新會
かんげいかい
歓迎会

❽ 送別會
そうべつかい
送別会

❾ 吃到飽，盡量吃
た　ほうだい
食べ放題

❿ 喝到飽，無限暢飲
の　ほうだい
飲み放題

⓫ 下酒菜，小菜
おつまみ

⓬ [sandwich] 三明治
サンドイッチ

⓭ [cake] 蛋糕
ケーキ

⓮ [salad] 沙拉
サラダ

⓯ [steak] 牛排
ステーキ

⓰ 天婦羅
てん
天ぷら

⓱ 極不喜歡，最討厭
だいきら
大嫌い

⓲ 代替；交換
か
代わりに

⓳ [register 之略] 收銀台
レジ

單字大比拼

「食事（しょくじ）」、「ご飯（はん）」比一比

食事（しょくじ）／用餐	指為了生存攝取必要的食物。也專就人類而言，包括每日的早、午、晚３餐。 食事（しょくじ）が終（お）わる／吃完飯。
ご飯（はん）／餐	「めし」的鄭重說法。「めし」是用大米、麥子等燒的飯。「食事（しょくじ）」則是指每日的早、午、晚３餐。 ご飯（はん）を食（た）べる／吃飯。

服裝、配件與素材 

Track1-20

1. 衣服；和服
   きもの 着物
2. 內衣，貼身衣物
   したぎ 下着
3. 手套
   てぶくろ 手袋
4. [earring] 耳環
   イヤリング
5. 錢包
   さいふ 財布
6. 淋濕
   ぬ 濡れる
7. 髒污；齷齪
   よご 汚れる
8. [sandal] 涼鞋
   サンダル
9. 穿（鞋、襪）
   は 履く
10. 戒指
    ゆびわ 指輪
11. 線；弦
    いと 糸
12. 毛線，毛織物
    け 毛
13. 線；線路
    せん 線
14. [accessary] 飾品；零件
    アクセサリー
15. [suit] 套裝
    スーツ
16. [soft] 柔軟；溫柔；軟體
    ソフト
17. [handbag] 手提包
    ハンドバッグ
18. 裝上；塗上
    つ 付ける
19. 玩具
    おもちゃ 玩具

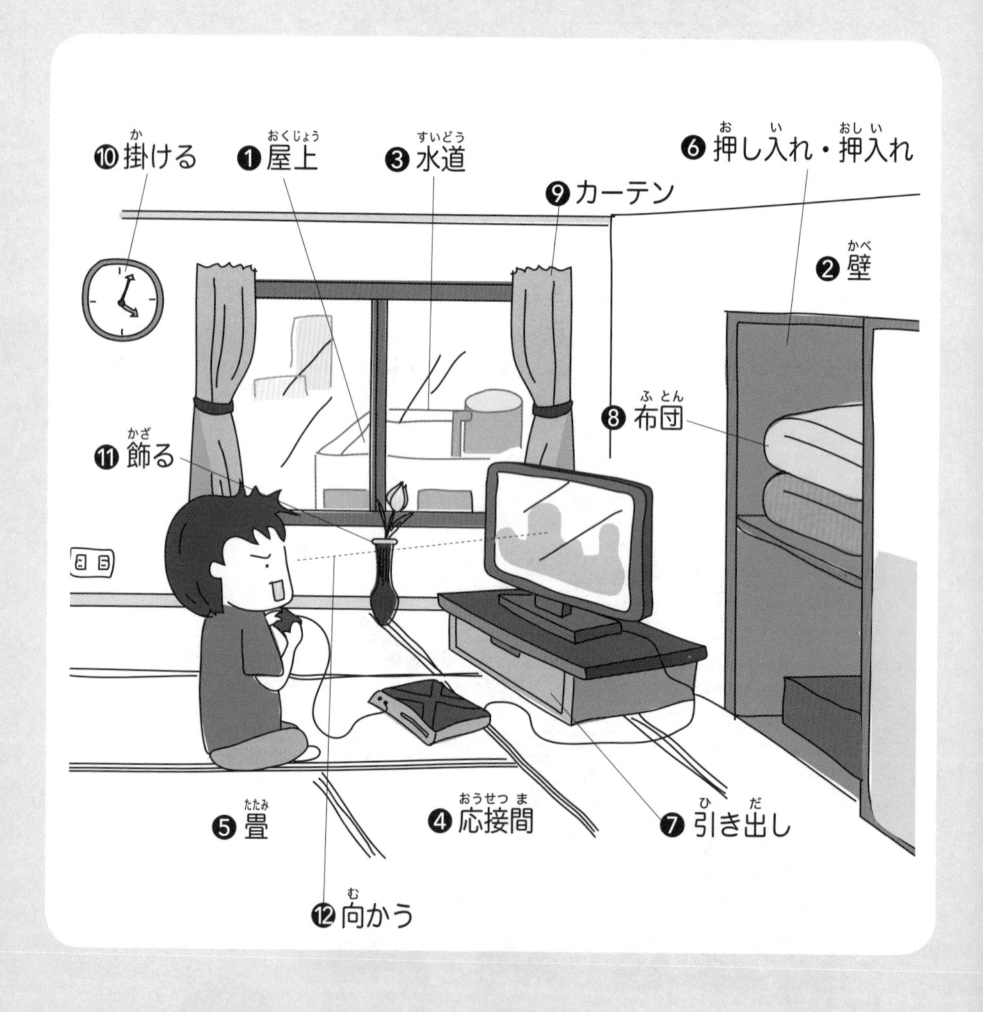
⑩掛(か)ける
❶屋上(おくじょう)
❸水道(すいどう)
❻押(お)し入(い)れ・押入(おしい)れ
❾カーテン
❷壁(かべ)
❽布団(ふとん)
⑪飾(かざ)る
❺畳(たたみ)
❹応接間(おうせつま)
❼引(ひ)き出(だ)し
⑫向(む)かう

內部格局與居家裝潢 1
Track 1-21

1. 屋頂（上）　屋上（おくじょう）
2. 牆壁；障礙　壁（かべ）
3. 自來水管　水道（すいどう）
4. 客廳；會客室　応接間（おうせつま）
5. 榻榻米　畳（たたみ）
6. （日式的）壁櫥　押し入れ・押入れ（おしいれ）
7. 抽屜　引き出し（ひきだし）
8. 棉被　布団（ふとん）
9. [curtain] 窗簾；布幕　カーテン
10. 懸掛；坐　掛ける（かける）
11. 擺飾；粉飾　飾る（かざる）
12. 面向　向かう（むかう）

居住 2
Track 1-22

1. 建造　建てる（たてる）
2. [building 之略] 高樓，大廈　ビル
3. [escalator] 自動手扶梯　エスカレーター
4. 您府上，貴府　お宅（おたく）
5. 地址　住所（じゅうしょ）
6. 附近；鄰居　近所（きんじょ）
7. 不在家；看家　留守（るす）
8. 移動；傳染　移る（うつる）
9. 搬家　引っ越す（ひっこす）
10. 寄宿，住宿　下宿（げしゅく）
11. 生活　生活（せいかつ）
12. 廚餘，有機垃圾　生ごみ（なまごみ）
13. 可燃垃圾　燃えるごみ（もえるごみ）
14. 不方便　不便（ふべん）
15. 2 層建築　二階建て（にかいだて）

家具、電器與道具 3

Track 1-23

1. 鏡子 — 鏡（かがみ）
2. 架子，棚架 — 棚（たな）
3. [suitcase] 手提旅行箱 — スーツケース
4. 冷氣 — 冷房（れいぼう）
5. 暖氣 — 暖房（だんぼう）
6. 電燈 — 電灯（でんとう）
7. [gas—] 瓦斯爐，煤氣爐 — ガスコンロ
8. 乾燥機，烘乾機 — 乾燥機（かんそうき）
9. [coin-operated laundry] 自助洗衣店 — コインランドリー
10. [stereo] 音響 — ステレオ
11. 手機，行動電話 — 携帯電話（けいたいでんわ）
12. [bell] 鈴聲 — ベル
13. 響，叫 — 鳴る（なる）
14. 工具；手段 — 道具（どうぐ）
15. 機械 — 機械（きかい）
16. [type] 款式；類型；打字 — タイプ

使用道具 4

Track 1-24

1. 打開（家電類）；點燃 — 点ける（つける）
2. 點上，（火）點著 — 点く（つく）
3. 轉動；旋轉 — 回る（まわる）
4. 運送，搬運 — 運ぶ（はこぶ）
5. 關掉；停止；戒掉 — 止める（とめる）
6. 故障 — 故障（こしょう）
7. 壞掉；故障 — 壊れる（こわれる）
8. 破掉；分裂 — 割れる（われる）
9. 不見；用光了 — 無くなる（なくなる）
10. 交換；更換 — 取り替える（とりかえる）
11. 修理；改正 — 直す（なおす）
12. 修理；回復 — 直る（なおる）

單字大比拼

「止む」、「止める」比一比

止む／停止	繼續至今的事物結束了。 風が止む／風停了。
止める／停止；止住	使活動的東西不動了；也指使繼續的東西停止了。 車を止める／把車停下。

「運ぶ」、「届ける」比一比

運ぶ／運送；搬；進行	用車運送等方式移到別的地方；又指按計畫把事物推進到下一個階段。 乗客を運ぶ／載客人。
届ける／送達；報告；送交	把東西拿到對方那裡；或向機關、公司或學校申報。 書類を届ける／把文件送到。

「ベル」、「声」比一比

ベル／鈴聲	用來預告或警告的電鈴。 ベルを押す／按鈴。
声／聲音	由人或動物口中發出的聲音。 やさしい声で／用溫柔的聲音

「点ける」、「点く」比一比

点ける／打開	把火點燃；又指把家電的電源打開，使家電運轉。 クーラーをつける／開冷氣。
点く／點上；點著	指打開電器的開關；又指火開始燃燒。 電灯が点いた／電燈亮了。

「壊れる」、「故障」比一比

壊れる／毀壞；故障	東西損壞或弄碎，變得不能使用；又指東西變舊或因錯誤的用法，變得沒有用了。 電話が壊れている／電話壞了。
故障／故障	指機器或身體的一部分，發生不正常情況，不能正常地活動。 機械が故障した／機器故障。

❶床屋（とこや）
理容
❷講堂（こうどう）
❸会場（かいじょう）
❹事務所（じむしょ）
❺教会（きょうかい）
❻神社（じんじゃ）
❼寺（てら）
❽動物園（どうぶつえん）
動物園
❾美術館（びじゅつかん）
P
❿駐車場（ちゅうしゃじょう）
⓫空港（くうこう）
⓬飛行場（ひこうじょう）
P
大売り出し
スーパー
⓯スーパー
⓭港（みなと）
⓮工場（こうじょう）
MAP

1. 理髮店；理髮室　床屋（とこや）
2. 禮堂　講堂（こうどう）
3. 會場　会場（かいじょう）
4. 辦公室　事務所（じむしょ）
5. 教會　教会（きょうかい）
6. 神社　神社（じんじゃ）
7. 寺廟　寺（てら）
8. 動物園　動物園（どうぶつえん）
9. 美術館　美術館（びじゅつかん）
10. 停車場　駐車場（ちゅうしゃじょう）
11. 機場　空港（くうこう）
12. 機場　飛行場（ひこうじょう）
13. 港口，碼頭　港（みなと）
14. 工廠　工場（こうじょう）
15. [supermarket 之略] 超級市場　スーパー

交通工具與交通 Track1-26 2

1. 交通工具　乗り物（のりもの）
2. [auto bicycle] 摩托車　オートバイ
3. 火車　汽車（きしゃ）
4. 普通；普通車　普通（ふつう）
5. 急行；快車　急行（きゅうこう）
6. 特急列車；火速　特急（とっきゅう）
7. 船；小型船　船・舟（ふね・ふね）
8. [gasoline+stand] 加油站　ガソリンスタンド
9. 交通　交通（こうつう）
10. 道路，街道　通り（とおり）
11. 意外，事故　事故（じこ）
12. 施工中；（網頁）建製中　工事中（こうじちゅう）
13. 遺忘物品，遺失物　忘れ物（わすれもの）
14. 回來；回家途中　帰り（かえり）
15. 軌道線編號，月台編號　番線（ばんせん）

交通相關 3

Track1-27

		❶ 單行道；單向傳達 いっぽうつうこう **一方通行**	❷ 內部，裡面 うちがわ **内側**
❸ 外部，外面 そとがわ **外側**	❹ 捷徑，近路 ちかみち **近道**	❺ 斑馬線 おうだんほどう **横断歩道**	❻ 座位；職位 せき **席**
❼ 駕駛座 うんてんせき **運転席**	❽ 劃位座，對號入座 していせき **指定席**	❾ 自由座 じゆうせき **自由席**	❿ 禁止通行，無路可走 つうこうど **通行止め**
⓫ [—brake] 緊急剎車 きゅう **急ブレーキ**	⓬ 末班車 しゅうでん **終電**	⓭ 違反交通號誌 しんごうむし **信号無視**	⓮ 違規停車 ちゅうしゃいはん **駐車違反**

使用交通工具 4

Track1-28

		❶ 駕駛；運轉 うんてん **運転**	❷ 經過；通過 とお **通る**
❸ 轉乘，換車 の か **乗り換える**	❹ [—announce] 車廂內廣播 しゃない **車内アナウンス**	❺ 踩住；踏上 ふ **踏む**	❻ 停止；止住 と **止まる**
❼ 撿拾；挑出；叫車 ひろ **拾う**	❽ 下來；下車 お お **下りる・降りる**	❾ 注意，小心 ちゅうい **注意**	❿ 來往；通連 かよ **通う**
⓫ 回到；折回 もど **戻る**	⓬ 順道去…；接近 よ **寄る**	⓭ 搖動；動搖 ゆ **揺れる**	

單字大比拼

「内(うち)」、「内側(うちがわ)」比一比

内(うち)／內部	指空間或物體的內部；又指時間或數量在一定的範圍以內。 内(うち)からかぎをかける／從裡面上鎖。
内側(うちがわ)／內側	指空間或物體的內部、內側、裡面。 内側(うちがわ)へ開(ひら)く／往裡開。

「外(そと)」、「外側(そとがわ)」比一比

外(そと)／外面	沒被包住的部分，寬廣的地方；走出建築物或車外的地方。 外(そと)で遊(あそ)ぶ／在外面玩。
外側(そとがわ)／外側	指空間或物體的外部、外面、外側。 塀(へい)の外側(そとがわ)を歩(ある)く／沿著牆外走。

「運転(うんてん)」、「走(はし)る」比一比

運転(うんてん)／運轉；駕駛；周轉	指用動力操縱機器、交通工具等；又指善於周轉資金，加以活用。 運転(うんてん)を習(なら)う／學開車。
走(はし)る／跑；行駛	人或動物以比步行快的速度移動腳步前進；還有人和動物以外的物體以高速移動之意。 一生懸命(いっしょうけんめい)に走(はし)る／拼命地跑。

「通(とお)る」、「過(す)ぎる」比一比

通(とお)る／經過；穿過；合格	表示通過、經過；又指從某物中穿過，從另一側出來；還指經過考試和審查，被認為合格。 鉄橋(てっきょう)を通(とお)る／通過鐵橋。
過(す)ぎる／超過；過於	表示數量超過了某個界線；又指程度超過一般水平；還指時間經過。 冗談(じょうだん)が過(す)ぎる／玩笑開得過火。

「揺(ゆ)れる」、「動(うご)く」比一比

揺(ゆ)れる／搖動；躊躇	指搖搖晃晃地動搖；又指心情不穩定。 車(くるま)が揺(ゆ)れる／車子晃動。
動(うご)く／移動；搖動；運動	移動到與以前不同的地方；又指搖動或運動；還指機器或組織等發揮作用。 手(て)が痛(いた)くて動(うご)かない／手痛得不能動。

⓭ 泊まる
➓ 景色
⓬ 旅館
❸ 珍しい
❹ 釣る
⓮ お土産
おみやげ
❷ 小鳥
⓫ 見える
❼ 案内
❶ 遊び
❽ 見物
❺ 予約
❻ 出発
❾ 楽しむ

休閒、旅遊 1

Track 1-29

1. 遊玩；不做事　あそ　遊び
2. 小鳥　ことり　小鳥
3. 少見，稀奇　めずら　珍しい
4. 釣魚；引誘　つ　釣る
5. 預約　よやく　予約
6. 出發；開始　しゅっぱつ　出発
7. 引導；陪同遊覽　あんない　案内
8. 觀光，參觀　けんぶつ　見物
9. 享受；期待　たの　楽しむ
10. 景色，風景　けしき　景色
11. 看見；看得見　み　見える
12. 旅館　りょかん　旅館
13. 住宿；停泊　と　泊まる
14. 當地名產；禮物　みやげ　お土産

藝文活動 2

Track 1-30

1. 嗜好；趣味　しゅみ　趣味
2. 興趣　きょうみ　興味
3. 節目　ばんぐみ　番組
4. 展覽會　てんらんかい　展覧会
5. 賞花　はなみ　花見
6. 洋娃娃，人偶　にんぎょう　人形
7. [piano] 鋼琴　ピアノ
8. [concert] 音樂會　コンサート
9. [rap] 饒舌樂，饒舌歌　ラップ
10. 聲音；音訊　おと　音
11. 聽得見；聽起來像…　き　聞こえる
12. 抄；照相　うつ　写す
13. 舞蹈　おど　踊り
14. 跳舞；不平穩　おど　踊る
15. 拿手；好吃　うまい

1. 正月，新年 — 正月（しょうがつ）
2. 慶典，祭典 — お祭（まつ）り
3. 舉行，舉辦 — 行（おこな）う・行（おこ）なう
4. 慶祝；祝賀禮品 — お祝（いわ）い
5. 祈禱；祝福 — 祈（いの）る
6. [present] 禮物 — プレゼント
7. 贈品，禮物 — 贈（おく）り物（もの）
8. 美好的；美麗的 — 美（うつく）しい
9. 給；送 — 上（あ）げる
10. 邀請 — 招待（しょうたい）
11. 謝辭，謝禮 — お礼（れい）

單字大比拼

「お祝（いわ）い」、「祈（いの）る」比一比

お祝（いわ）い／祝賀	有喜慶的事時，把歡樂心情用語言和行動表達出來。 お祝（いわ）いを述（の）べる／致賀詞，道喜。
祈（いの）る／祈禱；祝福	指求助神佛的力量，祈求好事降臨；又指衷心希望對方好事來臨。 成功（せいこう）を祈（いの）る／祈求成功。

「招待（しょうたい）」、「ご馳走（ちそう）」比一比

招待（しょうたい）／邀請	指主人宴請客人來作客。用在鄭重的場合。 招待（しょうたい）を受（う）ける／接受邀請。
ご馳走（ちそう）／款待；請客	指拿出各種好吃的東西，招待客人；又指比平時費錢、費時做的豐盛飯菜。 ご馳走（ちそう）になる／被請吃飯。

「プレゼント」、「贈（おく）り物（もの）」比一比

プレゼント／禮物；禮品	指贈送禮品。也指禮品。 プレゼントをもらう／收到禮物。
贈（おく）り物（もの）／贈品；禮品	贈送給別人的物品。 贈（おく）り物（もの）をする／送禮。

學校與科目 1

Track1-32

編號	中文	讀音	單字
①	教育	きょういく	教育
②	小學	しょうがっこう	小学校
③	中學	ちゅうがっこう	中学校
④	高中	こうこう・こうとうがっこう	高校・高等学校
⑤	…科系；…院系	がくぶ	学部
⑥	攻讀科系	せんもん	専門
⑦	語言學	げんごがく	言語学
⑧	經濟學	けいざいがく	経済学
⑨	醫學	いがく	医学
⑩	研究室	けんきゅうしつ	研究室
⑪	科學	かがく	科学
⑫	數學	すうがく	数学
⑬	歷史	れきし	歴史
⑭	研究	けんきゅう	研究

學生生活（一） 2

Track1-33

編號	中文	讀音	單字
①	入學	にゅうがく	入学
②	預習	よしゅう	予習
③	[―gom] 橡皮擦	け	消しゴム
④	講義，上課	こうぎ	講義
⑤	字典	じてん	辞典
⑥	午休	ひるやす	昼休み
⑦	試驗；考試	しけん	試験
⑧	[report] 報告		レポート
⑨	前期，上半期	ぜんき	前期
⑩	後期，下半期	こうき	後期
⑪	畢業	そつぎょう	卒業
⑫	畢業典禮	そつぎょうしき	卒業式

學生生活（二）

Track1-34

❶	英語會話	英会話（えいかいわ）
❷	初學者	初心者（しょしんしゃ）
❸	入門課程，初級課程	入門講座（にゅうもんこうざ）
❹	簡單；輕易	簡単（かんたん）
❺	答覆；答案	答え（こたえ）
❻	錯；弄錯	間違える（まちがえる）
❼	（得）分；方面	点（てん）
❽	掉落；降低	落ちる（おちる）
❾	複習	復習（ふくしゅう）
❿	利用	利用（りよう）
⓫	欺負；捉弄	苛める（いじめる）
⓬	昏昏欲睡，睏倦	眠たい（ねむたい）

「簡単（かんたん）」、「易（やさ）しい」比一比

簡単（かんたん）／簡單	事物不複雜，容易處理。 簡単（かんたん）に述（の）べる／簡單陳述。
易（やさ）しい／容易	表示做事時，不需要花費太多時間、勞力和能力的樣子。 やさしい本（ほん）／簡單易懂的書

「答（こた）え」、「返事（へんじ）」比一比

答（こた）え／答覆；答案	對來自對方的提問，用語言或姿勢來回答；又指分析問題得到的結果。 答（こた）えが合（あ）う／答案正確。
返事（へんじ）／回答	指回答別人的招呼、詢問等。也指其回答的話。 返事（へんじ）をしなさい／回答我啊。

「落（お）ちる」、「下（お）りる」比一比

落（お）ちる／掉落；降低	指從高處以自己身體的重量向下降落；又指程度、質量或力量等下降。 2階（かい）から落（お）ちる／從2樓摔下來。
下（お）りる／下來；下車；退位	從高處向低處移動；又指從交通工具上下來；還指辭去職位。 山（やま）を下（お）りる／下山。

求學階段日文相關單字

学校（がっこう）／學校	把人們集中在一起，進行教育的地方。有小學、中學、高中、大學、職業學校等。 学校（がっこう）に行（い）く／去學校。
小学校（しょうがっこう）／小學	義務教育中，對兒童、少年實施最初６年教育的學校。 小学校（しょうがっこう）に上（あ）がる／上小學。
中学校（ちゅうがっこう）／中學	小學畢業後進入的，接受３年中等普通教育的義務制學校。 中学校（ちゅうがっこう）に入（はい）る／上中學。
高校（こうこう）・高等学校（こうとうがっこう）／高中	為使初中畢業生，繼續接受高等普通教育，或專科教育而設立的３年制學校。 高校一年生（こうこういちねんせい）／高中一年級生
大学（だいがく）／大學	在高中之上，學習專門之事的學校。日本有只念兩年的大學叫「短大（たんだい）」。 大学（だいがく）に入（はい）る／進大學。
学部（がくぶ）／科系	「学部（がくぶ）」是指大學裡，根據學術領域而大體劃分的單位。院系。 理学部（りがくぶ）／理學院
先生（せんせい）／老師	在學校等居於教育，指導別人的人；又指對高職位者的敬稱如：醫生、政治家等。 先生（せんせい）になる／當老師。
生徒（せいと）／學生（小學～高中）	在學校學習的人，特別是指在**小學**、**中學**、**高中**學習的人。 生徒（せいと）が増（ふ）える／學生增加。
学生（がくせい）／學生（大專院校）	上學校受教育的人。在日本嚴格説來，是指大學生或短大的學生。 学生（がくせい）を教（おし）える／教學生。
入学（にゅうがく）／入學	指小學生、中學生、大學生為了接受教育而進入學校。 大学（だいがく）に入学（にゅうがく）する／上大學。
卒業（そつぎょう）／畢業	指學完必修的全部課程，離開學校；又指充分地做過該事，已經沒有心思和必要再做。 大学（だいがく）を卒業（そつぎょう）する／大學畢業。

職業、事業 

Track1-35

		❶ 詢問處；受理 うけつけ **受付**	❷ 司機 うんてんしゅ **運転手**
❸ 護士，護理師 かんごし **看護師**	❹ 警察；巡警 けいかん **警官**	❺ 警察；警察局 けいさつ **警察**	❻ 校長 こうちょう **校長**
❼ 公務員 こうむいん **公務員**	❽ 牙醫 はいしゃ **歯医者**	❾ [arbeit] 打工，副業 **アルバイト**	❿ 報社 しんぶんしゃ **新聞社**
⓫ 工業 こうぎょう **工業**	⓬ 時薪 じきゅう **時給**	⓭ 找到；目睹 みつ **見付ける**	⓮ 尋找，找尋 さが さが **探す・捜す**

職場工作 2

Track1-36

編號	中文	假名	單字
1	計劃	けいかく	計画
2	預定	よてい	予定
3	中途；半途	とちゅう	途中
4	收拾；解決	かたづ	片付ける
5	拜訪，訪問	たず	訪ねる
6	事情；用途	よう	用
7	事情；工作	ようじ	用事
8	兩方，兩種	りょうほう	両方
9	情況，方便度	つごう	都合
10	幫忙	てつだ	手伝う
11	會議	かいぎ	会議
12	技術	ぎじゅつ	技術
13	賣場；出售好時機	うば	売り場

職場生活 3

Track1-37

編號	中文	假名	單字
1	[off] 關；休假；折扣		オフ
2	遲到；緩慢	おく	遅れる
3	努力，加油	がんば	頑張る
4	嚴格；嚴酷	きび	厳しい
5	習慣；熟悉	な	慣れる
6	完成；能夠	でき	出来る
7	責備，責罵	しか	叱る
8	道歉；認錯	あやま	謝る
9	取消；離職	や	辞める
10	機會	きかい	機会
11	一次；一旦	いちど	一度
12	繼續；接連	つづ	続く
13	持續；接著	つづ	続ける
14	夢	ゆめ	夢

No.	中文	讀音	單字
⑮	[part] 打工；部分		パート
⑯	幫助；幫手	てつだ	手伝い
⑰	會議室	かいぎしつ	会議室
⑱	經理，部長	ぶちょう	部長
⑲	課長，科長	かちょう	課長
⑳	前進；上升	すす	進む
㉑	[check] 檢查		チェック
㉒	別的；區別	べつ	別
㉓	迎接；邀請	むか	迎える
㉔	完結；解決	す	済む
㉕	睡懶覺，貪睡晚起的人	ねぼう	寝坊
㉖	停止		やめる
㉗	一般，普通	いっぱん	一般

電腦相關(一)

Track 1-38

No.	中文	讀音	單字
①	[notebook personal computer 之略] 筆記型電腦		ノートパソコン
②	[desktop] 桌上型電腦		デスクトップ
③	[keyboard] 鍵盤；電子琴		キーボード
④	[mouse] 滑鼠；老鼠		マウス
⑤	[start button] 開機鈕		スタートボタン
⑥	[click] 按按鍵		クリック
⑦	輸入；輸入數據	にゅうりょく	入力
⑧	[internet] 網際網路		インターネット
⑨	[homepage] 網站首頁；網頁		ホームページ
⑩	[blog] 部落格		ブログ
⑪	[install] 安裝（軟體）		インストール
⑫	接收；收聽	じゅしん	受信
⑬	新作；開新檔案	しんきさくせい	新規作成
⑭	登記；註冊	とうろく	登録

電腦相關（二）5

Track 1-39

		❶ [mail] 電子郵件；信息 **メール**	❷ [mail address] 電子郵件地址 **メールアドレス**
❸ [address] 住址；（電子信箱）地址 **アドレス**	❹ 收件人姓名地址 あてさき **宛先**	❺ 項目名稱；郵件主旨 けんめい **件名**	❻ 插入，裝入 そうにゅう **挿入**
❼ 發信人，寄件人 さしだしにん **差出人**	❽ 添上；附加檔案 てんぷ **添付**	❾ 發送郵件；播送 そうしん **送信**	❿ 轉送，轉寄 てんそう **転送**
⓫ [cancel] 取消；廢除 **キャンセル**	⓬ [file] 文件夾；（電腦）檔案 **ファイル**	⓭ 保存；儲存檔案 ほぞん **保存**	⓮ 回信，回電 へんしん **返信**
⓯ [computer] 電腦 **コンピューター**	⓰ [screen] 螢幕 **スクリーン**	⓱ [personal computer 之略] 個人電腦 **パソコン**	⓲ [word processor 之略] 文字處理機 **ワープロ**

經濟與交易 Track1-40

①	經濟	けいざい	経済
②	貿易	ぼうえき	貿易
③	繁盛，興盛	さか	盛ん
④	出口	ゆしゅつ	輸出
⑤	物品；貨品	しなもの	品物
⑥	特賣品，特價品	とくばいひん	特売品
⑦	[bargain sale 之略] 特賣，出清		バーゲン
⑧	價錢	ねだん	値段
⑨	降低；整理	さ	下げる
⑩	登上；上升	あ	上がる
⑪	給我	く	呉れる
⑫	收到，拿到	もら	貰う
⑬	給予；做	や	遣る
⑭	中止	ちゅうし	中止

金融 Track1-41 2

①	補登錄存摺	つうちょうきにゅう	通帳記入
②	密碼	あんしょうばんごう	暗証番号
③	[cash card] 金融卡，提款卡		キャッシュカード
④	[credit card] 信用卡		クレジットカード
⑤	公共費用	こうきょうりょうきん	公共料金
⑥	匯寄生活費或學費	しおく	仕送り
⑦	帳單，繳費單	せいきゅうしょ	請求書
⑧	億；數量眾多	おく	億
⑨	付錢；揮去	はら	払う
⑩	找零	つ	お釣り
⑪	生產	せいさん	生産
⑫	產業	さんぎょう	産業
⑬	比，比例	わりあい	割合

政治、法律 3

Track1-42

① 國際	こくさい 国際
② 政治	せいじ 政治
③ 選擇	えら 選ぶ
④ 出席	しゅっせき 出席
⑤ 戰爭；打仗	せんそう 戦争
⑥ 規則，規定	きそく 規則
⑦ 法律	ほうりつ 法律
⑧ 約定，規定	やくそく 約束
⑨ 決定；規定	き 決める
⑩ 立起；揚起	た 立てる
⑪ 淺的；淡的	あさ 浅い
⑫ 更；再一個	ひと もう一つ

單字大比拼

「立(た)てる」、「立(た)つ」比一比

立(た)てる／立起	把棒子那樣長的東西，或板子那樣扁的東西的一端或一邊朝上安放；又指定立計畫等。 本(ほん)を立(た)てる／把書立起來。
立(た)つ／站立	物體不離原地，呈上下豎立狀態；坐著的人或動物站起。 電柱(でんちゅう)が立(た)つ／立著電線桿。

「薄(うす)い」、「浅(あさ)い」比一比

薄(うす)い／薄的	表示東西的厚度薄，沒有深度；又指顏色或味道淡。 薄(うす)い紙(かみ)／薄紙
浅(あさ)い／淺的	表示到離底部或裡面的距離短；又表示程度或量小的樣子。 見識(けんしき)が浅(あさ)い／見識淺。

「厚(あつ)い」、「深(ふか)い」比一比

厚(あつ)い／厚的	從一面到相反的一面的距離大或深；一般有多厚因東西的不同而異，並沒有絕對的標準。 厚(あつ)いコート／厚的外套
深(ふか)い／深的	表示到離底部或裡面的距離長。在語感上以頭部為基準，向深處發展；又表示程度或量大的樣子。 仲(なか)が深(ふか)い／關係深。

つか
❿ 捕まえる
あんぜん
⓮ 安全
に
❾ 逃げる
どろぼう
❹ 泥棒
み つ
⓫ 見付かる
こわ
❽ 壊す
嗚～
運氣好背喔～
ち かん
❶ 痴漢
ぬす
❼ 盗む
な
❺ 無くす
❸ すり
か じ
⓬ 火事
お
❻ 落とす
❷ ストーカー
き けん
⓭ 危険

		① 色狼 痴漢（ちかん）	② [stalker] 跟蹤狂 ストーカー
③ 扒手 すり	④ 偷竊；小偷 泥棒（どろぼう）	⑤ 弄丟，搞丟 無（な）くす	⑥ 掉下；弄掉 落（お）とす
⑦ 偷盜，盜竊 盗（ぬす）む	⑧ 弄碎；破壞 壊（こわ）す	⑨ 逃走；逃避 逃（に）げる	⑩ 逮捕，抓 捕（つか）まえる
⑪ 發現了；找到 見付（みつ）かる	⑫ 火災 火事（かじ）	⑬ 危險 危険（きけん）	⑭ 安全；平安 安全（あんぜん）

單字大比拼

「無（な）くす」、「落（お）とす」比一比

無（な）くす／丟失	自己原本持有的東西，不知道放到哪裡去了。這些東西包括如錢包、書本、手錶或資料、證書等。 財布（さいふ）をなくす／弄丟錢包。
落（お）とす／掉下；弄掉	表示使落下；又表示自己原本持有的東西，不知道什麼時候丟了。 財布（さいふ）を落（お）とす／掉了錢包。

「消（け）す」、「無（な）くなる」比一比

消（け）す／關閉；消失；熄滅	關上電器用品，如電視電腦等以電驅動的開關，使其不再運轉；或滅掉火或光。 電気（でんき）を消（け）す／關電燈。
無（な）くなる／遺失；用完	原有的東西不見了；又指用光了，沒有了。 米（こめ）が無（な）くなった／沒米了。

「見（み）つかる」、「探（さが）す」比一比

見（み）つかる／被發現；找到	被發現，被看到；又指能找到。 落（お）とし物（もの）が見（み）つかる／找到遺失物品。
探（さが）す／尋找	想要找出需要的或丟失的物或人。 読（よ）みたい本（ほん）を探（さが）す／尋找想看的書。

數量、次數、形狀與大小

Track 1-44

❶ 不到…；在…以下 いか **以下**	❷ 不超過…；以內 いない **以内**	❸ 超過；上述 いじょう **以上**	❹ 補足，增加 た **足す**
❺ 足夠；可湊合 た **足りる**	❻ 多的 おお **多い**	❼ 少 すく **少ない**	❽ 增加 ふ **増える**
❾ 形狀；樣子 かたち **形**	❿ 大，大的 おお **大きな**	⓫ 小的；年齡幼小 ちい **小さな**	⓬ 綠色 みどり **緑**
⓭ 深的；濃的 ふか **深い**			

單字大比拼

「沢山(たくさん)」、「多(おお)い」、「大(おお)きな」比一比

沢山(たくさん)／多量	當「副詞」時，表數量很多。當「形容動詞」時，表已經足夠，再也不需要。 たくさんある／有很多。
多(おお)い／多	客觀地表示數量、次數、比例多的樣子。 宿題(しゅくだい)が多(おお)い／功課很多。
大(おお)きな／大的	表示數量或程度，所佔的比例很大。 非常(ひじょう)に大(おお)きい／非常大。

「少(すこ)し」、「少(すく)ない」、「小(ちい)さな」比一比

少(すこ)し／少量	數量少、 時間短、 距離近、 程度小的樣子。 もう少(すこ)し／再一點點
少(すく)ない／少	客觀地表示數量、次數、比例少，少到幾乎近於零的樣子。 友達(ともだち)が少(すく)ない／朋友很少。
小(ちい)さな／小的	指數量或程度比別的輕微；又指年齡幼小。 小(ちい)さな時計(とけい)／小錶

心理及感情 1

Track 1-45

		❶ 內心；心情 心（こころ）	❷ 氣息；心思 気（き）
❸ 情緒；身體狀況 気分（きぶん）	❹ 心情；感覺 気持ち（きもち）	❺ 放心，安心 安心（あんしん）	❻ 厲害；非常 凄い（すごい）
❼ 出色，很好 素晴しい（すばらしい）	❽ 可怕，害怕 怖い（こわい）	❾ 妨礙；拜訪 邪魔（じゃま）	❿ 擔心，操心 心配（しんぱい）
⓫ 丟臉；難為情 恥ずかしい（はずかしい）	⓬ 複雜 複雑（ふくざつ）	⓭ 能拿；受歡迎 持てる（もてる）	⓮ [lovelove] 甜蜜，如膠似漆 ラブラブ

單字大比拼

「気分（きぶん）」、「気持ち（きもち）」比一比

気分（きぶん）／情緒；身體狀況；氣氛	每時每刻的感情、心理狀態；又指身體狀況；還指整體籠罩的氣氛。 気分転換（きぶんてんかん）する／轉換心情。
気持ち（きもち）／心情	接觸某事物或某人自然產生的感情或內心的想法；由身體狀況引起的好壞的感覺。 気持ち（きもち）が悪い（わるい）／感到噁心。

「凄い（すごい）」、「素晴らしい（すばらしい）」比一比

凄い（すごい）／厲害；非常	感到恐怖、驚嚇、憤慨等意；又形容好的事物，帶有驚訝的語氣；亦為程度大的樣子。 すごい人気（にんき）だった／超人氣。
素晴らしい（すばらしい）／出色；極好	表示非常出色而無條件感嘆的樣子。 素晴らしい（すばらしい）効果（こうか）がある／成效極佳。

❻煩い
❿寂しい
❶嬉しい
❷楽しみ
⓭びっくり
❼怒る
❸喜ぶ
合格
❽驚く
⓫残念
❾悲しい
❺ユーモア
❹笑う
⓬泣く

喜怒哀樂 2
Track1-46

		❶ 高興，喜悅 嬉しい（うれ）	❷ 期待；快樂 楽しみ（たの）
❸ 高興 喜ぶ（よろこ）	❹ 笑；譏笑 笑う（わら）	❺ [humor] 幽默，滑稽 ユーモア	❻ 吵鬧；煩人的 煩い（うるさ）
❼ 生氣；斥責 怒る（おこ）	❽ 驚嚇，吃驚 驚く（おどろ）	❾ 悲傷，悲哀 悲しい（かな）	❿ 孤單；寂寞 寂しい（さび）
⓫ 遺憾，可惜 残念（ざんねん）	⓬ 哭泣 泣く（な）	⓭ 驚嚇，吃驚 びっくり	

傳達、通知與報導 3
Track1-47

		❶ 電報 電報（でんぽう）	❷ 送達；送交 届ける（とど）
❸ 寄送；送行 送る（おく）	❹ 通知，讓對方知道 知らせる（し）	❺ 傳達，轉告 伝える（つた）	❻ 聯繫，聯絡 連絡（れんらく）
❼ 打聽；詢問 尋ねる（たず）	❽ 調查；檢查 調べる（しら）	❾ 回答，回覆 返事（へんじ）	❿ 天氣預報 天気予報（てんきよほう）
⓫ 播映，播放 放送（ほうそう）			

思考與判斷 

Track 1-48

No.	中文	讀音	日文
1	想起來，回想	おもいだす	思い出す
2	思考；覺得	おもう	思う
3	思考；考慮	かんがえる	考える
4	應該；會		はず
5	意見；勸告	いけん	意見
6	方法，做法	しかた	仕方
7	如實，照舊		まま
8	比較	くらべる	比べる
9	時候；狀況	ばあい	場合
10	奇怪；變化	へん	変
11	特別，特殊	とくべつ	特別
12	保重；重要	だいじ	大事
13	商量	そうだん	相談
14	根據，依據	よると	…に拠ると
15	那樣地		あんな
16	那樣的		そんな

理由與決定 

Track 1-49

No.	中文	讀音	日文
1	為了；因為		ため
2	為什麼	なぜ	何故
3	原因	げんいん	原因
4	理由，原因	りゆう	理由
5	原因；意思	わけ	訳
6	正確；端正	ただしい	正しい
7	一致；合適	あう	合う
8	需要	ひつよう	必要
9	好，可以	よろしい	宜しい
10	勉強；不講理	むり	無理
11	不行；沒用	だめ	駄目
12	打算；當作		つもり
13	決定；規定	きまる	決まる
14	相反；反對	はんたい	反対

No.	中文	假名	單字
①	經驗，經歷	けいけん	経験
②	事情	こと	事
③	說明	せつめい	説明
④	知道；接受	しょうち	承知
⑤	接受；受到	う	受ける
⑥	在意，理會	かま	構う
⑦	謊話；不正確	うそ	嘘
⑧	的確；原來如此		なるほど
⑨	改變；變更	か	変える
⑩	改變；奇怪	か	変わる
⑪	啊；喂		あっ
⑫	哎呀		おや
⑬	嗯；對		うん
⑭	那樣；是		そう
⑮	關於		…について

語言與出版物 7

Track1-51

①	會話，對話	かいわ	会話
②	發音	はつおん	発音
③	字，文字	じ	字
④	文法	ぶんぽう	文法
⑤	日記	にっき	日記
⑥	文化；文明	ぶんか	文化
⑦	文學	ぶんがく	文学
⑧	小說	しょうせつ	小説
⑨	[text] 教科書		テキスト
⑩	漫畫	まんが	漫画
⑪	翻譯	ほんやく	翻訳

No.	中文	日文	假名
①	突然	急に	きゅう
②	接下來，現在起	これから	
③	暫時，一會兒	暫く	しばら
④	更；一直	ずっと	
⑤	快要；逐漸	そろそろ	
⑥	偶爾	偶に	たま
⑦	終於	到頭	とうとう
⑧	許久，隔了好久	久しぶり	ひさ
⑨	首先，總之	先ず	ま
⑩	不久，馬上	もう直ぐ	す
⑪	終於，好不容易	やっと	
⑫	急迫；突然	急	きゅう

程度副詞 2

Track1-53

No.	中文	日文	假名
①	無論…也不…	幾ら…ても	いく
②	充滿；很多	一杯	いっぱい
③	相當地；不像話	随分	ずいぶん
④	完全，全部	すっかり	
⑤	完全不…；非常	全然	ぜんぜん
⑥	那麼，那樣	そんなに	
⑦	那麼地	それ程	ほど
⑧	大部分；大概	大体	だいたい
⑨	相當地	大分	だいぶ
⑩	一點也不…	ちっとも	
⑪	盡可能地	出来るだけ	でき
⑫	非常；不容易	中々	なかなか
⑬	盡量，盡可能	なるべく	
⑭	僅只；幾乎要	ばかり	

⑮ 非常，很	⑯ 分開；除外	⑰ …的程度；限度	⑱ 大部份；幾乎
非常に（ひじょう）	別に（べつ）	程（ほど）	殆ど（ほとん）
⑲ 比較地	⑳ 充分，足夠	㉑ 當然	㉒ 依然，仍然
割合に（わりあい）	十分（じゅうぶん）	もちろん	やはり

思考、狀態副詞 3

Track1-54

① 那樣	② 確實；大概	③ 一定，務必	④ 代替；補償
ああ	確か（たし）	必ず（かなら）	代わり（か）
⑤ 一定，務必	⑥ 絕對（不）	⑦ 如此；這樣	⑧ 紮實；可靠
きっと	決して（けっ）	こう	確り（しっか）
⑨ 務必；好與壞	⑩ 例如	⑪ 特地，特別	⑫ 清楚；明確
是非（ぜひ）	例えば（たと）	特に（とく）	はっきり
⑬ 如果，假如			
若し（も）			

接續詞、接助詞與接尾詞、接頭詞 4

Track1-55

①	於是；這樣一來	すると
②	後來，那麼	それで
③	而且，再者	それに
④	所以，因此	だから
⑤	或者	又(また)は
⑥	但是	けれど・けれども
⑦	每隔…	…置(お)き
⑧	…月	…月(がつ)
⑨	…會，會議	…会(かい)
⑩	…倍，加倍	…倍(ばい)
⑪	…間，…家	…軒(けん)
⑫	小…	…ちゃん
⑬	…君	…君(くん)
⑭	…先生，…小姐	…様(さま)
⑮	第…	…目(め)
⑯	…家	…家(か)
⑰	儀式；…典禮	…式(しき)
⑱	…製	…製(せい)
⑲	世代；…多歲	…代(だい)
⑳	開始…	…出(だ)す
㉑	難以…，不容易	…難(にく)い
㉒	容易…	…やすい
㉓	過於…	…過(す)ぎる
㉔	貴…	御(ご)…
㉕	一邊…，同時…	…ながら
㉖	…方法	…方(かた)

1. 來，去，在 — いらっしゃる
2. 來，去，在 — おいでになる
3. 您知道 — ご存知（ぞんじ）
4. 看，閱讀 — ご覧（らん）になる
5. 做 — なさる
6. 吃，喝 — 召（め）し上（あ）がる
7. 做；致 — 致（いた）す
8. 領受；頂 — 頂（いただ）く・戴（いただ）く
9. 拜訪；請教 — 伺（うかが）う
10. 說，叫 — おっしゃる
11. 給，給予 — 下（くだ）さる
12. 給 — 差（さ）し上（あ）げる
13. 看，拜讀 — 拝見（はいけん）
14. 去；認輸 — 参（まい）る
15. 說 — 申（もう）し上（あ）げる
16. 說，叫 — 申（もう）す
17. 是，在 — …ございます
18. 是 — …でございます
19. 有 — 居（お）る
20. 知道 — 存（ぞん）じ上（あ）げる

MEMO

N4

單字+文法

50 音順排序

□□□ 0001

Track2-01

例 私があの時ああ言ったのは、よくなかったです。

1秒後影子跟讀

譯 我當時那樣說並不恰當。

文法 が：接在名詞的後面，表示後面的動作或狀態的主體。

生字 言う／說話；良い／適合

副 ああ

那樣

類 そう　那樣

對 こう　這樣

□□□ 0002

例 アメリカでは、こう握手して挨拶します。

1秒後影子跟讀

譯 在美國都像這樣握手寒暄。

文法 こう［這樣］：指眼前的物或近處的事時用的詞。

生字 アメリカ／美國；握手／握手

名・自サ あいさつ【挨拶】

寒暄，打招呼，拜訪；致詞

類 言葉　話語

對 失礼　不禮貌

□□□ 0003

例 10年もの間、連絡がなかった。

1秒後影子跟讀

譯 長達10年之間，都沒有聯絡。

文法 も［多達…］：前接數量詞，用在強調數量很多，程度很高的時候。

生字 連絡／聯繫

名 あいだ【間】

期間；間隔，距離；中間；關係；空隙

類 時間　一段時間

對 一瞬　一瞬間

□□□ 0004

例 時間が合えば、会いたいです。

1秒後影子跟讀

譯 如果時間允許，希望能見一面。

出題重點 合う（あう）：“適合”兩者相配或適合，也用於形容情況或時間上的一致性。問題3陷阱可能有，

- 似る（にる）：“相似、類似”指兩個或多個事物在外觀、性質等方面的相似性。
- 済む（すむ）：“結束、完結”指事情或活動達到結束點或完成狀態。
- 合わない（あわない）：“不適合”則直接表達「不適合」的概念。

文法 ば［如果…的話；假如…］：後接意志或期望等詞，表示後項受到某種條件的限制。

生字 時間／時間；会う／碰面

自五 あう【合う】

合；一致，合適；相配；符合；正確

類 ぴったり　正好，合適

對 合わない　不合適，不相配

讀書計劃：□□／□□

□□□ 0005

例 赤ちゃんは、泣いてばかりいます。

1秒後影子跟讀

譯 嬰兒只是哭著。

出題重點 「赤ちゃん」讀作「あかちゃん」，意指嬰兒或小孩。問題 1 誤導選項可能有：

- 「あかちやん」中的拗音「ちゃ」用大寫的「や」變「ちや」混淆。
- 「あかたん」中的「ちゃ」用「た」混淆。
- 「あかちゅん」中的拗音「ちゃ」用拗音「ちゅ」混淆。

文法 ばかり [只…，淨…]：前接動詞て形，表示説話人對不斷重複一樣的事，或一直都是同樣的狀態，有負面的評價。

生字 泣く／哭泣

名 あかちゃん【赤ちゃん】

嬰兒

類 幼児　嬰兒

對 大人　成人

訓 赤=あか

□□□ 0006

例 野菜の値段が上がるようだ。

1秒後影子跟讀

譯 青菜的價格好像要上漲了。

文法 ようだ [好像…]：用在説話人從各種情況，來推測人或事物是後項的情況，通常是説話人主觀，根據不足的推測。

生字 野菜／蔬菜；値段／價錢

自五 あがる【上がる】

登上;升高，上升;發出(聲音);(從水中)出來;(事情)完成

類 登る　攀升

對 下がる　下降

□□□ 0007

例 赤ん坊が歩こうとしている。

1秒後影子跟讀

譯 嬰兒在學走路。

文法 (よ) うとする [想要…]：表示動作主體的意志，意圖。主語不受人稱的限制。表示努力地去實行某動作。

生字 歩く／行走

名 あかんぼう【赤ん坊】

嬰兒；不暗世故的人

類 赤ちゃん　嬰兒

對 子ども　兒童，孩子

訓 赤=あか

□□□ 0008

例 席が空いたら、座ってください。

1秒後影子跟讀

譯 如果空出座位來，請坐下。

文法 たら [如果…；…了的話]：表示確定條件，知道前項一定會成立，以其為契機做後項。 近 といい […就好了]

生字 席／席位；座る／坐

自五 あく【空く】

空著;(職位)空缺;空隙;閒著;有空

類 空く　空閒

對 一杯　滿員，滿的

訓 空=あ（く）

□□□ 0009

例 デパートをぶらぶら歩いていて、かわいいアクセサリーを見つけた。

1秒後影子跟讀

譯 在百貨公司閒逛的時候，看到了一件可愛的小飾品。

名 アクセサリー【accessary】

飾品，裝飾品；零件

類 指輪　戒指

對 服　服裝，衣服

出題重點 アクセサリー：“飾品、配件”泛指各種裝飾性的小飾品。問題 3 陷阱可能有，

- ネックレス：“項鍊” 戴在頸部的飾品，通常有吊墜。
- イヤリング：“耳環” 戴在耳朵上的飾品，通常有吊墜。
- スカーフ：“圍巾” 圍繞頸部或肩膀，增添風格或保暖。

慣用語

- アクセサリーをつける／戴飾品。
- アクセサリーを選ぶ／選擇飾品。

生字 デパート／百貨公司；ぶらぶら／溜達；見つける／發現

□□□ 0010

例 ほしいなら、あげますよ。

1秒後影子跟讀

譯 如果想要，就送你。

他下一 あげる【上げる】

給；送；交出；獻出

類 やる　給予

對 もらう　收到

文法 なら [要是…就…]：表示接受了對方所說的事情，狀態，情況後，說話人提出了意見，勸告，意志，請求等。

生字 ほしい／希望得到

□□□ 0011

例 浅いところにも小さな魚が泳いでいます。

1秒後影子跟讀

譯 水淺的地方也有小魚在游動。

形 あさい【浅い】

淺的；(事物程度)微少；淡的；薄的

類 薄い　淺的

對 深い　深的

生字 小さな／微小的；泳ぐ／優游

□□□ 0012

例 朝寝坊して、バスに乗り遅れてしまった。

1秒後影子跟讀

譯 因為睡過頭，沒能趕上公車。

名・自サ あさねぼう【朝寝坊】

賴床；愛賴床的人

類 寝坊　睡懶覺

對 早起き　早起

訓 朝＝あさ

文法 てしまう [(感慨)…了]：表示出現了說話人不願意看到的結果，含有遺憾、惋惜、後悔等語氣，這時候一般接的是無意志的動詞。

生字 バス／巴士；乗り遅れる／搭不上

讀書計劃：□□／□□

□□□ 0013

例 彼によると、このお菓子はオレンジの味がするそうだ。
1秒後影子跟讀

譯 聽他說這糕點有柳橙味。

出題重點 「味」讀作「あじ」，指食物的風味或口感。問題 1 誤導選項可能有：

- 「におい」這個詞表示氣味，可以是香的，也可以是臭的。
- 「いろ」指顏色，涵蓋從基本色到複雜色調的所有範圍。
- 「かたち」指物體的形狀、外觀或輪廓，包括其結構。

文法 お…：後接名詞（跟對方有關的行為、狀態或所有物），表示尊敬、鄭重、親愛。另外，還有習慣用法等意思。

生字 お菓子／點心；オレンジ／橘子

名 あじ【味】
味道；趣味；滋味
類 甘い　甜的
對 匂い　氣味，香味
訓 味＝あじ

□□□ 0014

例 日本も台湾も韓国もアジアの国だ。
1秒後影子跟讀

譯 日本、台灣及韓國都是亞洲國家。

生字 国／國家

名 アジア【Asia】
亞洲
類 アジア大陸【Asia たいりく】亞洲大陸
對 ヨーロッパ【Europe】 歐洲

□□□ 0015

例 ちょっと味見をしてもいいですか。
1秒後影子跟讀

譯 我可以嚐一下味道嗎？

文法 てもいい［可以…］：如果說話人用疑問句詢問某一行為，表示請求聽話人允許某行為。

生字 ちょっと／稍微

名・自サ あじみ【味見】
試吃，嚐味道
類 試食　試吃
對 食べ放題　吃到飽
訓 味＝あじ

□□□ 0016　Track2-02

例 今日忙しいなら、明日でもいいですよ。
1秒後影子跟讀

譯 如果今天很忙，那明天也可以喔！

生字 今日／今天；忙しい／忙碌的

名 あす【明日】
明天
類 明日　明天
對 今日　今天

□□□ 0017

例 勉強より、遊びのほうが楽しいです。

1秒後影子跟讀

譯 玩樂比讀書有趣。

生字 勉強／用功讀書；楽しい／愉快的

名 あそび【遊び】

遊玩，玩耍；不做事；間隙；閒遊；餘裕

類 ゲーム　遊戲

對 仕事　工作

□□□ 0018

例 あっ、雨が止みましたね。

1秒後影子跟讀

譯 啊！雨停了耶！

生字 止む／停止

感 あっ

啊（突然想起、吃驚的樣子），哎呀

類 びっくりする　驚訝

對 ほっとする　感到放鬆

□□□ 0019

例 パーティーに、1,000 人も集まりました。

1秒後影子跟讀

譯 多達 1000 人，聚集在派對上。

出題重點 「集まる」是自動詞，常用於表示人或物自然地聚在一起，如「人／意見が集まる」。下面為問題 5 錯誤用法：

- 作為物品的質量或狀態，如「この布はほこりを集まる」。
- 描述時間的流逝或變化，如「時間が速く集まる」。
- 非物質聚集，如「私の考えは心に集まっている」。

文法 も［多達…］：前接數量詞表示數量之多。

生字 パーティー／集會；人／人，量詞

自五 あつまる【集まる】

聚集，集合

類 集める　收集，聚集

對 減る　減少，降低

訓 集＝あつ（まる）

□□□ 0020

例 生徒たちを、教室に集めなさい。

1秒後影子跟讀

譯 叫學生到教室集合。

文法 なさい［要…；請…］：表示命令或指示。

生字 生徒／學生；教室／教室

他下一 あつめる【集める】

集合；收集；集中

類 収集する　收集

對 捨てる　丟棄

訓 集＝あつ（める）

讀書計劃：□□／□□

□□□ 0021

例 名刺(めいし)に書(か)いてある宛先(あてさき)に送(おく)ってください。

1秒後影子跟讀

譯 請寄到名片上所寫的送件地址。

出題重點 「宛先」讀作「あてさき」，意指信件或包裹的收件地址。問題 1 誤導選項可能有：

- 「あてさか」用清音「か」混淆了「き」。
- 「あてせん」用音讀「せん」混淆訓讀「さき」。
- 「あてざき」用濁音「ざ」混淆「さ」。

慣用語

- 宛先(あてさき)を書(か)く／寫收件人地址。
- 宛先(あてさき)を間違(まちが)う／收件人地址錯誤。

生字 名刺(めいし)／名片；送(おく)る／寄送

名 あてさき【宛先】

收件人姓名地址，送件地址

類 送(おく)り先(さき)　收件地址

對 出発地(しゅっぱつち)　出發地

□□□ 0022

例 そのアドレスはあまり使(つか)いません。

1秒後影子跟讀

譯 我不常使用那個郵件地址。

生字 あまり／（不）怎麼；使(つか)う／使用

名 アドレス【address】

住址，地址;(電子信箱) 地址;(高爾夫) 擊球前姿勢

類 住所(じゅうしょ)　地址

對 名前(なまえ)　名字

□□□ 0023

例 アフリカに遊(あそ)びに行(い)く。

1秒後影子跟讀

譯 去非洲玩。

生字 遊(あそ)ぶ／遊玩

名 アフリカ【Africa】

非洲

類 アフリカ大陸(たいりく)【Africa たいりく】　非洲大陸

對 アジア【Asia】　亞洲

□□□ 0024

例 10才(さい)のとき、家族(かぞく)といっしょにアメリカに渡(わた)りました。

1秒後影子跟讀

譯 10 歲的時候，跟家人一起搬到美國。

生字 家族(かぞく)／家人；渡(わた)る／遷移

名 アメリカ【America】

美國

類 アメリカ合衆国(がっしゅうこく)【America がっしゅうこく】　美國

對 ヨーロッパ【Europe】　歐洲

□□□ 0025

例 そんなに謝らなくてもいいですよ。

1秒後影子跟讀

譯 不必道歉到那種地步。

出題重點 「謝る」意指“道歉”，表示對自己的錯誤或不當行為表達歉意。問題 2 可能混淆的漢字有：

- 「謠」謠言或不實流言；「議」深入討論或政治議會；「謹」謹慎或恭敬的態度。

慣用語

- 間違いを謝る／為錯誤道歉。

文法 そんな［那樣的］：間接的在說人或事物的狀態或程度。而這個事物是靠近聽話人的或聽話人之前說過的。

生字 いい／可以的

自五 あやまる【謝る】

道歉，謝罪；認錯；謝絕

類 すみません　對不起

對 ありがとう　謝謝

□□□ 0026

例 アルバイトばかりしていないで、勉強もしなさい。

1秒後影子跟讀

譯 別光打工，也要唸書啊！

文法 ばかり［淨…；光…］：表示數量、次數非常多。

生字 勉強／用功讀書

名 アルバイト【(德)arbeit 之略】

打工，副業

類 パート【part】　兼職

對 正社員　正式員工

□□□ 0027

例 暗証番号は定期的に変えた方がいいですよ。

1秒後影子跟讀

譯 密碼要定期更改比較好喔。

生字 定期／定期；変える／變更

名 あんしょうばんごう【暗証番号】

密碼

類 パスワード【password】　密碼

對 名前　姓名

□□□ 0028

例 大丈夫だから、安心しなさい。

1秒後影子跟讀

譯 沒事的，放心好了。

生字 大丈夫／不要緊

名・自サ あんしん【安心】

放心，安心

類 平安　安心

對 不安　不安

音 安＝アン

音 心＝シン

讀書計劃：□□／□□

□□□ 0029

例 安全(あんぜん)な使(つか)いかたをしなければなりません。

1秒後影子跟讀

譯 必須以安全的方式來使用。

文法 なければならない[必須…]：表示無論是自己或對方，從社會常識或事情的性質來看，不那樣做就不合理，有義務要那樣做。近 なくてはならない[不得不…]

生字 使(つか)う／使用

名・形動 あんぜん【安全】

安全；平安

類 大丈夫(だいじょうぶ) 放心

對 危険(きけん) 危險

音 安=アン

□□□ 0030

例 私(わたし)だったら、あんなことはしません。

1秒後影子跟讀

譯 如果是我的話，才不會做那種事。

文法 あんな[那樣的]：間接地說人或事物的狀態或程度。而這是指說話人和聽話人以外的事物，或是雙方都理解的事物。

生字 私(わたし)／我；こと／事情

連體 あんな

那樣地

類 そのような 那樣的

對 このような 這樣的

□□□ 0031

例 京都(きょうと)を案内(あんない)してさしあげました。

1秒後影子跟讀

譯 我陪同他遊覽了京都。

出題重點 「案内」讀作「あんない」，意指指導、導引或介紹。問題1誤導選項可能有：

- 「あんあい」中的「な」使用了清音「あ」。
- 「あんにゃい」中的「な」使用了拗音「にゃ」。
- 「めろたこ」用字型相似，與原始讀音全異的方式混淆。

文法 てさしあげる[(為他人)做…]：表示自己或站在自己一方的人，為他人做前項有益的行為。近 あげる[給予…]

生字 京都(きょうと)／京都

名・他サ あんない【案内】

引導；陪同遊覽，帶路；傳達

類 ガイド【guide】 導遊

對 迷(まよ)う 迷路，不確定

□□□ 0032 Track2-03

例 あの女性(じょせい)は、30歳(さい)以下(いか)の感(かん)じがする。

1秒後影子跟讀

譯 那位女性，感覺不到30歲。

文法 がする[感到…；覺得…]：表示說話人通過感官感受到的感覺或知覺。

生字 女性(じょせい)／女生；感(かん)じ／印象

名 いか【以下】

以下，不到…；在…以下；以後

類 以内(いない) 以內

對 以上(いじょう) 以上

音 以=イ

□□□ 0033

例 彼以外は、みんな来るだろう。

1秒後影子跟讀

譯 除了他以外，大家都會來吧！

文法 だろう [⋯吧]：表示說話人對未來或不確定事物的推測，且說話人對自己的推測有相當大的把握。

生字 来る／前來

名 いがい【以外】

除外，以外

類 他の　其他的

對 含む　包括

音 以＝イ

□□□ 0034

例 医学を勉強するなら、東京大学がいいです。

1秒後影子跟讀

譯 如果要學醫，東京大學很不錯。

文法 なら [要是⋯的話]：表示接受了對方所說的事情、狀態、情況後，說話人提出了意見、勸告、意志、請求等。

生字 勉強／用功讀書；大学／大學

名 いがく【医学】

醫學

類 医療学　醫學

對 文学　文學

音 医＝イ

□□□ 0035

例 彼は、一人で生きていくそうです。

1秒後影子跟讀

譯 聽說他打算一個人活下去。

出題重點 生きる（いきる）：“生活、生存”專指生命的持續和生存狀態。問題 3 陷阱可能有，

- 存在する（そんざいする）：“存在”更泛指任何事物或生命的存在。
- 暮らす（くらす）：“生活”著重於生活的日常過程和習慣。
- 死ぬ（しぬ）：“死亡”則表示生命的終結，與「生きる」相對。

文法 ていく [⋯去；⋯下去]：表示動作或狀態，越來越遠地移動或變化，或動作的繼續，順序，多指從現在向將來。

生字 彼／他；一人／一個人

自上一 いきる【生きる】

活，生存；生活；致力於⋯；生動

類 食べる　生活，過日子

對 死ぬ　死亡

□□□ 0036

例 いくらほしくても、これはさしあげられません。

1秒後影子跟讀

譯 無論你多想要，這個也不能給你。

文法 さしあげる [給予⋯]：授受物品的表達方式。表示下面的人給上面的人物品。是一種謙虛的說法。

生字 ほしい／渴望

名・副 いくら⋯ても【幾ら⋯ても】

無論⋯也不⋯

類 どんなに～でも　無論多⋯都

對 けっして～ない　絕不⋯

讀書計劃：□□／□□

□□□ 0037

例 あの学生（がくせい）は、いつも意見（いけん）を言（い）いたがる。

1秒後影子跟讀

譯 那個學生，總是喜歡發表意見。

文法 がる［覺得…］：表示某人說了什麼話或做了什麼動作， 而給說話人留下這種想法，有這種感覺，想這樣做的印象。

生字 学生（がくせい）／學生；いつも／往常

名・自他サ **いけん【意見】**

意見；勸告；提意見

類 主張（しゅちょう） 見解

對 同意（どうい） 同意

音 意=イ

□□□ 0038

例 池（いけ）に石（いし）を投（な）げるな。

1秒後影子跟讀

譯 不要把石頭丟進池塘裡。

文法 な［不要…］：表示禁止。命令對方不要做某事的說法。由於說法比較粗魯，所以大都是直接面對當事人說。

生字 池（いけ）／水池；投（な）げる／扔

名 **いし【石】**

石頭，岩石；(猜拳)石頭，結石；鑽石；堅硬

類 岩石（がんせき） 岩石

對 木（き） 木材

□□□ 0039

例 弱（よわ）いものを苛（いじ）める人（ひと）は一番（いちばん）かっこう悪（わる）い。

1秒後影子跟讀

譯 霸凌弱勢的人，是最差勁的人。

出題重點 「苛（いじ）める」常用於描述對人或動物的不當行為。如「友（とも）だち／猫（ねこ）をいじめる」。下面為問題5錯誤用法：

- 精神壓力，如「プロジェクトにいじめられる」。
- 自然現象，如「雨（あめ）が強（つよ）く苛（いじ）める」。
- 正面行為的描述，如「彼（かれ）は親切（しんせつ）に苛（いじ）める」。
- 物品或設備的功能，如「この機械（きかい）はよく苛（いじ）める」。

生字 弱（よわ）い／弱小的；かっこう悪（わる）い／糟糕的

他下一 **いじめる【苛める】**

欺負，虐待；捉弄；折磨

類 いたずら 惡作劇

對 助（たす）ける 幫助

□□□ 0040

例 100人以上（にんいじょう）のパーティーと二人（ふたり）で遊（あそ）びに行（い）くのと、どちらのほうが好（す）きですか。

1秒後影子跟讀

譯 你喜歡參加百人以上的派對，還是兩人一起出去玩？

文法 と…と…どちら［在…與…中，哪個…］：表示從兩個裡面選一個。也就是詢問兩個人或兩件事，哪一個適合後項。

生字 パーティー／宴會；二人（ふたり）／兩個人

名 **いじょう【以上】**

以上，不止，超過，以外；上述

類 もっと 更多

對 以下（いか） 以下

音 以=イ

□□□ 0041

例 もし急(いそ)ぐなら先(さき)に行(い)ってください。

1秒後影子跟讀

譯 如果你趕時間的話，就請先走吧！

生字 もし／若是；先(さき)／領先

自五 いそぐ【急ぐ】

快，急忙，趕緊

類 忙(いそが)しい　忙碌的

對 ゆっくり　慢慢地

訓 急＝いそ（ぐ）

□□□ 0042

例 このお菓子(かし)は、変(か)わった味(あじ)が致(いた)しますね。

1秒後影子跟讀

譯 這個糕點的味道有些特別。

生字 変(か)わる／與眾不同；味(あじ)／滋味

自他五・補動 いたす【致す】

（「する」的謙恭說法）做，辦；致；有…，感覺…（或唸：いたす）

類 する　進行

對 止(や)める　停止

□□□ 0043

例 お菓子(かし)が足(た)りないなら、私(わたし)はいただかなくてもかまいません。

1秒後影子跟讀

譯 如果糕點不夠的話，我不用吃也沒關係。

出題重點 題型４裡「いただく」的考點有：

- 例句：プレゼントをいただいた／收到了禮物。
- 換句話說：プレゼントをもらった／收到了禮物。
- 相對說法：プレゼントをあげた／送了禮物。

「いただく」是謙虛地表達“接收”或“吃”；「もらう」直接表示接收到某物；「あげる」意味著給予或贈送。

文法 なくてもかまわない［不…也行］：表示沒有必要做前面的動作，不做也沒關係。

生字 足(た)りる／足夠

他五 いただく【頂く・戴く】

領受；領取；吃，喝；頂

類 もらう　接受

對 あげる　給予

□□□ 0044

例 一度(いちど)あんなところに行(い)ってみたい。

1秒後影子跟讀

譯 想去一次那樣的地方。

生字 ところ／地方；行(い)く／前往

名・副 いちど【一度】

一次，一回；一旦

類 一回(いっかい)　一次

對 何度(なんど)も　多次

音 度＝ド

讀書計劃：□□／□□

□□□ 0045

例 父は一生懸命働いて、私たちを育ててくれました。

1秒後影子跟讀

譯 家父拚了命地工作，把我們這些孩子撫養長大。

文法 てくれる[（為我）做…]：表示他人為我，或為我方的人做前項有益的事，用在帶著感謝的心情，接受別人的行為。

生字 働く／幹活；育てる／養育

副·形動 **いっしょうけんめい【一生懸命】**

拼命地，努力地；一心

類 頑張る　盡力

對 遊ぶ　遊蕩

□□□ 0046

例 息子は、「いってまいります。」と言ってでかけました。

1秒後影子跟讀

譯 兒子說：「我出門啦！」便出去了。

生字 息子／兒子；でかける／外出

寒暄 **いってまいります【行って参ります】**

我走了

類 出かけます　我要出門了

對 ただいま　我回來了

□□□ 0047

例 いってらっしゃい。何時に帰るの？

1秒後影子跟讀

譯 路上小心啊！幾點回來呢？

出題重點 「いってらっしゃい」是用來對離家的人說的一句日常用語，意指「一路平安」或「再見」。問題1誤導選項可能有：

- 「いってらしゃい」在「らしゃ」間省略了促音「っ」。
- 「いっていらっしゃい」在「てら」間增加了長音「い」。
- 「いてらっしゃい」在「いて」間省略了促音「っ」音。

文法 の[…呢]：用在句尾，以升調表示發問，一般是用在對兒童，或關係比較親密的人，為口語用法。

生字 帰る／回家

寒暄 **いってらっしゃい**

路上小心，慢走，好走

類 お気をつけて　路上小心

對 お帰りなさい　回來啦

□□□ 0048

例 そんなにいっぱいくださったら、多すぎます。

1秒後影子跟讀

譯 您給我那麼多，太多了。

文法 すぎる[太…；過於…]：表示程度超過限度，超過一般水平，過份的狀態。近 なさすぎる[太沒…]

生字 そんなに／那麼；くださる／送給（我）

名·副 **いっぱい【一杯】**

一碗，一杯；充滿，很多（或唸：いっぱい）

類 沢山　許多

對 少ない　少量

□□□ 0049

例 日本語では一般に名詞は形容詞の後ろに来ます。

1秒後影子跟讀〉

譯 日語的名詞一般是放在形容詞的後面。

生字 後ろ／後方；来る／到來

名・形動 いっぱん【一般】

一般，普通

類 普通　普通

對 特別　特別

□□□ 0050

例 台湾は一方通行の道が多いです。

1秒後影子跟讀〉

譯 台灣有很多單行道。

生字 道／道路；多い／許多的

名 いっぽうつうこう【一方通行】

單行道；單向傳達

類 片道　單行道

對 往復　來回

音 方＝ホウ

音 通＝ツウ

□□□ 0051

例 糸と針を買いに行くところです。

1秒後影子跟讀〉

譯 正要去買線和針。

文法 ところだ [剛要…]：表示將要進行某動作，也就是動作、變化處於開始之前的階段。

生字 針／針；買う／購買

名 いと【糸】

線；(三弦琴的) 弦；魚線；線狀

類 紐　線，繩子

對 布　布

□□□ 0052

例 1万円以内なら、買うことができます。

1秒後影子跟讀〉

譯 如果不超過一萬圓，就可以買。

出題重點 題型4裡「いない」的考點有：

- 例句：3日以内に出してください／請在3天內提交。
- 換句話說：3日までに出してください／請在3天截止前提交。
- 相對說法：3日後までに出してください／請在3天後提交。

「以内」表示在某個時間限制之內；「までに」也表示在截止時間之前；「後」指從現在起之後的時間。

文法 ことができる [可以…]：在外部的狀況、規定等客觀條件允許時可能做。

生字 万／萬

名 いない【以内】

不超過…；以內

類 中　範圍內

對 外　之外

音 以＝イ

讀書計劃：□□／□□

□□□ 0053

例 この田舎への行きかたを教えてください。

1秒後影子跟讀

譯 請告訴我怎麼去這個村子。

生字 行きかた／前往的方法；教える／指教

名 いなか【田舎】

鄉下，農村；故鄉，老家

類 村 村莊

對 都市 城市

□□□ 0054

例 みんなで、平和のために祈るところです。

1秒後影子跟讀

譯 大家正要為和平而祈禱。

出題重點 「祈る」通常用於表達對某事的願望或希望，如「成功／幸せを祈る」。下面為問題 5 錯誤用法：

- 物理活動或運動，如「彼はジョギングで祈る」。
- 描述天氣的方式，如「今日は雨が祈る」。
- 食物的味道或質量，如「この料理は神様が祈る味がする」。

文法 ため（に）[以…為目的，做…]：表示為了某一目的，而有後面積極努力的動作、行為，前項是後項的目標。

生字 平和／和平

他五 いのる【祈る】

祈禱；祝福

類 願う 祈願

對 止める 放棄

□□□ 0055

例 イヤリングを一つ落としてしまいました。

1秒後影子跟讀

譯 我不小心弄丟了一個耳環。

生字 一つ／一個；落とす／遺失

名 イヤリング【earring】

耳環

類 ピアス【pierced earring 之略】 耳環

對 ネックレス【necklace】 項鍊

□□□ 0056

例 お忙しかったら、いらっしゃらなくてもいいですよ。

1秒後影子跟讀

譯 如果忙的話，不必來也沒關係喔！

文法 なくてもいい [不…也行]：表示允許不必做某一行為，也就是沒有必要，或沒有義務做前面的動作。

生字 忙しい／忙碌的

自五 いらっしゃる

來，去，在（尊敬語）

類 来る 來

對 行く 去

□□□ 0057

例 研究員(けんきゅういん)としてやっていくつもりですか。

1秒後影子跟讀

譯 你打算當研究員嗎？

文法 つもりだ[打算…]：表示説話者的意志、預定、計畫等，也可以表示第三人稱的意志。近 ないつもりだ[不打算…]

生字 研究(けんきゅう)／鑽研；やる／從事

名 いん【員】

人員；人數；成員；…員

類 メンバー【member】 成員

對 非会員(ひかいいん) 非會員

音 員＝イン

□□□ 0058

例 新(あたら)しいソフトをインストールしたいです。

1秒後影子跟讀

譯 我想要安裝新的電腦軟體。

生字 新(あたら)しい／新的；ソフト／軟體

他サ インストール【install】

安裝（電腦軟體）

類 付(つ)ける 安裝

對 取(と)る 取下

□□□ 0059

例 そのホテルはネットが使(つか)えますか。

1秒後影子跟讀

譯 那家旅館可以連接網路嗎？

生字 ホテル／飯店

名 （インター）ネット【internet】

網際網路

類 ネットワーク【network】 網路

對 オフライン【off-line】 離線

□□□ 0060

例 家族全員(かぞくぜんいん)、インフルエンザにかかりました。

1秒後影子跟讀

譯 我們全家人都得了流行性感冒。

出題重點 題型４裡「インフルエンザ」的考點有：

- 例句：彼(かれ)はインフルエンザにかかった／他得了流感。
- 換句話說：彼(かれ)は風邪(かぜ)をひいた／他感冒了。
- 相對說法：彼(かれ)は健康(けんこう)だ／他很健康。

「インフルエンザ」指流感，一種病毒性呼吸道感染；「風邪」指普通感冒；「健康」表示身體狀況良好，無疾病。

慣用語

- インフルエンザにかかる／患流感。

生字 全員(ぜんいん)／全體人員；かかる／感染

名 インフルエンザ【influenza】

流行性感冒

類 風邪(かぜ) 感冒

對 健康(けんこう) 健康

讀書計劃：□□／□□

□□□ 0061

Track2-04

例 花の種をさしあげますから、植えてみてください。

1秒後影子跟讀

譯 我送你花的種子，你試種看看。

文法 てみる[試著(做)…]：表示嘗試著做前接的事項，是一種試探性的行為或動作，一般是肯定的說法。

生字 種／種子；さしあげる／敬獻

他下一 うえる【植える】

種植，栽培；培養

類 育てる　養育，培養

對 壊す　破壞

□□□ 0062

例 先生のお宅にうかがったことがあります。

1秒後影子跟讀

譯 我拜訪過老師家。

出題重點 「伺う」意指"詢問"或"拜訪"，表示詢問信息或拜訪某人。問題 2 可能混淆的漢字有：

- 「何」什麼；「司」管理或掌管；「伺」這個字較少使用。

慣用語

- お客様の家へうかがう／拜訪客戶府上。
- 様子をうかがう／觀察情況。

文法 たことがある[曾…]：表示經歷過某個特別的事件，且事件的發生離現在已有一段時間，或指過去的一般經驗。

生字 先生／老師；お宅／貴府

他五 うかがう【伺う】

拜訪；請教，打聽（謙讓語）

類 尋ねる　詢問，訪問

對 教える　告知，教導

□□□ 0063

例 受付はこちらでしょうか。

1秒後影子跟讀

譯 請問詢問處是這裡嗎？

生字 こちら／這邊

名 うけつけ【受付】

詢問處，接待處，辦公室；受理；接待員

類 事務所　辦公室

對 出る　離開，出去

□□□ 0064

例 いつか、大学院を受けたいと思います。

1秒後影子跟讀

譯 我將來想報考研究所。

文法 とおもう[我想…；覺得…]：表示說話者有這樣的想法、感受、意見。

生字 いつか／有朝一日；大学院／研究所

自他下一 うける【受ける】

接受，承接；受到，承受；得到；遭受；接受；應考

類 受け取る　收到

對 拒む　拒絕，拒接

□□□ 0065

例 動かずに、そこで待っていてください。

1秒後影子跟讀

譯 請不要離開，在那裡等我。

文法 ず（に）[不…地；沒…地]：表示以否定的狀態或方式來做後項的動作，或產生後項的結果，語氣較生硬。

生字 待つ／等待

自五 うごく【動く】

變動，移動；擺動；改變；行動，運動；感動，動搖；動作

類 働く　工作，運作

對 止まる　停止，靜止

訓 動＝うご（く）

□□□ 0066

例 彼は、嘘ばかり言う。

1秒後影子跟讀

譯 他老愛說謊。

出題重點 「嘘（うそ）」指“謊言”，用於描述虛假或不準確的陳述。問題 2 可能混淆的漢字有：

- 真実（しんじつ）：“真相、事實”，指真實的狀態或不容置疑的真理。
- 質問（しつもん）：“問題、詢問”，是提出以獲得答案或信息的行為。
- 答え（こたえ）：“答案、回應”，是對問題或請求的回答或解釋。

生字 ばかり／淨是；言う／說話

名 うそ【嘘】

謊話，謊言，假話；不正確

類 偽り　欺騙，虛假

對 本当　真實，事實

□□□ 0067

例 今年の内に、お金を返してくれませんか。

1秒後影子跟讀

譯 年內可以還給我錢嗎？

生字 お金／金錢；返す／歸還

名 うち【内】

…之內；…之中；家中

類 中　中間，裡面

對 外　外在，外面

□□□ 0068

例 危ないですから、内側を歩いた方がいいですよ。

1秒後影子跟讀

譯 這裡很危險，所以還是靠內側行走比較好喔。

生字 危ない／不安全的；歩く／走路

名 うちがわ【内側】

內部，內側，裡面

類 内部　內部，裡面

對 外側　外側，外部

□□□ 0069

例 イチローがホームランを打(う)ったところだ。

1秒後影子跟讀

譯 一朗正好擊出全壘打。

文法 たところだ［剛…］：表示剛開始做動作沒多久，也就是在［…之後不久］的階段。近 たところ［結果…；果然…］

生字 ホームラン／全壘打

他五 うつ【打つ】

打擊，敲擊，打；標記

類 叩(たた)く　拍打，敲打

對 撫(な)でる　撫摸，輕觸

□□□ 0070

例 美(うつく)しい絵(え)を見(み)ることが好(す)きです。

1秒後影子跟讀

譯 喜歡看美麗的畫。

出題重點 「美しい」讀作「うつくしい」，美麗、優雅，常用於形容人或自然景色。問題 1 誤導選項可能有：

- 「かわいい」可愛、迷人，特別是對於小孩或寵物。
- 「かっこいい」帥氣或酷，通常用來形容人的外觀或風格。
- 「すばらしい」極好、傑出或令人驚嘆，用於形容事物的品質或表現。

文法 こと：前接名詞修飾短句，使其名詞化，成為後面的句子的主語或目的語。

生字 絵(え)／圖畫；見(み)る／觀看

形 うつくしい【美しい】

美好的；美麗的，好看的

類 綺麗(きれい)　漂亮的

對 醜(みにく)い　醜陋的

□□□ 0071

例 写真(しゃしん)を写(うつ)してあげましょうか。

1秒後影子跟讀

譯 我幫你照相吧！

文法 てあげる［（為他人）做…］：表示自己或站在一方的人，為他人做前項利益的行為。

生字 写真(しゃしん)／相片

他五 うつす【写す】

抄，複製;照相，攝影;描寫，描繪

類 撮(と)る　拍攝

對 消(け)す　刪除，擦除

訓 写＝うつ（す）

□□□ 0072

例 写真(しゃしん)に写(うつ)る自分(じぶん)よりも鏡(かがみ)に映(うつ)る自分(じぶん)の方(ほう)が綺麗(きれい)だ。

1秒後影子跟讀

譯 鏡子裡的自己比照片中的自己好看。

生字 自分(じぶん)／本人；鏡(かがみ)／鏡子；綺麗(きれい)／漂亮的

自五 うつる【映る】

反射，映射，映照；相襯

類 光(ひか)る　發亮

對 隠(かく)れる　隱藏

訓 映＝うつ（る）

□□□ 0073

例 あちらの席にお移りください。

1秒後影子跟讀

譯 請移到那邊的座位。

文法 お…ください[請…]：用在對客人，屬下對上司的請求，表示敬意而抬高對方行為的表現方式。

生字 席／座位

自五 うつる【移る】

移動；變心；傳染；時光流逝；轉移

類 移動する 移動

對 止まる 停下

□□□ 0074

例 彼女の腕は、枝のように細い。

1秒後影子跟讀

譯 她的手腕像樹枝般細。

生字 枝／樹枝；細い／纖細的

名 うで【腕】

胳臂，手臂；本領；托架，扶手

類 手 手

對 足 腳

□□□ 0075

例 彼は、テニスはうまいけれどゴルフは下手です。

1秒後影子跟讀

譯 他網球打得很好，但是高爾夫球打得很差。

文法 けれど（も）[雖然；可是]：逆接用法。表示前項和後項的意思或內容是相反的，對比的。近 けど[雖然]

生字 テニス／網球；ゴルフ／高爾夫

形 うまい

高明，拿手，擅長；好吃，美味；巧妙；有好處

類 美味しい 美味的

對 不味い 不好吃

□□□ 0076

例 紙の裏に名前が書いてあるかどうか、見てください。

1秒後影子跟讀

譯 請看一下紙的背面有沒有寫名字。

出題重點 「裏（うら）」指“背面、反面”，用來描述物體的後側或不易看見的一面。問題 2 可能混淆的漢字有：

- 前（まえ）：“前面、正面”，用於指向一個物體或位置的面向觀察者的那一面。
- 上（うえ）：“上面、頂部”，指位置在上方或高於其他物體的地方。
- 下（した）：“下面、底部”，用於描述位於低於其他物體或水平面下方的位置。

文法 かどうか[是否…]：表示從相反的兩種情況或事物之中選擇其一。

生字 紙／紙張；名前／姓名

名 うら【裏】

裡面，背後，背面，反面；內部；內幕，幕後；內情

類 後ろ 背面

對 表 正面

□□□ 0077

例 靴下売り場は２階だそうだ。

1秒後影子跟讀

譯 聽說襪子的賣場在２樓。

文法 そうだ [聽說…]：表示傳聞。表示不是自己直接獲得的，而是從別人那裡，報章雜誌或信上等處得到該信息。近 ということだ [聽說…]

生字 靴下／襪子；階／樓層

名 うりば【売り場】

賣場，出售處；出售好時機

類 商店 商店

對 倉庫 倉庫

訓 売＝う（る）

音 場＝バ

□□□ 0078

例 うるさいなあ。静かにしろ。

1秒後影子跟讀

譯 很吵耶，安靜一點！

文法 命令形：表示命令。一般用在命令對方的時候，由於給人有粗魯的感覺，所以大都是直接面對當事人說。

生字 静か／肅靜的

形 うるさい【煩い】

吵鬧；煩人的；囉唆；厭惡

類 騒ぐ 吵鬧

對 静か 安靜的

□□□ 0079

例 誰でも、ほめられれば嬉しい。

1秒後影子跟讀

譯 不管是誰，只要被誇都會很高興的。

文法 でも [不管（誰，什麼，哪兒）…都…]：前接疑問詞，表示不論什麼場合，什麼條件，都要進行後項，或是都會產生後項的結果。

生字 ほめる／稱讚

形 うれしい【嬉しい】

高興，開心，喜悅

類 喜ぶ 感到喜悅

對 悲しい 悲傷，傷心的

□□□ 0080

例 うん、僕は UFO を見たことがあるよ。

1秒後影子跟讀

譯 對，我看過 UFO 喔！

出題重點 うん：“是的”是非正式的肯定或同意，常用於日常對話。問題 3 陷阱可能有，

- はい：“是的”是更正式的肯定回答。
- そうです：“是的”用於確認或強調某事是正確的。
- いいえ：“不是”則表示否定或不同意，是「うん」的直接相反詞。

慣用語

- うん、いいですね／嗯，不錯。

生字 見る／瞧見

感 うん

嗯；對，是；喔

類 はい 是，對

對 いいえ 不，否

□□□ 0081

例 車を運転しようとしたら、かぎがなかった。

1秒後影子跟讀

譯 正想開車，才發現沒有鑰匙。

文法 （よ）うとする［想…］：表示某動作還在嘗試但還沒達成的狀態，或某動作實現之前。

生字 車／汽車；かぎ／鎖匙

名・自他サ **うんてん【運転】**

開車，駕駛；運轉；周轉；操作

類 運ぶ　運送

對 乗る　乘坐，搭乘

音 運＝ウン

□□□ 0082

例 タクシーの運転手に、チップをあげた。

1秒後影子跟讀

譯 給了計程車司機小費。

文法 あげる［給予…］：授受物品的表達方式。表示給予人（說話者或說話一方的親友等），給予接受人有利益的事物。

生字 タクシー／計程車；チップ／小費

名 **うんてんしゅ【運転手】**

司機

類 ドライバー【driver】　司機

對 乗客　乘客，旅客

音 運＝ウン

音 手＝シュ

□□□ 0083

例 運転席に座っているのが父です。

1秒後影子跟讀

譯 坐在駕駛座上的是家父。

文法 のが［的是…］：前接短句，表示強調。

生字 座る／坐下；父／父親

名 **うんてんせき【運転席】**

駕駛座

類 ドライバーシート【driver's seat】　駕駛座

對 乗客席　乘客座

音 運＝ウン

□□□ 0084

例 運動し終わったら、道具を片付けてください。

1秒後影子跟讀

譯 一運動完，就請將道具收拾好。

出題重點 「運動」讀作「うんどう」，意指體育活動或身體活動。問題 1 誤導選項可能有：

- 「うんとう」中的「ど」變為清音「と」。
- 「うんずう」中的「ど」變為「ず」。
- 「うんうごき」中的「どう」用訓讀「うごき」誤導。

文法 おわる［結束］：接在動詞連用形後面，表示前接動詞的結束，完了。

生字 道具／用具；片付ける／整理

名・自サ **うんどう【運動】**

運動，體育；活動

類 体操　體操

對 休息　休息，靜止

音 運＝ウン

音 動＝ドウ

讀書計劃：□□／□□

□□□ 0085 Track2-05

例 英会話に通い始めました。

1秒後影子跟讀

譯 我開始上英語會話的課程了。

文法 はじめる [開始…]：表示前接動詞的動作，作用的開始。

生字 通う／上課

名 えいかいわ【英会話】

英語會話

類 会話　會話

對 聞く　聽到

音 英＝エイ

音 会＝カイ

□□□ 0086

例 駅にエスカレーターをつけることになりました。

1秒後影子跟讀

譯 車站決定設置自動手扶梯。

文法 ことになる [（被）決定…]：表示決定。指說話人以外的人，團體或組織等，客觀地做出了某些安排或決定；也用於宣布自己決定的事。

生字 駅／車站；つける／安裝

名 エスカレーター【escalator】

自動手扶梯

類 エレベーター【elevator】電梯

對 階段　樓梯

□□□ 0087

例 枝を切ったので、遠くの山が見えるようになった。

1秒後影子跟讀

譯 由於砍掉了樹枝，遠山就可以看到了。

生字 切る／砍下；見える／看得見

名 えだ【枝】

樹枝；分枝

類 木　樹木

對 根　根部

□□□ 0088

例 好きなのをお選びください。

1秒後影子跟讀

譯 請選您喜歡的。

出題重點 題型４裡「えらぶ」的考點有：

- 例句：彼女はドレスを選びました／她選擇了一條洋裝。
- 換句話說：彼女はドレスを決めました／她決定了一條洋裝。
- 相對說法：彼女はドレスを着るのをやめました／她放棄了那條洋裝。

「選ぶ」指在多個選項中做出選擇或決定；「決める」指對某件事情作出最終的決策或確定；「やめる」指終止正在進行的行為或放棄某個計劃或想法。

生字 好き／喜愛的

他五 えらぶ【選ぶ】

選擇

類 選択する　選擇

對 捨てる　拋棄

□□□ 0089

例 年末（ねんまつ）は、宴会（えんかい）が多（おお）いです。

1秒後影子跟讀

譯 歲末時期宴會很多。

生字 年末（ねんまつ）／年終；多（おお）い／許多的

名 えんかい【宴会】

宴會，酒宴，聚會

類 パーティー【party】 派對

對 会議（かいぎ） 開會

音 会＝カイ

□□□ 0090

例 すみませんが、私（わたし）は遠慮（えんりょ）します。

1秒後影子跟讀

譯 對不起，請容我拒絕。

生字 すみません／不好意思

名・自他サ えんりょ【遠慮】

客氣；謝絕；謙讓

類 結構（けっこう） 不用

對 もらう 得到

□□□ 0091

例 咳（せき）が続（つづ）いたら、早（はや）くお医者（いしゃ）さんに見（み）てもらったほうがいいですよ。

1秒後影子跟讀

譯 如果持續咳不停，最好還是盡早就醫治療。

生字 咳（せき）／咳嗽；続（つづ）く／持續不斷

名 おいしゃさん【お医者さん】

醫生

類 医者（いしゃ） 醫生

對 患者（かんじゃ） 病人

音 医＝イ

音 者＝シャ

□□□ 0092

例 明日（あした）のパーティーに、社長（しゃちょう）はおいでになりますか。

1秒後影子跟讀

譯 明天的派對，社長會蒞臨嗎？

出題重點 「おいでになる」適用於尊敬對象的“來、去”行動，如「先生（せんせい）がおいでになる」。下面為問題 5 錯誤用法：

- 自己、動物及物品的移動，如「犬（いぬ）が公園（こうえん）においでになる」。
- 食物的味道，如「このケーキはおいでになる味（あじ）がする」。
- 建築的設計，如「その橋（はし）はおいでになる設計（せっけい）だ」。

慣用語

- アクセサリーをつける／戴飾品。
- アクセサリーを選（えら）ぶ／選擇飾品。

生字 明日（あした）／明天；社長（しゃちょう）／總經理

他五 おいでになる

來，到達，去，在，光臨，駕臨（尊敬語）

類 来（く）る 來

對 行（い）く 去

□□□ 0093

例 これは、お祝（いわ）いのプレゼントです。

1秒後影子跟讀

譯 這是聊表祝福的禮物。

生字 プレゼント／禮物

名 おいわい【お祝い】

慶祝，祝福；祝賀禮品

類 喜（よろこ）ぶ　值得慶賀

對 残念（ざんねん）　遺憾

□□□ 0094

例 応接間（おうせつま）の花（はな）に水（みず）をやってください。

1秒後影子跟讀

譯 給會客室裡的花澆一下水。

文法 やる[給予…]：授受物品的表達方式。表示給予同輩以下的人，或小孩，動植物有利益的事物。

生字 花（はな）／花兒；水（みず）／水

名 おうせつま【応接間】

客廳；會客室，接待室

類 リビング【living】　起居室

對 部屋（へや）　普通房間

□□□ 0095

例 横断歩道（おうだんほどう）を渡（わた）る時（とき）は、手（て）をあげましょう。

1秒後影子跟讀

譯 要走過斑馬線的時候，把手舉起來吧。

生字 渡（わた）る／穿越；あげる／舉起

名 おうだんほどう【横断歩道】

斑馬線

類 歩行者天国（ほこうしゃてんごく）　行人徒步區

對 道路（どうろ）　車道

音 歩＝ホ

音 道＝ドウ

□□□ 0096

例 友達（ともだち）は、多（おお）いほうがいいです。

1秒後影子跟讀

譯 朋友多一點比較好。

出題重點 「多い」讀作「おおい」，數量多，常用於描述大量或眾多的事物。問題 1 誤導選項可能有：

- 「すくない」少量或不足，用於描述數量或程度較低。
- 「ちいさい」意味著小，形容大小、尺寸或年齡。
- 「おおきい」表示大的，描述大小、範圍或重要性。

慣用語

- 人（ひと）が多（おお）い／人多。
- 仕事（しごと）が多（おお）い／工作多。

生字 友達（ともだち）／友人

形 おおい【多い】

多的

類 沢山（たくさん）　許多

對 少（すく）ない　少許

訓 多＝おお（い）

□□□ 0097

例 こんな大きな木は見たことがない。

1秒後影子跟讀

譯 沒看過這麼大的樹木。

出題重點 大きな（おおきな）：“大的、巨大的”常用於形容物體的大小。問題 3 陷阱可能有，
- 広い（ひろい）：“寬廣的”專門用於形容空間或範圍的寬廣。
- 巨大な（きょだいな）：“巨大的”用於強調非常大的尺寸或規模。
- 小さい（ちいさい）：“小的”則用來描述尺寸或規模較小的事物。

文法 こんな [這樣的]：間接地在講人事物的狀態或程度，而這個事物是靠近說話人的，也可能是剛提及的話題或剛發生的事。

生字 木／樹木

連體 おおきな【大きな】

大，大的

類 巨大な　巨大的

對 小さい　小的

□□□ 0098

例 火をつけたら、まず油を大匙一杯入れます。

1秒後影子跟讀

譯 開了火之後，首先加入一大匙的油。

生字 つける／點燃；一杯／一杯，一碗；入れる／加入

名 おおさじ【大匙】

大匙，湯匙

類 お玉　湯勺

對 小匙　小勺

□□□ 0099

例 そのオートバイは、彼のらしい。

1秒後影子跟讀

譯 那台摩托車好像是他的。

文法 らしい [好像…；似乎…]：表示從眼前可觀察的事物等狀況，來進行判斷。

生字 彼／他

名 オートバイ【auto bicycle】

摩托車

類 バイク【bike】　摩托車

對 自転車　自行車

□□□ 0100

例 お帰りなさい。お茶でも飲みますか。

1秒後影子跟讀

譯 你回來啦。要不要喝杯茶？

文法 でも […之類的]：用於舉例。表示雖然含有其他的選擇，但還是舉出一個具代表性的例子。

生字 お茶／茶；飲む／飲用

寒暄 おかえりなさい【お帰りなさい】

（你）回來了，歡迎回來

類 只今　我回來了

對 行ってらっしゃい　一路平安

訓 帰＝かえ（る）

讀書計劃：□□／□□

□□□ 0101

例 あなたが手伝(てつだ)ってくれたおかげで、仕事(しごと)が終(お)わりました。

1秒後影子跟讀

譯 多虧你的幫忙，工作才得以結束。

出題重點 「おかげ」用來表示因為某事或某人的原因而產生某種結果，如「彼(かれ)のおかげで試合(しあい)に勝(か)った」。下面為問題 5 錯誤用法：

- 外觀上的效果，如「新(あたら)しいドレスのおかげで、きれいになった」。
- 描述音樂節奏，如「この曲(きょく)はおかげのリズムを持(も)つ」。
- 表達情感，如「彼女(かのじょ)の言葉(ことば)にはおかげの感情(かんじょう)がある」。

生字 手伝(てつだ)う／協助；終(お)わる／完成

寒暄 おかげ【お陰】

託福，多虧，托您的福；承蒙關照

類 助(たす)け　幫助

對 邪魔(じゃま)　妨礙

□□□ 0102

例 おかげ様(さま)で、だいぶ良(よ)くなりました。

1秒後影子跟讀

譯 託您的福，病情好多了。

生字 だいぶ／大幅

寒暄 おかげさまで【お陰様で】

託福，多虧，托您的福

類 有難(ありがた)い　感激

對 残念(ざんねん)ながら　遺憾地

□□□ 0103

例 おかしければ、笑(わら)いなさい。

1秒後影子跟讀

譯 如果覺得可笑，就笑呀！

文法 ければ [如果…的話；假如…]：敘述一般客觀事物的條件關係。如果前項成立，後項就一定會成立。

生字 笑(わら)う／笑

形 おかしい【可笑しい】

奇怪的，可笑的，滑稽的；可疑的，不正常的

類 変(へん)な　奇怪的

對 真面目(まじめ)な　嚴肅的

□□□ 0104

例 あの人(ひと)はお金持(かねも)ちだから、きっと貸(か)してくれるよ。

1秒後影子跟讀

譯 那人很有錢，一定會借我們的。

生字 きっと／絕對；貸(か)す／借出

名 おかねもち【お金持ち】

有錢人，富有的人

類 沢山(たくさん)　許多的

對 少(すく)ない　稀少的

□□□ 0105

例 天気予報（てんきよほう）によると、1日（にち）おきに雨（あめ）が降（ふ）るそうだ。

1秒後影子跟讀

譯 根據氣象報告，每隔一天會下雨。

出題重點 置き（おき）：“放置”通常用於描述將物體放在某個地方。問題3陷阱可能有，

- 掛ける（かける）：“懸掛”指將物品懸掛起來或對某物施加作用。
- 入れる（いれる）：“放入”指將物體放入或插入到另一空間或容器內。
- 取る（とる）：“取得”則是指從某處拿起或取得物品，與放置動作相反。

生字 天気予報（てんきよほう）／氣象預報；降（ふ）る／降（雨）

接尾 **おき【置き】**

每隔…

□□□ 0106

例 家（いえ）を建（た）てるのに、3億円（おくえん）も使（つか）いました。

1秒後影子跟讀

譯 蓋房子竟用掉了3億圓。

文法 のに：表示目的，用途。

生字 建（た）てる／建造；使（つか）う／花用

名 **おく【億】**

億；數量眾多

類 千万（せんまん） 千萬

對 千（せん） 千

□□□ 0107

例 屋上（おくじょう）でサッカーをすることができます。

1秒後影子跟讀

譯 頂樓可以踢足球。

生字 サッカー／足球；できる／能夠

名 **おくじょう【屋上】**

屋頂（上）

類 テラス【terrace】 露台

對 地下（ちか） 地下

音 屋＝オク

□□□ 0108

Track2-06

例 この贈（おく）り物（もの）をくれたのは、誰（だれ）ですか。

1秒後影子跟讀

譯 這禮物是誰送我的？

文法 のは：前接短句，表示強調。另能使其名詞化，成為句子的主語或目的語。

生字 誰（だれ）／誰

名 **おくりもの【贈り物】**

贈品，禮物

類 プレゼント【present】 禮物

對 もらい物（もの） 別人給的東西

訓 物＝もの

讀書計劃：□□／□□

□□□ 0109

例 東京(とうきょう)にいる息子(むすこ)に、お金(かね)を送(おく)ってやりました。

1秒後影子跟讀

譯 寄錢給在東京的兒子了。

文法 てやる：表示以施恩或給予利益的心情，為下級或晚輩（或動，植物）做有益的事。

生字 息子(むすこ)／兒子；お金(かね)／金錢

他五 おくる【送る】

送，寄送；派；送行；度過；標上（假名）

類 運(はこ)ぶ　運送

對 受(う)ける　接收

訓 送＝おく（る）

□□□ 0110

例 時間(じかん)に遅(おく)れるな。

1秒後影子跟讀

譯 不要遲到。

生字 時間(じかん)／時間

自下一 おくれる【遅れる】

遲到，延遲；緩慢

類 遅(おそ)い　遲的

對 早(はや)い　早到的

□□□ 0111

例 お子(こ)さんは、どんなものを食(た)べたがりますか。

1秒後影子跟讀

譯 您小孩喜歡吃什麼東西？

生字 どんな／怎麼樣

名 おこさん【お子さん】

您孩子，令郎，令嫒

類 子(こ)ども　孩子

對 大人(おとな)　成人

□□□ 0112

例 父(ちち)は、「明日(あした)の朝(あさ)、6時(じ)に起(お)こしてくれ。」と言(い)った。

1秒後影子跟讀

譯 父親說：「明天早上6點叫我起床。」

出題重點 題型4裡「おこす」的考點有：

- 例句：母(はは)は私(わたし)を起(お)こします／媽媽叫醒我。
- 換句話說：母(はは)は私(わたし)を目覚(めざ)めさせます／媽媽讓我醒來。
- 相對說法：母(はは)は私(わたし)に「早(はや)く寝(ね)なさい」と言(い)いました／媽媽吩咐我說：「早點去睡覺。」

「起こす」意指叫醒或喚醒某人；「目覚めさせる」也是使某人醒來，更著重於從睡眠狀態中喚醒；「寝る」則表示去睡覺。

生字 父(ちち)／家父；朝(あさ)／早晨

他五 おこす【起こす】

扶起；叫醒；發生；引起；翻起

類 目覚(めざ)まし　叫醒

對 眠(ねむ)る　睡覺

訓 起＝お（こす）

□□□ 0113

例 来週、音楽会が行われる。

1秒後影子跟讀

譯 音樂將會在下禮拜舉行。

生字 音楽会／音樂會

他五 おこなう【行う・行なう】

舉行，舉辦；修行

類 する 進行

對 止める 中止，停止

□□□ 0114

例 なにかあったら怒られるのはいつも長男の私だ。

1秒後影子跟讀

譯 只要有什麼事，被罵的永遠都是生為長子的我。

出題重點 「怒る」用來描述因為某事而感到不滿或憤怒的情緒如「母が私の成績に怒った」。下面為問題 5 錯誤用法：

- 描述食物的味道，如「このスープは怒る味がする」。
- 形容天氣的方式，如「今日の天気は怒る」。
- 描述物理活動，如「彼はジョギングで怒る」。

文法 （ら）れる [被…]：為被動。表示某人直接承受到別人的動作

生字 長男／長男

自五 おこる【怒る】

生氣；斥責

類 叱る 生氣

對 喜ぶ 高興

□□□ 0115

例 その本は、押入れにしまっておいてください。

1秒後影子跟讀

譯 請暫且將那本書收進壁櫥裡。

文法 ておく [暫且；先…]：表示一種臨時的處理方法。也表示為將來做準備，也就是為了以後的某一目的，事先採取某種行為。

生字 本／書籍；しまう／收拾起來

名 おしいれ【押し入れ・押入れ】

（日式的）壁櫥

類 箪笥 衣櫃

對 部屋 房間

□□□ 0116

例 お嬢さんは、とても女らしいですね。

1秒後影子跟讀

譯 您女兒非常淑女呢！

文法 らしい [像…樣子；有…風度]：表示充分反應出該事物的特徵或性質。

生字 とても／相當地；女／女性

名 おじょうさん【お嬢さん】

您女兒，令嬡；小姐；千金小姐

類 娘さん 您的女兒

對 息子さん 您的兒子

讀書計劃：□□／□□

□□□ 0117

例 頭痛（ずつう）がするのですか。どうぞお大事（だいじ）に。

1秒後影子跟讀

譯 頭痛嗎？請多保重！

出題重點 「お大事に」讀作「おだいじに」，常用來對生病或受傷的人表示關心，意思相當於「請好好照顧自己」。問題1誤導選項可能有：

- 「おたいじに」用清音「た」混淆「だ」。
- 「おだいしに」用清音「し」混淆「じ」。
- 「おだいにじ」中的「じに」前後顛倒為「にじ」。

慣用語

- お大事（だいじ）にどうぞ／請多保重。

生字 頭痛（ずつう）／頭疼

寒暄 **おだいじに【お大事に】**

珍重，請多保重

類 気（き）を付（つ）けて　請注意

對 頑張（がんば）る　努力

音 事＝ジ

□□□ 0118

例 うちの息子（むすこ）より、お宅（たく）の息子（むすこ）さんのほうがまじめです。

1秒後影子跟讀

譯 您家兒子比我家兒子認真。

生字 うち／我家；まじめ／認真的

名 **おたく【お宅】**

您府上，貴府；宅男(女)，對於某事物過度熱忠者

類 自宅（じたく）　自家

對 会社（かいしゃ）　公司

□□□ 0119

例 何（なに）か、机（つくえ）から落（お）ちましたよ。

1秒後影子跟讀

譯 有東西從桌上掉下來了喔！

文法 か：前接疑問詞。當一個完整的句子中，包含另一個帶有疑問詞的疑問句時，則表示事態的不明確性。

生字 机（つくえ）／桌子

自上一 **おちる【落ちる】**

下；掉落；降低，下降；落選

類 倒（たお）れる　倒下

對 登（のぼ）る　上升，攀登

□□□ 0120

例 なにかおっしゃいましたか。

1秒後影子跟讀

譯 您說什麼呢？

生字 なに／什麼

他五 **おっしゃる**

說，講，叫（尊敬語）

類 言（い）う　說，講

對 聞（き）く　聽到

□□□ 0121

例 単身赴任の夫からメールをもらった。

1秒後影子跟讀

譯 自到外地工作的老公，傳了一封電子郵件給我。

出題重點 「夫」讀作「おっと」，意指配偶中的男方或丈夫。問題 1 誤導選項可能有：

- 「かれし」指男朋友，一般指一個女性的戀愛對象。
- 「おとうと」指弟弟，指某人的年輕男性兄弟。
- 「ちち」指父親，一個人的男性親生父親或法定父親。

文法 もらう [接受…；從…那兒得到…]：表示接受別人給的東西。這是以説話者是接受人，且接受人是主語的形式，或站在接受人的角度來表現。

生字 単身赴任／單獨派到外地工作；メール／電子郵件

名 おっと【夫】

丈夫

類 主人　丈夫，先生

對 妻　妻子，太太

□□□ 0122

例 適当におつまみを頼んでください。

1秒後影子跟讀

譯 請隨意點一些下酒菜。

生字 適当／隨興；頼む／點餐

名 おつまみ

下酒菜，小菜，小吃

類 スナック【snack】　零食

對 食事　正餐

□□□ 0123

例 コンビニで千円札を出したらお釣りが 150 円あった。

1秒後影子跟讀

譯 在便利商店支付了 1000 圓紙鈔，找了 150 圓的零錢回來。

生字 コンビニ／便利商店；札／鈔票

名 おつり【お釣り】

找零

類 お返し　找回，退還

對 払う　付款

□□□ 0124

例 あれは、自動車の音かもしれない。

1秒後影子跟讀

譯 那可能是汽車的聲音。

文法 かもしれない [也許…]：表示説話人説話當時的一種不確切的推測。推測某事物的正確性雖低，但是有可能的。

生字 自動車／汽車

名 おと【音】

(物體發出的) 聲音；音訊

類 声　聲音

對 静か　寂靜，無聲的

訓 音＝おと

□□□ 0125

例 落(お)とした ら割(わ)れますから、気(き)をつけて。

1秒後影子跟讀

譯 掉下就破了，小心點！

出題重點 「落とす（おとす）」指“使落下、丟下”，描述有意或無意地讓物品從手中或某處掉落。問題 2 可能混淆的漢字有：

- 拾う（ひろう）：“撿起、撿拾”，是指拾起落在地上或丟棄的物品。
- 落ちる（おちる）：“掉落、下降”，描述物品自然地從高處落至低處。
- 倒す（たおす）：“推倒、傾倒”，用來描述使某物由直立變為倒下的行為。

生字 割(わ)れる／破碎；気(き)をつける／留意

他五 おとす【落とす】

掉下，失落；弄掉

類 投(な)げる　丟，投擲

對 拾(ひろ)う　撿起

□□□ 0126

例 沖縄(おきなわ)の踊(おど)りを見(み)たことがありますか。

1秒後影子跟讀

譯 你看過沖繩舞蹈嗎？

生字 沖縄(おきなわ)／沖繩；見(み)る／觀看

名 おどり【踊り】

舞蹈

類 ダンス【dance】　舞蹈

對 歌(うた)　歌曲

□□□ 0127

例 私(わたし)はタンゴが踊(おど)れます。

1秒後影子跟讀

譯 我會跳探戈舞。

文法 （ら）れる［會…；能…］：表示技術上，身體的能力上，是具有某種能力的。

生字 タンゴ／探戈舞

自五 おどる【踊る】

跳舞，舞蹈

類 ダンスする【dance する】　跳舞

對 座(すわ)る　坐下

□□□ 0128

例 彼(かれ)にはいつも、驚(おどろ)かされる。

1秒後影子跟讀

譯 我總是被他嚇到。

生字 いつも／經常

自五 おどろく【驚く】

驚嚇，吃驚，驚奇

類 びっくりする　吃驚

對 慣(な)れる　習慣，不驚訝

□□□ 0129 Track2-07

例 おならを我慢(がまん)するのは、体(からだ)に良(よ)くないですよ。

1秒後影子跟讀

譯 忍著屁不放對身體不好喔！

生字 我慢(がまん)する／忍耐；体(からだ)／身體

名 おなら

屁，放屁

類 うんこ　大便

對 食(た)べる　吃

□□□ 0130

例 オフの日(ひ)に、ゆっくり朝食(ちょうしょく)をとるのが好(す)きです。

1秒後影子跟讀

譯 休假的時候，我喜歡悠閒吃早點。

生字 ゆっくり／從容地；とる／攝取

名 オフ【off】

(開關)關閉，關掉;休假;休賽;折扣

類 終(お)わり　結束

對 オン【on】　開啟

□□□ 0131

例 お待(ま)たせしました。どうぞお座(すわ)りください。

1秒後影子跟讀

譯 讓您久等了，請坐。

出題重點 「お待たせしました」讀作「おまたせしました」，是店員或服務人員常用來對客人表示歉意的一句話，意思是「讓您久等了」。問題１誤導選項可能有：

- 「おまたせしまし」缺尾音「た」。
- 「おまちせしました」將「た」變為形似的「ち」。
- 「おたませしました」中的「また」前後顛倒為「たま」。

慣用語

- お待(ま)たせしました。会議(かいぎ)を始(はじ)めましょう／讓您久等了，讓我們開始會議吧。

生字 座(すわ)る／坐下

寒暄 おまたせしました【お待たせしました】

讓您久等了

類 失礼(しつれい)しました　失禮了

對 ありがとうございます　謝謝您

訓 待＝ま（つ）

□□□ 0132

例 お祭(まつ)りの日(ひ)が、近(ちか)づいてきた。

1秒後影子跟讀

譯 慶典快到了。

文法 てくる [⋯來]：由遠而近，向說話人的位置，時間點靠近。

生字 日(ひ)／日子；近(ちか)づく／靠近

名 おまつり【お祭り】

慶典，祭典，節日，廟會

類 イベント【event】　活動

對 日常(にちじょう)　日常

讀書計劃：□□／□□

□□□ 0133

例 田中(たなか)さんが、お見舞(みま)いに花(はな)をくださった。

1秒後影子跟讀

譯 田中小姐帶花來探望我。

文法 くださる[給…]：對上級或長輩給自己（或自己一方）東西的恭敬說法。這時候給予人的身分、地位、年齡要比接受人高。

生字 花(はな)／花朵

名 おみまい【お見舞い】

探望，探病

類 病気(びょうき) 生病

對 お祝(いわ)い 慶祝

□□□ 0134

例 みんなにお土産(みやげ)を買(か)ってこようと思(おも)います。

1秒後影子跟讀

譯 我想買點當地名產給大家。

文法 （よ）うとおもう[我想…]：表示說話人告訴聽話人，說話當時自己的想法，打算或意圖，且動作實現的可能性很高。近（よ）うとは思わない[不打算…]

生字 みんな／大家；買(か)う／購買

名 おみやげ【お土産】

當地名產，紀念品；禮物

類 プレゼント【present】 禮物

對 ごみ 垃圾

□□□ 0135

例 お目出度(めでと)うございます。賞品(しょうひん)は、カメラとテレビとどちらのほうがいいですか。

1秒後影子跟讀

譯 恭喜您！獎品有照相機跟電視，您要哪一種？

文法 と…と…どちら[在…與…中，哪個…]：表示從兩個裡面選一個。也就是詢問兩個人或兩件事，哪一個適合後項。

生字 賞品(しょうひん)／獎品；カメラ／相機；テレビ／電視

寒暄 おめでとうございます【お目出度うございます】

恭喜

類 祝(いわ)い 慶祝

對 残念(ざんねん) 遺憾

訓 目＝め

□□□ 0136

例 明日(あした)は休(やす)みだということを思(おも)い出(だ)した。

1秒後影子跟讀

譯 我想起明天是放假。

出題重點 題型４裡「おもいだす」的考點有：

- 例句：昔(むかし)のことを思(おも)い出(だ)します／回憶起過去的事。
- 換句話說：昔(むかし)のことを覚(おぼ)えている／記得往事。
- 相對說法：昔(むかし)のことを忘(わす)れる／忘了往事。

「思い出す」表示回憶或想起；「覚える」指記住或學習；「忘れる」是忘記或遺忘。

文法 という[…的…]：用於針對傳聞，評價，報導，事件等內容加以描述或說明。

他五 おもいだす【思い出す】

想起來，回想

類 知(し)らせる 告知

對 忘(わす)れる 忘記

訓 思＝おも（う）

補充小專欄

あう【合う】
合；一致，合適；相配；符合；正確

慣用語
- サイズが合う（あ）／尺寸合適。
- 意見（いけん）が合う（あ）／意見一致。
- 予定（よてい）が合う（あ）／日程相符。

アクセサリー【accessary】
飾品，裝飾品；零件

慣用語
- アクセサリー店（てん）／飾品店。

あかちゃん【赤ちゃん】
嬰兒

慣用語
- 赤（あか）ちゃんが笑（わら）う／嬰兒嘻笑。
- 赤（あか）ちゃんを抱（だ）く／抱嬰兒。
- 赤（あか）ちゃんのお世話（せわ）をする／照顧嬰兒。

必考音訓讀

赤

訓讀：あか

紅色、與紅色相關。例：
- 赤い（あかい）／紅的

あさねぼう【朝寝坊】
賴床；愛賴床的人

必考音訓讀

朝

訓讀：あさ

早晨。例：
- 朝ご飯（あさごはん）／早餐

あじ【味】
味道；趣味；滋味

慣用語
- 味（あじ）がいい／味道好。
- 味（あじ）をつける／調味。
- 味（あじ）の違（ちが）い／味道的差異。

あく【空く】
空著；(職位)空缺；空隙；閒著；有空

必考音訓讀

空

音讀：クウ

訓讀：あ（く）、す（く）、そら

空間；空閒、空虛；空白；天空。例：
- 空気（くうき）／空氣、地球周圍的氣體層
- 空く（あく）／空出
- 空く（すく）／變空
- 空（そら）／天空

あつまる【集まる】
聚集，集合

慣用語
- 人（ひと）が集（あつ）まる／人們聚集。
- 意見（いけん）が集（あつ）まる／意見匯集。
- パーティーに集（あつ）まる／在派對上聚集。

必考音訓讀

集

訓讀：あつ（まる）

聚集、收集。例：
- 集まる（あつまる）／聚集

あてさき【宛先】
收件人姓名地址，送件地址

慣用語
- 宛先（あてさき）を確認（かくにん）する／確認收件人地址。

いか【以下】
以下，不到…；在…以下；以後

必考音訓讀

以

音讀：イ

基於、依據、超過。例：
- 以上（いじょう）／以上

あやまる【謝る】
道歉，謝罪；認錯；謝絕

慣用語
- 心（こころ）から謝（あやま）る／衷心道歉。
- 謝（あやま）って、許（ゆる）してもらう／道歉並請求原諒。

いきる【生きる】
活，生存；生活；致力於…；生動

慣用語
- 一生懸命（いっしょうけんめい）生（い）きる／全力以赴地生活。
- 幸（しあわ）せに生（い）きる／過著幸福快樂的生活。
- 自然（しぜん）と共（とも）に生（い）きる／與自然共存。

あんしん【安心】
放心，安心

必考音訓讀

安

音讀：アン

訓讀：やす（い）

安全；便宜。例：
- 安心（あんしん）／安心、無慮
- 安い（やすい）／便宜的

いじめる【苛める】
欺負，虐待；捉弄；折磨

慣用語
- 子（こ）どもをいじめる／欺負孩童。
- 動物（どうぶつ）をいじめるな／不要虐待動物。
- いじめることの危険性（きけんせい）／霸凌的危險性。

いただく【頂く・戴く】
領受；領取；吃，喝；頂

慣用語
- ご飯（はん）をいただく／吃飯。
- アドバイスをいただく／接受建議。
- プレゼントをいただく／收到禮物。

あんない【案内】
引導；陪同遊覽，帶路；傳達

慣用語
- 案内（あんない）をする／提供指引。
- 案内（あんない）を受（う）ける／接受指引。
- 案内板（あんないばん）／指示牌。

いってらっしゃい
路上小心，慢走，好走

慣用語
- 家（いえ）を出（で）る時（とき）の「いってらっしゃい」／離家時的「一路平安」。
- 「いってらっしゃい」と返事（へんじ）する／回答「一路平安」。
- 「いってらっしゃい」の意味（いみ）／「一路平安」的意思。

補充小專欄

いない【以内】

不超過…；以內

慣用語

- 1時間以内／一小時之內。
- 予算以内で買う／在預算範圍內購買。
- 期限以内に提出する／在截止日期之前提交。

いのる【祈る】

祈禱；祝福

慣用語

- 幸せを祈る／祈求幸福。
- 成功を祈る／祈求成功。
- 健康を祈る／祈求健康。

いん【員】

人員；人數；成員；…員

必考音訓讀

員

音讀：イン

成員、職員、工作人員。例：

- **店員（てんいん）**／店員

インフルエンザ【influenza】

流行性感冒

慣用語

- インフルエンザの原因／流感原因。
- インフルエンザで学校を休む／因流感向學校請假。

うかがう【伺う】

拜訪；請教，打聽（謙讓語）

慣用語

- 意見をうかがう／徵求意見。

うそ【嘘】

謊話；不正確

慣用語

- うそをつく／說謊。
- うそみたいな話／聽起來像是謊言的故事。
- うそを信じる／相信謊言。

うつくしい【美しい】

美好的；美麗的，好看的

慣用語

- 美しい風景／美麗的風景。
- 美しい花／美麗的花朵。
- 美しい心／美麗的心靈。

うつす【写す】

抄；照相；描寫，描繪

必考音訓讀

写

音讀：シャ

訓讀：うつ（す）

攝影；複製、拷貝。例：

- **写真（しゃしん）**／照片
- **写す（うつす）**／複製

うつる【映る】
反射，映照；相襯

必考音訓讀
映
音讀：エイ
訓讀：うつ（る）
顯示影像；反射。例：
- **映画**（えいが）／電影
- **映る**（うつる）／映照

うら【裏】
裡面，背後；內部；內幕，幕後；內情

慣用語
- **裏側を見る**／查看背面。
- **裏通り**／後街。
- **裏の意味**／隱藏的意義。

うん
嗯；對，是；喔

慣用語
- **うん、分かった**／嗯，我明白了。
- **うん、そう思います**／嗯，我也這麼認為。

うんどう【運動】
運動；活動

慣用語
- **運動をする**／做運動。
- **健康のための運動**／為了健康而運動。
- **運動会**／運動會。

えいかいわ【英会話】
英語會話

必考音訓讀
英
音讀：エイ
與英國、英語相關的詞彙。例：
- **英会話**（えいかいわ）／英語會話

えらぶ【選ぶ】
選擇

慣用語
- **商品を選ぶ**／選擇商品。
- **色を選ぶ**／選擇顏色。
- **いい物を選ぶ**／選擇最佳物品。

えんかい【宴会】
宴會，酒宴

必考音訓讀
会
音讀：カイ
訓讀：あ（う）
會議、集會；相遇。例：
- **宴会**（えんかい）／宴會
- **会う**（あう）／見面

おいでになる
來，去，在，光臨，駕臨（尊敬語）

慣用語
- **おいでになる時間**／到達的時間。

補充小專欄

おうだんほどう【横断歩道】
斑馬線

必考音訓讀
歩
音讀：ホ
訓讀：ある（く）
行走；步行。例：
- 横断歩道（おうだんほどう）／斑馬線
- 歩く（あるく）／步行

おおい【多い】
多的

慣用語
- 選択肢が多い／選項很多。

必考音訓讀
多
音讀：タ
訓讀：おお（い）
（可能性）較高；數量大、許多。例：
- 多分（たぶん）／大概
- 多い（おおい）／許多、大量、眾多的

おおきな【大きな】
大，大的

慣用語
- 大きな違い／重大的差異。
- 大きな家／大房子。
- 大きな影響を与える／產生巨大影響。

おかえりなさい【お帰りなさい】
（你）回來了

必考音訓讀
帰
訓讀：かえ（る）
返回、歸還。例：
- 帰る（かえる）／回家

おかげ【お陰】
託福；承蒙關照

慣用語
- あなたのおかげで成功した／多虧你，我成功了。
- 先生のおかげで理解できた／多虧老師我才理解了。
- 友達のおかげで元気になった／多虧朋友，我恢復精神了。

おき【置き】
每隔…

慣用語
- 鍵をおき忘れる／忘記拿鑰匙了。
- 薬を3時間おきに飲む／每間隔3小時吃一次藥。
- 荷物のおき場所／放置行李的地方。

おこす【起こす】

扶起；叫醒；發生；引起；翻起

慣用語

- 子どもを起こす／叫醒孩子。
- 問題を起こす／引起問題。
- 事件を起こす／引發事件。

必考音訓讀

起

訓讀：お（きる）、お（こす）

起床；發生、引起。例：

- 起きる（おきる）／起床
- 起こす（おこす）／引起

おこる【怒る】

生氣；斥責

慣用語

- 何かに怒る／對某事生氣。
- 子どもが怒る／孩子生氣了。
- 理由なく怒る／無緣無故生氣。

おだいじに【お大事に】

珍重，請多保重

慣用語

- お体、お大事に／請多保重身體。
- お大事にしてください／請好好照顧自己。

おっと【夫】

丈夫

慣用語

- 夫と映画に行く／和先生去看電影。
- 夫の誕生日を祝う／慶祝丈夫的生日。
- 夫の仕事／丈夫的工作。

おと【音】

（物體發出的）聲音；音訊

必考音訓讀

音

音讀：オン

訓讀：おと

音；聲音。例：

- 音楽（おんがく）／音樂
- 音（おと）／聲音

おとす【落とす】

掉下；弄掉

慣用語

- 財布を落とす／掉了錢包。
- 鍵を落とす／掉了鑰匙。
- 体重を落とす／減輕體重。

おまたせしました【お待たせしました】

讓您久等了

慣用語

- おまたせしました。ご注文の料理ができました／抱歉讓您久等，您點的菜已經準備好了。
- おまたせしました。こちらがお会計です／抱歉讓您久等，這是您的帳單。

必考音訓讀

待

音讀：タイ

訓讀：ま（つ）

接待；等待，等候、期待。例：

- 招待（しょうたい）／邀請
- 待つ（まつ）／等待

□□□ 0137

例 悪(わる)かったと思(おも)うなら、謝(あやま)りなさい。

1秒後影子跟讀

譯 如果覺得自己不對，就去賠不是。

生字 悪(わる)い／錯誤；謝(あやま)る／道歉

他五 おもう【思う】

想，思考；覺得，認為；相信；猜想；感覺；希望；掛念，懷念

類 考(かんが)える 思考

對 無視(むし)する 不考慮

訓 思＝おも（う）

□□□ 0138

例 孫(まご)のために簡単(かんたん)な木(き)の玩具(おもちゃ)を作(つく)ってやった。

1秒後影子跟讀

譯 給孫子做了簡單的木製玩具。

生字 孫(まご)／孫兒；簡単(かんたん)／簡易的

名 おもちゃ【玩具】

玩具

類 ゲーム【game】 遊戲

對 教科書(きょうかしょ) 教科書

□□□ 0139

例 紙(かみ)の表(おもて)に、名前(なまえ)と住所(じゅうしょ)を書(か)きなさい。

1秒後影子跟讀

譯 在紙的正面，寫下姓名與地址。

出題重點 表（おもて）："表面"。描述物體的表面或正面，也比喻表面或明顯的情況。問題 3 陷阱可能有，

- 正面（しょうめん）："前面、正面" 專指面對前方或觀察者的那一面。
- 外側（そとがわ）："外部、外面" 更多指向物體的外部表面或外圍。
- 裏（うら）："背面、反面" 則用來描述物體的背面或不易看見的那一面。

生字 名前(なまえ)／名字；住所(じゅうしょ)／地址

名 おもて【表】

表面；正面；外觀，外表；外面

類 外(そと) 外面

對 裏(うら) 背面

□□□ 0140

例 おや、雨(あめ)だ。

1秒後影子跟讀

譯 哎呀！下雨了！

生字 雨(あめ)／雨

感 おや

哎呀，噢

類 あら 哎呀

對 静(しず)か 安靜的

讀書計劃：□□／□□

□□□ 0141

例 親(おや)は私(わたし)を医者(いしゃ)にしたがっています。

1秒後影子跟讀

譯 父母希望我當醫生。

文法 たがっている [想…]：顯露在外表的願望或希望，也就是從外觀就可看對方的意願。近 てほしい [希望…]

生字 医者(いしゃ)／醫師

名 おや【親】

父母，家長；祖先；主根；始祖

類 両親(りょうしん) 雙親

對 子(こ)ども 孩子

訓 親＝おや

□□□ 0142

例 この階段(かいだん)は下(お)りやすい。

1秒後影子跟讀

譯 這個階梯很好下。

文法 やすい [容易…；好…]：表示該行為、動作很容易做，該事情很容易發生，或容易發生某種變化，亦或是性質上很容易有那樣的傾向。

生字 階段(かいだん)／樓梯

自上一 おりる【下りる・降りる】

下來；下車；退位

類 出(で)る 離開

對 登(のぼ)る 上升

□□□ 0143

例 公園(こうえん)の花(はな)を折(お)ってはいけません。

1秒後影子跟讀

譯 不可以採摘公園裡的花。

生字 公園(こうえん)／公園；花(はな)／花朵

他五 おる【折る】

摺疊；折斷

類 畳(たた)む 折疊

對 開(ひら)く 展開

□□□ 0144

例 本日(ほんじつ)は 18 時(じ)まで会社(かいしゃ)におります。

1秒後影子跟讀

譯 今天我會待在公司，一直到下午 6 點。

出題重點 「おる」是自動詞，用來描述人或物的所在位置，如「友達(ともだち)と一緒(いっしょ)におる」。下面為問題 5 錯誤用法：

- 無生命物體的存在，如「ケーキがたくさんおる」。
- 執行某項任務或活動，如「数学(すうがく)の問題(もんだい)をおる」。
- 長期狀態或特徵，如「彼(かれ)は背(せ)が高(たか)く居(お)る」。

文法 まで [到…時候為止]：表示某事件或動作，直在某時間點前都持續著。

生字 本日(ほんじつ)／今天；会社(かいしゃ)／公司

自五 おる【居る】

在，存在;有(「いる」的謙讓語)

類 いる 存在

對 いない 不在

□□□ 0145

例 旅行でお世話になった人たちに、お礼の手紙を書こうと思っています。

1秒後影子跟讀

譯 旅行中受到許多人的關照，我想寫信表達致謝之意。

出題重點 題型４裡「おれい」的考點有：

- 例句：お礼を言いました／表示了感謝的謝意。
- 換句話說：感謝の気持ちを伝えました／表達了感謝的心情。
- 相對說法：不満を述べました／表達了不滿。

「お礼」指對他人的幫助或好意表示感謝；「気持ち」指個人的情緒狀態或心理感受；「不満」指對現狀或某種情況的不滿意或不滿足感。

文法 お…になる：表示對對方或話題中提到的人物的尊敬，這是為了表示敬意而抬高對方行為的表現方式。

生字 世話／照顧；手紙／書信

名 おれい【お礼】

謝辭，謝禮

類 ありがとう 謝謝

對 お断り 拒絕

□□□ 0146

例 台風で、枝が折れるかもしれない。

1秒後影子跟讀

譯 樹枝或許會被颱風吹斷。

生字 台風／颱風；枝／樹枝

自下一 おれる【折れる】

折彎；折斷；拐彎；屈服

類 切れる 斷裂

對 強い 強壯

□□□ 0147

例 小説は、終わりの書きかたが難しい。

1秒後影子跟讀

譯 小說的結尾很難寫。

生字 小説／小說；難しい／困難的

名 おわり【終わり】

結束，最後

類 終了 結束

對 始まり 開始

訓 終＝お（わる）

□□□ 0148

Track2-08

例 この問題は、専門家でも難しいでしょう。

1秒後影子跟讀

譯 這個問題，連專家也會被難倒吧！

文法 でも［就連…也］：先舉出一個極端的例子，再表示其他情況當然是一樣的。

生字 問題／問題；専門／專業

名・接尾 か【家】

…家；家族，家庭；從事…的人

類 自宅 自家

對 会社 公司

音 家＝カ

讀書計劃：□□／□□

□□□ 0149

例 カーテンをしめなくてもいいでしょう。

1秒後影子跟讀

譯 不拉上窗簾也沒關係吧！

文法 てもいい [...也行；可以...]：如果說話人用疑問句詢問某一行為，表示請求聽話人允許某行為。

生字 しめる／拉上

名 カーテン【curtain】

窗簾；布幕

類 障子（しょうじ） 日式拉門

對 窓（まど） 窗戶

□□□ 0150

例 展覧会（てんらんかい）は、終（お）わってしまいました。

1秒後影子跟讀

譯 展覽會結束了。

文法 てしまう [...完]：表示動作或狀態的完成。

生字 展覧（てんらん）／展覽；終（お）わる／結束

名 かい【会】

...會，會議

類 集会（しゅうかい） 集會

對 一人（ひとり） 一個人

音 会＝カイ

□□□ 0151

例 風（かぜ）のために、海岸（かいがん）は危険（きけん）になっています。

1秒後影子跟讀

譯 因為風大，海岸很危險。

出題重點 「海岸」讀作「かいがん」，意指海洋與陸地相接的邊緣區域。問題 1 誤導選項可能有：

- 「うみ」指海洋，廣闊的鹹水體，地球上的主要水域。
- 「やま」表示山，自然形成的地形高地，通常具有顯著的頂部。
- 「かわ」指河流，自然流動的水流，通常注入海洋。

文法 ため（に）[因為...所以...]：表示由於前項的原因，引起後項的結果。

生字 風（かぜ）／風；危険（きけん）／不安全的

名 かいがん【海岸】

海岸

類 海（うみ） 海

對 山（やま） 山

音 海＝カイ

□□□ 0152

例 会議（かいぎ）には必（かなら）ずノートパソコンを持（も）っていきます。

1秒後影子跟讀

譯 我一定會帶著筆電去開會。

生字 必（かなら）ず／必然；ノートパソコン／筆記型電腦

名 かいぎ【会議】

會議

類 ミーティング【meeting】 會議

對 連絡（れんらく） 聯繫，非正式交流

音 会＝カイ

主題單字 あ か さ た な は ま や ら わ 練習

□□□ 0153

例 資料(しりょう)の準備(じゅんび)ができたら、会議室(かいぎしつ)にお届(とど)けします。

1秒後影子跟讀

譯 資料如果準備好了，我會送到會議室。

生字 資料(しりょう)／資料；届(とど)く／送達

名 かいぎしつ【会議室】

會議室

類 室(しつ) 房間

對 事務所(じむしょ) 辦公室

音 会＝カイ

音 室＝シツ

□□□ 0154

例 私(わたし)も会場(かいじょう)に入(はい)ることができますか。

1秒後影子跟讀

譯 我也可以進入會場嗎？

出題重點 「会場(かいじょう)」用來描述舉辦活動或會議等的場所，如「コンサートの会場(かいじょう)」。下面為問題５錯誤用法：

- 描述個人情感，如「彼女(かのじょ)の心(こころ)は会場(かいじょう)のようだ」。
- 描述食物的質感，如「このケーキは会場(かいじょう)のような質感(しつかん)」。
- 形容聲音或音樂，如「その音楽(おんがく)は会場(かいじょう)のようだ」。

慣用語

- コンサートの会場(かいじょう)／音樂會的會場。

生字 入(はい)る／進入

名 かいじょう【会場】

會場

類 場(じょう) 場所

對 自宅(じたく) 自家

音 会＝カイ

音 場＝ジョウ

□□□ 0155

例 週(しゅう)に１回(かい)、家族(かぞく)で外食(がいしょく)します。

1秒後影子跟讀

譯 每週全家人在外面吃飯一次。

生字 家族(かぞく)／家人

名・自サ がいしょく【外食】

外食，在外用餐

類 レストラン【restaurant】 餐廳

對 内食(ないしょく) 在家吃飯

□□□ 0156

例 会話(かいわ)の練習(れんしゅう)をしても、なかなか上手(じょうず)になりません。

1秒後影子跟讀

譯 即使練習會話，也始終不見進步。

文法 ても［即使…也］：表示後項的成立，不受前項的約束，是一種假定逆接表現，後項常用各種意志表現的說法。

生字 練習(れんしゅう)／反覆學習；なかなか／遲遲（不）

名・自サ かいわ【会話】

會話，對話

類 話(はなし) 談話

對 聞(き)く 聽到

音 会＝カイ

讀書計劃：□□／□□

□□□ 0157

例 私は時々、帰りにおじの家に行くことがある。

1秒後影子跟讀

譯 我有時回家途中會去伯父家。

文法 ことがある[有時…]：表示有時或偶爾發生某事。

生字 時々／偶爾；おじ／伯父

名 かえり【帰り】

回來，歸來；回家途中

類 戻り 返回

對 行き 去，出發

訓 帰=かえ（る）

□□□ 0158

例 がんばれば、人生を変えることもできるのだ。

1秒後影子跟讀

譯 只要努力，人生也可以改變的。

出題重點 「変える」用來描述更改某物的狀態或性質，如「髪の色／計画を変える」。下面為問題5錯誤用法：

- 描述天氣或季節的變化，如「春は気候を変える」。
- 「変える」容易被錯誤地用作發音一樣的「帰る」"回家"。

慣用語

- 計画を変える／改變計畫。
- 意見を変える／改變意見。

生字 がんばる／努力；人生／生涯

他下一 かえる【変える】

改變；變更

類 変わる 改變

對 まま 維持不變

□□□ 0159

例 科学が進歩して、いろいろなことができるようになりました。

1秒後影子跟讀

譯 科學進步了，很多事情都可以做了。

文法 ようになる[（變得）…了]：表示是能力、狀態、行為的變化。大都含有花費時間，使成為習慣或能力。

生字 進歩／成長；いろいろ／方方面面

名 かがく【科学】

科學

類 理科 理科

對 文学 文學

□□□ 0160

例 鏡なら、そこにあります。

1秒後影子跟讀

譯 如果要鏡子，就在那裡。

生字 そこ／那邊

名 かがみ【鏡】

鏡子

類 ガラス【(荷) glas】 玻璃

對 絵 畫

□□□ 0161

例 彼(かれ)は医学部(いがくぶ)に入(はい)りたがっています。

1秒後影子跟讀

譯 他想進醫學系。

出題重點 「学部（がくぶ）」指“學部、院系”，是高等教育機構中專門學術領域的主要分支。問題 2 可能混淆的漢字有：

- 学校（がっこう）：“學校”，是提供教育和學習的機構或場所。
- 学科（がっか）：“學科、專業”，指學校或學部中特定的學術領域或課程。
- 学年（がくねん）：“學年”，通常表示學校日曆中的一年時間，也可指學生在學業進程中的年級。

生字 入(はい)る／進入

名 がくぶ【学部】

…科系；…院系（或唸：がくぶ）

類 講義(こうぎ)　課程

對 職業(しょくぎょう)　工作

□□□ 0162

例 メンバーが一人(ひとり)欠(か)けたままだ。

1秒後影子跟讀

譯 成員一直缺少一個人。

文法 まま［一直…］：表同一狀態一直持續著。

生字 メンバー／成員；一人(ひとり)／一個人

自下一 かける【欠ける】

缺損；缺少

類 失(うしな)う　失去，缺乏

對 一杯(いっぱい)　填滿

□□□ 0163

例 うちから駅(えき)までかけたので、疲(つか)れてしまった。

1秒後影子跟讀

譯 從家裡跑到車站，所以累壞了。

生字 駅(えき)／車站；疲(つか)れる／疲憊

自下一 かける【駆ける・駈ける】

奔跑，快跑

類 走(はし)る　跑

對 歩(ある)く　走，步行

□□□ 0164

例 椅子(いす)に掛(か)けて話(はなし)をしよう。

1秒後影子跟讀

譯 讓我們坐下來講吧！

文法 (よ)う［…吧］：表示提議，邀請別人一起做某件事情。

生字 椅子(いす)／椅子；話(はなし)／談話

他下一 かける【掛ける】

懸掛；坐；蓋上；放在…之上；提交；澆；開動；花費；寄託；鎖上；(數學) 乘；使…負擔（如給人添麻煩）

類 付(つ)ける　繫上

對 取(と)る　取下

讀書計劃：□□／□□

□□□ 0165

例 花をそこにそう飾るときれいですね。

1秒後影子跟讀

譯 花像那樣擺在那裡，就很漂亮了。

文法 そう［那樣］：指示較靠近對方或較為遠處的事物時用的詞。

生字 きれい／美麗的

他五 **かざる【飾る】**

擺飾，裝飾；粉飾，潤色

類 備える　裝飾

對 捨てる　丟棄

□□□ 0166

例 空が真っ赤になって、まるで火事のようだ。

1秒後影子跟讀

譯 天空一片紅，宛如火災一般。

文法 ようだ［像…一樣的］：把事物的狀態、形狀、性質及動作狀態，比喻成一個不同的其他事物。

生字 空／天空；真っ赤／通紅

名 **かじ【火事】**

火災

類 火　火

對 消防　消防

音 事＝ジ

□□□ 0167

例 かしこまりました。少々お待ちください。

1秒後影子跟讀

譯 知道了，您請稍候。

出題重點 題型4裡「かしこまりました」的考點有：

- 例句：客に「かしこまりました」と答えました／回答客戶說「知道了」。
- 換句話說：客に「承知しました」と答えました／回答客戶說「我明白了」。
- 相對說法：客に「それは難しいです」と答えました／回答客戶說「那很難」。

「かしこまりました」是正式表達理解或接受的用語；「承知しました」也表示已經知道或理解；「難しい」 表示困難或不容易。

生字 少々／稍微；待つ／等候

寒暄 **かしこまりました【畏まりました】**

知道，了解（「わかる」謙讓語）

類 了解しました　我了解了

對 断る　不接受

□□□ 0168

例 マッチでガスコンロに火をつけた。

1秒後影子跟讀

譯 用火柴點燃瓦斯爐。

生字 マッチ／火柴；つける／點火

名 **ガスコンロ【(荷) gas+ 焜炉】**

瓦斯爐，煤氣爐

類 ガス【(荷) gas】　瓦斯

對 電子レンジ【でんし range】　微波爐

第一回

言語知識（文字、語彙）

題型 1

もんだい１ ＿＿＿の　ことばは　ひらがなで　どう　かきますか。1・2・3・4から　いちばん　いい　ものを　ひとつ　えらんで　ください。

1　この　かわは　とても　浅いです。

1 ふかい　2 あかい　3 あおい　4 あさい

2　だいがくの　せんせいは、ほうりつに　かんする　研究を　して　います。

1 けんきゅ　2 けきゅう　3 けんきゅう　4 げんきゅう

題型 2

もんだい２ ＿＿＿の　ことばは　どう　かきますか。1・2・3・4から　いちばん　いい　ものを　ひとつ　えらんで　ください。

3　わたしは　しょうらい　いがくを　べんきょうしたいです。

1 匠労　2 医学　3 缶孚　4 区字

4　わたしは　おやと　よく　はなします。

1 家族　2 兄弟　3 親　4 自分

題型 3

もんだい３（　　）に　なにを　いれますか。1・2・3・4から　いちばん　いい　ものを　ひとつ　えらんで　ください。

5　けさ、わたしは（　　）して　しまい、友だちとの　やくそくにおくれました。

1 はやおき　2 ひるね　3 よるねぼう　4 あさねぼう

讀書計劃：□□／□□

6 ははが　ぶじだと　しって、私は　（　　）しました。

1 あんぜん　　2 しんぱい　　3 あんしん　　4 きんちょう

題型 4

もんだい4 ＿＿＿の　ぶんと　だいたい　おなじ　いみの　ぶんが　あります。1・2・3・4から　いちばん　いい　ものを　ひとつ　えらんで　ください。

7 おっとの　かえりが　おそいです。

1 おっとの　もどりが　おそいです。

2 おっとの　しゅっぱつが　おそいです。

3 おっとの　でかけが　おそいです。

4 おっとの　つうかが　おそいです。

8 私は　おどりが　すきです。

1 私は　うたを　うたうのが　すきです。

2 私は　えを　かくのが　すきです。

3 私は　ほんを　よむのが　すきです。

4 私は　ダンスを　するのが　すきです。

題型 5

もんだい5 つぎの　ことばの　つかいかたで　いちばん　いい　ものを　1・2・3・4から　ひとつ　えらんで　ください。

9 うるさい

1 この　くすりは　うるさい　あじが　します。

2 にもつは　おおくて　うるさいです。

3 この　へやは　どうろに　ちかいので、いつも　うるさいです。

4 あしが　けがで　うるさいです。

答案：1.(4)　2.(3)　3.(2)　4.(3)　5.(4)　6.(3)　7.(1)　8.(4)　9.(3)

□□□ 0169

例 ガソリンを入(い)れなくてもいいんですか。

1秒後影子跟讀

譯 不加油沒關係嗎？

生字 入(い)れる／裝入

名 ガソリン【gasoline】

汽油

類 石油(せきゆ) 石油

對 電気(でんき) 電力

□□□ 0170

例 あっちにガソリンスタンドがありそうです。

1秒後影子跟讀

譯 那裡好像有加油站。

文法 そう [好像…]：表示説話人根據親身的見聞，而下的一種判斷。

生字 あっち／那邊

名 ガソリンスタンド【(和製英語) gasoline+stand】

加油站

類 給油所(きゅうゆじょ) 加油所

對 駐車場(ちゅうしゃじょう) 停車場

□□□ 0171

例 新(あたら)しい先生(せんせい)は、あそこにいる方(かた)らしい。

1秒後影子跟讀

譯 新來的老師，好像是那邊的那位。

文法 らしい [說是…；好像…]：指從外部來的，是説話人自己聽到的內容為根據，來進行推測。含有推測，責任不在自己的語氣。

生字 新(あたら)しい／新的；あそこ／那裡

名 かた【方】

(敬) 人

類 人(ひと) 人物

對 事(こと) 事情

訓 方＝かた

□□□ 0172

例 作(つく)り方(かた)を学(まな)ぶ。

1秒後影子跟讀

譯 學習做法。

出題重點 「方」讀作「かた」，指的是一種方法或方式。問題 1 誤導選項可能有：

- 「しき」表示某種特定的形式或風格。
- 「ふう」表示某種風格或方式。
- 「ほう」表示特定的方法或技術。

慣用語

- 新(あたら)しい教(おし)え方(かた)を紹介(しょうかい)する／介紹了新的教學方法。
- 学(まな)び方(かた)が重要(じゅうよう)だ／學習方法很重要。

生字 学(まな)ぶ／學習

接尾 かた【方】

…方法

類 方法(ほうほう) 方式

對 無理(むり) 不可能

訓 方＝かた

讀書計劃：□□／□□

□□□ 0173

Track2-09

例 歯が弱いお爺ちゃんに硬いものは食べさせられない。

1秒後影子跟讀

譯 爺爺牙齒不好，不能吃太硬的東西。

生字 歯／牙齒；弱い／脆弱的

形 **かたい【固い・硬い・堅い】**

堅硬；結實，堅固；堅定；可靠；嚴厲；固執

類 丈夫 堅固的

對 柔らかい 柔軟的

□□□ 0174

例 どんな形の部屋にするか、考えているところです。

1秒後影子跟讀

譯 我正在想要把房間弄成什麼樣子。

文法 にする [決定…]：表示抉擇、決定、選定某事物。

生字 部屋／房間；考える／考慮

名 **かたち【形】**

形狀；形，樣子；形式上的；形式

類 形態 形態

對 內容 內容

□□□ 0175

例 教室を片付けようとしていたら、先生が来た。

1秒後影子跟讀

譯 正打算整理教室的時候，老師就來了。

出題重點 「片付ける」讀作「かたづける」，意指整理、清理、或收拾。問題1誤導選項可能有：

- 「かたつける」用清音「つ」混淆「づ」。
- 「かたずける」用濁音「ず」混淆「づ」。
- 「かったづける」增加了促音「っ」來誤導。

文法 たら…た [⋯時⋯就⋯；發現⋯]：表示説話者完成前項動作後，有了新發現，或是發生了後項的事情。

生字 教室／教室；先生／老師

他下一 **かたづける【片付ける】**

收拾，打掃；解決

類 しまう 整理

對 散らかす 弄亂

□□□ 0176

例 会社を出ようとしたら、課長から呼ばれました。

1秒後影子跟讀

譯 剛準備離開公司，結果課長把我叫了回去。

生字 会社／公司；呼ぶ／呼叫

名 **かちょう【課長】**

課長，科長

類 マネージャー【manager】 經理

對 社員 員工

補充小專欄

おもいだす【思い出す】

想起來，回想

慣用語

- 昔のことを思い出す／回憶過去的事。
- 忘れた名前を思い出す／想起忘記的名字。
- 楽しかった旅行を思い出す／回憶愉快的旅行。

必考音訓讀

思

訓讀：おも（う）

思考、考慮、懷念。例：

- **思う（おもう）**／認為

おもて【表】

表面；正面；外觀；外面

慣用語

- 封筒の表／信封的正面。
- 家の表／房子的正面。
- 表通り／主要街道。

おや【親】

父母；祖先；主根；始祖

必考音訓讀

親

音讀：シン

訓讀：おや

親近；父母。例：

- **親切（しんせつ）**／親切
- **親（おや）**／父母

おる【居る】

在，存在；有（「いる」的謙讓語）

慣用語

- 家におる／在家。
- 友達と一緒におる／和朋友在一起。
- 部屋にひとりでおる／獨自在房間裡。

おれい【お礼】

謝辭，謝禮

慣用語

- お礼を言う／表達感謝。
- お礼の手紙を書く／寫感謝信。
- お礼のプレゼントを渡す／贈送感謝禮物。

おわり【終わり】

結束，最後

必考音訓讀

終

音讀：シュウ

訓讀：お（わる）

終了、完結；結束。例：

- **終電（しゅうでん）**／末班車
- **終わる（おわる）**／結束

かいがん【海岸】

海岸

慣用語

- 海岸を散歩する／在海岸散步。
- 海岸で魚を釣る／在海岸釣魚。
- 海岸沿いをドライブする／沿海岸線駕駛。

必考音訓讀

海

音讀：カイ

訓讀：うみ

海、海洋。例：

- **海岸（かいがん）**／海岸
- **海（うみ）**／大海

かいぎしつ【会議室】

會議室

必考音訓讀

室

音讀：シツ

房間、室內空間。例：

- **研究室（けんきゅうしつ）**／研究室

かいじょう【会場】

會場

慣用語

- 会場を準備する／準備會場。
- 会場で出会う／在會場遇見。

かえる【変える】

改變；變更

慣用語

- 服装を変える／換衣服。

がくぶ【学部】

…科系；…院系（或唸：がくぶ）

慣用語

- 学部の学生／學系的學生。
- 学部を選ぶ／選擇學系。
- 学部長／學系長。

かしこまりました【畏まりました】

知道，了解（「わかる」謙讓語）

慣用語

- かしこまりました。すぐに対応します／明白了，我會立即處理。
- お客様の声に「かしこまりました」と返事する／針對顧客的要求回答「我明白了」。
- かしこまりました。確認してみます／我明白了，我會去確認一下。

かた【方】

…方法

慣用語

- 丁寧な話し方をする／講話方式非常有禮貌。

かたづける【片付ける】

收拾，打掃；解決

慣用語

- 部屋を片付ける／整理房間。
- 机の上を片付ける／整理桌面。
- 荷物を片付ける／整理行李。

□□□ 0177

例 試合(しあい)に勝(か)ったら、100万円(まんえん)やろう。

1秒後影子跟讀

譯 如果比賽贏了，就給你 100 萬圓。

生字 試合(しあい)／競賽

自五 かつ【勝つ】

贏，勝利；克服

類 勝利(しょうり)する　勝利

對 負(ま)ける　輸

□□□ 0178

例 一月一日(いちがつついたち)、ふるさとに帰(かえ)ることにした。

1秒後影子跟讀

譯 我決定一月一日回鄉下。

文法 ことにした［決定…］：表示決定已經形成，大都用在跟對方報告自己決定的事。

生字 ふるさと／故鄉；帰(かえ)る／回去

接尾 がつ【月】

…月

類 月(つき)　月份

對 日(ひ)　日子

□□□ 0179

例 背(せ)がもう少(すこ)し高(たか)かったら格好(かっこう)いいのに…。

1秒後影子跟讀

譯 如果個子能再高一點的話，一定超酷的說…。

生字 背(せ)／身高；少(すこ)し／稍微

名 かっこう【格好・恰好】

外表，樣子，裝扮

類 スタイル【style】　風格

對 普通(ふつう)　普通，一般

□□□ 0180

例 家内(かない)のことは「嫁(よめ)」と呼(よ)んでいる。

1秒後影子跟讀

譯 我平常都叫我老婆「媳婦」。

出題重點 「家内」讀作「かない」，意指一位男性的配偶或伴侶。問題 1 誤導選項可能有：

- 「かのじょ」指女朋友，一般指一個男性的戀愛對象。
- 「はは」表示母親，一個人的女性親生母親或法定母親。
- 「いもうと」指妹妹，指某人的年輕女性兄弟姊妹。

慣用語

- 家内(かない)の意見(いけん)／妻子的意見。
- 家内(かない)と相談(そうだん)する／和妻子商量。

生字 嫁(よめ)／妻子；呼(よ)ぶ／稱呼

名 かない【家内】

妻子

類 妻(つま)　妻子

對 主人(しゅじん)　丈夫

音 家＝カ

讀書計劃：□□／□□

□□□ 0181

例 失敗してしまって、悲しいです。

1秒後影子跟讀

譯 失敗了，真是傷心。

生字 失敗／失敗

形 かなしい【悲しい】

悲傷，悲哀

類 苦しい 痛苦的

對 喜ぶ 喜悅

□□□ 0182

例 この仕事を 10 時までに必ずやっておいてね。

1秒後影子跟讀

譯 10 點以前一定要完成這個工作。

出題重點 必ず（かならず）：“必定、一定”，表達某事肯定會發生。問題 3 陷阱可能有，

- 絶対に（ぜったいに）：“絕對地”更強調絕對性或無條件性。
- 必然的に（ひつぜんてきに）：“必然地”用於指出事情按照自然規律或邏輯必然會發生。
- 決して（けっして）：“絕不”用於否定句時，表示強烈的否定或拒絕。

文法 までに [在…之前]：接在表示時間的名詞後面，表示動作或事情的截止日期或期限。

生字 仕事／工作；おく／預先

副 かならず【必ず】

一定，必定，務必，必須

類 きっと 一定

對 たまに 偶爾

□□□ 0183

例 彼女はビールを 5 本も飲んだ。

1秒後影子跟讀

譯 她竟然喝了 5 瓶啤酒。

生字 ビール／啤酒；本／瓶

名 かのじょ【彼女】

她；女朋友

類 女性 女性

對 彼 他，男朋友

□□□ 0184

例 父は花粉症がひどいです。

1秒後影子跟讀

譯 家父的花粉症很嚴重。

生字 ひどい／激烈的

名 かふんしょう【花粉症】

花粉症，因花粉而引起的過敏鼻炎，結膜炎

類 アレルギー【allergy】 過敏

對 健康 健康

音 花＝カ

□□□ 0185

例 子どもたちに、壁に絵をかかないように言った。

1秒後影子跟讀

譯 已經告訴小孩不要在牆上塗鴉。

文法 ように [請…；希望…]：表示祈求、願望、希望、勸告或輕微的命令等。

生字 子ども／孩子；たち／們

名 かべ【壁】

牆壁；障礙

類 塀 圍牆

對 床 地板

□□□ 0186

例 あんな男にはかまうな。

1秒後影子跟讀

譯 不要理會那種男人。

生字 あんな／那樣的

自他五 かまう【構う】

在意，理會，關心；逗弄

類 気にする 擔心，關注

對 無視する 忽視

□□□ 0187

例 髪を短く切るつもりだったが、やめた。

1秒後影子跟讀

譯 原本想把頭髮剪短，但作罷了。

生字 切る／修剪；つもり／打算；やめる／取消

名 かみ【髪】

頭髮

類 毛 毛髮

對 肌 皮膚

□□□ 0188

例 犬にかまれました。

1秒後影子跟讀

譯 被狗咬了。

出題重點 題型４裡「かむ」的考點有：

- 例句：リンゴをかむ／咬蘋果。
- 換句話說：リンゴを食べる／吃蘋果。
- 相對說法：リンゴジュースを飲む／喝蘋果汁。

「噛む」指用牙齒咬或嚼；「食べる」是通用的吃的動作；「飲む」特指喝液體。

慣用語

- リンゴを噛む／咬蘋果。

生字 犬／小狗

他五 かむ【噛む】

咬

類 食べる 吃

對 飲む 喝

讀書計劃：□□／□□

□□□ 0189

例 学校に通うことができて、まるで夢を見ているようだ。

1秒後影子跟讀

譯 能夠上學，簡直像作夢一樣。

出題重點 「通う」用來描述定期到某個地方進行活動或工作，如「学校／ジムに通う」。下面為問題 5 錯誤用法：

- 一次性訪問，如「昨日友達の家に通った」。
- 描述情感或心情，如「彼女の心は通う」。
- 描述音樂或藝術風格，如「この音楽は通うスタイルがある」。
- 形容食物的製作過程，如「このケーキは通う製法で作られる」。

生字 学校／學校；まるで／宛如

自五 **かよう【通う】**

來往，往來（兩地間）；通連，相通；上學

類 行く　去

對 来る　來

訓 通＝かよ（う）

□□□ 0190

例 ガラスは、プラスチックより割れやすいです。

1秒後影子跟讀

譯 玻璃比塑膠容易破。

生字 プラスチック／塑膠；割れる／破碎

名 **ガラス【（荷）glas】**

玻璃

類 グラス【glass】　玻璃杯

對 木　木頭

□□□ 0191

例 彼がそんな人だとは、思いませんでした。

1秒後影子跟讀

譯 沒想到他是那種人。

生字 思う／預想

名·代 **かれ【彼】**

他；男朋友

類 彼女　她

對 自分　自己

□□□ 0192

例 彼氏はいますか。

1秒後影子跟讀

譯 你有男朋友嗎？

生字 いる／有

名·代 **かれし【彼氏】**

男朋友；他

類 彼女　女朋友

對 一人　單身

□□□ 0193

例 彼らは本当に男らしい。

1秒後影子跟讀

譯 他們真是男子漢。

生字 本当／真正的；らしい／有…的樣子

名·代 かれら【彼等】

他們

類 彼女ら　她們

對 私たち　我們

□□□ 0194

例 洗濯物が、そんなに早く乾くはずがありません。

1秒後影子跟讀

譯 洗好的衣物，不可能那麼快就乾。

出題重點 「乾く」用來描述物體失去水分或變得乾燥的狀態，如「服／汗／空気が乾く」。下面為問題5錯誤用法：

- 自他動詞混淆，如「私は服を乾かす」。應用他動詞「乾かす」。
- 液體本身不能乾燥，如「この水は乾いている」。
- 物理活動或運動，如「彼は運動で乾く」。

文法 はずがない［不可能…；沒有…的道理］：表示說話人根據事實，理論或自己擁有的知識，來推論某一事物不可能實現。

生字 洗濯物／洗淨的衣物

自五 かわく【乾く】

乾，乾燥；口渴

類 干す　曬乾

對 濡れる　濕潤

□□□ 0195

例 父の代わりに、その仕事をやらせてください。

1秒後影子跟讀

譯 請讓我代替父親，做那個工作。

文法 （さ）せてください［請允許…］：表示［我請對方允許我做前項］之意，是客氣地請求對方允許，承認的說法。

生字 父／父親；仕事／工作

名 かわり【代わり】

代替，替代；補償，報答；續（碗、杯等）

類 取り替える　更換

對 そのまま　不替換

訓 代=か（わる）

□□□ 0196

例 ワインの代わりに、酢で味をつけてもいい。

1秒後影子跟讀

譯 可以用醋來取代葡萄酒調味。

生字 ワイン／紅酒；酢／醋

接續 かわりに【代わりに】

代替，替代；交換

類 他の　另一個

對 それに　除此之外

訓 代=か（わる）

讀書計劃：□□／□□

□□□ 0197

例 彼は、考えが変わったようだ。

1秒後影子跟讀

譯 他的想法好像變了。

出題重點 題型4裡「かわる」的考點有：

- 例句：店の味が変わる／店家風味發生變化。
- 換句話說：店は味を変える／店家改變了風味。
- 相對說法：店の味は変わらないままだ／店家風味保持不變。

「変わる」用來描述事物自然或主動的變化；「変える」表示有意識地改變或調整某物；「まま」則用來表達事物保持原狀或不發生變化。

生字 考え／想法

自五 **かわる【変わる】**

變化，改變；奇怪；與眾不同

類 色々になる 變得多樣化

對 固定する 固定

□□□ 0198

例 その問題は、彼に考えさせます。

1秒後影子跟讀

譯 我讓他想那個問題。

文法 （さ）せる[讓…；叫…]：表示某人強迫他人做某事，由於具有強迫性，只適用於長輩對晚輩或同輩之間。

生字 問題／問題

他下一 **かんがえる【考える】**

想，思考；考慮；認為

類 思う 思考

對 動く 行動

訓 考=かんが（える）

□□□ 0199

例 みんな、二人の関係を知りたがっています。

1秒後影子跟讀

譯 大家都很想知道他們兩人的關係。

生字 知る／知道

名 **かんけい【関係】**

關係；影響

類 続く 接連發生

對 別れる 離別

□□□ 0200

例 今日は、新入生の歓迎会があります。

1秒後影子跟讀

譯 今天有舉辦新生的歡迎會。

生字 今日／今天；新入生／學校新生

名 **かんげいかい【歓迎会】**

歡迎會，迎新會

類 迎える 歡迎

對 送別会 告別會

音 会=カイ

□□□ 0201

例 私(わたし)はもう 30 年(ねん)も看護師(かんごし)をしています。

1秒後影子跟讀

譯 我當看護師已長達 30 年了。

出題重點 「看護師」讀作「かんごし」，意指從事病人護理工作的專業人員，即護士或護理師。問題 1 誤導選項可能有：

- 「かんこし」用清音「こ」混淆「ご」。
- 「かんぞうし」用濁音「ぞう」誤導「ご」。
- 「かんごうし」用「ご」的長音「ごう」誤導。

慣用語

- 看護師(かんごし)として働(はたら)く／當護士。

生字 もう／已經

名 かんごし【看護師】

護理師，護士

類 医者(いしゃ) 醫生

對 患者(かんじゃ) 病人

□□□ 0202

例 梅雨(つゆ)の時期(じき)は、乾燥機(かんそうき)が欠(か)かせません。

1秒後影子跟讀

譯 乾燥機是梅雨時期不可缺的工具。

生字 梅雨(つゆ)／梅雨；欠(か)かす／缺少

名 かんそうき【乾燥機】

乾燥機，烘乾機

類 乾(かわ)く 乾燥

對 洗濯機(せんたくき) 洗衣機

□□□ 0203

例 簡単(かんたん)な問題(もんだい)なので、自分(じぶん)でできます。

1秒後影子跟讀

譯 因為問題很簡單，我自己可以處理。

生字 自分(じぶん)／自己；できる／做得到

形動 かんたん【簡単】

簡單；輕易；簡便

類 易(やさ)しい 容易的

對 複雑(ふくざつ) 複雜

□□□ 0204

例 父(ちち)に、合格(ごうかく)するまでがんばれと言(い)われた。

1秒後影子跟讀

譯 父親要我努力，直到考上為止。

生字 合格(ごうかく)／通過考試

自五 がんばる【頑張る】

努力，加油；堅持

類 一生懸命(いっしょうけんめい) 拼命努力

對 遊(あそ)び 放蕩

讀書計劃：□□／□□

□□□ 0205

Track2-10

例 たぶん気(き)がつくだろう。

1秒後影子跟讀

譯 應該會發現吧！

生字 たぶん／大概

名 き【気】

氣，氣息；心思，心情；意識；性質

類 気分(きぶん) 心情

對 物(もの) 物品

□□□ 0206

例 このキーボードは私(わたし)が使(つか)っているものと並(なら)び方(かた)が違(ちが)います。

1秒後影子跟讀

譯 這個鍵盤跟我正在用的鍵盤，按鍵的排列方式不同。

生字 並(なら)び方(かた)／排列方式；違(ちが)う／不一樣

名 キーボード【keyboard】

鍵盤；電腦鍵盤；電子琴

類 マウス【mouse】 滑鼠

對 ペン【pen】 筆

□□□ 0207

例 彼女(かのじょ)に会(あ)えるいい機会(きかい)だったのに、残念(ざんねん)でしたね。

1秒後影子跟讀

譯 難得有這麼好的機會去見她，真是可惜啊。

出題重點 「機会」讀作「きかい」，意指一個時機、機遇或機會。問題１誤導選項可能有：

- 「ぎかい」中的「き」變為濁音「ぎ」。
- 「きけい」改變中間母音，用清音「け」混淆「か」。
- 「きあい」用訓讀「あい」誤導「かい」。

慣用語

- 良(よ)い機会(きかい)をつかむ／抓住好機會。
- 新(あたら)しい機会(きかい)を探(さが)す／尋找新機會。

生字 残念(ざんねん)／遺憾的

名 きかい【機会】

機會

類 チャンス【chance】 機會

對 不可能(ふかのう) 不可能

音 会＝カイ

□□□ 0208

例 機械(きかい)のような音(おと)がしますね。

1秒後影子跟讀

譯 發出像機械般的聲音耶。

生字 よう／好像；音(おと)／聲響

名 きかい【機械】

機械

類 マシン【machine】 機器

對 手作業(てさぎょう) 手工

□□□ 0209

例 彼は危険なところに行こうとしている。

1秒後影子跟讀

譯 他打算要去危險的地方。

生字 ところ／地方

名・形動 きけん【危険】

危險

類 危ない　危險的

對 安全　安全

□□□ 0210

例 電車の音が聞こえてきました。

1秒後影子跟讀

譯 聽到電車的聲音了。

出題重點 聞こえる（きこえる）：“能聽見”強調聲音能夠被自然地聽見，無需特別的努力或注意。問題3陷阱可能有，

- 聴く（きく）：“聽”指有意識地聆聽或專心聽某事。
- 音がする（おとがする）：“發出聲音”僅描述聲音的存在或發生，不涉及聽覺的主觀經驗。
- 見える（みえる）：“能看見”則轉向視覺感官，與聽覺相對。

生字 電車／電車；音／聲響

自下一 きこえる【聞こえる】

聽得見，能聽到；聽起來像是…；聞名

類 聴く　聆聽

對 見える　看得見

□□□ 0211

例 あれは、青森に行く汽車らしい。

1秒後影子跟讀

譯 那好像是開往青森的火車。

生字 青森／青森；行く／前往

名 きしゃ【汽車】

火車

類 電車　電車

對 車　汽車

□□□ 0212

例 ますます技術が発展していくでしょう。

1秒後影子跟讀

譯 技術會愈來愈進步吧！

生字 ますます／更加；発展／活躍

名 ぎじゅつ【技術】

技術

類 ノウハウ【know-how】 專門知識

對 理論　理論

□□□ 0213

例 今の季節は、とても過ごしやすい。

1秒後影子跟讀

譯 現在這季節很舒服。

生字 過ごす／生活；やすい／容易的

名 きせつ【季節】

季節

類 時期 期間

對 いつも 無論何時

□□□ 0214

例 規則を守りなさい。

1秒後影子跟讀

譯 你要遵守規定。

生字 守る／恪守

名 きそく【規則】

規則，規定

類 法律 法律

對 自由 自由

□□□ 0215

例 喫煙席はありますか。

1秒後影子跟讀

譯 請問有吸煙座位嗎？

生字 ある／有

名 きつえんせき【喫煙席】

吸煙席，吸煙區

類 喫煙所 吸菸處

對 禁煙席 禁煙區

□□□ 0216

例 きっと彼が行くことになるでしょう。

1秒後影子跟讀

譯 一定會是他去吧！

出題重點 きっと：“一定”強調對未來事件的堅定預測或信念。問題 3 陷阱可能有，

- 間違いなく（まちがいなく）：“無疑地、肯定地”，更強調對現狀或事實的絕對確定性。
- 確かに（たしかに）：“確實、的確”用於確認已知的事實或情況。
- もし：“假如、如果”用於引出假設情況或條件。

生字 こと／事情；なる／變成

副 きっと

一定，務必，肯定

類 必ず 一定

對 多分 也許

□□□ 0217

例 彼女の誕生日に、絹のスカーフをあげました。

1秒後影子跟讀

譯 她的生日，我送了絲質的圍巾給她。

生字 スカーフ／圍巾

名 きぬ【絹】

絲

類 シルク【silk】 絲綢

對 綿 棉

□□□ 0218

例 新しい先生は、厳しいかもしれない。

1秒後影子跟讀

譯 新老師也許會很嚴格。

生字 新しい／新的；先生／老師

形 きびしい【厳しい】

嚴格；嚴重；嚴酷

類 難しい 困難的

對 易しい 容易的

□□□ 0219

例 気分が悪くても、会社を休みません。

1秒後影子跟讀

譯 即使身體不舒服，也不請假。

生字 会社／公司；休む／休假

名 きぶん【気分】

情緒；氣氛；身體狀況

類 気持ち 感覺

對 胸 胸部

□□□ 0220

例 先生が来るかどうか、まだ決まっていません。

1秒後影子跟讀

譯 老師還沒決定是否要來。

出題重點 「決まる」用來描述事情或安排已經被決定或確定。如「計画／目標が決まる」。下面為問題5錯誤用法：

- 物體固有特性，如「この椅子は硬く決まっている」。
- 描述天氣或自然現象，如「今日の天気は決まる」。
- 食物的味道或質量，如「このスープは味が決まる」。

慣用語

- 計画が決まる／計劃確定了。
- 会議の日程が決まる／會議日期確定了。

生字 来る／前來；まだ／尚未

自五 きまる【決まる】

決定，確定；規定；決定勝負

類 確か 確實

對 変わる 改變

讀書計劃：□□／□□

□□□ 0221

例 君（きみ）は、将来何（しょうらいなに）をしたいの？

1秒後影子跟讀

譯 你將來想做什麼？

生字 将来（しょうらい）／未來

名 き|み【君】

你（男性對同輩以下的親密稱呼）

類 あなた　你

對 自分（じぶん）　自己

□□□ 0222

例 予定（よてい）をこう決（き）めました。

1秒後影子跟讀

譯 行程就這樣決定了。

生字 予定（よてい）／計畫

他下一 き|める【決める】

決定；規定；認定

類 計画（けいかく）　計劃

對 偶然（ぐうぜん）　無預期

□□□ 0223

例 暗（くら）い気持（きも）ちのまま帰（かえ）ってきた。

1秒後影子跟讀

譯 心情鬱悶地回來了。

出題重點 「気持ち」讀作「きもち」，意指感覺、心情或情感狀態，如愉快或不適。問題 1 誤導選項可能有：

- 「かんじょう」表示情感、感情或情緒，如喜悅、悲傷等。
- 「しつもん」意味著問題或疑問，提出以尋求答案或資訊。
- 「いけん」表意見或看法，個人對某事的想法或判斷。

文法 まま［…著］：表示附帶狀況，指一個動作或作用的結果，在這個狀態還持續時，進行了後項的動作，或發生後項的事態。

生字 暗（くら）い／陰沉的

名 き|もち【気持ち】

心情；感覺；身體狀況

類 心（こころ）　感情

對 体（からだ）　肉體

□□□ 0224

例 着物（きもの）とドレスと、どちらのほうが素敵（すてき）ですか。

1秒後影子跟讀

譯 和服與洋裝，哪一件比較漂亮？

生字 ドレス／小禮服；素敵（すてき）／美麗的

名 き|もの【着物】

衣服；和服

類 浴衣（ゆかた）　夏日和服

對 洋服（ようふく）　西裝，西式服裝

訓 着＝き

訓 物＝もの

□□□ 0225

例 客（きゃく）がたくさん入（はい）るだろう。

1秒後影子跟讀

譯 會有很多客人進來吧！

生字 たくさん／眾多；入（はい）る／進入

名 きゃく【客】

客人；顧客

類 お客（きゃく）さん 客人

對 店員（てんいん） 店員

□□□ 0226

例 キャッシュカードを忘（わす）れてきました。

1秒後影子跟讀

譯 我忘記把金融卡帶來了。

生字 忘（わす）れる／忘記

名 キャッシュカード【cash card】

金融卡，提款卡

類 カード【card】 卡片

對 現金（げんきん） 現金

□□□ 0227

例 ホテルをキャンセルしました。

1秒後影子跟讀

譯 取消了飯店的訂房。

生字 ホテル／旅館

名・他サ キャンセル【cancel】

取消，作廢；廢除

類 中止（ちゅうし） 終止

對 決（き）める 決定

□□□ 0228

例 部長（ぶちょう）は急（きゅう）な用事（ようじ）で今日（きょう）は出社（しゅっしゃ）しません。

1秒後影子跟讀

譯 部長因為出了急事，今天不會進公司。

出題重點 急な（きゅうな）：“突然、急迫”描述事情的突發性或緊急程度。問題 3 陷阱可能有，

- 邪魔な（じゃまな）：“妨礙、阻礙”指對某件事的進行造成阻礙或不便。
- 自由な（じゆうな）：“自由、無拘無束”指不受限制或束縛，有選擇和行動的自主性。
- 無理な（むりな）：“不合理、勉強”指超出能力範圍或不符合現實情況的事物或要求。

生字 部長（ぶちょう）／處長；用事（ようじ）／要事

名・形動 きゅう【急】

急迫；突然；陡

類 急（いそ）ぐ 緊急

對 ゆっくり 慢慢地

音 急＝キュウ

讀書計劃：□□／□□

0229

例 急行に乗ったので、早く着いた。

1秒後影子跟讀

譯 因為搭乘快車，所以提早到了。

生字 乗る／乘坐；着く／抵達

名・自サ きゅうこう【急行】

急行；快車

類 特急　特快列車

對 各駅停車　慢車，每站停靠

音 急＝キュウ

0230

例 車は、急に止まることができない。

1秒後影子跟讀

譯 車子沒辦法突然停下來。

文法 ことができる[能…，會…]：技術上是可以做到的。

生字 車／汽車；止まる／停止

副 きゅうに【急に】

突然

類 突然　突然

對 だんだん　逐漸地

音 急＝キュウ

0231

例 急ブレーキをかけることがありますから、必ずシートベルトをしてください。

1秒後影子跟讀

譯 由於有緊急煞車的可能，因此請繫好您的安全帶。

生字 かける／繫上；シートベルト／安全帶

名 きゅうブレーキ【急 brake】

緊急剎車

類 止まる　停止

對 走る　開車

音 急＝キュウ

0232

例 学校教育について、研究しているところだ。

1秒後影子跟讀

譯 正在研究學校教育。

出題重點 「教育」意指“教育”，涵蓋了教導和學習的各個方面。問題 2 可能混淆的漢字有：

- 「孜有，孝唷，激育」這些字在日語中並沒有特定的意義。其中「孜」勤奮或勤勉；「有」存在，有；「孝」孝順，尊敬父母；「唷、激」非常見詞彙；「盲」胸口。

文法 ているところだ[正在…]：表示動作、變化處於正在進行的階段。 近 につき[有關…]

生字 学校／學校；研究／鑽研

名・他サ きょういく【教育】

教育

類 学ぶ　學習

對 働く　工作

音 教＝キョウ

主題單字 あ か さ た な は ま や ら わ 練習

□□□ 0233

例 明日(あした)、教会(きょうかい)でコンサートがあるかもしれない。

1秒後影子跟讀

譯 明天教會也許有音樂會。

生字 コンサート／演奏會

名 きょうかい【教会】

教會，教堂

類 寺(てら) 寺廟

對 神社(じんじゃ) 神社

音 教＝キョウ

音 会＝カイ

□□□ 0234

例 一緒(いっしょ)に勉強(べんきょう)して、お互(たが)いに競争(きょうそう)するようにした。

1秒後影子跟讀

譯 一起唸書，以競爭方式來激勵彼此。

文法 ようにする［設法使…］：表示説話人自己將前項的行為，狀況當作目標而努力。

生字 一緒(いっしょ)／一塊兒；お互(たが)い／互相

名・自他サ きょうそう【競争】

競爭，競賽

類 試合(しあい) 比賽

對 練習(れんしゅう) 練習

□□□ 0235

例 興味(きょうみ)があれば、お教(おし)えします。

1秒後影子跟讀

譯 如果有興趣，我可以教您。

出題重點 「興味」讀作「きょうみ」，意指對某事物的好奇或興趣。問題１誤導選項可能有：

- 「きょみ」缺長音「う」。
- 「きょうび」用接近正確讀音的濁音「び」混淆「み」。
- 「こうみ」用另一個音讀「こう」混淆「きょう」。

慣用語

- 興味(きょうみ)を持(も)つ／產生興趣。
- 興味深(きょうみぶか)い話(はなし)／有趣的故事。

生字 教(おし)える／教授

名 きょうみ【興味】

興趣

類 趣味(しゅみ) 愛好

對 無関心(むかんしん) 無興趣

音 味＝ミ

□□□ 0236

例 禁煙席(きんえんせき)をお願(ねが)いします。

1秒後影子跟讀

譯 麻煩你，我要禁煙區的座位。

生字 願(ねが)う／要求

名 きんえんせき【禁煙席】

禁煙席，禁煙區

類 禁煙区(きんえんく) 禁煙區

對 喫煙席(きつえんせき) 吸菸區

讀書計劃：□□／□□

□□□ 0237

例 近所の人が、りんごをくれました。

1秒後影子跟讀

譯 鄰居送了我蘋果。

生字 人／人類；りんご／蘋果

名 きんじょ【近所】

附近；鄰居

類 隣 旁邊

對 遠く 遠方

音 近＝キン

□□□ 0238

Track2-11

例 もう具合はよくなられましたか。

1秒後影子跟讀

譯 您身體好些了嗎？

出題重點 「具合」用來描述事物、身體或情況的現狀。如「具合が悪い／良くなる」。下面為問題 5 錯誤用法：

- 物理位置或長期特性，如「彼は村の具合に住んでいる」。
- 性格，如「彼女は明るい具合の人だ」。
- 結論，如「会議の具合が決まった」。

文法 （ら）れる：表示對對方或話題人物的尊敬，就是在表敬意之對象的動作上用尊敬助動詞。

生字 もう／已經

名 ぐあい【具合】

（健康等）狀況；方便，合適；方法

類 状態 狀態

對 悪い 狀態不良的

□□□ 0239

例 その町は、空気がきれいですか。

1秒後影子跟讀

譯 那個小鎮空氣好嗎？

生字 町／城鎮；きれい／乾淨的

名 くうき【空気】

空氣；氣氛

類 気 空氣

對 水 水

音 空＝クウ

□□□ 0240

例 空港まで、送ってさしあげた。

1秒後影子跟讀

譯 送他到機場了。

生字 送る／送行

名 くうこう【空港】

機場

類 飛行場 飛行場

對 港 港口

音 空＝クウ

□□□ 0241

例 草(くさ)を取(と)って、歩(ある)きやすいようにした。

1秒後影子跟讀

譯 把草拔掉，以方便走路。

文法 ようにする [設法使…]：表示對某人或事物，施予某動作，使其起作用。

生字 取(と)る／拔除；歩(ある)く／行走

名 くさ【草】

草

類 花(はな) 花朵

對 木(き) 樹

□□□ 0242

例 先生(せんせい)が、今本(いまほん)をくださったところです。

1秒後影子跟讀

譯 老師剛把書給我。

生字 今(いま)／此刻

他五 くださる【下さる】

給，給予（「くれる」的尊敬語）

類 貰(もら)う 收到

對 上(あ)げる 給予

□□□ 0243

例 どうしてか、首(くび)がちょっと痛(いた)いです。

1秒後影子跟讀

譯 不知道為什麼，脖子有點痛。

生字 ちょっと／稍微

名 くび【首】

頸部，脖子；頭部，腦袋

類 頭(あたま) 頭

對 足(あし) 腳

□□□ 0244

例 白(しろ)い煙(けむり)がたくさん出(で)て、雲(くも)のようだ。

1秒後影子跟讀

譯 冒出了很多白煙，像雲一般。

出題重點 「雲」讀作「くも」，指雲，天空中的水蒸氣凝結形成的白色或灰色浮動物體。問題 1 誤導選項可能有：

- 「そら」指天空，大氣中視覺可見的部分，包括白天的藍天和夜晚的星空。
- 「ひかり」表光或光線，從光源發出的能量形式，如太陽光或燈光。
- 「あめ」意味著雨，大氣中水蒸氣凝結成水滴並落至地面的現象。

生字 白(しろ)い／白色；煙(けむり)／煙霧

名 くも【雲】

雲

類 雨(あめ) 雨

對 晴(は)れ 晴天

□□□ 0245

例 妹と比べると、姉の方がやっぱり美人だ。

1秒後影子跟讀

譯 跟妹妹比起來，姊姊果然是美女。

出題重點 題型４裡「くらべる」的考點有：

- 例句：二つのプランを比べる／比較兩個計畫。
- 換句話說：二つのプランを比較する／對比兩個計畫。
- 相對說法：二つのプランは同じです／兩個計畫是相同的。

「比べる」表示對兩個或更多事物進行比較；「比較する」也是進行比較，但可能更強調系統性或詳細性；「同じ」則表示兩個或更多事物完全一致，沒有差異。

生字 やっぱり／到底還是；美人／美人

他下一 くらべる【比べる】

比較

類 比較する 比較

對 同じ 相同

□□□ 0246

例 ここを二回クリックしてください。

1秒後影子跟讀

譯 請在這裡點兩下。

生字 回／次

名・他サ クリック【click】

喀嚓聲；按下（按鍵），點擊

類 触る 觸碰

對 離れる 不接觸

□□□ 0247

例 初めてクレジットカードを作りました。

1秒後影子跟讀

譯 我第一次辦信用卡。

生字 初めて／初次；作る／申辦

名 クレジットカード【credit card】

信用卡

類 デビットカード【debit card】 金融卡

對 現金 現金

□□□ 0248

例 そのお金を私にくれ。

1秒後影子跟讀

譯 那筆錢給我。

生字 お金／金錢

他下一 くれる【呉れる】

給我，給予，贈予

類 貰う 收到

對 上げる 給予

□□□ 0249

例 日(ひ)が暮(く)れたのに、子(こ)どもたちはまだ遊(あそ)んでいる。

1秒後影子跟讀

譯 天都黑了，孩子們卻還在玩。

出題重點 「暮(く)れる」用來描述太陽下山或晚上的來臨，如「日(ひ)が暮(く)れる」。下面為問題 5 錯誤用法：

- 生命終結或死亡，如「彼(かれ)は人生(じんせい)が暮(く)れた」。
- 情緒變化，如「彼女(かのじょ)の心(こころ)は暮(く)れている」。
- 物體老化，如「この家具(かぐ)は暮(く)れてきた」。

慣用語

- 日(ひ)が暮(く)れる／天黑了。

生字 たち／們；まだ／仍然

自下一 く|れる【暮れる】

日暮，天黑；到了尾聲，年終

類 夜(よる)になる　變成夜晚

對 明(あか)るい　明亮

□□□ 0250

例 田中君(たなかくん)でも、誘(さそ)おうかと思(おも)います。

1秒後影子跟讀

譯 我在想是不是也邀請田中君。

生字 誘(さそ)う／邀約

接尾 くん【君】

君，用於男性的稱呼

類 さん　先生，小姐

對 様(さま)　先生，小姐

□□□ 0251

例 しばらく会(あ)わない間(あいだ)に父(ちち)の髪(かみ)の毛(け)はすっかり白(しろ)くなっていた。

1秒後影子跟讀

譯 好一陣子沒和父親見面，父親的頭髮全都變白了。

生字 しばらく／許久；間(あいだ)／之間

名 け|【毛】

頭髮，汗毛

類 髪(かみ)の毛(け)　頭髮

對 肌(はだ)　皮膚

□□□ 0252

例 このセーターはウサギの毛(け)で編(あ)んだものです。

1秒後影子跟讀

譯 這件毛衣是用兔毛編織而成的。

生字 セーター／毛線衣；編(あ)む／編織

名 け|【毛】

毛線，毛織物

讀書計劃：□□／□□

□□□ 0253

例 私の計画(けいかく)をご説明(せつめい)いたしましょう。

1秒後影子跟讀

譯 我來說明一下我的計劃！

出題重點 「計画」意指“計劃”，指的是為了達到某個目標而制定的一系列步驟或行動方案。問題 2 可能混淆的漢字有：

- 「訊冨，訐畫，討曲」這些詞彙都並不常見。其中，「訊」消息或詢問；「冨」富裕或財富；「訐」批評或指責；「畫」畫畫或描繪；「討」討論或攻擊；「曲」曲子或彎曲。

文法 ご…いたす：對要表示尊敬的人，透過降低自己或自己這一邊的人的說法，以提高對方地位，來向對方表示尊敬。

生字 説明(せつめい)／説明

名・他サ けいかく【計画】

計劃

類 予定(よてい) 預定

對 偶(たま)に 偶然

音 計=ケイ

音 画=カク

□□□ 0254

例 警官(けいかん)は、事故(じこ)について話(はな)すように言(い)いました。

1秒後影子跟讀

譯 警察要我說關於事故的發生經過。

文法 について（は）[有關…]：表示前項先提出一個話題，後項就針對這個話題進行說明。

生字 事故(じこ)／事故

名 けいかん【警官】

警察，警官；巡警

類 警察官(けいさつかん) 警察官員

對 犯人(はんにん) 犯罪者

□□□ 0255

例 経験(けいけん)がないまま、この仕事(しごと)をしている。

1秒後影子跟讀

譯 我在沒有經驗的情況下，從事這份工作。

生字 仕事(しごと)／工作

名・他サ けいけん【経験】

經驗，經歷

類 実験(じっけん) 實驗

對 知識(ちしき) 學問

音 験=ケン

□□□ 0256

例 日本(にほん)の経済(けいざい)について、ちょっとお聞(き)きします。

1秒後影子跟讀

譯 有關日本經濟，想請教你一下。

文法 お…する：對要表示尊敬的人，透過降低自己或自己這一邊的人，以提高對方地位，來向對方表示尊敬。

生字 聞(き)く／詢問

名 けいざい【経済】

經濟

類 財政(ざいせい) 財政

對 文化(ぶんか) 文化

□□□ 0257

Track2-12

例 大学で経済学の理論を勉強しています。

1秒後影子跟讀

譯 我在大學裡主修經濟學理論。

生字 理論／原理；勉強／唸書

名 けいざいがく【経済学】

經濟學

類 財政学　財政學

對 自然科学　自然科學

□□□ 0258

例 警察に連絡することにしました。

1秒後影子跟讀

譯 決定向警察報案。

文法 ことにする［決定…］：表示説話人以自己的意志，主觀地對將來的行為做出某種決定、決心。

生字 連絡／聯繫

名 けいさつ【警察】

警察；警察局

類 警察署　警察局

對 犯罪者　犯罪者

□□□ 0259

例 僕が出かけている間に、弟にケーキを食べられた。

1秒後影子跟讀

譯 我外出的時候，蛋糕被弟弟吃掉了。

慣用語

- 誕生日にケーキを食べる／生日吃蛋糕。
- ケーキを作る／做蛋糕。
- ケーキを焼く／烤蛋糕。
- ケーキを切る／切蛋糕。
- ケーキを注文する／訂購蛋糕。

生字 出かける／出門

名 ケーキ【cake】

蛋糕

類 パイ【pie】　派

對 パン【(葡) pão】　麵包

□□□ 0260

例 どこの携帯電話を使っていますか。

1秒後影子跟讀

譯 請問你是用哪一家的手機呢？

生字 使う／使用

名 けいたいでんわ【携帯電話】

手機，行動電話

類 スマートフォン【smartphone】　智慧型手機

對 電話　固定電話

讀書計劃：□□／□□

□□□ 0261

例 事故(じこ)で、たくさんの人(ひと)がけがをしたようだ。

1秒後影子跟讀

譯 好像因為事故很多人都受了傷。

名・自サ けが【怪我】

受傷；損失，過失

類 病気(びょうき) 生病

對 直る(なお) 康復

出題重點 題型４裡「けが」的考點有：

- 例句：足(あし)を怪我(けが)した／傷了腳。
- 換句話說：足(あし)の病気(びょうき)になった／腳受傷了。
- 相對說法：足(あし)の怪我(けが)は治(なお)った／腳傷已經痊癒了。

「怪我」指的是因意外或活動而造成的身體傷害；「病気」通常指疾病或健康問題；「治る」表示傷勢或疾病的恢復，身體恢復到正常狀態。

生字 事故(じこ)／事故；たくさん／眾多

□□□ 0262

例 どこか、景色(けしき)のいいところへ行(い)きたい。

1秒後影子跟讀

譯 想去風景好的地方。

名 けしき【景色】

景色，風景

類 風景(ふうけい) 風景

對 室内(しつない) 室內

音 色＝シキ

生字 ところ／地方

□□□ 0263

例 この色鉛筆(いろえんぴつ)は消(け)しゴムできれいに消(け)せるよ。

1秒後影子跟讀

譯 這種彩色鉛筆用橡皮擦可以擦得很乾淨。

名 けしゴム【消し＋(荷)gom】

橡皮擦

類 消(け)しペン 修正筆

對 ペン【pen】 筆，用於書寫而不是擦除

生字 色鉛筆(いろえんぴつ)／色鉛筆；消(け)す／抹去

□□□ 0264

例 下宿(げしゅく)の探(さが)し方(かた)がわかりません。

1秒後影子跟讀

譯 不知道如何尋找住的公寓。

名・自サ げしゅく【下宿】

寄宿，借宿

類 寮(りょう) 宿舍

對 自宅(じたく) 自己的家

生字 探(さが)し方(かた)／尋找的方法

□□□ 0265

例 このことは、決して(けっ)だれにも言(い)えない。

1秒後影子跟讀

譯 這件事我絕沒辦法跟任何人說。

生字 だれ／誰

副 けっして【決して】

（後接否定）絕對（不）

類 必(かなら)ず 一定

對 時々(ときどき) 有時

□□□ 0266

例 夏(なつ)の暑(あつ)さは厳(きび)しいけれど、冬(ふゆ)は過(す)ごしやすいです。

1秒後影子跟讀

譯 那裡夏天的酷熱非常難受，但冬天很舒服。

出題重點 けれど：“但是、然而”通常用於口語中，表示較輕微的轉折或對比。問題3陷阱可能有，

- しかし：“但是、然而”用於表達更強烈的對比或轉折。
- だが：“可是”在書面或正式語境中用來引入轉折。
- そして：“而且、接著”用來添加信息或連接兩個相關的點。

文法 さ：接在形容詞、形容動詞的詞幹後面等構成名詞，表示程度或狀態。

生字 厳(きび)しい／很甚；過(す)ごす／生活

接助 けれど・けれども

但是，然而

類 しかし 但是

對 だから 因此

□□□ 0267

例 この山(やま)を越(こ)えると山梨県(やまなしけん)です。

1秒後影子跟讀

譯 越過這座山就是山梨縣了。

生字 越(こ)える／越過

名 けん【県】

縣

類 郡(ぐん) 郡

對 市(し) 市

□□□ 0268

例 村(むら)には、薬屋(くすりや)が3軒(げん)もあるのだ。

1秒後影子跟讀

譯 村裡竟有3家藥局。

生字 村(むら)／村落；薬屋(くすりや)／藥局

接尾 けん・げん【軒】

…間，…家（房屋量詞）

類 棟(とう) 量詞用於建築物

對 部屋(へや) 房間

讀書計劃：□□／□□

□□□ 0269

例 原因(げんいん)は、小(ちい)さなことでございました。

1秒後影子跟讀

譯 原因是一件小事。

出題重點 「原因」意指“原因”，表示某事發生的理由或導致某事發生的因素。問題 2 可能混淆的漢字有：

- 「願囚，源田，貧困」這些詞彙都並不常見。其中，「願」希望或願望；「囚」囚犯或囚禁；「源」來源或起源；「田」田地或農地；「貧」不常見；「困」困難或疲勞。

文法 でございます [是…]：前接名詞。為鄭重語。鄭重語用於和長輩或不熟的對象交談時。表示對聽話人表示尊敬。

生字 小(ちい)さな／微小的

名 げんいん【原因】

原因

類 理由(りゆう) 理由

對 結果(けっか) 結果

□□□ 0270

例 喧嘩(けんか)するなら別々(べつべつ)に遊(あそ)びなさい。

1秒後影子跟讀

譯 如果要吵架，就自己玩自己的！

生字 別々(べつべつ)／各別

名・自サ けんか【喧嘩】

吵架；打架

類 争(あらそ)い 口角

對 友達(ともだち) 朋友

□□□ 0271

例 医学(いがく)の研究(けんきゅう)で新(あたら)しい薬(くすり)が生(う)まれた。

1秒後影子跟讀

譯 因醫學研究而開發了新藥。

生字 医学(いがく)／醫學；生(う)まれる／誕生

名・他サ けんきゅう【研究】

研究

類 調(しら)べる 調查

對 動(うご)く 實踐

音 研＝ケン

音 究＝キュウ

□□□ 0272

例 週(しゅう)の半分(はんぶん)以上(いじょう)は研究室(けんきゅうしつ)で過(す)ごした。

1秒後影子跟讀

譯 一星期裡有一半的時間，都是在研究室度過。

生字 半分(はんぶん)／二分之一；過(す)ごす／生活

名 けんきゅうしつ【研究室】

研究室

類 実験室(じっけんしつ) 實驗室

對 教室(きょうしつ) 教室

音 研＝ケン

音 究＝キュウ

音 室＝シツ

□□□ 0273

例 言語学って、どんなことを勉強するのですか。

1秒後影子跟讀

譯 語言學是在唸什麼的呢？

生字 どんな／什麼樣的；こと／事物

名 げんごがく【言語学】

語言學

類 文学　文學

對 自然科学　自然科學

音 言＝ゲン

□□□ 0274

例 祭りを見物させてください。

1秒後影子跟讀

譯 請讓我參觀祭典。

出題重點 「見物」用來描述參觀名勝古跡或觀看有趣的事物，如「美術館／寺院を見物する」。下面為問題5錯誤用法：

- 不需移動的活動，如「映画を見物するのが好きだ」。
- 描述個人情感，如「彼女の気持ちは見物だ」。
- 形容物品功能，如「この機械は見物的な動きがある」。

慣用語

- 観光地を見物する／參觀旅遊景點。

生字 祭り／祭祀儀式

名・他サ けんぶつ【見物】

觀光，參觀

類 観光　觀光

對 家にいる　待在家

音 物＝ブツ

□□□ 0275

例 件名を必ず入れてくださいね。

1秒後影子跟讀

譯 請務必要輸入信件主旨喔。

生字 必ず／一定；入れる／輸入

名 けんめい【件名】

(電腦) 郵件主旨；項目名稱；類別

類 主題　主題

對 内容　內容

□□□ 0276

Track2-13

例 うちの子は、まだ5歳なのにピアノがじょうずです。

1秒後影子跟讀

譯 我家小孩才5歲，卻很會彈琴。

文法 のに［明明…，卻…］：表示前項和後項呈現對比的關係。

生字 歳／歲數；ピアノ／鋼琴

名 こ【子】

孩子

類 児　兒童

對 大人　成人

讀書計劃：□□／□□

□□□ 0277

例 ご近所にあいさつをしなくてもいいですか。

1秒後影子跟讀

譯 不跟（貴）鄰居打聲招呼好嗎？

文法 ご…[貴…]：後接名詞（跟對方有關的行為，狀態或所有物），表示尊敬，鄭重，親愛，另外，還有習慣用法等意思。

生字 近所／近鄰；あいさつ／禮貌寒暄

接頭 **ご【御】**

貴（接在跟對方有關的事物、動作的漢字詞前）表示尊敬語、謙讓語

類 お　尊敬語

對 普通　普通

□□□ 0278

例 駅前に行けば、コインランドリーがありますよ。

1秒後影子跟讀

譯 只要到車站前就會有自助洗衣店喔。

生字 駅／車站；前／前方

名 **コインランドリー【coin-operated laundry】**

自助洗衣店，投幣式洗衣店

類 自動洗濯機　自動洗衣機

對 手洗い　手洗

□□□ 0279

例 そうしてもいいが、こうすることもできる。

1秒後影子跟讀

譯 雖然那樣也可以，但這樣做也可以。

生字 できる／做得到

副 **こう**

如此；這樣，這麼

類 そう　那樣

對 違う　不同

□□□ 0280

例 郊外は住みやすいですね。

1秒後影子跟讀

譯 郊外住起來舒服呢。

出題重點 題型4裡「こうがい」的考點有：

- 例句：彼は郊外に住んでいる／他住在郊外。
- 換句話說：彼は田舎に住んでいる／他住在鄉下。
- 相對說法：彼は都市に住んでいる／他住在城市。

「郊外」指城市週邊相對較為寧靜的區域；「田舍」通常指遠離城市，較自然且寧靜的鄉村地區；「都市」則指繁華、人口密集的大城市。

生字 住む／居住

名 **こうがい【郊外】**

郊外

類 田舎　鄉村

對 都市　城市

□□□ 0281

例 後期の試験はいつごろありますか。

1秒後影子跟讀

譯 請問下半期課程的考試大概在什麼時候？

生字 試験／測驗；ごろ／左右

名 こうき【後期】

後期，下半期，後半期

類 後半　後半

對 前期　前期

□□□ 0282

例 大学の先生に、法律について講義をしていただきました。

1秒後影子跟讀

譯 請大學老師幫我上了法律課。

文法 について［有關…］：表示前項先提出一個話題，後項就針對這個話題進行説明。近 についても［有關…］

生字 法律／法律

名・他サ こうぎ【講義】

講義，上課，大學課程

類 授業　授課

對 練習　練習

□□□ 0283

例 工業と商業と、どちらのほうが盛んですか。

1秒後影子跟讀

譯 工業與商業，哪一種比較興盛？

出題重點 「工業（こうぎょう）」指“工業”，涉及製造或生產商品，尤其是大規模製造。問題2可能混淆的漢字有：

- 農業（のうぎょう）：“農業”，涉及耕種土地、種植作物和飼養家畜的活動。
- 商業（しょうぎょう）：“商業”，涉及商品或服務的買賣交易。
- 文化（ぶんか）：“文化”，涉及特定社群、國家或時期的藝術、習俗、信仰和知識。

文法 と…と…どちら［在…與…中，哪個…］：表示從兩個裡面選一個。也就是詢問兩個人或兩件事，哪一個適合後項。

生字 商業／商業；盛ん／繁盛的

名 こうぎょう【工業】

工業

類 製造業　製造業

對 農業　農業

音 工＝コウ

音 業＝ギョウ

□□□ 0284

例 公共料金は、銀行の自動引き落としにしています。

1秒後影子跟讀

譯 公共費用是由銀行自動轉帳來繳納的。

生字 自動／自動；引き落とす／扣款

名 こうきょうりょうきん【公共料金】

公共費用

類 料金　費用

對 私費　私人費用

音 公＝コウ

音 料＝リョウ

讀書計劃：□□／□□

□□□ 0285

例 高校（こうこう）の時（とき）の先生（せんせい）が、アドバイスをしてくれた。

1秒後影子跟讀

譯 高中時代的老師給了我建議。

文法 てくれる[（為我）做…]：表示他人為我，或為我方的人做前項有益的事，用在帶著感謝的心情，接受別人的行為。

生字 アドバイス／建議

名 こうこう・こうとうがっこう【高校・高等学校】

高中

類 中学校（ちゅうがっこう） 中學

對 大学（だいがく） 大學

□□□ 0286

例 高校生（こうこうせい）の息子（むすこ）に、英語（えいご）の辞書（じしょ）をやった。

1秒後影子跟讀

譯 我送英文辭典給高中生的兒子。

生字 英語（えいご）／英語；辞書（じしょ）／辭典

名 こうこうせい【高校生】

高中生

類 中学生（ちゅうがくせい） 國中生

對 大学生（だいがくせい） 大學生

□□□ 0287

例 大学生（だいがくせい）は合（ごう）コンに行（い）くのが好（す）きですねえ。

1秒後影子跟讀

譯 大學生還真是喜歡參加聯誼呢。

文法 のが：前接短句，表示強調。另能使其名詞化，成為句子的主語或目的語。

生字 大学生（だいがくせい）／大學生

名 ごうコン【合コン】

聯誼

類 パーティー【party】 派對

對 一人（ひとり） 單獨一人

□□□ 0288

例 この先（さき）は工事中（こうじちゅう）です。

1秒後影子跟讀

譯 前面正在施工中。

出題重點 「工事中」讀作「こうじちゅう」，意指正在進行的建設或修理工作。問題１誤導選項可能有：

- 「こうしちゅう」用清音「し」混淆「じ」。
- 「こうじじゅう」用另一個音讀「じゅう」混淆「ちゅう」。
- 「こじちゅう」缺音節「う」。

慣用語

- 工事中（こうじちゅう）の道路（どうろ）／施工中的道路。
- 工事中（こうじちゅう）の注意（ちゅうい）／施工期間注意事項。

生字 先（さき）／前方

名 こうじちゅう【工事中】

施工中；（網頁）建製中

類 建設中（けんせつちゅう） 建設中

對 終（お）わり 完成

音 工＝コウ

音 事＝ジ

□□□ 0289

例 工場(こうじょう)で働(はたら)かせてください。

1秒後影子跟讀

譯 請讓我在工廠工作。

出題重點 「工場」意指“工廠”，表示一個進行工業生產或製造活動的場所。問題 2 可能混淆的漢字有：

- 「士暢, 二湯, 于鍚」這些詞彙並不常見。其中，「士」士人或專業人士；「暢」順暢或暢快；「二」數字二；「湯」熱水或湯；「于」在或於；「鍚」錫金屬或賜予。

文法 （さ）せてください [請允許…]：表示 [我請對方允許我做前項] 之意，是客氣地請求對方允許，承認的說法。

生字 働(はたら)く／幹活

名 こうじょう【工場】

工廠

類 製造所(せいぞうしょ)　製造廠

對 事務所(じむしょ)　辦公室

音 工＝コウ

音 場＝ジョウ

□□□ 0290

例 校長(こうちょう)が、これから話(はなし)をするところです。

1秒後影子跟讀

譯 校長正要開始說話。

文法 が：接在名詞的後面，表示後面的動作或狀態的主體。

生字 これから／接下來；話(はなし)／說話

名 こうちょう【校長】

校長

類 先生(せんせい)　老師

對 生徒(せいと)　學生

□□□ 0291

例 東京(とうきょう)は、交通(こうつう)が便利(べんり)です。

1秒後影子跟讀

譯 東京交通便利。

生字 便利(べんり)／方便的

名 こうつう【交通】

交通

類 通行(つうこう)　通行

對 通行止め(つうこうどめ)　禁止通行

音 通＝ツウ

□□□ 0292

例 みんなが講堂(こうどう)に集(あつ)まりました。

1秒後影子跟讀

譯 大家在禮堂集合。

生字 みんな／眾人；集(あつ)まる／聚集

名 こうどう【講堂】

禮堂

類 講座(こうざ)　講座

對 教室(きょうしつ)　教室

音 堂＝ドウ

讀書計劃：□□／□□

□□□ 0293

例 公務員になるのは、難しいようです。

1秒後影子跟讀

譯 要當公務員好像很難。

文法 のは：前接短句，表示強調。另能使其名詞化，成為句子的主語或目的語。

生字 難しい／困難的

名 こうむいん【公務員】

公務員

類 役人 官員

對 従業員 員工

音 公＝コウ

□□□ 0294

例 コーヒーカップを集めています。

1秒後影子跟讀

譯 我正在收集咖啡杯。

生字 集める／收集

名 コーヒーカップ【coffee cup】

咖啡杯

類 カップ【cup】 杯子

對 皿 盤子

□□□ 0295

例 彼女はきっと国際的な仕事をするだろう。

1秒後影子跟讀

譯 她一定會從事國際性的工作吧！

出題重點 「国際」描述與多個國家相關或跨國界的事物或活動，如「国際会議に出席する」。下面為問題5錯誤用法：

- 純國內事務，如「国際税制が変わった」。
- 日常個人活動，如「彼は国際的にコーヒーを飲む」。
- 與國際無關之事，如「私の国際的な靴」。

文法 だろう[…吧]：表示説話人對未來或不確定事物的推測，且説話人對自己的推測有相當大的把握。

生字 きっと／肯定；仕事／工作

名 こくさい【国際】

國際

類 世界 世界

對 国内 國內

□□□ 0296

例 今年の夏は、国内旅行に行くつもりです。

1秒後影子跟讀

譯 今年夏天我打算要做國內旅行。

文法 つもりだ[打算…]：表示説話者的意志，預定，計畫等，也可以表示第三人稱的意志。

生字 夏／夏季；旅行／旅遊

名 こくない【国内】

該國內部，國內

類 本国 本國

對 海外 海外

□□□ 0297 Track2-14

例 彼の心の優しさに、感動しました。

1秒後影子跟讀

譯 他善良的心地，叫人很感動。

文法 さ：接在形容詞、形容動詞的詞幹後面等構成名詞，表示程度或狀態。

生字 優しい／溫柔的；感動／感動

名 こころ【心】

內心；心情（或唸：こころ）

類 気持ち　心情

對 体　身體

訓 心＝こころ

□□□ 0298

例 山田はただいま接客中でございます。

1秒後影子跟讀

譯 山田正在和客人會談。

生字 接客／接待客人；中／正在…

特殊形 ございます

是，在，存在（「ある」、「あります」的鄭重說法表示尊敬）

類 あります　是，存在

對 いません　不存在

□□□ 0299

例 塩は小匙半分で十分です。

1秒後影子跟讀

譯 鹽只要加小湯匙一半的份量就足夠了。

生字 塩／鹽；十分／充分

名 こさじ【小匙】

小匙，茶匙，小勺子

類 スプーン【spoon】　湯匙

對 大匙　大湯匙

□□□ 0300

例 私のコンピューターは、故障しやすい。

1秒後影子跟讀

譯 我的電腦老是故障。

出題重點 題型4裡「こしょう」的考點有：

- 例句：冷蔵庫が故障した／冰箱故障了。
- 換句話說：冷蔵庫が壊れた／冰箱壞了。
- 相對說法：冷蔵庫を直した／修好了冰箱。

「故障」通常指機械或電子設備的功能障礙或損壞；「壊れる」表示物品損壞或不再能正常運作；「直す」則是修理或糾正某物，使其恢復正常功能。

文法 やすい［容易…；好…］：表示該行為，動作很容易做，該事情很容易發生，或容易發生某種變化，亦或是性質上很容易有那樣的傾向。

生字 コンピューター／電腦

名・自サ こしょう【故障】

故障

類 壊れる　損壞

對 直す　修好

讀書計劃：□□／□□

□□□ 0301

例 毎日、子育てに追われています。
1秒後影子跟讀

譯 每天都忙著帶小孩。

生字 追う／催逼

名・自サ こそだて【子育て】
養育小孩，育兒
類 育児　育兒
對 捨てる　置之不理

□□□ 0302

例 ご存じのことをお教えください。
1秒後影子跟讀

譯 請告訴我您所知道的事。

文法 お…ください[請…]：用在對客人，屬下對上司的請求，表示敬意而抬高對方行為的表現方式。
生字 教える／告訴

名 ごぞんじ【ご存知】
您知道（尊敬語）
類 知る　知道
對 知らない　不知道
訓 知＝し

□□□ 0303

例 テストの答えは、もう書きました。
1秒後影子跟讀

譯 考試的答案，已經寫好了。

出題重點 「答え」用來描述對問題的解答或回應，如「試験／質問の答え」。下面為問題5錯誤用法：
- 談論運動，如「彼はジョギングが答えだと思う」。
- 形容食物味道或質量，如「この料理は答えの味がする」。
- 描述天氣，如「今日の天気は答えを持っている」。

慣用語
- 質問の答え／問題的答案。

生字 テスト／測驗；もう／已經；書く／書寫

名 こたえ【答え】
回答；答覆；答案（或唸：こたえ）
類 回答　解答
對 質問　問題
訓 答＝こた（え）

□□□ 0304

例 ごちそうがなくてもいいです。
1秒後影子跟讀

譯 沒有豐盛的佳餚也無所謂。

文法 ご…[貴…]：後接名詞（跟對方有關的行為，狀態或所有物），表示尊敬，鄭重，親愛，另外，還有習慣用法等意思。
生字 いい／可以

名・他サ ごちそう【御馳走】
請客；豐盛佳餚，盛宴
類 美味しい料理　美味的料理
對 簡単な食事　簡單的餐食
音 走＝ソウ

□□□ 0305

例 こっちに、なにか面白(おもしろ)い鳥(とり)がいます。

1秒後影子跟讀

譯 這裡有一隻有趣的鳥。

出題重點 「此方」讀作「こっち」，意指用於指向說話者所在的方向或位置。問題 1 誤導選項可能有：

- 「そっち」指“那邊”，用於指向說話者附近以外的方向或位置。
- 「あっち」意指“那邊”，指遠離說話者和聽話者的方向或位置。
- 「どっち」問“哪邊”，用於詢問兩個或更多選擇中的哪一個。

文法 か：前接疑問詞。當一個完整的句子中，包含另一個帶有疑問詞的疑問句時，則表示事態的不明確性。

生字 面白(おもしろ)い／逗趣的；鳥(とり)／小鳥

名 こ|っち【此方】

這裡，這邊

類 こちら　這邊

對 あっち　那邊

□□□ 0306

例 おかしいことを言(い)ったのに、だれも面白(おもしろ)がらない。

1秒後影子跟讀

譯 說了滑稽的事，卻沒人覺得有趣。

文法 がらない [不覺得…]：表示某人説了什麼話或做了什麼動作，而給説話人留下這種想法，有這種感覺，這樣做的印象。

生字 おかしい／好笑的

名 こ|と|【事】

事情，事件

類 用事(ようじ)　事情

對 暇(ひま)　無事

訓 事＝こと

□□□ 0307

例 小鳥(ことり)には、何(なに)をやったらいいですか。

1秒後影子跟讀

譯 餵什麼給小鳥吃好呢？

生字 やる／給予

名 こ|とり【小鳥】

小鳥

類 鳥(とり)　鳥類

對 大鳥(おおとり)　大鳥

訓 鳥＝とり

□□□ 0308

例 この間(あいだ)、山中先生(やまなかせんせい)にお会(あ)いしましたよ。少(すこ)し痩(や)せましたよ。

1秒後影子跟讀

譯 前幾天跟山中老師碰了面。老師略顯消瘦了些。

生字 少(すこ)し／稍微；痩(や)せる／清減

副 こ|のあいだ【この間】

最近；前幾天

類 最近(さいきん)　最近

對 ずっと前(まえ)　很久以前

讀書計劃：□□／□□

□□□ 0309

例 このごろ、考えさせられることが多いです。

1秒後影子跟讀

譯 最近讓人省思的事情很多。

文法 （さ）せられる［讓人…］：由於外在的刺激，而產生某作用、狀況。

生字 考える／思索；多い／許多的

副 このごろ【此の頃】

最近

類 この間　前些時候

對 昔　過去

□□□ 0310

例 細かいことは言わずに、適当にやりましょう。

1秒後影子跟讀

譯 別在意小地方了，看情況做吧！

出題重點 「細かい」讀作「こまかい」，意指細小的、不顯著的或細節。問題1誤導選項可能有：

- 「さいかい」用音讀「さい」混淆訓讀「こま」。
- 「ほそい」用另一訓讀「ほそい」混淆。
- 「ごまかい」中的「こ」變為濁音「ご」。

文法 ず（に）［不…地；沒…地］：表示以否定的狀態或方式來做後項的動作，或產生後項的結果，語氣較生硬。

生字 適当／適度斟酌；やる／做，幹

形 こまかい【細かい】

細小；仔細；無微不至

類 小さい　微小的

對 大きい　大的

□□□ 0311

例 道にごみを捨てるな。

1秒後影子跟讀

譯 別把垃圾丟在路邊。

文法 な［不要…］：表示禁止。命令對方不要做某事的說法。由於說法比較粗魯，所以大都是直接面對當事人說。

生字 道／道路；捨てる／丟棄

名 ごみ

垃圾

類 クズ　廢棄物

對 品物　商品

□□□ 0312

例 台所に米があるかどうか、見てきてください。

1秒後影子跟讀

譯 你去看廚房裡是不是還有米。

文法 かどうか［是否…］：表示從相反的兩種情況或事物之中選擇其一。

生字 台所／廚房

名 こめ【米】

米

類 おにぎり　御飯糰

對 小麦　小麥

□□□ 0313

例 ここから、富士山(ふじさん)をごらんになることができます。

1秒後影子跟讀

譯 從這裡可以看到富士山。

慣用語

- ご覧(らん)になることをお勧(すす)めする／推薦您觀看。
- 映画(えいが)をご覧(らん)になる／觀看電影。
- 展示(てんじ)をご覧(らん)になる／參觀展覽。

文法 ことができる[能…；會…]：表示在外部的狀況，規定等客觀條件允許時可能做。

生字 富士山(ふじさん)／富士山

他五 **ごらんになる【ご覧になる】**

看，閱讀（尊敬語）

類 見(み)る 看

對 書(か)く 書寫

□□□ 0314

例 これから、母(はは)にあげるものを買(か)いに行(い)きます。

1秒後影子跟讀

譯 現在要去買送母親的禮物。

文法 あげる[給予…]：授受物品的表達方式。表示給予人（說話者或說話一方的親友等），給予接受人有利益的事物。

生字 買(か)う／購買

連語 **これから**

接下來，現在起

類 今後(こんご) 今後

對 今(いま)まで 直到現在

□□□ 0315

例 どんなに怖(こわ)くても、絶対泣(ぜったいな)かない。

1秒後影子跟讀

譯 不管怎麼害怕，也絕不哭。

文法 ても[不管…也…]：前接疑問詞，表示不論什麼場合，什麼條件，都要進行後項，或是都會產生後項的結果。

生字 絶対(ぜったい)／堅決；泣(な)く／哭泣

形 **こわい【怖い】**

可怕，害怕

類 恐(おそ)ろしい 可怕的

對 安心(あんしん)する 安心

□□□ 0316

例 コップを壊(こわ)してしまいました。

1秒後影子跟讀

譯 摔破杯子了。

文法 てしまう[(感慨)…了]：表示出現了說話人不願意看到的結果，含有遺憾，惋惜，後悔等語氣，這時候一般接的是無意志的動詞。

生字 コップ／杯子

他五 **こわす【壊す】**

弄碎；破壞

類 破(やぶ)る 撕破

對 作(つく)る 製造

讀書計劃：□□／□□

□□□ 0317

例 台風で、窓が壊れました。
1秒後影子跟讀

譯 窗戶因颱風，而壞掉了。

出題重點 題型4裡「こわれる」的考點有：
- 例句：窓ガラスが壊れた／窗戶玻璃破了。
- 換句話說：誰かが窓ガラスを壊した／有人弄壞了窗戶玻璃。
- 相對說法：窓ガラスを修理した／修理了窗戶玻璃。

「壊れる」表示物品本身出現損壞；「壊す」則表示由外力導致物品損壞；「修理する」是指修復損壞的物品，使其恢復正常狀態。

生字 台風／颱風；窓／窗戶

自下 **こわれる【壊れる】**
壞掉，損壞；故障
類 壊す 打破
對 修理する 修理

□□□ 0318

例 コンサートでも行きませんか。
1秒後影子跟讀

譯 要不要去聽音樂會？

文法 でも［…之類的］：用於舉例。表示雖然含有其他的選擇，但還是舉出一個具代表性的例子。

生字 行く／前去

名 **コンサート【concert】**
音樂會，演唱會
類 ライブ【live】 現場演出
對 講義 講課

□□□ 0319

例 今度、すてきな服を買ってあげましょう。
1秒後影子跟讀

譯 下次買漂亮的衣服給你！

文法 てあげる［（為他人）做…］：表示自己或站在一方的人，為他人做前項利益的行為。

生字 すてき／美麗的；服／衣服

名 **こんど【今度】**
這次；下次；以後
類 次回 下次
對 前回 上次
音 度＝ド

□□□ 0320

例 仕事中にコンピューターが固まって動かなくなってしまった。
1秒後影子跟讀

譯 工作中電腦卡住，跑不動了。

文法 てしまう［…了］：表示出現了說話人不願意看到的結果，含有遺憾、惋惜、後悔等語氣，這時候一般接的是無意志的動詞。

生字 固まる／停止運作；動く／運作

名 **コンピューター【computer】**
電腦
類 パソコン【personal computer 之略】 個人電腦
對 手書き 手寫

補充小專欄

かない【家内】
妻子

慣用語
- 家内と買い物に行く／和妻子一起去購物。

必考音訓讀
家
音讀：カ
訓讀：いえ、うち
家庭（成員）；居住的地方。例：
- 家族（かぞく）／家族
- 家（いえ）／家
- 家（うち）／家

かわく【乾く】
乾；口渴

慣用語
- 洗濯物が乾く／洗過的衣服乾了。
- 髪が乾く／頭髮乾了。
- 土が乾く／土地乾了。

かわる【変わる】
變化，改變；奇怪；與眾不同

慣用語
- 季節が変わる／季節變化。
- 仕事が変わる／換工作。
- 気持ちが変わる／心情改變。

かならず【必ず】
一定，務必，必須

慣用語
- 必ず返事をする／一定會回覆。
- 必ず成功する／一定會成功。
- 必ず守るべきルール／一定要遵守的規則。

かんがえる【考える】
想，思考；考慮；認為

必考音訓讀
考
訓讀：かんが（える）
思考、考慮。例：
- 考える（かんがえる）／思考

かむ【噛む】
咬

慣用語
- ガムを噛む／嚼口香糖。
- 指を噛む習慣／有咬手指的習慣。

かんごし【看護師】
護理師，護士

慣用語
- 看護師に相談する／向護理師諮詢。
- 看護師の資格を取る／取得護理師資格。

かよう【通う】
來往，往來（兩地間）；通連，相通

慣用語
- 学校に通う／上學。
- ジムに通う／去健身房。
- 仕事に通う／上班。

きかい【機会】
機會

慣用語
- 学ぶ機会／學習機會。

き|こえる【聞こえる】

聽得見，能聽到；聽起來像是…；聞名

慣用語

- 音が聞こえる／聽到聲音。
- 誰かの声が聞こえる／聽到某人的聲音。
- 遠くから音楽が聞こえる／聽到遠處的音樂。

き|っと

一定，務必

慣用語

- きっと成功する／一定會成功。
- きっと来る／一定會來。
- きっと大丈夫／一定沒問題。

き|まる【決まる】

決定；規定；決定勝負

慣用語

- 目標が決まる／目標確定了。

き|もち【気持ち】

心情；感覺；身體狀況

慣用語

- 気持ちを表現する／表達感受。
- 気持ちが良い／感覺好。
- 気持ちを整理する／整理情緒。

き|もの【着物】

衣服；和服

必考音訓讀

着

訓讀：き、き（る）、つ（く）

穿著；到達。例：

- **着物（きもの）**／和服
- **着る（きる）**／穿上
- **着く（つく）**／到達

きゅ|う【急】

急迫；突然；陡

慣用語

- 急な変更／突然改變。
- 急な要求／突然的要求。
- 急な出張／突然的出差。

必考音訓讀

急

音讀：キュウ

訓讀：いそ（ぐ）

迅速、緊急。例：

- **急行（きゅうこう）**／急速、快車
- **急ぐ（いそぐ）**／急忙

きょ|ういく【教育】

教育

慣用語

- 日本の教育を学ぶ／學習日本的教育方式。
- 教育の重要／教育的重要。
- 教育の質を上げる／提高教育品質。

必考音訓讀

教

音讀：キョウ

訓讀：おし（える）

教育；教導。例：

- **教育（きょういく）**／教育
- **教える（おしえる）**／教導

きょ|うみ【興味】

興趣

慣用語

- 新しい趣味に興味を持つ／對新嗜好有興趣。

補充小專欄

きんじょ【近所】

附近；鄰居

必考音訓讀

近

音讀：キン

訓讀：ちか（い）

接近；不遠。例：

- 近所（きんじょ）／鄰近
- 近い（ちかい）／近的

ぐあい【具合】

（健康等）狀況；方便，合適；方法

慣用語

- 具合が悪い／感覺不舒服。
- 具合を尋ねる／詢問健康狀況。
- 具合が良くなる／感覺好轉。

くも【雲】

雲

慣用語

- 雲が多い日／多雲的日子。
- 雲を見る／觀察雲朵。
- 雲が晴れる／雲散。

くらべる【比べる】

比較

慣用語

- 価格をくらべる／比較價格。
- 二つの提案をくらべる／比較兩個提議。
- 経験をくらべる／比較經驗。

くれる【暮れる】

日暮，天黑；到了尾聲，年終

慣用語

- 仕事で日が暮れる／工作到天黑。
- 冬は早く日が暮れる／冬天天黑得早。

けいかく【計画】

計劃

慣用語

- 旅行の計画を立てる／制定旅行計畫。
- 計画に従って進める／按計畫進行。
- 将来の計画／未來的計畫。

必考音訓讀

計

音讀：ケイ

測量、計畫。例：

- 計画（けいかく）／計劃

けいけん【経験】

經驗，經歷

必考音訓讀

験

音讀：ケン

經驗、實驗。例：

- 経験（けいけん）／經驗

けが【怪我】

受傷；損失，過失

慣用語

- けがをする／受傷。
- けがの治療／治療傷口。
- スポーツでけがをする／在運動中受傷。

けしき【景色】
景色，風景

必考音訓讀

色
音讀：シキ
訓讀：いろ
景色；顏色。例：
- 景色（けしき）／景色
- 黄色（きいろ）／黃色

けんきゅう【研究】
研究

必考音訓讀

研
音讀：ケン
深入探究、學習。例：
- 研究（けんきゅう）／研究

けんきゅうしつ【研究室】
研究室

必考音訓讀

究
音讀：キュウ
研究、探索。例：
- 研究（けんきゅう）／研究

けれど・けれども
但是

慣用語

- 疲れているけれど、仕事を続ける／雖然累，但還是繼續工作。
- 雨が降っているけれども、出かける／雖然下雨，但我還是要出門。
- 高いけれど、質がいい／雖然貴，但品質好。

げんごがく【言語学】
語言學

必考音訓讀

言
音讀：ゲン
訓讀：こと、い（う）
言語；表達；說話。例：
- 言語学（げんごがく）／語言學
- 言葉（ことば）／話語、言語
- 言う（いう）／說話

げんいん【原因】
原因

慣用語

- 事故の原因を調べる／調查事故原因。
- 頭痛の原因／頭痛的原因。
- 病気の原因を探る／找出疾病的原因。

けんぶつ【見物】
觀光，參觀

慣用語

- 美術館を見物する／參觀美術館。
- 歴史的な建物を見物する／參觀歷史建築。

補充小專欄

こうがい【郊外】
郊外

慣用語
- 郊外（こうがい）に住（す）む／住在郊外。
- 郊外（こうがい）の公園（こうえん）／郊外的公園。
- 郊外（こうがい）へドライブする／開車去郊外。

こうぎょう【工業】
工業

慣用語
- 工業（こうぎょう）が盛（さか）んだ／工業非常發達。
- 工業製品（こうぎょうせいひん）の輸出（ゆしゅつ）／工業產品的出口。
- 工業（こうぎょう）の発展（はってん）／工業發展。

必考音訓讀

工

音讀：コウ

工作、工業、工藝。例：
- **工業（こうぎょう）**／工業

こうきょうりょうきん【公共料金】
公共費用

必考音訓讀

公

音讀：コウ

公共的、官方的、正式的。例：
- **公務員（こうむいん）**／公務人員

こうじちゅう【工事中】
施工中；（網頁）建製中

慣用語
- 工事中（こうじちゅう）は通行止（つうこうど）め／施工中禁止通行。

こうじょう【工場】
工廠

慣用語
- 工場見学（こうじょうけんがく）／參觀工廠。
- 工場（こうじょう）で働（はたら）く／在工廠工作。
- 工場（こうじょう）の汚（よご）れ／工廠的污染。

こうどう【講堂】
禮堂

必考音訓讀

堂

音讀：ドウ

廳堂、大房間。例：
- **食堂（しょくどう）**／食堂

こくさい【国際】
國際

慣用語
- 国際会議（こくさいかいぎ）に出席（しゅっせき）する／出席國際會議。
- 国際関係（こくさいかんけい）を勉強（べんきょう）する／學習國際關係。
- 国際交流（こくさいこうりゅう）が重要（じゅうよう）だ／國際交流極為重要。

こころ【心】
內心；心情（或唸：こころ）

必考音訓讀

心

音讀：シン

訓讀：こころ

心靈、情感。例：
- **安心（あんしん）**／安心
- **心（こころ）**／心

こしょう【故障】
故障

慣用語
- 車が故障する／汽車故障。
- 故障の原因を探す／尋找故障原因。
- 電化製品の故障／電器故障。

こたえ【答え】
回答；答覆；答案（或唸：こたえ）

慣用語
- 試験の答え／考試答案。
- 正しい答えを探す／尋找正確答案。

必考音訓讀

答

訓讀：こた（える）

回答、回應。例：
- **答える（こたえる）**／回答

ごちそう【御馳走】
請客；豐盛佳餚

必考音訓讀

走

音讀：ソウ

訓讀：はし（る）

精心；快速移動、奔跑。例：
- **御馳走（ごちそう）**／宴席
- **走る（はしる）**／奔跑

こっち【此方】
這裡，這邊

慣用語
- こっちに来てください／請過來這邊。
- こっちの方がいい／這邊比較好。
- こっちを見る／往這邊看。

ことり【小鳥】
小鳥

必考音訓讀

鳥

訓讀：とり

鳥，有翅膀和羽毛的動物，能夠飛行。例：
- **鳥肉（とりにく）**／雞肉

こまかい【細かい】
細小；仔細；無微不至

慣用語
- 細かい注意／注意細節。
- 細かい計画／詳細計畫。
- 細かい作業／細緻的工作。

こわれる【壊れる】
壞掉，損壞；故障

慣用語
- 機械が壊れる／機器壞了。
- 窓ガラスが壊れる／窗戶玻璃破了。
- おもちゃが壊れる／玩具壞了。

こんど【今度】
這次；下次；以後

必考音訓讀

度

音讀：ド、タク

次數；準備。例：
- **一度（いちど）**／一次指某事發生的次數
- **支度（したく）**／準備

□□□ 0321

例 今夜までに連絡します。
1秒後影子跟讀

譯 今晚以前會跟你聯絡。

文法 までに［在…之前］：接在表示時間的名詞後面，表示動作或事情的截止日期或期限。

生字 連絡／聯繫

名 こんや【今夜】
今晚
類 今晩　今晚
對 明日　明天
音 夜＝ヤ

□□□ 0322

Track2-15

例 彼女は最近、勉強もしないし、遊びにも行きません。
1秒後影子跟讀

譯 她最近既不唸書也不去玩。

出題重點 題型４裡「さいきん」的考點有：
- 例句：最近、仕事が忙しい／最近，工作很忙。
- 換句話說：近頃、仕事で大変だ／近來，工作上很忙碌。
- 相對說法：昔はもっと忙しかった／以前有更多的時間。

「最近」指的是較短的、剛過的一段時間；「近頃」也表示近期，但可能更著重於近來發生的事情的性質或趨勢；「昔」則指很久以前的時間，通常與過去的回憶或古老的事物有關。

文法 し［既…又…；不僅…而且…］：用在並列陳述性質相同的複數事物，或說話人認為兩事物是有相關連的時候。近 し［反正…不如…］

生字 勉強／用功讀書；遊ぶ／玩耍

名·副 さいきん【最近】
最近
類 近頃　近來
對 昔　過去
音 近＝キン

□□□ 0323

例 最後まで戦う。
1秒後影子跟讀

譯 戰到最後。

文法 まで［到…時候為止］：表示某事件或動作，直在某時間點前都持續著。

生字 戦う／戰鬥

名 さいご【最後】
最後
類 終わり　結束
對 始め　開始

□□□ 0324

例 最初の子は女の子だったから、次は男の子がほしい。
1秒後影子跟讀

譯 第一胎是生女的，所以第二胎希望生個男的。

生字 女の子／女孩；次／接著；男の子／男孩

名 さいしょ【最初】
最初，首先
類 初め　開始
對 終わり　結束

□□□ 0325

例 彼女の財布は重そうです。

1秒後影子跟讀

譯 她的錢包好像很重的樣子。

文法 そう[好像…]：表示說話人根據親身的見聞，而下的一種判斷。

生字 重い／沉重的

名 さいふ【財布】

錢包

類 鞄 包包

對 お金 金錢

□□□ 0326

例 自転車を押しながら坂を上った。

1秒後影子跟讀

譯 邊推著腳踏車，邊爬上斜坡。

出題重點 「坂」讀作「さか」，意指斜坡或小山丘，一種斜向上或下的路面。問題1誤導選項可能有：

- 「たに」指谷，自然形成的地形低地，通常由山脈或丘陵圍繞。
- 「みち」意味著路，用於指任何類型的道路或路徑。
- 「やま」指山，自然形成的地形高地，通常具有顯著的頂部。

生字 自転車／自行車；押す／推

名 さか【坂】

斜坡

類 丘 小山

對 谷 谷，低地

□□□ 0327

例 彼が財布をなくしたので、一緒に探してやりました。

1秒後影子跟讀

譯 他的錢包不見了，所以一起幫忙尋找。

文法 てやる：表示以施恩或給予利益的心情，為下級或晚輩（或動，植物）做有益的事。

生字 財布／錢包；なくす／遺失

他五 さがす【探す・捜す】

尋找，找尋，搜尋

類 調べる 調查

對 見つける 找到

□□□ 0328

例 気温が下がる。

1秒後影子跟讀

譯 氣溫下降。

生字 気温／氣溫

自五 さがる【下がる】

下降；下垂；降低（價格、程度、溫度等）；衰退

類 下げる 降下

對 上がる 上升

第二回

言語知識（文字、語彙）

題型 1

もんだい１ ＿＿＿＿の ことばは ひらがなで どう かきますか。1・2・3・4から いちばん いい ものを ひとつ えらんで ください。

1 この でんしゃは 急行なので、つぎの えきに はやく つきます。

1 きゅこ　2 きゅこう　3 きゅうこう　4 ぎゅうこう

2 かのじょは ながい 髪を して います。

1 はな　2 かみ　3 はだ　4 め

題型 2

もんだい２ ＿＿＿＿の ことばは どう かきますか。1・2・3・4から いちばん いい ものを ひとつ えらんで ください。

3 つぎの やすみの けいかくは もう たてましたか。

1 許面　2 許画　3 計画　4 訂書

4 この パンは とても かたいです。

1 匂い　2 甘い　3 遅い　4 硬い

題型 3

もんだい３（　　）に なにを いれますか。1・2・3・4から いちばん いい ものを ひとつ えらんで ください。

5 クリスマスツリーを きれいに （　　） のが すきです。

1 かざる　2 すてる　3 もつ　4 たしかめる

讀書計劃：□□／□□

6 今日の　しあいで　（　　）ことが　できて、うれしいです。

1 まける　　2 ぶつかる　　3 かつ　　4 あそぶ

題型4

もんだい4 ＿＿＿＿の　ぶんと　だいたい　おなじ　いみの　ぶんが　あります。1・2・3・4から　いちばん　いい　ものを　ひとつ　えらんで　ください。

7 かのじょは　その　ニュースを　きいて、かなしいと　かんじました。

1 かのじょは　その　ニュースを　きいて、わらいました。

2 かのじょは　その　ニュースを　きいて、なきました。

3 かのじょは　その　ニュースを　きいて、よろこびました。

4 かのじょは　その　ニュースを　きいて、たのしみました。

8 彼は　テストで　がんばる　つもりです。

1 彼は　テストで　いっしょうけんめい　やる　つもりです。

2 彼は　テストで　きんちょうする　つもりです。

3 彼は　テストを　わすれる　つもりです。

4 彼は　テストで　かんどうする　つもりです。

題型5

もんだい5 つぎの　ことばの　つかいかたで　いちばん　いい　ものを　1・2・3・4から　ひとつ　えらんで　ください。

9 こわす

1 じしんの　ために　ちが　こわした。

2 でんしゃは　こわすが　あって、いちじかん　おくれで　しゅっぱつした。

3 ふちゅういで　ほんを　ゆかに　こわした。

4 かれは　むりして　からだを　こわした。

答案：1.(3)　2.(2)　3.(3)　4.(4)　5.(1)　6.(3)　7.(2)　8.(1)　9.(4)

□□□ 0329

例 この町は、工業も盛んだし商業も盛んだ。
1秒後影子跟讀

譯 這小鎮工業跟商業都很興盛。

出題重點 盛ん（さかん）：“繁盛、興盛”著重於普遍的繁榮或興盛狀態。問題 3 陷阱可能有，
- 人気（にんき）：“受歡迎”，強調受眾對某事物的喜愛或青睞。
- 流行（りゅうこう）：“流行”專指某物廣泛受到流行或時尚的歡迎。
- 落ちる（おちる）：“掉落、下降”指物體從高處向下移動或自然落下。

生字 町／城鎮；工業／工業

形動 さかん【盛ん】
繁盛，興盛
類 賑やか 熱鬧
對 寂しい 冷清

□□□ 0330

例 飲み終わったら、コップを下げます。
1秒後影子跟讀

譯 一喝完了，杯子就會收走。

文法 おわる［結束］：接在動詞連用形後面，表示前接動詞的結束，完了。

生字 コップ／杯子

他下一 さげる【下げる】
降低，向下；掛；躲開；整理，收拾
類 下りる 降落
對 上げる 提高

□□□ 0331

例 差し上げた薬を、毎日お飲みになってください。
1秒後影子跟讀

譯 開給您的藥，請每天服用。

文法 お…になる：表示對對方或話題中提到的人物的尊敬，這是為了表示敬意而抬高對方行為的表現方式。

生字 薬／藥品；毎日／每天

他下一 さしあげる【差し上げる】
給，給予，贈予（「あげる」的謙讓語）（或唸：さしあげる）
類 贈る 贈送
對 受ける 接受

□□□ 0332

例 差出人はだれですか。
1秒後影子跟讀

譯 寄件人是哪一位？

生字 だれ／哪位

名 さしだしにん【差出人】
發信人，寄件人
類 送信者 發送者
對 受取人 收件人

讀書計劃：□□／□□

□□□ 0333

例 さっきここにいたのは、だれだい？

1秒後影子跟讀

譯 剛才在這裡的是誰呀？

文法 だい［…呀］：表示向對方詢問的語氣，有時也含有責備或責問的口氣。男性用言，用在口語，說法較為老氣。

生字 いる／在，存在

名・副 さっき

剛剛，剛才

類 少し前 剛才

對 これから 從現在開始

□□□ 0334

例 寂しいので、遊びに来てください。

1秒後影子跟讀

譯 因為我很寂寞，過來坐坐吧！

出題重點 寂しい（さびしい）："寂寞、孤獨"用於表達孤獨或寂寞的感受。問題 3 陷阱可能有，

- 厳しい（きびしい）："嚴格、嚴厲"描述規則或態度的嚴格性和不容鬆懈。
- 可笑しい（おかしい）："奇怪、可笑"指事物或情況異常、不合常理或引人發笑。
- 楽しい（たのしい）："愉快、快樂"表達快樂和愉悅的情緒，與寂寞或孤獨感相對。

生字 遊ぶ／消遣

形 さびしい【寂しい】

孤單；寂寞；荒涼，冷清；空虛

類 一人 孤獨一人

對 楽しい 快樂的

□□□ 0335

例 山田様、どうぞお入りください。

1秒後影子跟讀

譯 山田先生，請進。

生字 どうぞ／請；入る／進入

接尾 さま【様】

先生，小姐，女士

類 さん 先生，小姐

對 君 君

□□□ 0336

例 再来月国に帰るので、準備をしています。

1秒後影子跟讀

譯 下下個月要回國，所以正在準備行李。

生字 国／國家；準備／籌備

名 さらいげつ【再来月】

下下個月（或唸:さらいげつ）

類 2ヶ月後 兩個月後

對 先月 上個月

□□□ 0337

例 再来週遊びに来るのは、伯父です。

1秒後影子跟讀

譯 下下星期要來玩的是伯父。

出題重點 「再来週」用來描述從現在起算第2週的時間，如「再来週の予定／予報」。下面為問題5錯誤用法：

- 過去，如「再来週、私は病気でした」。
- 頻率，如「私は再来週に3日ジムに行く」。
- 非指不確定的未來，如「いつか再来週に彼に会うかも」。

慣用語

- 再来週の予定／下下週的計畫。

生字 伯父／伯父

名 さらいしゅう【再来週】

下下星期

類 2週間後　兩週後

對 先週　上週

音 週＝シュウ

□□□ 0338

例 朝はいつも母が作ってくれたパンとサラダです。

1秒後影子跟讀

譯 早上都是吃媽媽做的麵包跟沙拉！

生字 母／母親；パン／麵包

名 サラダ【salad】

沙拉

類 野菜　蔬菜

對 ステーキ【steak】　牛排

□□□ 0339

例 教室で騒いでいるのは、誰なの？

1秒後影子跟讀

譯 是誰在教室吵鬧呀？

文法 の［…呢］：用在句尾，以升調表示發問，一般是用在對兒童，或關係比較親密的人，為口語用法。

生字 教室／教室

自五 さわぐ【騒ぐ】

吵鬧，喧囂；慌亂，慌張；激動

類 賑やか　熱鬧

對 静か　安靜

□□□ 0340

例 このボタンには、絶対触ってはいけない。

1秒後影子跟讀

譯 絕對不可觸摸這個按紐。

文法 てはいけない［不准…］：表示禁止，基於某種理由、規則，直接跟聽話人表示不能做前項事情。

生字 ボタン／按鍵；絶対／一律

自五 さわる【触る】

碰觸，觸摸；接觸；觸怒，觸犯

類 付ける　接觸

對 見るだけ　只看（不觸摸）

讀書計劃：□□／□□

□□□ 0341

例 彼女は自動車産業の株をたくさん持っている。

1秒後影子跟讀

譯 她擁有許多自動車產業相關的股票。

生字 自動車／汽車；株／股份

名 さんぎょう【産業】

產業

類 業界 行業

對 農業 農業

音 業=ギョウ

□□□ 0342

例 涼しいので、靴ではなくてサンダルにします。

1秒後影子跟讀

譯 為了涼快，所以不穿鞋子改穿涼鞋。

生字 涼しい／清涼的；靴／鞋子

名 サンダル【sandal】

涼鞋

類 スリッパ【slipper】 拖鞋

對 靴 鞋子

□□□ 0343

例 サンドイッチを作ってさしあげましょうか。

1秒後影子跟讀

譯 幫您做份三明治吧？

文法 てさしあげる［（為他人）做…］：表示自己或站在自己一方的人，為他人做前項有益的行為。

生字 作る／製作

名 サンドイッチ【sandwich】

三明治

類 パン【(葡) pão】 麵包

對 ご飯 米飯

□□□ 0344

例 あなたが来ないので、みんな残念がっています。

1秒後影子跟讀

譯 因為你沒來，大家都感到很遺憾。

出題重點 「残念」意指“遺憾”，表示對某事沒有達到預期或希望的結果的失望感。問題 2 可能混淆的漢字有：

- 「残捻，濺含，踐忿」這些詞彙並不常見。其中，「残」殘留或殘酷；「捻」扭轉或搓揉；「濺」飛濺或濺射；「含」包含或含有；「踐」踐踏或實踐；「忿」憤怒或不滿。

文法 がっている［覺得…］：表示某人說了什麼話或做了什麼動作，而給說話人留下這種想法，有這種感覺，想這樣做的印象。

生字 あなた／你，您

名・形動 ざんねん【残念】

遺憾，可惜，懊悔

類 大変 不幸

對 喜び 喜悅

□□□ 0345 Track2-16

例 福岡市の花粉は隣の市まで広がっていった。

1秒後影子跟讀

譯 福岡市的花粉擴散到鄰近的城市。

生字 花粉／花粉；広がる／蔓延

名 し【市】

…市

類 町 城鎮

對 村 村莊

□□□ 0346

例 田中さんは、字が上手です。

1秒後影子跟讀

譯 田中小姐的字寫得很漂亮。

生字 上手／出色的

名 じ【字】

字，文字

類 文字 文字

對 言葉 詞彙

音 字＝ジ

□□□ 0347

例 試合はきっとおもしろいだろう。

1秒後影子跟讀

譯 比賽一定很有趣吧！

出題重點 「試合」用來描述體育或其他形式的競技活動，如「試合に勝つ」。下面為問題 5 錯誤用法：

- 表演或非競賽活動，如「彼はコンサートでの試合に緊張している」。
- 它指競賽，非社交或工作場合，如「彼との食事は試合のようだ」。
- 描述學術測試，如「数学のテストで試合をする」。

生字 きっと／絕對；おもしろい／精彩的

名・自サ しあい【試合】

比賽

類 競技 競技

對 練習 練習

音 試＝シ

□□□ 0348

例 東京にいる息子に毎月仕送りしています。

1秒後影子跟讀

譯 我每個月都寄錢給在東京的兒子。

生字 息子／兒子；毎月／每個月

名・自他サ しおくり【仕送り】

匯寄生活費或學費

類 お金を送る 匯款

對 受ける 收款

音 仕＝シ

訓 送＝おく（る）

讀書計劃：□□／□□

□□□ 0349

例 誰か、上手な洗濯の仕方を教えてください。

1秒後影子跟讀

譯 有誰可以教我洗好衣服的方法？

生字 上手／拿手的；洗濯／洗衣

名 しかた【仕方】

方法，做法

類 やり方　方法

對 無理　無法做到

音 仕＝シ

訓 方＝かた

□□□ 0350

例 子どもをああしかっては、かわいそうですよ。

1秒後影子跟讀

譯 把小孩罵成那樣，就太可憐了。

出題重點 題型４裡「しかる」的考點有：

- 例句：先生は生徒を叱った／老師責備了學生。
- 換句話說：先生は生徒を怒った／老師怒斥了學生。
- 相對說法：先生は生徒を褒めた／老師稱讚了學生。

「叱る」用嚴厲語氣指出錯誤或不當行為；「怒る」表示感到憤怒，並可能包含情緒上的表達；「褒める」則是對行為或成就的讚美或正面評價。

文法 ああ [那樣]：指示說話人和聽話人以外的事物，或是雙方都理解的事物。

生字 かわいそう／令人同情的

他五 しかる【叱る】

責備，責罵，斥責

類 怒る　生氣

對 褒める　讚美

□□□ 0351

例 入学式の会場はどこだい？

1秒後影子跟讀

譯 開學典禮的禮堂在哪裡？

生字 会場／會場

名・接尾 しき【式】

儀式，典禮；…典禮；方式；樣式；算式，公式

類 宴会　宴會

對 日常　日常

□□□ 0352

例 コンビニエンスストアでアルバイトすると、時給はいくらぐらいですか。

1秒後影子跟讀

譯 如果在便利商店打工的話，時薪大概多少錢呢？

生字 コンビニエンスストア／便利商店；アルバイト／兼職

名 じきゅう【時給】

時薪

類 時間給　時間工資

對 月給　月薪

□□□ 0353

例 試験があるので、勉強します。

1秒後影子跟讀

譯 因為有考試，我要唸書。

出題重點 「試験」用來描述學術或專業的評估過程，如「試験に合格する」。下面為問題5錯誤用法：

- 非正式評估，如「彼の友情は試験だ」。
- 體育比賽，如「今日のサッカーは試験だ」。
- 它指正式考試，非情感評估或商業試驗，如「新製品の市場試験を行う」。

生字 勉強／用功唸書

名・他サ しけん【試験】

試驗；考試

類 テスト【test】 測試

對 授業 上課

音 試＝シ

音 験＝ケン

□□□ 0354

例 事故に遭ったが、全然けがをしなかった。

1秒後影子跟讀

譯 遇到事故，卻毫髮無傷。

生字 遭う／遭遇；全然／完全

名 じこ【事故】

意外，事故

類 災害 災害

對 安全 安全

音 事＝ジ

□□□ 0355

例 地震の時はエレベーターに乗るな。

1秒後影子跟讀

譯 地震的時候不要搭電梯。

生字 エレベーター／電梯；乗る／乘坐

名 じしん【地震】

地震

類 揺れる 震動

對 平和 平靜

音 地＝ジ

□□□ 0356

例 新しい時代が来たということを感じます。

1秒後影子跟讀

譯 感覺到新時代已經來臨了。

文法 という［…的…］：用於針對傳聞，評價，報導，事件等內容加以描述或說明。

生字 新しい／新的

名 じだい【時代】

時代；潮流；歷史

類 今 現在

對 未来 未來

音 代＝ダイ

讀書計劃：□□／□□

□□□ 0357

例 木綿の下着は洗いやすい。

1秒後影子跟讀

譯 棉質內衣好清洗。

生字 木綿／木棉

名 したぎ【下着】

內衣，貼身衣物

類 パンツ【pants】 內褲

對 上着 外衣

訓 着＝き

□□□ 0358

例 旅行の支度をしなければなりません。

1秒後影子跟讀

譯 我得準備旅行事宜。

出題重點 題型４裡「したく」的考點有：

- 例句：出発の支度をしている／正在準備出發。
- 換句話說：出発のための用意をしている／為出發做準備。
- 相對說法：出発をやめることにした／決定取消出發。

「支度」指準備或預備某事；「用意」也表示為某事做準備，常用於特定活動或事件；「やめる」則表示停止或不再繼續進行某事。

文法 なければならない［必須…］：表示無論是自己或對方，從社會常識或事情的性質來看，不那樣做就不合理，有義務要那樣做。

生字 旅行／旅遊

名・自他サ したく【支度】

準備；打扮；準備用餐

類 用意 預備

對 停止 停止，終止

音 度＝タク

□□□ 0359

例 ビジネスのやりかたを、しっかり勉強してきます。

1秒後影子跟讀

譯 我要紮紮實實去學做生意回來。

生字 ビジネス／商務

副・自サ しっかり【確り】

紮實；堅固；可靠；穩固，牢固

類 丈夫 堅固

對 弱い 不結實

□□□ 0360

例 方法がわからず、失敗しました。

1秒後影子跟讀

譯 不知道方法以致失敗。

生字 方法／法子

名・自サ しっぱい【失敗】

失敗

類 間違い 錯誤

對 勝つ 勝利

□□□ 0361

例 黙(だま)って帰(かえ)るのは、失礼(しつれい)です。

1秒後影子跟讀

譯 連個招呼也沒打就回去，是很沒禮貌的。

出題重點 失礼（しつれい）："失禮、不禮貌"一般指日常生活中的不禮貌或小的失態。問題 3 陷阱可能有，

- 無礼（ぶれい）："無禮"著重於更明顯的、有時是故意的不尊重或粗魯行為。
- お礼（おれい）："感謝、致謝"指對他人的幫助或好意表示感謝。
- 正しい（ただしい）："正確、合理"指事物或觀點準確無誤，符合事實或道德標準。

生字 黙(だま)る／沉默；帰(かえ)る／回家

名・形動・自サ **しつれい【失礼】**

失禮，無禮，沒禮貌；失陪

類 無礼(ぶれい) 無禮

對 丁寧(ていねい) 恭敬的

□□□ 0362

例 指定席(していせき)ですから、急(いそ)いで行(い)かなくても大丈夫(だいじょうぶ)ですよ。

1秒後影子跟讀

譯 我是對號座，所以不用趕著過去也無妨。

生字 急(いそ)ぐ／趕緊；大丈夫(だいじょうぶ)／不要緊的

名 **していせき【指定席】**

劃位座，對號入座，對號座

類 予約席(よやくせき) 預約席位

對 自由席(じゆうせき) 自由席次

□□□ 0363

例 辞典(じてん)をもらったので、英語(えいご)を勉強(べんきょう)しようと思(おも)う。

1秒後影子跟讀

譯 有人送我字典，所以我想認真學英文。

文法 （よ）うとおもう [我想…]：表示說話人告訴聽話人，說話當時自己的想法、打算或意圖，且動作實現的可能性很高。

生字 もらう／得到；英語(えいご)／英語

名 **じてん【辞典】**

字典，辭典

類 辞書(じしょ) 字典

對 小説(しょうせつ) 小說

□□□ 0364

例 あのお店(みせ)の品物(しなもの)は、とてもいい。

1秒後影子跟讀

譯 那家店的貨品非常好。

文法 お…：後接名詞（跟對方有關的行為、狀態或所有物），表示尊敬、鄭重、親愛，另外，還有習慣用法等意思。

生字 店(みせ)／商店

名 **しなもの【品物】**

物品，東西；貨品

類 商品(しょうひん) 商品

對 ゴミ 垃圾

訓 品＝しな

訓 物＝もの

讀書計劃：□□／□□

□□□ 0365

例 しばらく会社(かいしゃ)を休(やす)むつもりです。

1秒後影子跟讀

譯 我打算暫時向公司請假。

出題重點 「暫(しばら)く」用來描述短暫的時間或一段不太長的時期，如「しばらく待(ま)つ／見(み)ない」。下面為問題5錯誤用法：

- 確定的時間長度，如「しばらく一週間東京(いっしゅうかんとうきょう)にいる」。
- 具體的未來日期，如「私(わたし)たちはしばらく8月1日(がつついたち)に出発(しゅっぱつ)する」。
- 達永久性或終結，如「彼女(かのじょ)の仕事(しごと)はしばらく終(お)わった」。

生字 休(やす)む／休假；つもり／預計

副 しばらく【暫く】

暫時，一會兒；好久

類 ちょっと　一會兒

對 すぐに　立刻

□□□ 0366

例 島(しま)に行(い)くためには、船(ふね)に乗(の)らなければなりません。

1秒後影子跟讀

譯 要去小島，就得搭船。

文法 ため（に）[以…為目的，做…]：表示為了某一目的，而有後面積極努力的動作、行為，前項是後項的目標。

生字 船(ふね)／船隻；乗(の)る／乘坐

名 しま【島】

島嶼

類 島(とう)　島嶼

對 大陸(たいりく)　大陸

□□□ 0367

例 市民(しみん)の生活(せいかつ)を守(まも)る。

1秒後影子跟讀

譯 捍衛市民的生活。

生字 生活(せいかつ)／生活；守(まも)る／守護

名 しみん【市民】

市民，公民

類 国民(こくみん)　國民

對 外国人(がいこくじん)　外國人

□□□ 0368

例 こちらが、会社(かいしゃ)の事務所(じむしょ)でございます。

1秒後影子跟讀

譯 這裡是公司的辦公室。

文法 でございます[是…]：前接名詞。為鄭重語。鄭重語用於和長輩或不熟的對象交談時。表示對聽話人表示尊敬。

生字 会社(かいしゃ)／公司

名 じむしょ【事務所】

辦公室

類 オフィス【office】　辦公室

對 工場(こうじょう)　工廠

音 事＝ジ

補充小專欄

こんや【今夜】
今晚

必考音訓讀

夜

音讀：ヤ

訓讀：よる

夜晚、晚上。例：

- **今夜（こんや）**／今晚、今天晚上
- **夜（よる）**／夜晚

さいきん【最近】
最近

慣用語

- **最近のニュース**／最近的新聞。
- **最近の変化**／最近的變化。
- **最近感じたこと**／最近的感受。

さか【坂】
斜坡

慣用語

- **坂を上る**／爬坡。
- **坂を下る**／下坡。
- **坂の途中**／坡道中間。

さかん【盛ん】
繁盛，興盛

慣用語

- **スポーツが盛んな学校**／體育活動盛行的學校。
- **盛んな産業**／繁榮的產業。
- **議論が盛んになる**／熱烈的討論。

さびしい【寂しい】
孤單；寂寞；荒涼，冷清；空虛

慣用語

- **一人で寂しい**／一個人感到寂寞。
- **寂しい夜**／寂寞的夜晚。
- **寂しい気持ち**／寂寞的心情。

さらいしゅう【再来週】
下下星期

慣用語

- **再来週に会う**／下下週見面。
- **再来週の予報**／下下週的天氣預報。

必考音訓讀

週

音讀：シュウ

週、一週的時間。例：

- **今週（こんしゅう）**／本週

さんぎょう【産業】
產業

必考音訓讀

業

音讀：ギョウ

工作、行業。例：

- **授業（じゅぎょう）**／教學

ざんねん【残念】
遺憾，可惜，懊悔

慣用語

- **残念ながら**／不幸的是。
- **残念な結果**／遺憾的結果。
- **それは残念です**／那真是遺憾。

じ【字】

字，文字

必考音訓讀

字

音讀：ジ

文字、字母。例：

- **漢字（かんじ）**／漢字

しあい【試合】

比賽

慣用語

- **サッカーの試合**／足球比賽。
- **試合に勝つ**／贏得比賽。
- **試合を見る**／觀看比賽。

必考音訓讀

試

音讀：シ

嘗試、測試。例：

- **試合（しあい）**／比賽

しおくり【仕送り】

匯寄生活費或學費

必考音訓讀

仕

音讀：シ

行動、工作、職業、任務。例：

- **仕送り（しおくり）**／匯寄生活補貼

しかる【叱る】

責備，責罵

慣用語

- **子どもを叱る**／責備孩子。
- **間違ったことをした時は叱る**／在犯錯時責備。
- **優しく叱る**／溫和地責備。

しけん【試験】

試驗；考試

慣用語

- **試験に合格する**／通過考試。
- **試験を受ける**／參加考試。
- **試験の準備**／準備考試。

じしん【地震】

地震

必考音訓讀

地

音讀：チ、ジ

地面、地區。例：

- **地理（ちり）**／地理
- **地震（じしん）**／地震

したく【支度】

準備；打扮；準備用餐

慣用語

- **出かける支度をする**／準備外出。
- **朝の支度**／早晨的準備。
- **旅行の支度**／準備旅行。

しつれい【失礼】

失禮，沒禮貌；失陪

慣用語

- **失礼します**／打擾了。
- **失礼な行動**／不禮貌的行為。
- **失礼なことを言う**／說不禮貌的話。

□□□ 0369

例 社会が厳しくても、私はがんばります。

1秒後影子跟讀

譯 即使社會嚴峻，我也會努力的。

文法 ても[即使…也]：表示後項的成立，不受前項的約束，是一種假定逆接表現，後項常用各種意志表現的說法。

生字 厳しい／殘酷的

名 しゃかい【社会】

社會，世間

類 集まり 集體

對 個人 個人

音 社＝シャ

音 会＝カイ

□□□ 0370

例 社長に、難しい仕事をさせられた。

1秒後影子跟讀

譯 社長讓我做很難的工作。

文法 (さ)せられる[被迫…；不得已…]：被某人或某事物強迫做某動作，且不得不做。含有不情願，感到受害的心情。

生字 仕事／工作

名 しゃちょう【社長】

社長

類 部長 部長

對 社員 員工

音 社＝シャ

□□□ 0371

例 「この電車はまもなく上野です」と車内アナウンスが流れていた。

1秒後影子跟讀

譯 車內廣播告知：「電車即將抵達上野」。

生字 電車／電車；流れる／傳播

名 しゃないアナウンス【車内 announce】

車廂內廣播（或唸：しゃないアナウンス）

類 放送 廣播

對 静か 寂靜的

□□□ 0372

例 ここにこう座っていたら、じゃまですか。

1秒後影子跟讀

譯 像這樣坐在這裡，會妨礙到你嗎？

出題重點 「邪魔」用來描述某人或某物造成的不便或干擾，如「勉強を邪魔する」。下面為問題5錯誤用法：

- 正面評價，如「あなたの計画はじゃまでいい」。
- 描述物理距離，如「彼は部屋の外じゃまにいる」。
- 表示同意，如「そのアイディアはじゃますばらしいね」。

文法 こう[這樣]：指眼前的物或近處的事時用的詞。

生字 座る／坐下

名・形動・他サ じゃま【邪魔】

妨礙，阻擾；拜訪

類 訪ねる 拜訪

對 手伝い 幫助

讀書計劃：□□／□□

□□□ 0373

例 あなたに、いちごのジャムを作(つく)ってあげる。

1秒後影子跟讀

譯 我做草莓果醬給你。

生字 いちご／草莓

名 ジャム【jam】

果醬

類 フルーツジャム【fruits jam】 果醬

對 バター【butter】 奶油

□□□ 0374

例 そうするかどうかは、あなたの自由(じゆう)です。

1秒後影子跟讀

譯 要不要那樣做，隨你便！

文法 そう［那樣］：指示較靠近對方或較為遠處的事物時用的詞。

生字 あなた／你，您

名・形動 じゆう【自由】

自由，隨便

類 自立(じりつ) 自立

對 邪魔(じゃま) 妨礙

音 自＝ジ

□□□ 0375

例 一度(いちど)ついた習慣(しゅうかん)は、変(か)えにくいですね。

1秒後影子跟讀

譯 一旦養成習慣，就很難改變呢。

出題重點 「習慣(しゅうかん)」用來描述個人或群體長期形成的行為模式或傳統，如「毎日(まいにち)の習慣(しゅうかん)」。下面為問題 5 錯誤用法：

- 指單次事件，如「彼(かれ)の習慣(しゅうかん)のコンサートは素晴(すば)らしかった」。
- 突發的意外或事件，如「あの交通事故(こうつうじこ)は悪(わる)い習慣(しゅうかん)だった」。
- 描述人的個性或特質，如「彼女(かのじょ)の習慣(しゅうかん)は親切(しんせつ)です」。

文法 にくい［不容易…；難…］：表示該行為，動作不容易做，不容易發生，或不容易發生某種變化，亦或是性質上很不容易有那樣的傾向。

生字 一度(いちど)／一次；つく／附著；変(か)える／變動

名 しゅうかん【習慣】

習慣

類 慣(な)れる 習慣

對 特別(とくべつ) 特別

音 習＝シュウ

□□□ 0376

例 私(わたし)の住所(じゅうしょ)をあげますから、手紙(てがみ)をください。

1秒後影子跟讀

譯 給你我的地址，請寫信給我。

生字 手紙(てがみ)／書信

名 じゅうしょ【住所】

地址

類 住(す)まい 家

對 学校(がっこう) 學校

音 住＝ジュウ

□□□ 0377

例 自由席ですから、席がないかもしれません。

1秒後影子跟讀

譯 因為是自由座，所以說不定會沒有位子。

文法 かもしれない [也許…]：表示說話人說話當時的一種不確切的推測。推測某事物的正確性雖低，但是有可能的。

生字 席／座位

名 じゆうせき【自由席】

自由座

類 フリーシート【free seat】自由座位

對 指定席 指定座位

音 自＝ジ

□□□ 0378

Track2-17

例 終電は12時にここを出ます。

1秒後影子跟讀

譯 末班車將於12點由本站開出。

生字 出る／發車

名 しゅうでん【終電】

最後一班電車，末班車

類 終わり 最後

對 出発 出發

音 終＝シュウ

□□□ 0379

例 柔道を習おうと思っている。

1秒後影子跟讀

譯 我想學柔道。

文法 とおもう [覺得…；我想…]：表示說話者有這樣的想法，感受，意見。

生字 習う／學習

名 じゅうどう【柔道】

柔道

類 空手 空手道

對 ダンス【dance】 舞蹈

音 道＝ドウ

□□□ 0380

例 昨日は、十分お休みになりましたか。

1秒後影子跟讀

譯 昨晚有好好休息了嗎？

出題重點 「十分」用來描述某事物在數量、質量、程度等方面足以滿足特定的需要或標準，如「十分な準備」。下面為問題5錯誤用法：

- 物理的距離或尺寸，如「この部屋は十分に大きい」。
- 指代具體的時間點，如「私たちは午後十分に会う」。

文法 お…になる：表示對對方或話題中提到的人物的尊敬，這是為了表示敬意而抬高對方行為的表現方式。

生字 昨日／昨天

副·形動 じゅうぶん【十分】

充分，足夠

類 足りる 充足

對 足りない 不夠

讀書計劃：□□／□□

□□□ 0381

例 ご主人の病気は軽いですから心配しなくても大丈夫です。

1秒後影子跟讀

譯 請不用擔心，您先生的病情並不嚴重。

生字 病気／生病；軽い／輕微的

名 **しゅじん【主人】**

老公，（我）丈夫，先生；主人

類 オーナー【owner】 擁有者

對 客 客人

音 主＝シュ

□□□ 0382

例 メールが受信できません。

1秒後影子跟讀

譯 沒有辦法接收郵件。

生字 メール／電子郵件；できる／能夠

名・他サ **じゅしん【受信】**

（郵件、電報等）接收；收聽

類 受け取り 接受

對 送信 傳送

□□□ 0383

例 そのパーティーに出席することは難しい。

1秒後影子跟讀

譯 要出席那個派對是很困難的。

出題重點 「出席」讀作「しゅっせき」，意指參加或出現在某個場合或活動。問題 1 誤導選項可能有：

- 「しゅつせき」用大寫清音「つ」混淆促音「っ」。
- 「しゅせき」缺促音「っ」。
- 「でしゅう」用訓讀「で」與原始讀音全異的「しゅう」混淆。

文法 こと：前接名詞修飾短句，使其名詞化，成為後面的句子的主語或目的語。

生字 パーティー／宴會；難しい／不簡單的

名・自サ **しゅっせき【出席】**

出席

類 参加 參加

對 欠席 缺席

□□□ 0384

例 なにがあっても、明日は出発します。

1秒後影子跟讀

譯 無論如何，明天都要出發。

生字 明日／明日

名・自サ **しゅっぱつ【出発】**

出發；起步，開始

類 出る 出發

對 着く 到達

音 発＝ハツ

□□□ 0385

例 君の趣味は何だい？

1秒後影子跟讀

譯 你的嗜好是什麼？

出題重點 「趣味」用來描述個人的興趣或業餘活動，如「趣味を楽しむ」。下面為問題 5 錯誤用法：

- 指稱職業或正式工作，如「彼の趣味は医者です」。
- 短暫的情緒或感覺，如「私は今、趣味で悲しい」。
- 作形容物品或場所的品質，如「このレストランはとても趣味がある」。

生字 君／你

名 しゅみ【趣味】

嗜好；趣味

類 興味　興致

對 仕事　工作

音 味＝ミ

□□□ 0386

例 早く明日の準備をしなさい。

1秒後影子跟讀

譯 趕快準備明天的事！

文法 なさい［要…；請…］：表示命令或指示。

生字 早い／時間早的

名・他サ じゅんび【準備】

準備

類 用意　準備

對 片付け　收拾

□□□ 0387

例 鈴木さんをご紹介しましょう。

1秒後影子跟讀

譯 我來介紹鈴木小姐給您認識。

文法 ご…する：對要表示尊敬的人，透過降低自己或自己這一邊的人的説法，以提高對方地位，來向對方表示尊敬。

生字 さん／先生，小姐

名・他サ しょうかい【紹介】

介紹

類 案内　引導，介紹

對 無視　不提及，無視

□□□ 0388

例 もうすぐお正月ですね。

1秒後影子跟讀

譯 馬上就快新年了呢。

生字 もうすぐ／即將

名 しょうがつ【正月】

正月，新年（或唸：しょうがつ）

類 新年　新年

對 年末　年末

音 正＝ショウ

讀書計劃：□□／□□

□□□ 0389

例 来年から、小学校の先生になることが決まりました。

1秒後影子跟讀

譯 明年起將成為小學老師。

生字 なる／成為；決まる／定案

名 しょうがっこう【小学校】

小學

類 初等学校 小學

對 中学校 中學

□□□ 0390

例 先生がお書きになった小説を読みたいです。

1秒後影子跟讀

譯 我想看老師所寫的小說。

生字 書く／撰寫；読む／閱讀

名 しょうせつ【小説】

小說

類 物語 故事

對 新聞 新聞

□□□ 0391

例 みんなをうちに招待するつもりです。

1秒後影子跟讀

譯 我打算邀請大家來家裡作客。

出題重點 「招待」意指“款待、接待”，表示以禮貌和熱情的方式接待或款待客人。問題 2 可能混淆的漢字有：

- 「怊侍，昭恃，昭持」這些詞彙並不常見。其中，「怊」在日語中不常見；「侍」服侍或侍者；「昭」明亮或昭和（日本時代名）；「恃」依賴或信賴；「持」持有或保持。

慣用語

- パーティーに招待する／邀請參加派對。

生字 みんな／大夥；うち／我家

名・他サ しょうたい【招待】

邀請

類 招く 邀請

對 断る 拒絕

音 待＝タイ

□□□ 0392

例 彼がこんな条件で承知するはずがありません。

1秒後影子跟讀

譯 他不可能接受這樣的條件。

文法 こんな［這樣的］：間接地在講人事物的狀態或程度，而這個事物是靠近說話人的，也可能是剛提及的話題或剛發生的事。

生字 条件／條件；はず／道理

名・他サ しょうち【承知】

知道，了解，同意；接受

類 知る 理解

對 無理 難以辦到

音 知＝チ

□□□ 0393

例 将来(しょうらい)は、立派(りっぱ)な人(ひと)におなりになるだろう。

1秒後影子跟讀

譯 將來他會成為了不起的人吧！

出題重點 「将来」意指“將來”，用來表示未來的時間。問題 2 可能混淆的漢字有：

- 「將來，獎朱，蔣耒」這些詞彙並不常見。其中，「將（将）」即將發生或將軍；「來（来）」來或未來；「獎（奨）」獎勵或獎賞；「朱」朱紅色或朱砂；「蔣（蒋）」這是一個人名，用作姓氏；「耒」古代的一種農具，犁。

慣用語

- 将来(しょうらい)の夢(ゆめ)／將來的夢想。

生字 立派(りっぱ)／優秀的；なる／成為

名 しょうらい【将来】

將來，未來

類 未来(みらい) 未來

對 過去(かこ) 過去

□□□ 0394

例 食事(しょくじ)をするために、レストランへ行(い)った。

1秒後影子跟讀

譯 為了吃飯，去了餐廳。

生字 レストラン／食堂

名・自サ しょくじ【食事】

用餐，吃飯；餐點

類 食べ物(たべもの) 食物

對 非食品(ひしょくひん) 非食品物品

音 事＝ジ

□□□ 0395

例 パーティーのための食料品(しょくりょうひん)を買(か)わなければなりません。

1秒後影子跟讀

譯 得去買派對用的食品。

生字 パーティー／宴會

名 しょくりょうひん【食料品】

食品，食物（或唸：しょくりょうひん）

類 食品(しょくひん) 食品

對 日用品(にちようひん) 日用品

音 料＝リョウ

音 品＝ヒン

□□□ 0396

例 このテキストは初心者用(しょしんしゃよう)です。

1秒後影子跟讀

譯 這本教科書適用於初學者。

生字 テキスト／教材；用(よう)／使用

名 しょしんしゃ【初心者】

初學者

類 ビギナー【beginner】 初學者

對 専門家(せんもんか) 專家

音 心＝シン

音 者＝シャ

讀書計劃：□□／□□

□□□ 0397

例 私は、あんな女性と結婚したいです。

1秒後影子跟讀

譯 我想和那樣的女性結婚。

文法 あんな [那樣的]：間接地說人或事物的狀態或程度。而這是指說話人和聽話人以外的事物，或是雙方都理解的事物。

生字 結婚／結婚

名 じょせい【女性】

女性

類 女の人　女人

對 男性　男性

□□□ 0398

例 このニュースを彼に知らせてはいけない。

1秒後影子跟讀

譯 這個消息不可以讓他知道。

出題重點 「知らせる」用來描述將資訊或消息告訴他人，如「結果を知らせる」。下面為問題 5 錯誤用法：

- 表示親密或個人關係，如「彼女は私に知らせる友達です」。
- 描述物理感覺或觸感，如「この布はとても知らせる感じがする」。
- 味覺描述，如「この料理は知らせる味がする」。

文法 てはいけない [不准…]：表示禁止，基於某種理由、規則，直接跟聽話人表示不能做前項事情。

生字 ニュース／消息

他下一 しらせる【知らせる】

通知，讓對方知道

類 教える　告訴

對 秘密にする　保密

訓 知＝し（らせる）

□□□ 0399

例 出かける前に電車の時間を調べておいた。

1秒後影子跟讀

譯 出門前先查了電車的時刻表。

文法 ておく [先…，暫且…]：表示為將來做準備，也就是為了以後的某一目的，事先採取某種行為。

生字 出かける／外出；前／之前

他下一 しらべる【調べる】

查閱，調查；檢查；搜查

類 研究する　研究

對 置く　擱置

□□□ 0400

例 この場合は、新規作成しないといけません。

1秒後影子跟讀

譯 在這種情況之下，必須要開新檔案。

生字 場合／狀態

名・他サ しんきさくせい【新規作成】

新作，從頭做起；(電腦檔案)開新檔案

類 作る　設立　對 壊す　毀掉

音 新＝シン　音 作＝サク

□□□ 0401

例 私の町は人口が多すぎます。

1秒後影子跟讀

譯 我住的城市人口過多。

文法 すぎる [太…；過於…]：表示程度超過限度，超過一般水平，過份的狀態。

生字 町／城鎮

名 じんこう【人口】

人口

類 人　人

對 品物　物品

音 口＝コウ

□□□ 0402

例 信号無視をして、警察につかまりました。

1秒後影子跟讀

譯 因為違反交通號誌，被警察抓到了。

出題重點 「信号無視」用來描述在交通中不遵守信號燈的行為，如「信号無視の違反／危険」。下面為問題 5 錯誤用法：

- 個人特質的描述，如「彼はとても信号無視です」。
- 食物的描述，如「この料理は信号無視の味がする」。
- 音樂或藝術作品，如「その絵は信号無視のスタイルだ」。

慣用語

- 信号無視の違反／闖紅燈的違規。

生字 警察／警察；捕まる／逮捕

名 しんごうむし【信号無視】

違反交通號誌，闖紅（黃）燈

類 違反　違反

對 守る　遵守

□□□ 0403

例 この神社は、祭りのときはにぎやからしい。

1秒後影子跟讀

譯 這個神社每逢慶典好像都很熱鬧。

文法 らしい [好像…；似乎…]：表示從眼前可觀察的事物等狀況，來進行判斷。

生字 祭り／祭典；にぎやか／人聲鼎沸

名 じんじゃ【神社】

神社

類 お寺　寺廟

對 教会　教堂

音 社＝シャ

□□□ 0404

例 彼は親切で格好よくて、クラスでとても人気がある。

1秒後影子跟讀

譯 他人親切又帥氣，在班上很受歡迎。

生字 格好いい／英俊的；クラス／班級

名・形動 しんせつ【親切】

親切，客氣

類 優しさ　溫柔

對 厳しい　嚴格的

音 親＝シン

音 切＝セツ

讀書計劃：□□／□□

□□□ 0405

例 息子(むすこ)が帰(かえ)ってこないので、父親(ちちおや)は心配(しんぱい)しはじめた。

1秒後影子跟讀

譯 由於兒子沒回來，父親開始擔心起來了。

出題重點 心配（しんぱい）：“擔心、憂慮”表對未來或某種情況的憂慮或擔心。問題 3 陷阱可能有，

- 気にする（きにする）：“在意、關心”側重於對某事的在意或關注，可能包含擔心的成分。
- 緊張（きんちょう）：“緊張、焦慮”指心理上的不安或身體上的緊繃狀態。
- 安心（あんしん）：“放心、安心”則表示心情的安定和放鬆，與擔心或憂慮形成對比。

文法 はじめる [開始…]：表示前接動詞的動作，作用的開始。

生字 息子(むすこ)／兒子；父親(ちちおや)／爸爸

名・自他サ **しんぱい【心配】**

擔心，操心

類 怖(こわ)い　恐懼的

對 安心(あんしん)　安心的

音 心＝シン

□□□ 0406

例 右(みぎ)の建物(たてもの)は、新聞社(しんぶんしゃ)でございます。

1秒後影子跟讀

譯 右邊的建築物是報社。

生字 右(みぎ)／右側；建物(たてもの)／建築物

名 **しんぶんしゃ【新聞社】**

報社

類 報道機関(ほうどうきかん)　新聞機構

對 出版社(しゅっぱんしゃ)　出版社

音 新＝シン

音 社＝シャ

□□□ 0407　Track2-18

例 テニスより、水泳(すいえい)の方(ほう)が好(す)きです。

1秒後影子跟讀

譯 喜歡游泳勝過打網球。

生字 テニス／網球；方(ほう)／比較

名・自サ **すいえい【水泳】**

游泳

類 運動(うんどう)　運動

對 座(すわ)る　坐著

□□□ 0408

例 水道(すいどう)の水(みず)が飲(の)めるかどうか知(し)りません。

1秒後影子跟讀

譯 不知道自來水管的水是否可以飲用。

生字 飲(の)む／喝；知(し)る／知道

名 **すいどう【水道】**

自來水管

類 ガスコンロ【(荷)gas+ 焜炉】　瓦斯爐

對 電灯(でんとう)　電燈

音 道＝ドウ

□□□ 0409

例 彼（かれ）は、「ずいぶん立派（りっぱ）な家（いえ）ですね。」と言（い）った。

1秒後影子跟讀

譯 他說：「真是相當豪華的房子呀。」

生字 立派（りっぱ）／華麗的；家（いえ）／房屋

副・形動 ずいぶん【随分】

相當地，超越一般程度；不像話

類 非常（ひじょう）に　非常地

對 全然（ぜんぜん）　一點也不

□□□ 0410

例 友達（ともだち）に、数学（すうがく）の問題（もんだい）の答（こた）えを教（おし）えてやりました。

1秒後影子跟讀

譯 我告訴朋友數學題目的答案了。

生字 問題（もんだい）／題目；答（こた）え／解答

名 すうがく【数学】

數學

類 科学（かがく）　科學

對 文学（ぶんがく）　文學

□□□ 0411

例 スーツを着（き）ると立派（りっぱ）に見（み）える。

1秒後影子跟讀

譯 穿上西裝看起來派頭十足。

生字 着（き）る／身穿；立派（りっぱ）／堂堂

名 スーツ【suit】

套裝

類 ジャケット【jacket】　夾克

對 カジュアルウェア【casual wear】　休閒裝

□□□ 0412

例 親切（しんせつ）な男性（だんせい）に、スーツケースを持（も）っていただきました。

1秒後影子跟讀

譯 有位親切的男士，幫我拿了旅行箱。

出題重點 「スーツケース」主要用於裝載衣物和個人物品，特別是在旅行時使用，如「スーツケースを持（も）つ」。下面為問題 5 錯誤用法：

- 描述行為或活動，如「私（わたし）たちは週末（しゅうまつ）にスーツケースします」。
- 個人情感的表達，如「彼（かれ）はとてもスーツケースな気（き）持（も）ちだ」。
- 形容天氣狀態，如「今日（きょう）の天気（てんき）はスーツケースだ」。

文法 ていただく［承蒙…］：表示接受人請求給予人做某行為，且對那一行為帶著感謝的心情。

生字 親切（しんせつ）／熱情的；男性（だんせい）／男生

名 スーツケース【suitcase】

手提旅行箱

類 バッグ【bag】　包

對 手袋（てぶくろ）　手套

讀書計劃：□□／□□

□□□ 0413

例 向かって左にスーパーがあります。

1秒後影子跟讀〉

譯 馬路對面的左手邊有一家超市。

生字 向かう／對面；左／左側

名 スーパー【supermarket 之略】

超級市場

類 デパート【department store】 百貨公司

對 市場 市場

□□□ 0414

例 5時を過ぎたので、もう家に帰ります。

例 そんなにいっぱいくださったら、多すぎます。

1秒後影子跟讀〉

譯 已經超過5點了，我要回家了。

譯 您給我那麼大的量，真的太多了。

文法〉 そんな［那樣的］：間接的在説人或事物的狀態或程度。而這個事物是靠近聽話人的或聽話人之前説過的。

生字 帰る／回去；いっぱい／大量的

自上二 接尾 すぎる【過ぎる】

超過；過於；經過；過於…

類 多い 多的

對 足りない 不足

□□□ 0415

例 おなかもすいたし、のどもかわきました。

1秒後影子跟讀〉

譯 肚子也餓了，口也渴了。

出題重點 題型4裡「すく」的考點有：

- 例句：レストランが空いている／餐廳裡人不多。
- 換句話說：レストランには人がいない／餐廳裡沒有人。
- 相對說法：レストランがいっぱいだ／餐廳很擁擠。

「空く」表示某個地方或物體不擁擠或沒有被佔用；「いない」表示某物不存在或不在場；「いっぱい」則用來描述某處非常擁擠或某物已經被完全填滿。

生字 おなか／肚子；のど／喉嚨；渇く／口渴

自五 すく【空く】

飢餓；空間中的人或物的數量減少

類 開く 打開

對 一杯 滿

訓 空＝す（く）

□□□ 0416

例 本当に面白い映画は、少ないのだ。

1秒後影子跟讀〉

譯 真的有趣的電影很少！

生字 本当／的確；映画／電影

形 すくない【少ない】

少

類 少し 一點兒

對 多い 多的

訓 少＝すく（ない）

□□□ 0417

例 すぐに帰（かえ）る。

1秒後影子跟讀

譯 馬上回來。

生字 帰（かえ）る／回去

副 すぐに【直ぐに】

馬上，立刻

類 直（ただ）ちに　立即

對 後（あと）で　稍後

□□□ 0418

例 映画（えいが）はフィルムにとった劇（げき）や景色（けしき）などをスクリーンに映（うつ）して見（み）せるものです。

1秒後影子跟讀

譯 電影是利用膠卷將戲劇或景色等捕捉起來，並在螢幕上放映。

生字 フィルム／膠捲；劇（げき）／戲劇；映（うつ）す／投射

名 スクリーン【screen】

螢幕

類 モニター【monitor】　顯示器

對 ペーパー【paper】　紙張

□□□ 0419

例 上手（じょうず）に英語（えいご）が話（はな）せるようになったら、すごいなあ。

1秒後影子跟讀

譯 如果英文能講得好，應該很棒吧！

出題重點 「凄い」讀作「すごい」，意指非常了不起或令人印象深刻。問題１誤導選項可能有：

- 「はやい」意味快速或早，用於描述速度快或時間早。
- 「たかい」表示高的，用於描述物體的高度、價格或品質。
- 「ひくい」指低，用於描述位置低、價格低或程度低。

文法 たら［要是…；…了的話］：表示假定條件，當實現前面的情況時，後面的情況就會實現，但前項會不會成立，實際上還不知道。

生字 上手（じょうず）／擅長的；話（はな）す／說話

形 すごい【凄い】

厲害，很棒，了不起；非常

類 素晴（すば）らしい　精彩的

對 普通（ふつう）　普通

□□□ 0420

例 敵（てき）が強（つよ）すぎて、彼（かれ）らは進（すす）むことも戻（もど）ることもできなかった。

1秒後影子跟讀

譯 敵人太強了，讓他們陷入進退兩難的局面。

生字 敵（てき）／對手；戻（もど）る／退回

自五 すすむ【進む】

進展，前進；上升（級別等）；進步；(鐘) 快；引起食慾；(程度) 提高

類 進歩（しんぽ）する　進步

對 下（さ）がる　退步

讀書計劃：□□／□□

□□□ 0421

例 スタートボタンを押してください。

1秒後影子跟讀

譯 請按下開機鈕。

生字 押す／按壓

名 スタートボタン【start button】

（微軟作業系統的）開機鈕，開始按鈕

類 プレイボタン【play button】 播放按鈕

對 ストップボタン【stop button】 停止按鈕

□□□ 0422

例 部屋はすっかり片付けてしまいました。

1秒後影子跟讀

譯 房間全部整理好了。

出題重點 題型４裡「すっかり」的考點有：

- 例句：すっかり忘れてしまった／完全忘記了。
- 換句話說：すべてを忘れてしまった／把一切都忘記了。
- 相對說法：少し覚えている／還記得一點點。

「すっかり」表示完全或徹底地；「すべて」意指全部或全部；「少し」則表示一點點或稍微。

文法 てしまう [⋯完]：表示動作或狀態的完成。如果是動作繼續的動詞，就表示積極地實行並完成其動作。

生字 部屋／房間；片付ける／收拾

副 すっかり

完全，全部

類 全部 全部

對 一部 一部分

□□□ 0423

例 ずっとほしかったギターをもらった。

1秒後影子跟讀

譯 收到一直想要的吉他。

文法 もらう [接受⋯；從⋯那兒得到⋯]：表示接受別人給的東西。這是以說話者是接受人，且接受人是主語的形式，或站在接受人的角度來表現。

生字 ギター／吉他

副 ずっと

更；一直

類 常に 總是

對 時々 偶爾

□□□ 0424

例 ステーキをナイフで食べやすい大きさに切りました。

1秒後影子跟讀

譯 用刀把牛排切成適口的大小。

生字 ナイフ／餐刀；大きさ／尺寸

名 ステーキ【steak】

牛排

類 ハンバーグ【hamburger】 漢堡

對 サラダ【salad】 沙拉

□□□ 0425

例 いらないものは、捨てて しまってください。

1秒後影子跟讀

譯 不要的東西，請全部丟掉。

出題重點 「捨てる」用來描述將不再需要或不想保留的物品棄置，如「ごみを捨てる」。下面為問題 5 錯誤用法：

- 建築或結構，如「その橋は捨てるデザインがある」。
- 時間的概念，如「私たちは捨てる時間を過ごす」。
- 個人的才能或技能，如「彼はピアノを捨てる才能がある」。

慣用語

- ごみを捨てる／丟垃圾。

生字 いる／需要

他下一 **すてる【捨てる】**

丟掉，拋棄；放棄

類 要らない 廢棄

對 取る 拿取

□□□ 0426

例 彼にステレオをあげたら、とても喜んだ。

1秒後影子跟讀

譯 送他音響，他就非常高興。

生字 とても／相當地；喜ぶ／欣喜

名 **ステレオ【stereo】**

音響

類 ラジオ【radio】 收音機

對 テレビ【television】 電視機

□□□ 0427

例 ストーカーに遭ったことがありますか。

1秒後影子跟讀

譯 你有被跟蹤狂騷擾的經驗嗎？

文法 たことがある［曾…］：表示經歴過某個特別的事件，且事件的發生離現在已有一段時間，或指過去的一般經驗。

生字 遭う／遭遇

名 **ストーカー【stalker】**

跟蹤狂（或唸：ストーカー）

類 強盜 強盜

對 守る 保護

□□□ 0428

例 雪がさらさらして、砂のようだ。

1秒後影子跟讀

譯 沙沙的雪，像沙子一般。

文法 ようだ［像…一樣的］：把事物的狀態、形狀、性質及動作狀態，比喻成一個不同的其他事物。

生字 雪／雪；さらさら／鬆散

名 **すな【砂】**

沙

類 石 石

對 土 泥土

讀書計劃：□□／□□

□□□ 0429

例 すばらしい映画(えいが)ですから、見(み)てみてください。

1秒後影子跟讀

譯 因為是很棒的電影，不妨看看。

出題重點 「素晴しい」讀作「すばらしい」，意指極好的、優秀的。問題 1 誤導選項可能有：
- 「すはらしい」中的「ば」變為清音「は」。
- 「すばりしい」用清音「り」混淆「ら」。
- 「すばろしい」用字形相似的清音「ろ」混淆「ら」。

慣用語
- すばらしい景色(けしき)／壯麗的風景。
- すばらしい演奏(えんそう)／精彩的演奏。

生字 映画(えいが)／電影

形 **すばらしい【素晴しい】**

出色，很好

類 凄(すご)い 了不起

對 普通(ふつう) 普通

□□□ 0430

例 この道(みち)は、雨(あめ)の日(ひ)はすべるらしい。

1秒後影子跟讀

譯 這條路，下雨天好像很滑。

生字 道(みち)／道路；雨(あめ)／雨

自下一 **すべる【滑る】**

滑（倒）；滑動；(手) 滑；不及格，落榜；下跌

類 転(ころ)ぶ 摔倒

對 止(と)まる 停止

□□□ 0431

例 部屋(へや)を隅(すみ)から隅(すみ)まで掃除(そうじ)してさしあげた。

1秒後影子跟讀

譯 房間裡各個小角落都幫您打掃得一塵不染。

生字 部屋(へや)／房間；掃除(そうじ)／清掃

名 **すみ【隅】**

角落

類 角(かど) 角

對 真(ま)ん中(なか) 中間

□□□ 0432

例 用事(ようじ)が済(す)んだら、すぐに帰(かえ)ってもいいよ。

1秒後影子跟讀

譯 要是事情辦完的話，馬上回去也沒關係喔！

文法 てもいい […也行；可以…]：表示許可或允許某一行為。如果說的是聽話人的行為，表示允許聽話人某一行為。

生字 用事(ようじ)／要事；すぐ／立刻

自五 **すむ【済む】**

(事情) 完結，結束；過得去，沒問題；(問題) 解決，(事情) 了結

類 終(お)わる 完成

對 始(はじ)まる 開始

□□□ 0433

例 すりに財布(さいふ)を盗(ぬす)まれたようです。

1秒後影子跟讀

譯 錢包好像被扒手扒走了。

文法 （ら）れる [被…]：為被動。表示某人直接承受到別人的動作。

生字 財布(さいふ)／錢包；盗(ぬす)む／偷竊

名 **すり**

扒手

類 泥棒(どろぼう)　小偷

對 警官(けいかん)　警察

□□□ 0434

例 すると、あなたは明日学校(あしたがっこう)に行(い)かなければならないのですか。

1秒後影子跟讀

譯 這樣一來，你明天不就得去學校了嗎？

出題重點 すると：“然後”用於連接事件，強調因果或時間上的連續。問題 3 陷阱可能有，

- その後（そのご）：“之後”描述一個事件緊接著另一個事件之後發生。
- 次に（つぎに）：“接下來”用於表示時間上的連續，但更側重於事件的順序。
- それでも：“儘管如此”則用於表示對比或轉折，強調儘管存在某種情況，仍有不同的結果或情況發生。

生字 学校(がっこう)／學校

接續 **すると**

於是；這樣一來

類 それから　然後

對 その前(まえ)に　之前

□□□ 0435

Track2-19

例 先生(せんせい)がくださった時計(とけい)は、スイス製(せい)だった。

1秒後影子跟讀

譯 老師送我的手錶，是瑞士製的。

文法 くださる [給…]：對上級或長輩給自己（或自己一方）東西的恭敬説法。這時候給予人的身分、地位、年齡要比接受人高。

生字 時計(とけい)／鐘錶；スイス／瑞士

名・接尾 **せい【製】**

…製，製造

類 作(つく)り　製作

對 買(か)う　消費

□□□ 0436

例 どんなところでも生活(せいかつ)できます。

1秒後影子跟讀

譯 我不管在哪裡都可以生活。

文法 でも [不管（誰，什麼，哪兒）…都…]：前接疑問詞，表示不論什麼場合，什麼條件，都要進行後項，或是都會產生後項的結果。

生字 ところ／地方

名・自サ **せいかつ【生活】**

生活

類 生(い)きる　生活

對 仕事(しごと)　工作

讀書計劃：□□／□□

□□□ 0437

例 クレジットカードの請求書が届きました。

1秒後影子跟讀

譯 收到了信用卡的繳費帳單。

生字 クレジットカード／信用卡；届く／送達

名 せいきゅうしょ【請求書】

帳單，繳費單

類 インボイス【invoice】 發票

對 領収書 收據

□□□ 0438

例 製品 123 の生産をやめました。

1秒後影子跟讀

譯 製品 123 停止生產了。

出題重點 「生産」讀作「せいさん」，意指製造或生產，創造產品或服務的過程。問題 1 誤導選項可能有：

- 「けんきゅう」指研究，進行系統的調查以發現或解釋新知識。
- 「はっぴょう」表示發表或公開演說，向他人展示或報告資訊或研究成果。
- 「しゅうり」指修理或維修，修復損壞或故障的物品或設備。

生字 製品／產品；やめる／中止

名・他サ せいさん【生産】

生產

類 製造 製造

對 買う 消費

□□□ 0439

例 政治の難しさについて話しました。

1秒後影子跟讀

譯 談及了關於政治的難處。

生字 難しい／困難的；について／關於…

名 せいじ【政治】

政治

類 行政 行政

對 文化 文化

□□□ 0440

例 彼は、西洋文化を研究しているらしいです。

1秒後影子跟讀

譯 他好像在研究西洋文化。

文法 らしい [說是…；好像…]：指從外部來的，是說話人自己聽到的內容為根據，來進行推測。含有推測，責任不在自己的語氣。

生字 文化／文化；研究／鑽研

名 せいよう【西洋】

西洋

類 欧米 歐美

對 東洋 東方

音 洋＝ヨウ

□□□ 0441

例 世界(せかい)を知(し)るために、たくさん旅行(りょこう)をした。

1秒後影子跟讀

譯 為了認識世界，常去旅行。

生字 知(し)る／了解；たくさん／許多的

名 せかい【世界】

世界；天地

類 地球(ちきゅう)　地球

對 国(くに)　國家

音 世＝セ

音 界＝カイ

□□□ 0442

例 「息子(むすこ)はどこにいる？」「後(うし)ろから２番目(ばんめ)の席(せき)に座(すわ)っているよ。」

1秒後影子跟讀

譯 「兒子在哪裡？」「他坐在從後面數來倒數第２個座位上啊！」

出題重點 「席(せき)」用來描述坐下的位置或指定的座位，如「席(せき)を立(た)つ」。下面為問題５錯誤用法：

- 形容天氣或氣候，如「今日(きょう)の天気(てんき)は席(せき)がいい」。
- 個人情感或心情的表達，如「彼(かれ)は席(せき)な気分(きぶん)だ」。
- 食物的味道，如「この料理(りょうり)は席(せき)の味(あじ)がする」。

慣用語

- 席(せき)を予約(よやく)する／預約座位。

生字 後(うし)ろ／後方；番目(ばんめ)／第…

名 せき【席】

座位；職位

類 椅子(いす)　椅子

對 場合(ばあい)　場合

□□□ 0443

例 後(あと)で説明(せつめい)をするつもりです。

1秒後影子跟讀

譯 我打算稍後再說明。

生字 後(あと)で／過一會兒；つもり／打算

名・他サ せつめい【説明】

說明，解釋

類 解説(かいせつ)　說明

對 質問(しつもん)　提問

音 明＝メイ

□□□ 0444

例 背中(せなか)も痛(いた)いし、足(あし)も疲(つか)れました。

1秒後影子跟讀

譯 背也痛，腳也酸了。

生字 足(あし)／雙腳；疲(つか)れる／疲憊

名 せなか【背中】

背部

類 後(うし)ろ　後面

對 前(まえ)　前面

讀書計劃：□□／□□

□□□ 0445

例 あなたの作品（さくひん）をぜひ読（よ）ませてください。

1秒後影子跟讀

譯 請務必讓我拜讀您的作品。

文法 （さ）せてください［請允許…］：表示［我請對方允許我做前項］之意，是客氣地請求對方允許，承認的說法。

生字 作品（さくひん）／著作

副 ぜひ【是非】

務必，一定；好與壞

類 必ず（かならず） 必定

對 多分（たぶん） 也許

□□□ 0446

例 子（こ）どもの世話（せわ）をするために、仕事（しごと）をやめた。

1秒後影子跟讀

譯 為了照顧小孩，辭去了工作。

出題重點 「世話（せわ）」用來描述對人或物的照顧和維護工作，如「子（こ）どもの世話（せわ）をする」。下面為問題５錯誤用法：

- 物理活動或運動，如「私（わたし）たちは朝（あさ）の運動（うんどう）で世話（せわ）をする」。
- 描述建築或結構，如「その建物（たてもの）は世話（せわ）のデザインがある」。
- 科學或數學的概念，如「この方程式（ほうていしき）は世話（せわ）の問題（もんだい）を解決（かいけつ）する」。

生字 仕事（しごと）／工作；やめる／辭去

名・他サ せわ【世話】

幫忙；照顧，照料

類 介護（かいご） 護理

對 無視（むし） 忽視

音 世＝セ

□□□ 0447

例 先生（せんせい）は、間違（まちが）っている言葉（ことば）を線（せん）で消（け）すように言（い）いました。

1秒後影子跟讀

譯 老師說錯誤的字彙要劃線去掉。

文法 ように［請…；希望…］：表示祈求、願望、希望、勸告或輕微的命令等。

生字 間違（まちが）う／不對；消（け）す／抹去

名 せん【線】

線；線路；界限

類 糸（いと） 線

對 面（めん） 面，表面

□□□ 0448

例 前期（ぜんき）の授業（じゅぎょう）は今日（きょう）で最後（さいご）です。

1秒後影子跟讀

譯 今天是上半期課程的最後一天。

生字 授業（じゅぎょう）／上課；最後（さいご）／最終

名 ぜんき【前期】

初期，前期，上半期

類 初期（しょき） 初期

對 後期（こうき） 後期

主題單字 あ か さ た な は ま や ら わ 練習

□□□ 0449

例 ぜんぜん勉強(べんきょう)したくないのです。

1秒後影子跟讀

譯 我一點也不想唸書。

出題重點 「全然(ぜんぜん)」用來強調某事物完全不存在或完全不發生，如「ぜんぜん分(わ)からない」。下面為問題 5 錯誤用法：

- 物理的尺寸或大小，如「この部屋(へや)はぜんぜん大(おお)きい」。
- 個人特質或性格描述，如「彼(かれ)はぜんぜんな性格(せいかく)をしている」。
- 具體的物品或對象，如「その車(くるま)はぜんぜんスタイルだ」。

生字 勉強(べんきょう)／用功唸書

副 ぜんぜん【全然】

（接否定）完全不…，一點也不…；非常

類 すっかり　完全地

對 一部(いちぶ)　部分

□□□ 0450

例 いつの時代(じだい)でも、戦争(せんそう)はなくならない。

1秒後影子跟讀

譯 不管是哪個時代，戰爭都不會消失的。

文法 でも [不管（誰，什麼，哪兒）…都…]：前接疑問詞，表示不論什麼場合，什麼條件，都要進行後項，或是都會產生後項的結果。

生字 時代(じだい)／時代；なくなる／消失

名・自サ せんそう【戦争】

戰爭；打仗

類 争(あらそ)う　衝突

□□□ 0451

例 先輩(せんぱい)から学校(がっこう)のことについていろいろなことを教(おし)えられた。

1秒後影子跟讀

譯 前輩告訴我許多有關學校的事情。

生字 いろいろ／種種；教(おし)える／告訴

名 せんぱい【先輩】

學姐，學長；老前輩

類 年上(としうえ)　年長者

對 後輩(こうはい)　後輩

□□□ 0452

例 上田先生(うえだせんせい)のご専門(せんもん)は、日本(にほん)の現代文学(げんだいぶんがく)です。

1秒後影子跟讀

譯 上田教授專攻日本現代文學。

生字 現代(げんだい)／當代；文学(ぶんがく)／文學

名 せんもん【専門】

專門，專業

類 専攻(せんこう)　專攻

對 一般(いっぱん)　普通，一般

讀書計劃：□□／□□

□□□ 0453

Track2-20

例 彼(かれ)は、そう言(い)いつづけていた。

1秒後影子跟讀

譯 他不斷地那樣說著。

文法 つづける [連續…]：表示某動作或事情還沒有結束，還繼續，不斷地處於同樣狀態。

生字 言(い)う／說話

感·副 **そう**

那樣，這樣；是

類 ああ　那樣

對 違(ちが)う　不同

□□□ 0454

例 すぐに送信(そうしん)しますね。

1秒後影子跟讀

譯 我馬上把郵件傳送出去喔。

生字 すぐ／立刻

名·自サ **そうしん【送信】**

發送（電子郵件）;（電）發報，播送，發射

類 発信(はっしん)　發出

對 受信(じゅしん)　接收

音 送=ソウ

□□□ 0455

例 なんでも相談(そうだん)してください。

1秒後影子跟讀

譯 不論什麼都可以找我商量。

出題重點 「相談」意指"商討"，表示兩人或多人之間就某個議題進行討論或咨詢。問題 2 可能混淆的漢字有：

- 「葙詼，桹淡，梘琰」這些詞彙並不常見。其中，「詼」詼諧或幽默；「淡」淡或淺。其他在日語中都不常見。

慣用語

- 先生(せんせい)に相談(そうだん)する／向老師諮詢。

文法 でも [無論]：前接疑問詞。表示全面肯定或否定，也就是沒有例外，全部都是。句尾大都是可能或容許等表現。

生字 なん／什麼

名·自他サ **そうだん【相談】**

商量

類 話(はな)し　討論

對 決(き)める　決定

□□□ 0456

例 2行目(ぎょうめ)に、この一文(いちぶん)を挿入(そうにゅう)してください。

1秒後影子跟讀

譯 請在第 2 行，插入這段文字。

生字 行(ぎょう)／行；一文(いちぶん)／一篇短文

名·他サ **そうにゅう【挿入】**

插入，裝入

類 入(い)れる　放入

對 出(だ)す　拔出

補充小專欄

しなもの【品物】

物品，東西；貨品

必考音訓讀

品

音讀：ヒン

訓讀：しな

物品；（物品）性質。例：

- 食料品（しょくりょうひん）／食品、食物、食用產品
- 品物（しなもの）／物品

しばらく【暫く】

暫時，一會兒；好久

慣用語

- しばらく待つ／等一會兒。
- しばらくの間／一段時間。
- しばらく見ない／好久不見。

しゃちょう【社長】

社長

必考音訓讀

社

音讀：シャ

公司、組織。例：

- 社長（しゃちょう）／社長

じゃま【邪魔】

妨礙，阻擾；拜訪

慣用語

- 勉強を邪魔する／打擾學習。
- 仕事の邪魔をする／干擾工作。
- 音楽が邪魔になる／音樂很干擾。

じゆう【自由】

自由，隨便

必考音訓讀

自

音讀：ジ

自主；自己。例：

- 自由（じゆう）／自由

しゅうかん【習慣】

習慣

慣用語

- 健康のための習慣／為了健康養成的習慣。
- 毎日の習慣／每天的習慣。
- 習慣を変える／改變習慣。

必考音訓讀

習

音讀：シュウ

訓讀：なら（う）

學習；習得技能。例：

- 復習（ふくしゅう）／復習
- 習う（ならう）／學習

じゅうしょ【住所】

地址

必考音訓讀

住

音讀：ジュウ

訓讀：す（む）

居留、居住。例：

- 住所（じゅうしょ）／住址
- 住む（すむ）／居住

じゅうどう【柔道】

柔道

必考音訓讀

道

音讀：ドウ

訓讀：みち

道路；方法。例：

- 水道（すいどう）／水道
- 近道（ちかみち）／捷徑

じゅうぶん【十分】

充分，足夠

慣用語

- 十分な睡眠／充足的睡眠。
- 十分な準備／充分的準備。
- 時間が十分にある／有充足的時間。

しゅじん【主人】

老公，(我) 丈夫，先生；主人

必考音訓讀

主

音讀：シュ

訓讀：おも

主人、主宰；主要地等。例：

- 主人（しゅじん）／丈夫；主人
- 主に（おもに）／主要地

しゅっせき【出席】

出席

慣用語

- 会議に出席する／參加會議。
- 授業に出席する／參加課堂。
- 式に出席する／參加儀式。

しゅみ【趣味】

嗜好；趣味

慣用語

- 趣味を楽しむ／享受嗜好。
- 趣味の交流／嗜好的交流。
- 新しい趣味を見つける／找到新嗜好。

しょうがつ【正月】

正月，新年（或唸：しょうがつ）

必考音訓讀

正

音讀：ショウ

訓讀：ただ（しい）

正式；正確。例：

- 正月（しょうがつ）／新年、元旦
- 正しい（ただしい）／正確的

しょうたい【招待】

邀請

慣用語

- 友達を食事に招待する／邀朋友吃飯。
- 招待状を送る／發送邀請函。

補充小專欄

しょうち【承知】

知道，了解，同意；接受

必考音訓讀

知

音讀：チ

訓讀：し（る）、し（らせる）

了解、知道；告知。例：

- **承知（しょうち）**／了解
- **知る（しる）**／知道
- **知らせる（しらせる）**／通知

しょうらい【将来】

將來

慣用語

- **将来の計画**／將來的計劃。
- **将来に期待する**／對未來充滿期待。

しょくじ【食事】

用餐，吃飯；餐點

必考音訓讀

事

音讀：ジ

訓讀：こと

事件、事情、事項。例：

- **食事（しょくじ）**／吃飯；餐點
- **今年の事（こと）です**／今年的事

しょくりょうひん【食料品】

食品（或唸：しょくりょうひん）

必考音訓讀

料

音讀：リョウ

材料、費用、配料。例：

- **衣料費（いりょうひ）**／購衣費

しょしんしゃ【初心者】

初學者

必考音訓讀

者

音讀：シャ

人、身分。例：

- **初心者（しょしんしゃ）**／初學者

しらせる【知らせる】

通知，讓對方知道

慣用語

- **情報を知らせる**／通知訊息。
- **変更を知らせる**／通知變更。
- **結果を知らせる**／通知結果。

しんきさくせい【新規作成】

新作，從頭做起；（電腦檔案）開新檔案

必考音訓讀

作

音讀：サク

訓讀：つく（る）

建立；創造、製造。例：

- **新規作成（しんきさくせい）**／創建新事物
- **作る（つくる）**／製造、創造

じんこう【人口】

人口

必考音訓讀

口

音讀：コウ

訓讀：くち

數量；口部、開口。例：

- 人口（じんこう）／人口
- 出口（でぐち）／出口

しんごうむし【信号無視】

違反交通號誌，闖紅（黃）燈

慣用語

- 信号無視（しんごうむし）をする／無視交通號誌。
- 信号無視（しんごうむし）の危険（きけん）／忽略交通號誌的危險性。

しんせつ【親切】

親切，客氣

必考音訓讀

切

音讀：セツ

訓讀：き（る）

關心；切割。例：

- 親切（しんせつ）／親切
- 切る（きる）／切割

しんぱい【心配】

擔心，操心

慣用語

- 心配（しんぱい）する必要（ひつよう）はない／沒有必要擔心。
- 心配（しんぱい）をかける／擔心。
- 心配（しんぱい）ごとがある／有擔憂的事。

しんぶんしゃ【新聞社】

報社

必考音訓讀

新

音讀：シン

訓讀：あたら（しい）

新進的、剛出現的。例：

- 新聞社（しんぶんしゃ）／報社
- 新しい（あたらしい）／新的

スーツケース【suitcase】

手提旅行箱

慣用語

- スーツケースを持（も）つ／拿著行李箱。
- スーツケースの中身（なかみ）／行李箱的內容物。
- スーツケースを開（あ）ける／打開行李箱。

補充小專欄

すく【空く】

飢餓；空間中的人或物的數量減少

慣用語

- 席が空く／有空座位。
- 道路が空く／道路車輛變少。
- おなかが空く／肚子餓了。

必考音訓讀

空

音讀：クウ

訓讀：あ（く）、す（く）、そら

空間；空閒、空虛；空白；天空。例：

- 空気（くうき）／空氣、地球周圍的氣體層
- 空く（あく）／空出
- 空く（すく）／變空
- 空（そら）／天空

すくない【少ない】

少

必考音訓讀

少

訓讀：すく（ない）、すこ（し）

數量不多；程度輕微。例：

- 少ない（すくない）／少的
- 少し（すこし）／稍微

すごい【凄い】

厲害，很棒；非常

慣用語

- すごい経験／了不起的經驗。
- すごいスピード／驚人的速度。
- すごい景色／壯麗的風景。

すっかり

完全，全部

慣用語

- すっかり忘れる／完全忘記了。
- すっかり変わる／完全變了。
- すっかり疲れる／徹底累了。

すてる【捨てる】

丟掉，拋棄；放棄

慣用語

- 要らない物を捨てる／丟棄不需要的東西。
- 過去を捨てる／放下過去。

すばらしい【素晴しい】

出色，很好

慣用語

- すばらしい経験／非凡的經驗。

すると

於是；這樣一來

慣用語

- すると、彼が現れた／接著，他出現了。
- すると、雨が降り始めた／然後，開始下雨。
- すると、電話が鳴った／然後，電話響了。

せいさん【生産】

生產

慣用語

- 製品を生産する／生產產品。
- 工場で生産量を増やす／在工廠增加產量。
- 農業生産／農業生產。

せいよう【西洋】

西洋

必考音訓讀

洋

音讀：ヨウ

西方、外國。例：

- 西洋（せいよう）／西方

せかい【世界】

世界；天地

必考音訓讀

界

音讀：カイ

範疇、界限、世界。例：

- 世界（せかい）／世界、全球

せき【席】

座位；職位

慣用語

- 席を立つ／離開座位。
- 席に着く／坐下。

せつめい【説明】

說明

必考音訓讀

明

音讀：メイ

訓讀：あか（るい）

清晰；光亮。例：

- 説明（せつめい）／解釋、說明、闡述
- 明るい（あかるい）／明亮的

せわ【世話】

幫忙；照顧，照料

慣用語

- 子どもの世話をする／照顧孩子。
- 病人の世話をする／照顧病人。
- 家族の世話／照顧家人。

必考音訓讀

世

音讀：セ、セイ

訓讀：よ

世界；時代；社會。例：

- 世界（せかい）／世界
- 時世（じせい）／某個時代、時期
- 世の中（よのなか）／世間

ぜんぜん【全然】

（接否定）完全不…，一點也不…；非常

慣用語

- ぜんぜん分からない／完全不懂。
- ぜんぜん違う／完全不同。
- ぜんぜん問題ない／完全沒問題。

そうしん【送信】

發送（電子郵件）；（電）發報，播送，發射

必考音訓讀

送

音讀：ソウ

訓讀：おく（る）

傳遞；送出。例：

- 送信（そうしん）／傳送
- 送る（おくる）／寄送

□□□ 0457

例 課長の送別会が開かれます。

1秒後影子跟讀

譯 舉辦課長的送別會。

生字 課長／課長；開く／舉行

名 そうべつかい【送別会】

送別會(或唸:そうべつかい)

類 別れの会　告別會

對 歓迎会　歡迎會

音 送＝ソウ

音 別＝ベツ

音 会＝カイ

□□□ 0458

例 蘭は育てにくいです。

1秒後影子跟讀

譯 蘭花很難培植。

生字 蘭／蘭花；にくい／困難的

他下一 そだてる【育てる】

撫育，培植；培養

類 育児　養育

對 置く　放任

□□□ 0459

例 感動の卒業式も無事に終わりました。

1秒後影子跟讀

譯 令人感動的畢業典禮也順利結束了。

出題重點 「卒業」讀作「そつぎょう」，意指完成學業並畢業。問題1誤導選項可能有：

- 「そつきょう」用清音「き」混淆濁音「ぎ」。
- 「そっぎょう」用促音「っ」混淆大寫清濁「つ」。
- 「そつぎゅう」用拗音「ぎゅ」誤導「ぎょ」。

慣用語

- 大学を卒業する／大學畢業。
- 卒業式／畢業典禮。

生字 感動／感動；無事／順利的

名・自サ そつぎょう【卒業】

畢業

類 終わり　結束

對 入学　入學

音 業＝ギョウ

□□□ 0460

例 卒業式で泣きましたか。

1秒後影子跟讀

譯 你在畢業典禮上有哭嗎？

生字 泣く／哭泣

名 そつぎょうしき【卒業式】

畢業典禮

類 卒業祝い　畢業慶祝

對 入学式　入學典禮

音 業＝ギョウ

讀書計劃：□□／□□

□□□ 0461

例 だいたい大人(おとな)が外側(そとがわ)、子(こ)どもが内側(うちがわ)を歩(ある)きます。

1秒後影子跟讀

譯 通常是大人走在外側，小孩走在內側。

生字 だいたい／大致；內側(うちがわ)／內側

名 そとがわ【外側】

外部，外面，外側

類 外(そと) 外部

對 內側(うちがわ) 內側

□□□ 0462

例 祖父(そふ)はずっとその会社(かいしゃ)で働(はたら)いてきました。

1秒後影子跟讀

譯 祖父一直在那家公司工作到現在。

生字 ずっと／始終；働(はたら)く／工作

名 そふ【祖父】

祖父，外祖父

類 お爺(じい)さん 爺爺

對 祖母(そぼ) 祖母

□□□ 0463

例 あのゲームソフトは人気(にんき)があるらしく、すぐに売切(うりき)れてしまった。

1秒後影子跟讀

譯 那個遊戲軟體似乎廣受歡迎，沒多久就賣完了。

生字 ゲーム／遊戲；売切(うりき)れる／售罄

名·形動 ソフト【soft】

柔軟；溫柔；軟體

類 柔(やわ)らかい 柔軟的

對 ハード【hard】 硬體

□□□ 0464

例 祖母(そぼ)は、いつもお菓子(かし)をくれる。

1秒後影子跟讀

譯 奶奶常給我糕點。

出題重點 「祖母（そぼ）」指“祖母”，即一個人的外婆或奶奶。問題 2 可能混淆的漢字有：

- 母親（ははおや）：“母親”，一個人的女性親生父母或法定母親。
- 叔母（おば）：“姑姑、阿姨”，指一個人的父母的姐妹。
- 祖父（そふ）：“祖父”，即一個人的外公或爺爺。

文法 くれる[給…]：表示他人給說話人（或說話一方）物品。

生字 いつも／經常

名 そぼ【祖母】

祖母，外祖母，奶奶，外婆

類 お婆(ばあ)さん 奶奶

對 孫(まご) 孫子

主題單字 あ か さ た な は ま や ら わ 練習

□□□ 0465

例 それで、いつまでに終わりますか。

1秒後影子跟讀

譯 那麼，什麼時候結束呢？

生字 終わる／終了

接續 それで

後來，那麼

類 だから　所以

對 しかし　但是

□□□ 0466

例 その映画は面白いし、それに歴史の勉強にもなる。

1秒後影子跟讀

譯 這電影不僅有趣，又能從中學到歷史。

生字 映画／電影；面白い／精彩的；歴史／歷史

接續 それに

而且，再者，此外

類 それから　從此以後

對 しかし　但是

□□□ 0467

例 それはいけませんね。薬を飲んでみたらどうですか。

1秒後影子跟讀

譯 那可不行啊！是不是吃個藥比較好？

文法 てみる[試著（做）…]：表示嘗試著做前接的事項，是一種試探性的行為或動作，一般是肯定的說法。

生字 薬／藥品

寒暄 それはいけませんね

那可不行

類 駄目ですね　不行

對 大丈夫です　沒問題

□□□ 0468

例 映画が、それほど面白くなくてもかまいません。

1秒後影子跟讀

譯 電影不怎麼有趣也沒關係。

出題重點 「それほど」用來表達某事物的程度或數量並不如預期的那麼多或那麼高，如「それほど遠くない」。下面為問題 5 錯誤用法：

- 具體時間或日期，如「私たちはそれほど8月に会う」。
- 食物的味道或質量，如「このケーキはそれほど味がある」。
- 科技或電子產品的描述，如「このコンピュータの性能はそれほどだ」。

文法 てもかまわない[即使…也沒關係]：表示讓步關係。雖然不是最好的，或不是最滿意的，但妥協一下，這樣也可以。

生字 面白い／精彩的

副 それほど【それ程】

那麼地

類 そんなに　那麼

對 あまり　不太

讀書計劃：□□／□□

□□□ 0469

例 そろそろ2時(じ)でございます。

1秒後影子跟讀

譯 快要兩點了。

出題重點 題型4裡「そろそろ」的考點有：

- 例句：そろそろ出発(しゅっぱつ)しましょう／差不多該出發了。
- 換句話說：もうすぐ出発(しゅっぱつ)する時間(じかん)です／快到出發的時候了。
- 相對說法：まだ出発(しゅっぱつ)しない／還沒到出發的時候。

「そろそろ」事情即將來臨或適宜時機即將來臨；「もうすぐ」某事即將來臨，時間上非常接近的未來事件；「まだ」則表示某事尚未發生或時間尚未到來。

生字 時(じ)／點鐘

副 そろそろ

快要，差不多；逐漸；緩慢

類 もうすぐ　很快

對 まだ　還沒

□□□ 0470

例 お名前(なまえ)は存(ぞん)じ上(あ)げております。

1秒後影子跟讀

譯 久仰大名。

生字 名前(なまえ)／姓名

他下一 ぞんじあげる【存じ上げる】

知道（自謙語）

類 知(し)っている　知道

對 知(し)らない　不知道

□□□ 0471

例 「私(わたし)の給料(きゅうりょう)はあなたの半分(はんぶん)ぐらいです。」「そんなことはないでしょう。」

1秒後影子跟讀

譯 「我的薪水只有你的一半。」「沒那回事！」

生字 給料(きゅうりょう)／薪水；半分(はんぶん)／二分之一

連體 そんな

那樣的

類 あんな　那樣的

對 こんな　這樣的

□□□ 0472

例 そんなにほしいなら、あげますよ。

1秒後影子跟讀

譯 那麼想要的話，就給你吧！

文法 なら[要是…的話]：表示接受了對方所說的事情、狀態、情況後，說話人提出了意見、勸告、意志、請求等。

生字 あげる／給予

副 そんなに

那麼，那樣

類 あんなに　那麼

對 あまり〜ない　沒那麼

□□□ 0473 Track2-21

例 この服（ふく）は、30代（だい）とか40代（だい）とかの人（ひと）のために作（つく）られました。

1秒後影子跟讀

譯 這件衣服是為 30 及 40 多歲的人做的。

出題重點 代（だい）："代、時代"作為後綴，用來表示年齡組、時代、世代或順序。問題 3 陷阱可能有，

- 世代（せだい）："世代、一代"廣泛地指一個特定時代的人。
- 年代（ねんだい）："年代、年份"專指某個時間段。
- 現代（げんだい）："當代、現在"特指當前的時代，與歷史上的「世代」或「年代」相對。

文法 …とか…とか [及；…或…]：表示從各種同類的人事物中選出幾個例子來說，或羅列一些事物，暗示還有其它，是口語的說法。 近 とか [⋯或⋯]

生字 服（ふく）／衣服；ため／為了

名・接尾 **だい【代】**

代；(年齡範圍) …多歲；費用

類 時代（じだい） 時代

對 現在（げんざい） 現在

音 代=ダイ

□□□ 0474

例 彼（かれ）が退院（たいいん）するのはいつだい？

1秒後影子跟讀

譯 他什麼時候出院的呢？

文法 だい [⋯呢]：表示向對方詢問的語氣，有時也含有責備或責問的口氣。男性用言，用在口語，說法較為老氣。

生字 いつ／何時

名・自サ **たいいん【退院】**

出院

類 出（で）る 出去

對 入院（にゅういん） 住院

音 院=イン

□□□ 0475

例 夏（なつ）までに、3キロダイエットします。

1秒後影子跟讀

譯 在夏天之前，我要減肥 3 公斤。

生字 夏（なつ）／夏季；キロ／公斤

名・自サ **ダイエット【diet】**

(為治療或調節體重) 規定飲食，節食；減重療法；減重，減肥

類 減食（げんしょく） 減少食量

對 食（た）べ過（す）ぎる 過度飲食

□□□ 0476

例 鈴木（すずき）さんの息子（むすこ）さんは、大学生（だいがくせい）だと思（おも）う。

1秒後影子跟讀

譯 我想鈴木先生的兒子，應該是大學生了。

生字 息子（むすこ）／兒子；思（おも）う／認為

名 **だいがくせい【大学生】**

大學生

類 高校生（こうこうせい） 高中生

對 小学生（しょうがくせい） 小學生

讀書計劃：□□／□□

□□□ 0477

例 好きなのに、大嫌いと言ってしまった。

1秒後影子跟讀

譯 明明喜歡，卻偏說非常討厭。

文法 のに [明明…；卻…]：表示逆接，用於後項結果違反前項的期待，含有説話者驚訝、懷疑、不滿、惋惜等語氣。

生字 好き／喜歡

形動 だいきらい【大嫌い】

極不喜歡，最討厭

類 嫌い　討厭

對 大好き　非常喜歡

□□□ 0478

例 健康の大事さを知りました。

1秒後影子跟讀

譯 領悟到健康的重要性。

生字 健康／健康；知る／明白

名·形動 だいじ【大事】

大事；保重，重要（「大事さ」為形容動詞的名詞形）

類 重要　重要的

對 ちょっと　微不足道

音 事＝ジ

□□□ 0479

例 練習して、この曲はだいたい弾けるようになった。

1秒後影子跟讀

譯 練習以後，大致會彈這首曲子了。

文法 ようになる [（變得）…了]：表示是能力，狀態，行為的變化。大都含有花費時間，使成為習慣或能力。

生字 練習／練習；弾く／彈奏

副 だいたい【大体】

大部分；大致，大概

類 ほとんど　大約

對 細かい　詳細的

音 体＝タイ

□□□ 0480

例 私はこのタイプのパソコンにします。

1秒後影子跟讀

譯 我要這種款式的電腦。

出題重點 タイプ：“類型、型號”通常用於描述事物的一般類型或風格。問題 3 陷阱可能有，

- 種類（しゅるい）：“種類、品種”強調事物的分類和品種差異。
- 形（かたち）：“形狀、外觀”指物體的外部輪廓或結構特徵。
- 同じ（おなじ）：“相同、一樣”指兩個或多個事物在特徵或性質上的一致性。

文法 にする [叫…]：常用於購物或點餐時，決定買某樣商品。

生字 パソコン／電腦

名 タイプ【type】

款式；類型；打字

類 色々　各種各樣

對 違う　不同

主題單字 あ か さ た な は ま や ら わ 練習

□□□ 0481

例 だいぶ元気になりましたから、もう薬を飲まなくてもいいです。

1秒後影子跟讀〉

譯 已經好很多了，所以不吃藥也沒關係的。

文法〉なくてもいい [不…也行]：表示允許不必做某一行為，也就是沒有必要，或沒有義務做前面的動作。

生字 元気／精神；もう／已經

副 だいぶ【大分】

相當地

類 かなり　相當

對 少し　少量

□□□ 0482

例 台風が来て、風が吹きはじめた。

1秒後影子跟讀〉

譯 颱風來了，開始刮起風了。

生字 風／風；吹く／吹拂

名 たいふう【台風】

颱風

類 風　風

對 晴れ　晴天

音 台＝タイ

音 風＝フウ

□□□ 0483

例 倒れにくい建物を作りました。

1秒後影子跟讀〉

譯 蓋了一棟不容易倒塌的建築物。

生字 建物／建築物；作る／建造

自下一 たおれる【倒れる】

倒下；垮台；死亡

類 落ちる　墜落

對 立つ　站立

□□□ 0484

例 明日はテストです。だから、今準備しているところです。

1秒後影子跟讀〉

譯 明天考試。所以，現在正在準備。

出題重點 「だから」用來引導因果關係或結論，如「だから行かない」。下面為問題 5 錯誤用法：

- 物理狀態或健康狀況描述，如「彼はだから状態が悪い」。
- 人的外貌或外觀，如「彼女はだから美しい」。
- 某種感覺或情感，如「私はだから幸せを感じる」。

文法〉ているところだ [正在…]：表示正在進行某動作，也就是動作、變化處於正在進行的階段。近 ところだ [剛要…]

生字 テスト／測驗；準備／準備

接續 だから

所以，因此

類 ので　因此

對 しかし　但是

讀書計劃：□□／□□

□□□ 0485

例 確か、彼もそんな話をしていました。

1秒後影子跟讀

譯 他大概也說了那樣的話。

生字 話／話題

形動·副 たしか【確か】

確實，可靠；大概

類 確り　明確

對 かもしれない　也許

□□□ 0486

例 数字を足していくと、全部で 100 になる。

1秒後影子跟讀

譯 數字加起來，總共是 100。

出題重點 題型４裡「たす」的考點有：

- 例句：料理に塩を足す／往菜裡加鹽。
- 換句話說：料理に塩を付ける／給菜裡加鹽。
- 相對說法：料理から塩を少なくする／從菜裡減少鹽分。

「足す」表示增加或添加某物；「付ける」也表示添加或附加，但更常用於指附加物體或屬性；「少なくする」則表示減去或減少。

文法 ていく［…去；…下去］：表示動作或狀態，越來越遠地移動或變化，或動作的繼續、順序，多指從現在向將來。

生字 数字／數字；全部／所有

他五 たす【足す】

補足，增加

類 付ける　新增

對 引く　減

訓 足＝た（す）

□□□ 0487

例 うちに着くと、雨が降りだした。

1秒後影子跟讀

譯 一到家，便開始下起雨來了。

文法 と［一…就］：表示前項一發生，就接著發生後項的事情，或是說話者因此有了新的發現。

生字 うち／自家；着く／到達

接尾 だす【出す】

開始…

類 始める　開始

對 終わる　結束

□□□ 0488

例 最近は、先生を訪ねることが少なくなりました。

1秒後影子跟讀

譯 最近比較少去拜訪老師。

生字 少ない／鮮少的

他下一 たずねる【訪ねる】

拜訪，訪問

類 訪れる　訪問

對 留守　看家

補充小專欄

そうだん【相談】

商量

慣用語

- 友達と相談する／與朋友討論。
- 仕事の問題を相談する／討論工作問題。

そうべつかい【送別会】

送別會（或唸：そうべつかい）

必考音訓讀

別

音讀：ベツ

訓讀：わか（れる）

特殊；分開。例：

- 特別（とくべつ）／特別
- 別れる（わかれる）／分離

そつぎょう【卒業】

畢業

慣用語

- 卒業後の計画／畢業後的計畫。

そぼ【祖母】

祖母，外祖母，奶奶，外婆

慣用語

- 祖母と過ごす／和祖母一起度過。
- 祖母からのプレゼント／祖母給的禮物。
- 祖母の家を訪ねる／拜訪祖母的家。

それほど【それ程】

那麼地

慣用語

- それほど難しくない／沒那麼難。
- それほど遠くない／沒那麼遠。
- それほど心配していない／沒有那麼擔心。

そろそろ

快要；逐漸；緩慢

慣用語

- そろそろ出発する／快要出發了。
- そろそろ時間だ／差不多時間了。
- そろそろ寝る時間だ／差不多該睡覺了。

だい【代】

世代；(年齡範圍）…多歲；費用

慣用語

- 50 代に入る／進入 50 歲。
- 親の代からはじめた／從父母親的世代開始。
- 代がかわる／世代更替。

必考音訓讀

代

音讀：ダイ

訓讀：か（わる）

時代；代替、交替。例：

- 時代（じだい）／時代、年代
- 代わりに（かわりに）／代替

たいいん【退院】

出院

必考音訓讀

院

音讀：イン

機構、建築物，常用於醫院、學院。例：

- 病院（びょういん）／醫院

だいたい【大体】

大部分；大致，大概

必考音訓讀

体

音讀：タイ

訓讀：からだ

體裁、形式；身體。例：

- **大体（だいたい）**／大致
- **体（からだ）**／身體

タイプ【type】

款式；類型；打字

慣用語

- **好きなタイプ**／喜歡的類型。
- **タイプを選ぶ**／選擇類型。
- **違うタイプ**／不同的類型。

たいふう【台風】

颱風

必考音訓讀

台

音讀：タイ、ダイ

平台、支撐物。例：

- **台風（たいふう）**／颱風
- **台所（だいどころ）**／廚房

必考音訓讀

風

音讀：フウ

訓讀：かぜ

氣旋；風；風格。例：

- **台風（たいふう）**／颱風
- **風（かぜ）**／風

だから

所以，因此

慣用語

- **だから重要です**／所以很重要。
- **だから行かない**／所以不去。
- **だからこそ、努力する**／正因為這樣，所以要努力。

たす【足す】

補足，增加

慣用語

- **料理に塩を足す**／給料理加鹽。
- **水を足す**／加水。
- **給料にボーナスを足す**／薪水加上獎金。

必考音訓讀

足

訓讀：あし、た（りる）、た（す）

人體的下肢；足夠；添加。例：

- **足（あし）**／腳
- **足りる（たりる）**／足夠
- **足す（たす）**／增加

たずねる【尋ねる】

問，打聽；詢問

慣用語

- **友達の家を尋ねる**／拜訪朋友的家。
- **意見を尋ねる**／徵求意見。

第三回

言語知識（文字、語彙）

題型 1

もんだい1 ＿＿＿＿の　ことばは　ひらがなで　どう　かきますか。1・2・3・4から　いちばん　いい　ものを　ひとつ　えらんで　ください。

1　日本は　たくさんの　島から　なって　います。

1 くに　　2 しま　　3 うみ　　4 やま

2　てがみを　おくるために、友だちの　住所を　ききました。

1 じゅしょ　　2 じゅしょう　　3 じゅうしょ　　4 じゆうしょ

題型 2

もんだい2 ＿＿＿＿の　ことばは　どう　かきますか。1・2・3・4から　いちばん　いい　ものを　ひとつ　えらんで　ください。

3　テニスの　しあいは　なんじに　始まりますか。

1 誠舎　　2 拭会　　3 誠合　　4 試合

4　さくや、おおきな　じしんが　ありました。

1 地震　　2 雷雨　　3 津波　　4 台風

題型 3

もんだい3（　　）に　なにを　いれますか。1・2・3・4から　いちばん　いい　ものを　ひとつ　えらんで　ください。

5　この　レストランは　りょうりが　おいしいです。（　　）、やすいです。

1 それで　　2 それに　　3 だから　　4 もっと

讀書計劃：□□／□□

6 彼は　いつも　（　　）　けいかくを　たてて　います。

1　しっかり　　2　ずいぶん　　3　ちっとも　　4　すっかり

題型 4

もんだい 4 ＿＿＿＿の　ぶんと　だいたい　おなじ　いみの　ぶんが　あります。1・2・3・4から　いちばん　いい　ものを　ひとつ　えらんで　ください。

7 子どもは　おやに　しかられました。

1 おやに　子どもは　「わらって　いいよ」と　いいました。

2 おやに　子どもは　「よく　できた」と　いいました。

3 おやに　子どもは　「もっと　べんきょうしなさい」と　いいました。

4 おやに　子どもは　「てつだって　あげる」と　いいました。

8 かいぎには　おおくの　ひとが　しゅっせきできません。

1 かいぎには　おおくの　ひとが　うけました。

2 かいぎには　おおくの　ひとが　けっせきしました。

3 かいぎには　おおくの　ひとが　さんかしました。

4 かいぎには　おおくの　ひとが　おくれました。

題型 5

もんだい 5 つぎの　ことばの　つかいかたで　いちばん　いい　ものを　1・2・3・4から　ひとつ　えらんで　ください。

9 このごろ

1 このごろ　しゅくだいを　だして　ください。

2 かれは　このごろの　ちからが　ある。

3 このごろ、かれは　まいばん　おそくまで　しごとを　している。

4 この　ケーキは　このごろの　ほうほうで　つくられる。

答案：1.(2)　2.(3)　3.(4)　4.(1)　5.(2)　6.(1)　7.(3)　8.(2)　9.(3)

□□□ 0489

例 彼に尋ねたけれど、分からなかったのです。

1秒後影子跟讀

譯 雖然去請教過他了，但他不知道。

出題重點 「尋ねる」意指“詢問、探究”，表示詢問信息或尋找答案的行為。問題 2 可能混淆的漢字有：

- 「潯」在日語中不常見；「寻」是「尋」的簡體字形式，指詢問或尋找；「蕁」也並不常見。

慣用語

- 道を尋ねる／詢問路線。

文法 けれど（も）[雖然；可是]：逆接用法。表示前項和後項的意思或內容是相反的，對比的。

生字 分かる／知曉

他下一 たずねる【尋ねる】

問，打聽；詢問

類 聞く　詢問

對 答える　回答

□□□ 0490

例 その件はただいま検討中です。

1秒後影子跟讀

譯 那個案子我們正在研究。

生字 件／事情；検討／討論

副 ただいま【唯今・只今】

現在；馬上，剛才；我回來了（或唸：ただいま）

類 今　現在

對 昔　過去

□□□ 0491

例 私の意見が正しいかどうか、教えてください。

1秒後影子跟讀

譯 請告訴我，我的意見是否正確。

生字 意見／見解

形 ただしい【正しい】

正確；端正

類 正解　正確答案

對 間違い　錯誤

訓 正＝ただ（しい）

□□□ 0492

例 このうちは、畳の匂いがします。

1秒後影子跟讀

譯 這屋子散發著榻榻米的味道。

文法 がする [有…味道]：表示說話人通過感官感受到的感覺或知覺。

生字 うち／房子；匂い／氣味

名 たたみ【畳】

榻榻米

類 床　地板

對 カーペット【carpet】 地毯

讀書計劃：□□／□□

□□□ 0493

例 自分で勉強の計画を立てることになっています。

1秒後影子跟讀

譯 要我自己訂定讀書計畫。

文法 ことになっている [（被）決定…]：表示人們的行為會受法律，約定，紀律及生活慣例等約束。

生字 自分／本人；計画／規劃

他下一 たてる【立てる】

立起，站立；訂立；揚起；維持

類 立つ　聳立

對 寝る　躺

訓 立=た（てる）

□□□ 0494

例 こんな家を建てたいと思います。

1秒後影子跟讀

譯 我想蓋這樣的房子。

出題重點 「建てる」用來描述建立或構築建築物或其他結構，如「家を建てる」。下面為問題 5 錯誤用法：

- 心理狀態或感情，如「彼女は心に家を建てる」。
- 聲音或音樂，如「この歌は耳に建てるメロディがある」。
- 味道或食物，如「このスープは舌に建てる味がする」。

慣用語

- 家を建てる／建造房子。

生字 家／房屋

他下一 たてる【建てる】

建造

類 作る　建造

對 壊す　拆毀

訓 建=たて（る）

□□□ 0495

例 例えば、こんなふうにしたらどうですか。

1秒後影子跟讀

譯 例如像這樣擺可以嗎？

生字 ふう／樣子

副 たとえば【例えば】

例如

類 例える　例如

對 特に　特別是

□□□ 0496

例 棚を作って、本を置けるようにした。

1秒後影子跟讀

譯 做了架子，以便放書。

文法 ようにする [以便…]：表示對某人或事物，施予某動作，使其起作用。

生字 本／書籍；置く／放置

名 たな【棚】

架子，棚架

類 箱　盒子

對 床　地板

□□□ 0497

例 みんなに会(あ)えるのを楽(たの)しみにしています。

1秒後影子跟讀

譯 我很期待與大家見面。

出題重點 楽しみ（たのしみ）：“期待、樂趣”對未來事件的積極期待或對某活動的喜愛。問題 3 陷阱可能有，

- 喜び（よろこび）：“喜悅”更多關注從事件或經歷中獲得的即時快樂和滿足。
- 熱心（ねっしん）：“熱心、熱情”對某事充滿熱情和積極性。
- 残念（ざんねん）：“遺憾、失望”對不如意的結果或情況的失望感。

文法 のを：前接短句，表示強調。另能使其名詞化，成為句子的主語或目的語。

生字 みんな／大夥；会(あ)う／會面

名・形動 **たのしみ【楽しみ】**

期待，快樂，享受（或唸：たのしみ／たのしみ）

類 喜(よろこ)び　快樂

對 悲(かな)しみ　悲傷

訓 楽＝たの（しい）

□□□ 0498

例 公園(こうえん)は桜(さくら)を楽(たの)しむ人(ひと)でいっぱいだ。

1秒後影子跟讀

譯 公園裡到處都是賞櫻的人群。

生字 公園(こうえん)／公園；桜(さくら)／櫻花

他五 **たのしむ【楽しむ】**

享受，欣賞，快樂；以…為消遣；期待，盼望

類 喜(よろこ)ぶ　喜悅

對 苦(くる)しむ　受苦

訓 楽＝たの（しむ）

□□□ 0499

例 食(た)べ放題(ほうだい)ですから、みなさん遠慮(えんりょ)なくどうぞ。

1秒後影子跟讀

譯 這家店是吃到飽，所以大家請不用客氣盡量吃。

生字 遠慮(えんりょ)／顧慮；どうぞ／敬請

名 **たべほうだい【食べ放題】**

吃到飽，盡量吃，隨意吃

類 食事(しょくじ)　一餐飯

對 コース料理(りょうり)【course りょうり】　套餐

音 題＝ダイ

□□□ 0500

例 たまに祖父(そふ)の家(いえ)に行(い)かなければならない。

1秒後影子跟讀

譯 偶爾得去祖父家才行。

生字 祖父(そふ)／祖父

副 **たまに【偶に】**

偶爾

類 時々(ときどき)　有時

對 いつも　總是

讀書計劃：□□／□□

□□□ 0501

例 あなたのために買ってきたのに、食べないの？

1秒後影子跟讀

譯 這是特地為你買的，你不吃嗎？

文法 てくる[…來]：表示在其他場所做了某事之後，又回到原來的場所。

生字 買う／購買

名 ため

(表目的) 為了；(表原因) 因為

類 為に　為了目的

對 しかし　但是

□□□ 0502

例 そんなことをしたらだめです。

1秒後影子跟讀

譯 不可以做那樣的事。

生字 そんな／那樣的

名 だめ【駄目】

不行；沒用；無用

類 悪い　壞的

對 良い　好的

訓 目＝め

□□□ 0503

例 1万円あれば、足りるはずだ。

1秒後影子跟讀

譯 如果有一萬圓，應該是夠的。

出題重點 題型４裡「たりる」的考點有：

- 例句：この量で足ります／這個量是足夠的。
- 換句話說：この量は十分です／這個量是充足的。
- 相對說法：この量では少ないです／這個量不夠。

「足りる」表示某物的數量或程度是充足的；「十分」也表示充分或足夠，但更常用於描述條件或能力的充足；「少ない」則表示不足或數量不夠。

文法 ば[如果…的話；假如…]：表示條件。只要前項成立，後項也當然會成立。前項是焦點，敘述需要的是什麼，後項大多是被期待的事。

生字 円／圓；はず／理應

自上一 たりる【足りる】

足夠；可湊合

類 沢山　充分

對 足りない　不足

訓 足＝た（りる）

□□□ 0504

例 そこにいる男性が、私たちの先生です。

1秒後影子跟讀

譯 那裡的那位男性，是我們的老師。

生字 先生／老師

名 だんせい【男性】

男性

類 男　男人

對 女性　女性

□□□ 0505

例 暖かいから、暖房をつけなくてもいいです。

1秒後影子跟讀

譯 很溫暖的，所以不開暖氣也無所謂。

生字 暖かい／暖和的

名 だんぼう【暖房】

暖氣

類 ヒーター【heater】 暖氣器

對 冷房 冷氣

□□□ 0506

Track 2-22

例 傷口から血が流れつづけている。

1秒後影子跟讀

譯 血一直從傷口流出來。

生字 傷口／傷口；流れる／流淌

名 ち【血】

血；血緣

類 水 水

對 骨 骨頭

□□□ 0507

例 正しいかどうかを、ひとつひとつ丁寧にチェックしておきましょう。

1秒後影子跟讀

譯 正確與否，請一個個先仔細檢查吧！

文法 ておく［先…；暫且…］：表示為將來做準備，也就是為了以後的某一目的，事先採取某種行為。

生字 正しい／正確的；丁寧／周到的

名・他サ チェック【check】

檢查

類 調べる 檢查

對 無視 忽略

□□□ 0508

例 あの人は、いつも小さなプレゼントをくださる。

1秒後影子跟讀

譯 那個人常送我小禮物。

出題重點 「小さな」用來形容物體的體積或尺寸小，如「ちいさな幸せ」。下面為問題５錯誤用法：

- 年齡或成熟度，如「彼は小さな男性です」。
- 數量或金額，如「私の貯金は小さな額だ」。
- 科學或技術概念，如「これは小さな理論だ」。

慣用語

- ちいさな家／小房子。

生字 プレゼント／禮物

連體 ちいさな【小さな】

小，小的；年齡幼小

類 少ない 少的

對 大きな 大的

讀書計劃：□□／□□

□□□ 0509

例 八百屋（やおや）の前（まえ）を通（とお）ると、近道（ちかみち）ですよ。

1秒後影子跟讀

譯 一過了蔬果店前面就是捷徑了。

文法 と[一…就]：表示陳述人和事物的一般條件關係，常用在機械的使用方法、説明路線、自然的現象及反覆的習慣等情況。

生字 八百屋（やおや）／蔬果行；通（とお）る／通過

名 ちかみち【近道】

捷徑，近路

類 近（ちか）い　路近的

對 遠（とお）い　路遠的

訓 近＝ちか

訓 道＝みち

□□□ 0510

例 この会社（かいしゃ）では、力（ちから）を出（だ）しにくい。

1秒後影子跟讀

譯 在這公司難以發揮實力。

生字 出（だ）す／使出

名 ちから【力】

力氣，力量；能力

類 強（つよ）い　強大的

對 弱（よわ）さ　弱小

訓 力＝ちから

□□□ 0511

例 電車（でんしゃ）でちかんを見（み）ました。

1秒後影子跟讀

譯 我在電車上看到了色狼。

生字 電車（でんしゃ）／電車

名 ちかん【痴漢】

色狼

類 セクハラ【sexual harassment】　性騷擾

對 紳士（しんし）　紳士

音 漢＝カン

□□□ 0512

例 お菓子（かし）ばかり食（た）べて、ちっとも野菜（やさい）を食（た）べない。

1秒後影子跟讀

譯 光吃甜點，青菜一點也不吃。

出題重點 「ちっとも」通常用於否定句中，強調某事物完全不存在或某行為完全不發生，如「ちっとも遅（おそ）くない」。下面為問題５錯誤用法：

- 形容身體部位或外觀，如「彼（かれ）はちっとも手（て）が長（なが）い」。
- 具體的物品或對象，如「この車（くるま）はちっとも速（はや）い」。
- 個人的能力或技能，如「彼女（かのじょ）のピアノはちっともだ」。

文法 ばかり[淨…；光…]：表示數量、次數非常多。

生字 お菓子（かし）／點心；野菜（やさい）／蔬菜

副 ちっとも

一點也不…

類 全然（ぜんぜん）　完全不

對 非常（ひじょう）に　非常

□□□ 0513

例 まいちゃんは、何(なに)にする？

1秒後影子跟讀

譯 小舞，你要什麼？

文法 にする [叫…]：常用於購物或點餐時，決定買某樣商品。

生字 何(なに)／什麼

接尾 **ちゃん**

(表親暱稱謂) 小…

類 君(くん) 小，君

對 様(さま) 先生，小姐（尊稱）

□□□ 0514

例 車(くるま)にご注意(ちゅうい)ください。

1秒後影子跟讀

譯 請注意車輛！

出題重點 題型４裡「ちゅうい」的考點有：

- 例句：安全(あんぜん)に注意(ちゅうい)してください／請注意安全。
- 換句話說：安全(あんぜん)に気(き)をつけてください／請小心安全。
- 相對說法：安全(あんぜん)を無視(むし)する／忽視安全。

「注意」是指留心或關注某事；「気をつける」也意味著小心或警惕，但更強調個人的警覺性；「無視」則表示完全忽略或不理會某事。

生字 車(くるま)／汽車

名・自サ **ちゅうい【注意】**

注意，小心

類 気(き)をつける 小心

對 無視(むし) 忽視

音 注＝チュウ

音 意＝イ

□□□ 0515

例 私(わたし)は、中学校(ちゅうがっこう)のときテニスの試合(しあい)に出(で)たことがあります。

1秒後影子跟讀

譯 我在中學時曾參加過網球比賽。

生字 テニス／網球；試合(しあい)／競賽

名 **ちゅうがっこう【中学校】**

中學

類 中等教育校(ちゅうとうきょういくこう) 中等教育學校

對 小学校(しょうがっこう) 小學

□□□ 0516

例 交渉中止(こうしょうちゅうし)。

1秒後影子跟讀

譯 停止交涉。

生字 交渉(こうしょう)／談判

名・他サ **ちゅうし【中止】**

中止，停止

類 止(や)める 停止

對 行(おこな)う 進行

音 止＝シ

讀書計劃：□□／□□

□□□ 0517

例 お医者(いしゃ)さんに、注射(ちゅうしゃ)していただきました。

1秒後影子跟讀

譯 醫生幫我打了針。

生字 医者(いしゃ)／醫師

名・他サ ちゅうしゃ【注射】

打針

類 針(はり) 針狀物

對 薬(くすり)を飲(の)む 服藥

音 注＝チュウ

□□□ 0518

例 ここに駐車(ちゅうしゃ)すると、駐車違反(ちゅうしゃいはん)になりますよ。

1秒後影子跟讀

譯 如果把車停在這裡，就會是違規停車喔。

生字 駐車(ちゅうしゃ)／停車

名 ちゅうしゃいはん【駐車違反】

違規停車

類 違反(いはん) 違反

對 守(まも)る 遵守

□□□ 0519

例 駐車場(ちゅうしゃじょう)に行(い)ったら、車(くるま)がなかった。

1秒後影子跟讀

譯 一到停車場，發現車子不見了。

出題重點 「駐車場」讀作「ちゅうしゃじょう」，意指停車場或停車區。問題１誤導選項可能有：

- 「ちゅうしゃば」用訓讀「ば」混淆音讀「じょう」。
- 「ちゅうしゃちょう」用接近正確讀音的「ちょ」混淆「じょ」。
- 「ちゆうしゃじょう」用大寫的「ゆ」混淆小寫的「ゅ」。

文法 たら…た［一…；發現…］：表示說話者完成前項動作後，有了新發現，或是發生了後項的事情。

生字 車(くるま)／汽車

名 ちゅうしゃじょう【駐車場】

停車場

類 パーキング【parking】 停車場

對 歩道(ほどう) 人行道

音 場＝ジョウ

□□□ 0520

例 町長(ちょうちょう)になる。

1秒後影子跟讀

譯 當鎮長。

生字 なる／成為

名・漢造 ちょう【町】

鎮

類 街(まち) 鎮

對 村(むら) 村莊

音 町＝チョウ

□□□ 0521

例 私は、日本の地理とか歴史とかについてあまり知りません。

1秒後影子跟讀

譯 我對日本地理或歷史不甚了解。

生字 歴史／歷史；について／關於

名 ちり【地理】

地理

類 地理学　地理學

對 歴史　歷史

音 地＝チ

音 理＝リ

□□□ 0522

Track2-23

例 この先は通行止めです。

1秒後影子跟讀

譯 此處前方禁止通行。

生字 先／前方

名 つうこうどめ【通行止め】

禁止通行，無路可走

類 だめ　禁止

對 できる　可以

音 通＝ツウ

訓 止＝と（める）

□□□ 0523

例 ここに通帳を入れると、通帳記入できます。

1秒後影子跟讀

譯 只要把存摺從這裡放進去，就可以補登錄存摺了。

生字 通帳／存摺；入れる／放入

名 つうちょうきにゅう【通帳記入】

補登錄存摺，銀行存摺記帳

類 入れる　存款

對 引く　扣除

音 通＝ツウ

□□□ 0524

例 彼が泥棒ならば、捕まえなければならない。

1秒後影子跟讀

譯 如果他是小偷，就非逮捕不可。

出題重點 「捕まえる」用來描述抓住或捕獲某物或某人，如「犯人／魚を捕まえる」。下面為問題 5 錯誤用法：

- 想法或心理狀態，如「彼は彼女の考えを捕まえた」。
- 味覺描述，如「この料理は口の中で捕まえる味がする」。
- 光線或視覺效果，如「太陽は空で捕まえる光を放つ」。

文法 ば［如果…就…］：敘述一般客觀事物的條件關係。如果前項成立，後項就一定會成立。

生字 泥棒／竊賊

他下一 つかまえる【捕まえる】

逮捕，抓，捕捉；握住

類 取る　捕獲

對 出す　救出

讀書計劃：□□／□□

□□□ 0525

例 今日(きょう)は、月(つき)がきれいです。

1秒後影子跟讀

譯 今天的月亮很漂亮。

生字 きれい／美麗的

名 つき【月】

月亮

類 星(ほし) 星星

對 太陽(たいよう) 太陽

□□□ 0526

例 あの家(いえ)は、昼(ひる)も電気(でんき)がついたままだ。

1秒後影子跟讀

譯 那戶人家，白天燈也照樣點著。

文法 まま［…著］：表示附帶狀況，指一個動作或作用的結果，在這個狀態還持續時，進行了後項的動作，或發生後項的事態。

生字 昼(ひる)／白天；電気(でんき)／電燈

自五 つく【点く】

點上，點亮，(火) 點著

類 働(はたら)く 起作用

對 消(け)す 熄滅，關閉

□□□ 0527

例 ハンドバッグに光(ひか)る飾(かざ)りを付(つ)けた。

1秒後影子跟讀

譯 在手提包上別上了閃閃發亮的綴飾。

出題重點 「つける」用來描述開啟設備、安裝配件或向某物添加某物，如「ライトを付(つ)ける」。下面為問題 5 錯誤用法：

- 個人的興趣或愛好，如「彼(かれ)は趣味(しゅみ)に音楽(おんがく)をつける」。
- 物理的重量或壓力，如「この箱(はこ)は重(おも)さをつける」。
- 聲音或噪音，如「その機械(きかい)は大(おお)きな音(おと)をつける」。

慣用語

- ライトを付(つ)ける／開燈。

生字 ハンドバッグ／手提包；光(ひか)る／發光

他下一 つける【付ける】

裝上，附上，附著；塗上

類 添付(てんぷ)する 附加

對 取(と)る 取下，移除

□□□ 0528

例 母(はは)は、果物(くだもの)を酒(さけ)に漬(つ)けるように言(い)った。

1秒後影子跟讀

譯 媽媽說要把水果醃在酒裡。

生字 果物(くだもの)／水果；酒(さけ)／酒

他下一 つける【漬ける】

浸泡；醃，醃製

類 入(い)れる 放入

對 乾(かわ)く 乾燥

□□□ 0529

例 クーラーをつけるより、窓(まど)を開(あ)けるほうがいいでしょう。
1秒後影子跟讀

譯 與其開冷氣，不如打開窗戶來得好吧！

生字 クーラー／冷氣；開(あ)ける／打開

他下一 つける【点ける】
打開（家電類）；點燃，點亮
類 開(ひら)く　開啟
對 消(け)す　熄滅，關閉

□□□ 0530

例 都合(つごう)がいいときに、来(き)ていただきたいです。
1秒後影子跟讀

譯 時間方便的時候，希望能來一下。

出題重點 都合（つごう）："方便、情況"用於指個人的安排、時間或情況的適宜性。問題 3 陷阱可能有，
- 便利（べんり）："方便"，更著重於描述事物的方便性或效率。
- 状況（じょうきょう）："狀況、情況"則廣泛用於描述具體的環境或情形。
- 不便（ふべん）："不方便"不方便或不適合，與「都合がいい」形成對比。

生字 いただく／領受

名 つごう【都合】
情況，方便度
類 便利(べんり)　便利
對 不便(ふべん)　不便

□□□ 0531

例 私(わたし)が忙(いそが)しいということを、彼(かれ)に伝(つた)えてください。
1秒後影子跟讀

譯 請轉告他我很忙。

生字 忙(いそが)しい／忙碌的

他下一 つたえる【伝える】
傳達，轉告；傳導
類 広(ひろ)まる　傳播
對 秘密(ひみつ)にする　保密

□□□ 0532

例 雨(あめ)は来週(らいしゅう)も続(つづ)くらしい。
1秒後影子跟讀

譯 雨好像會持續到下週。

生字 来週(らいしゅう)／下星期

自五 つづく【続く】
繼續，持續；接連；跟著
類 持続(じぞく)する　持續
對 終(お)わる　結束

讀書計劃：□□／□□

0533

例 一度始めたら、最後まで続けろよ。

1秒後影子跟讀

譯 既然開始了，就要堅持到底喔！

出題重點 「続ける」意指“繼續、持續”，表示持續進行某項活動或狀態。問題 2 可能混淆的漢字有：

- 「續」是「続」的中文繁體字形式，指持續或繼續；「売」指出售；「絖」在日語中不常見。

慣用語

- 習慣を続ける／繼續保持習慣。
- 勉強を続ける／繼續學習。
- 努力を続ける／持續努力。

生字 一度／一旦；最後／最終

他下一 つづける【続ける】

持續，繼續；接著

類 継続する 繼續

對 止める 停止

0534

例 必要なものを全部包んでおく。

1秒後影子跟讀

譯 把要用的東西全包起來。

生字 必要／必須；全部／所有

他五 つつむ【包む】

包住，包起來，包裹；隱藏，隱瞞

類 被る 覆蓋

對 開ける 打開

0535

例 私が会社をやめたいということを、妻は知りません。

1秒後影子跟讀

譯 妻子不知道我想離職的事。

生字 やめる／辭掉；知る／知曉

名 つま【妻】

（對外稱自己的）妻子，太太

類 奥さん 太太

對 夫 丈夫

0536

例 爪をきれいにするだけで、仕事も楽しくなります。

1秒後影子跟讀

譯 指甲光只是修剪整潔，工作起來心情就感到愉快。

生字 きれい／乾淨，漂亮的；楽しい／高興的

名 つめ【爪】

指甲

類 髭 鬍鬚

對 肌 皮膚

□□□ 0537

例 父(ちち)には、そう説明(せつめい)するつもりです。

1秒後影子跟讀

譯 打算跟父親那樣說明。

生字 父(ちち)／父親

名 つもり

打算；當作

類 計画(けいかく) 計劃

對 たまたま 偶然

□□□ 0538

例 ここで魚(さかな)を釣(つ)るな。

1秒後影子跟讀

譯 不要在這裡釣魚。

生字 ここ／此處；魚(さかな)／魚

他五 つる【釣る】

釣魚；引誘

類 取(と)る 抓住

對 捨(す)てる 丟棄

□□□ 0539

例 子(こ)どもを幼稚園(ようちえん)に連(つ)れて行(い)ってもらいました。

1秒後影子跟讀

譯 請他幫我帶小孩去幼稚園了。

文法 てもらう[（我）請（某人為我做）…]：表示請求別人做某行為，且對那一行為帶著感謝的心情。

生字 子(こ)ども／孩子；幼稚園(ようちえん)／幼兒園

他下一 つれる【連れる】

帶領，帶著

類 案内(あんない) 引導

對 一人(ひとり)で行(い)く 獨自前往

□□□ 0540

Track2-24

例 先生(せんせい)の説明(せつめい)は、彼(かれ)の説明(せつめい)より丁寧(ていねい)です。

1秒後影子跟讀

譯 老師比他說明得更仔細。

出題重點 題型4裡「ていねい」的考點有：

- 例句：丁寧(ていねい)に話(はな)します／講話很有禮貌。
- 換句話說：正(ただ)しい言葉遣(ことばづか)いをします／使用恰當的言辭。
- 相對說法：失礼(しつれい)な話(はな)し方(かた)をします。／講話很無禮。

「丁寧」指行為或說話方式上的禮貌和周到；「正しい」意指正確或恰當，但不一定包含禮貌的意思；「失礼」則表示不禮貌或不尊重他人。

生字 説明(せつめい)／解釋；より／比…更…

名・形動 ていねい【丁寧】

客氣；仔細；尊敬

類 正(ただ)しい 端正的

對 失礼(しつれい) 無禮

讀書計劃：□□／□□

□□□ 0541

例 読(よ)みにくいテキストですね。

1秒後影子跟讀

譯 真是一本難以閱讀的教科書呢！

生字 読(よ)む／閱讀

名 テキスト【text】

教科書

類 教科書(きょうかしょ) 教科書

對 絵(え) 畫，圖畫

□□□ 0542

例 適当(てきとう)にやっておくから、大丈夫(だいじょうぶ)。

1秒後影子跟讀

譯 我會妥當處理的，沒關係！

生字 やる／做，幹；大丈夫(だいじょうぶ)／不要緊

名・自サ・形動 てきとう【適当】

適當，恰當；適度；隨便

類 ちょうど 剛好

對 悪(わる)い 不適當

□□□ 0543

例 1週間(しゅうかん)でできるはずだ。

1秒後影子跟讀

譯 一星期應該就可以完成的。

出題重點 「できる」用來表示有能力做某事或某事是可能的，如「料理(りょうり)ができる」。下面為問題 5 錯誤用法：

- 天氣或氣候條件，如「今日(きょう)は雨(あめ)ができる」。
- 物理的位置或方向，如「彼(かれ)は道(みち)のできるところに立(た)つ」。

文法 はずだ[（按理說）應該…]：表示說話人根據事實、理論或自己擁有的知識來推測出結果，是主觀色彩強，較有把握的推斷。

生字 週間(しゅうかん)／一星期

自上一 できる【出来る】

完成；能夠；做出；發生；出色

類 素晴(すば)らしい 優秀的

對 ひどい 過分的

□□□ 0544

例 できるだけお手伝(てつだ)いしたいです。

1秒後影子跟讀

譯 我想盡力幫忙。

生字 手伝(てつだ)う／協助

副 できるだけ【出来るだけ】

盡可能地

類 頑張(がんば)る 拼命努力

對 無理(むり) 不可能的

□□□ 0545

例 店員（てんいん）は、「こちらはたいへん高級（こうきゅう）なワインでございます。」と言（い）いました。

1秒後影子跟讀

譯 店員說：「這是非常高級的葡萄酒。」

生字 店員（てんいん）／電源；高級（こうきゅう）／上等；ワイン／紅酒

自・特殊形 **でございます**

是（「だ」、「です」、「である」的鄭重說法）

類 です　是，禮貌形式

對 ではありません　不是

□□□ 0546

例 先生（せんせい）に会（あ）わずに帰（かえ）ってしまったの？

1秒後影子跟讀

譯 沒見到老師就回來了嗎？

生字 会（あ）う／見面

補動 **てしまう**

強調某一狀態或動作完了；懊悔

類 終（お）わる　結束，完結

對 始（はじ）まる　開始

□□□ 0547

例 会社（かいしゃ）ではデスクトップを使（つか）っています。

1秒後影子跟讀

譯 在公司的話，我是使用桌上型電腦。

生字 会社（かいしゃ）／公司；使（つか）う／使用

名 **デスクトップ【desktop】**

桌上型電腦

類 パソコン【personal computer 之略】　個人電腦

對 ノートパソコン【notebook personal computer 之略】　筆記本電腦

□□□ 0548

例 彼（かれ）に引越（ひっこ）しの手伝（てつだ）いを頼（たの）んだ。

1秒後影子跟讀

譯 搬家時我請他幫忙。

出題重點 「手伝（てつだ）い」用來描述對他人或某項任務的幫助或支援，如「手伝（てつだ）いを求（もと）める」。下面為問題 5 錯誤用法：

- 天氣或自然現象，如「今日（きょう）は手伝（てつだ）いのような天気（てんき）だ」。
- 情感或心情的表達，如「彼（かれ）は手伝（てつだ）いの気持（きも）ちだ」。
- 物品的功能或特性，如「この服（ふく）は手伝（てつだ）いの機能（きのう）がある」。

慣用語

- 家事（かじ）の手伝（てつだ）い／幫忙做家事。

生字 引越（ひっこ）し／搬家；頼（たの）む／拜託

名 **てつだい【手伝い】**

幫助；幫手；幫傭

類 助（たす）け　幫助

對 邪魔（じゃま）　妨礙，幹擾

訓 手＝て

讀書計劃：□□／□□

□□□ 0549

例 いつでも、手伝ってあげます。

1秒後影子跟讀

譯 我無論何時都樂於幫你的忙。

文法 でも [無論]：前接疑問詞。表示全面肯定或否定，也就是沒有例外，全部都是。句尾大都是可能或容許等表現。

生字 あげる／給予

自·他五 てつだう【手伝う】

幫忙

類 助ける　幫助

對 邪魔する　妨礙，干擾

訓 手＝て

□□□ 0550

例 テニスはやらないが、テニスの試合をよく見ます。

1秒後影子跟讀

譯 我雖然不打網球，但經常看網球比賽。

生字 試合／競賽；見る／觀看

名 テニス【tennis】

網球

類 バドミントン【badminton】羽毛球

對 サッカー【soccer】 足球

□□□ 0551

例 みんな、テニスコートまで走れ。

1秒後影子跟讀

譯 大家一起跑到網球場吧！

生字 みんな／大夥；走る／奔跑

名 テニスコート【tennis court】

網球場

類 コート【court】 球場

對 プール【pool】 游泳池

□□□ 0552

例 彼女は、新しい手袋を買ったそうだ。

1秒後影子跟讀

譯 聽說她買了新手套。

出題重點 題型４裡「てぶくろ」的考點有：

- 例句：手袋をはめます／戴上手套。
- 換句話說：グローブをはめます／戴上手的袋子（手套）。
- 相對說法：靴下をはきます／穿上襪子。
  「手袋」是一種穿戴在手上的服飾品；「グローブ」也是指穿戴在手上的服飾，也指運動用手套；「靴下」則是穿在腳上的服飾品。

文法 そうだ [聽說…]：表示傳聞。不是自己直接獲得，而是從別人那裡，報章雜誌等處得到該信息。

生字 新しい／新的；買う／購買

名 てぶくろ【手袋】

手套

類 マフラー【muffler】 圍巾

對 サンダル【sandal】 涼鞋

訓 手＝て

□□□ 0553

例 手前にある箸を取る。

1秒後影子跟讀

譯 拿起自己面前的筷子。

生字 箸／筷子；取る／拿取

名·代 てまえ【手前】

眼前；靠近自己這一邊；（當著…的）面前；我（自謙）；你（同輩或以下）

類 前　前方

對 後ろ　後面

訓 手＝て

□□□ 0554

例 今、手元に現金がない。

1秒後影子跟讀

譯 現在我手邊沒有現金。

生字 今／此刻；現金／現錢

名 てもと【手元】

身邊，手頭；膝下；生活，生計

類 側　旁邊，附近

對 遠く　遠處

訓 手＝て

訓 元＝もと

□□□ 0555

例 京都は、寺がたくさんあります。

1秒後影子跟讀

譯 京都有很多的寺廟。

出題重點 寺（てら）：“寺廟”描述佛教宗教活動的場所或建築物。問題 3 陷阱可能有，

- 神社（じんじゃ）：“神社、廟”神道教的祭祀場所。
- 教会（きょうかい）：“教堂”指基督教的教堂。
- 美容院（びよういん）：“美容院、美容沙龍”指提供美容服務的事業場所。

慣用語

- 寺を訪れる／拜訪寺廟。

生字 たくさん／許多的

名 てら【寺】

寺廟

類 神社　神社

對 教会　教堂

□□□ 0556

例 その点について、説明してあげよう。

1秒後影子跟讀

譯 關於那一點，我來為你說明吧！

文法 （よ）う［…吧］：表示說話者的個人意志行為，準備做某件事情，或是用來提議、邀請別人一起做某件事情。

生字 について／關於…；説明／解說

名 てん【点】

點；方面；（得）分

類 スコア【score】　分數，得分

對 線　線

讀書計劃：□□／□□

□□□ 0557

例 店員(てんいん)が親切(しんせつ)に試着室(しちゃくしつ)に案内(あんない)してくれた。

1秒後影子跟讀

譯 店員親切地帶我到試衣間。

出題重點 「店員」讀作「てんいん」，意指商店或店舖的員工或服務人員。問題 1 誤導選項可能有：

- 「きゃく」指客人或顧客，參觀商店、餐廳或任何服務場所的人。
- 「しゃちょう」意味著公司總裁或執行長，公司的最高管理者。
- 「しゅふ」指主婦，專注於家庭管理和家務的女性。

生字 試着室(しちゃくしつ)／試衣間；案内(あんない)／引領

名 てんいん【店員】

店員

類 店長(てんちょう) 店長

對 客(きゃく) 客戶

音 店=テン

音 員=イン

□□□ 0558

例 天気予報(てんきよほう)ではああ言(い)っているが、信用(しんよう)できない。

1秒後影子跟讀

譯 雖然天氣預報那樣說，但不能相信。

生字 信用(しんよう)／信任

名 てんきよほう【天気予報】

天氣預報

類 予定(よてい) 計劃

對 本当(ほんとう) 實際

□□□ 0559

例 部長(ぶちょう)にメールを転送(てんそう)しました。

1秒後影子跟讀

譯 把電子郵件轉寄給部長了。

生字 部長(ぶちょう)／處長；メール／電子信箱

名・他サ てんそう【転送】

轉送，轉寄，轉遞

類 送信(そうしん) 發報

對 送(おく)る （直接）郵寄

音 転=テン

音 送=ソウ

□□□ 0560

例 明(あか)るいから、電灯(でんとう)をつけなくてもかまわない。

1秒後影子跟讀

譯 天還很亮，不開電燈也沒關係。

文法 てもかまわない [即使…也沒關係]：表示讓步關係。雖然不是最好的，或不是最滿意的，但妥協一下，這樣也可以。

生字 明(あか)るい／明亮的；つける／打開

名 でんとう【電灯】

電燈

類 電気(でんき) 電燈

對 展覧会(てんらんかい) 展覽會

□□□ 0561

例 写真を添付します。

1秒後影子跟讀

譯 我附上照片。

出題重點 「添付」讀作「てんぷ」，意指附加或隨附某物。問題1誤導選項可能有：

- 「てんぶ」用濁音「ぶ」誤導了半濁音「ぷ」。
- 「てんふ」用清音「ふ」混淆了「ぷ」。
- 「てんぷう」用長音「ぷう」來混淆「ぷ」。

慣用語

- 書類に資料を添付する／在文件中附加資料。
- メールに写真を添付する／在郵件中附加照片。

生字 写真／照片

名・他サ **てんぷ【添付】**

添上，附上；(電子郵件) 附加檔案 (或唸：てんぷ)

類 増える　增加

對 十分　足夠

□□□ 0562

例 私が野菜を炒めている間に、彼はてんぷらと味噌汁まで作ってしまった。

1秒後影子跟讀

譯 我炒菜時，他除了炸天婦羅，還煮了味噌湯。

文法 が：接在名詞的後面，表示後面的動作或狀態的主體。

生字 野菜／蔬菜；炒める／炒；味噌汁／味噌湯

名 **てんぷら【天ぷら】**

天婦羅

類 料理　料理

對 生物　生鮮食品

□□□ 0563

例 私が結婚したとき、彼はお祝いの電報をくれた。

1秒後影子跟讀

譯 我結婚的時候，他打了電報祝福我。

文法 お…[貴…]：後接名詞（跟對方有關的行為、狀態或所有物），表示尊敬、鄭重、親愛，另外，還有習慣用法等意思。

生字 結婚／結婚；祝い／祝賀

名 **でんぽう【電報】**

電報

類 電話　電話

對 言葉　語言，話語

□□□ 0564

例 展覧会とか音楽会とかに、よく行きます。

1秒後影子跟讀

譯 展覽會啦、音樂會啦，我都常去參加。

文法 …とか…とか [⋯啦⋯啦；⋯或⋯]：表示從各種同類的人事物中選出幾個例子來說，或羅列一些事物，暗示還有其它，是口語的說法。

生字 音楽会／演奏會；よく／經常

名 **てんらんかい【展覧会】**

展覽會

類 会議　會議

對 演奏会　音樂會

音 会＝カイ

讀書計劃：□□／□□

□□□ 0565 Track2-25

例 道具をそろえて、いつでも使えるようにした。

1秒後影子跟讀

譯 收集了道具，以便無論何時都可以使用。

文法 でも [無論…都…]：前接疑問詞。表示全面肯定或否定，也就是沒有例外，全部都是。句尾大都是可能或容許等表現。

生字 そろえる／備齊；使う／祝賀

名 どうぐ【道具】

工具；手段

類 ナイフ【knife】 刀子

對 木 木材

音 道＝ドウ

□□□ 0566

例 とうとう、国に帰ることになりました。

1秒後影子跟讀

譯 終於決定要回國了。

出題重點 とうとう："終於"強調經過長時間的等待或過程後，事情終於達到了某個階段或結果。問題 3 陷阱可能有，

- やっと："終於"表示經過長時間等待或努力後終於達成或出現。
- そろそろ："差不多"表示事情即將發生或正在慢慢進行。
- まだ："還、仍然"表示事情尚未發生或狀態仍在持續。

文法 ことになる[決定…]：表示決定。宣布自己決定的事。

生字 国／國家；帰る／回去

副 とうとう【到頭】

終於，最終

類 終わり 最終

對 初め 開始，起初

□□□ 0567

例 動物園の動物に食べ物をやってはいけません。

1秒後影子跟讀

譯 不可以餵動物園裡的動物吃東西。

文法 やる [給予…]：授受物品的表達方式。表示給予同輩以下的人，或小孩，動植物有利益的事物。

生字 動物／動物；食べ物／食物

名 どうぶつえん【動物園】

動物園

類 植物園 植物園

對 図書館 圖書館

音 動＝ドウ

音 物＝ブツ

□□□ 0568

例 伊藤さんのメールアドレスをアドレス帳に登録してください。

1秒後影子跟讀

譯 請將伊藤先生的電子郵件地址儲存到地址簿裡。

生字 メールアドレス／電子信箱地址；帳／帳本

名・他サ とうろく【登録】

登記；(法) 登記，註冊；記錄

類 書く 填寫

對 消す 取消

補充小專欄

たてる【建てる】
建造

慣用語
- 計画を建てる／制定計畫。
- 橋を建てる／建立橋梁。

必考音訓讀

建

音讀：ケン

訓讀：たて（る）

建造、建立。例：
- **建築（けんちく）**／建築
- **建てる（たてる）**／建造

たのしみ【楽しみ】
期待，快樂（或唸：たのしみ／たのしみ）

慣用語
- 休暇が楽しみ／期待假期。
- 旅行の楽しみ／期待旅行。
- 会うのが楽しみ／期待見面。

必考音訓讀

楽

音讀：ガク

訓讀：たの（しい）

音樂；愉快。例：
- **音楽（おんがく）**／音樂
- **楽しい（たのしい）**／愉快的

たべほうだい【食べ放題】
吃到飽，盡量吃，隨意吃

必考音訓讀

題

音讀：ダイ

主題、問題。例：
- **問題（もんだい）**／問題

たりる【足りる】
足夠；可湊合

慣用語
- お金が足りる／錢夠了。
- 時間が足りる／時間足夠。
- 食べ物が足りる／食物夠。

ちいさな【小さな】
小，小的；年齡幼小

慣用語
- ちいさな幸せ／小小的幸福。
- ちいさな贈り物／小小的禮物。

ちから【力】
力氣；能力

必考音訓讀

力

音讀：リョク

訓讀：ちから

力，能量；力量。例：
- **入力（にゅうりょく）**／輸入
- **力（ちから）**／力量

ちかん【痴漢】
色狼

必考音訓讀

漢

音讀：カン

中國的漢族或與之相關的事物。例：
- **漢字（かんじ）**／漢字

ちっとも

一點也不…

慣用語

- ちっとも変わらない／一點也沒有改變。
- ちっとも気にしない／一點也不在意。
- ちっとも遅くない／一點也不晚。

ちゅうい【注意】

注意，小心

慣用語

- 注意を払う／注意。
- 安全に注意する／注意安全。
- 注意深く行動する／小心行事。

必考音訓讀

意

音讀：イ

意圖、想法。例：

- **意見（いけん）**／意見

ちゅうし【中止】

中止

必考音訓讀

止

音讀：シ

訓讀：と（まる）、と（める）、や（む）

停止、停下、結束。例：

- **中止（ちゅうし）**／中斷
- **止まる（とまる）**／停止
- **止める（とめる）**／停止
- **止む（やむ）**／停止

ちゅうしゃ【注射】

打針

必考音訓讀

注

音讀：チュウ

注意、著重。例：

- **注意（ちゅうい）**／注意、關注

ちゅうしゃじょう【駐車場】

停車場

慣用語

- 駐車場に車を停める／在停車場停車。
- 駐車場がない／沒有停車場。
- 駐車場を探す／找停車場。

必考音訓讀

場

音讀：バ、ジョウ

地點、場所。例：

- **売り場（うりば）**／銷售區、賣場
- **会場（かいじょう）**／會場

ちょう【町】

鎮

必考音訓讀

町

音讀：チョウ

訓讀：まち

社區；城鎮。例：

- **町内（ちょうない）**／鎮內
- **町（まち）**／城鎮

補充小專欄

つうこうどめ【通行止め】

禁止通行，無路可走

必考音訓讀

通

音讀：ツウ

訓讀：かよ（う）、とお（る）

流通；往返；通過。例：

- **交通（こうつう）**／交通
- **通う（かよう）**／往返
- **通る（とおる）**／通過

つかまえる【捕まえる】

逮捕，抓；握住

慣用語

- **犯人を捕まえる**／抓住犯人。
- **魚を捕まえる**／捕魚。
- **タクシーを捕まえる**／攔計程車。

つける【付ける】

裝上，附上；塗上

慣用語

- **名前を付ける**／取名字。
- **注意書きを付ける**／標上警語。

つごう【都合】

情況，方便度

慣用語

- **都合が良い**／方便。
- **都合を合わせる**／調整安排。
- **都合が悪い**／不方便。

ていねい【丁寧】

客氣；仔細；尊敬

慣用語

- **ていねいな言葉遣い**／禮貌的用詞。
- **ていねいに答える**／謹慎地回答。
- **ていねいなやり方**／仔細的做法。

できる【出来る】

完成；能夠；做出；發生；出色

慣用語

- **料理ができる**／會煮飯。
- **問題ができる**／能解決問題。
- **できるだけ早く**／盡可能快。

てつだい【手伝い】

幫助；幫手；幫傭

慣用語

- **引っ越しの手伝いに行く**／去幫忙搬家。
- **手伝いを求める**／請求幫助。

必考音訓讀

手

音讀：シュ

訓讀：て

操作者；手部。例：

- **運転手（うんてんしゅ）**／司機
- **手元（てもと）**／手邊

てぶくろ【手袋】

手套

慣用語

- **手袋をはめる**／戴手套。
- **冬は手袋が必要だ**／冬天需要手套。
- **手袋を取る**／脱下手套。

てもと【手元】

身邊，手頭；膝下；生活，生計

必考音訓讀

元

音讀：ゲン

訓讀：もと

原始的（生命力）；身邊。例：

- 元気（げんき）／精神
- 手元（てもと）／手邊

てら【寺】

寺廟

慣用語

- 寺で祈る／在寺廟祈禱。
- 古い寺が好きだ／喜歡古老的寺廟。

てんいん【店員】

店員

慣用語

- 店員に尋ねる／向店員詢問。
- 店員に感謝する／感謝店員。
- 店員として働く／當店員工作。

必考音訓讀

店

音讀：テン

訓讀：みせ

店、商店。例：

- 喫茶店（きっさてん）／咖啡廳
- 店（みせ）／商店

てんそう【転送】

轉送，轉寄，轉遞

必考音訓讀

転

音讀：テン

轉動、轉變。例：

- 運転（うんてん）／駕駛

てんぷ【添付】

添上，附上；（電子郵件）附加檔案（或唸：てんぷ）

慣用語

- 申請書に証明書を添付する／在申請表中附上證明文件。

とうとう【到頭】

終於

慣用語

- とうとう卒業する／終於畢業了。
- とうとう目標を達成する／終於達成目標。
- とうとう春が来た／春天終於到來。

どうぶつえん【動物園】

動物園

必考音訓讀

動

音讀：ドウ

訓讀：うご（く）

運作；移動、活動。例：

- 自動車（じどうしゃ）／汽車
- 動く（うごく）／移動

□□□ 0569

例 あまり遠く(とお)まで行(い)ってはいけません。

1秒後影子跟讀

譯 不可以走到太遠的地方。

文法 てはいけない [不准…]：表示禁止，基於某種理由、規則，直接跟聽話人表示不能做前項事情。

生字 あまり／（不）太…

名 とおく【遠く】

遠處；很遠

類 遠(とお)い　遠處

對 近(ちか)く　近處

□□□ 0570

例 どの通(とお)りも、車(くるま)でいっぱいだ。

1秒後影子跟讀

譯 不管哪條路，車都很多。

出題重點 「通り」讀作「とおり」，意指街道或道路，通常是城市中的主要或繁忙道路。問題 1 誤導選項可能有：

- 「みち」指路，可以是任何類型的道路或路徑，用於行駛或行走。
- 「ほどう」意味著人行道，專為行人設計的道路邊緣部分。
- 「かいだん」指樓梯，一系列階梯，用於上下移動不同的樓層。

生字 車(くるま)／汽車；いっぱい／充滿

名 とおり【通り】

道路，街道

類 道(みち)　路

對 部屋(へや)　房間

訓 通＝とお（る）

□□□ 0571

例 私(わたし)は、あなたの家(いえ)の前(まえ)を通(とお)ることがあります。

1秒後影子跟讀

譯 我有時會經過你家前面。

文法 ことがある [有時…]：表示有時或偶爾發生某事。

生字 家(いえ)／住家；前(まえ)／前方

自五 とおる【通る】

經過；通過；穿透；合格；知名；了解；進來

類 進(すす)む　前進

對 止(と)まる　停止

訓 通＝とお（る）

□□□ 0572

例 そんな時(とき)は、この薬(くすり)を飲(の)んでください。

1秒後影子跟讀

譯 那時請吃這服藥。

文法 そんな [那樣的]：間接的在說人或事物的狀態或程度。而這個事物是靠近聽話人的或聽話人之前說過的。

生字 薬(くすり)／藥品；飲(の)む／服用

名 とき【時】

…時，時候

類 時間(じかん)　時間

對 昔(むかし)　過去

讀書計劃：□□／□□

□□□ 0573

例 特(とく)に、手伝(てつだ)ってくれなくてもかまわない。

1秒後影子跟讀

譯 不用特地來幫忙也沒關係。

副 と|くに【特に】

特地，特別

類 別(べつ)に　另外

對 普通(ふつう)　普通

音 特＝トク

出題重點 題型４裡「とくに」的考點有：

- 例句：彼(かれ)は特(とく)に速(はや)い／他特別快。
- 換句話說：彼(かれ)は非常(ひじょう)に速(はや)い／他非常快。
- 相對說法：彼(かれ)は普通(ふつう)の速(はや)さだ／他的速度很普通。

「特に」表示在某方面非常突出；「非常に」用於強調事物的程度或狀態到了極端或很高的水平；「普通」則表示一般或平常的狀態。

文法 なくてもかまわない［不…也行］：表示沒有必要做前面的動作，不做也沒關係。

生字 手伝(てつだ)う／協助

□□□ 0574

例 お店(みせ)の入(い)り口(ぐち)近(ちか)くにおいてある商品(しょうひん)は、だいたい特売品(とくばいひん)ですよ。

1秒後影子跟讀

譯 放置在店門口附近的商品，大概都會是特價商品。

名 と|くばいひん【特売品】

特賣商品，特價商品

類 セール品(ひん)【sale ひん】　打折商品

對 一般商品(いっぱんしょうひん)　一般商品

音 特＝トク　音 売＝バイ

音 品＝ヒン

生字 入(い)り口(ぐち)／入口；商品(しょうひん)／貨品；だいたい／大致

□□□ 0575

例 彼(かれ)には、特別(とくべつ)な練習(れんしゅう)をやらせています。

1秒後影子跟讀

譯 讓他進行特殊的練習。

名・形動 と|くべつ【特別】

特別，特殊

類 違(ちが)う　不同

對 一般(いっぱん)　普通

音 特＝トク

音 別＝ベツ

生字 練習(れんしゅう)／演練

□□□ 0576

例 床屋(とこや)で髪(かみ)を切(き)ってもらいました。

1秒後影子跟讀

譯 在理髮店剪了頭髮。

名 と|こや【床屋】

理髮店；理髮室

類 美容院(びよういん)　美容院

對 医者(いしゃ)　醫生

訓 屋＝や

生字 髪(かみ)／頭髮；切(き)る／修剪

□□□ 0577

例 おじいさんは年（とし）をとっても、少年（しょうねん）のような目（め）をしていた。

1秒後影子跟讀

譯 爺爺即使上了年紀，眼神依然如少年一般純真。

文法 ても [即使…也]：表示後項的成立，不受前項的約束，是一種假定逆接表現，後項常用各種意志表現的說法。

生字 少年（しょうねん）／青年；目（め）／眼眸

名 とし【年】

年齡；一年

類 月（つき） 月

對 日（にち） 日

□□□ 0578

例 途中（とちゅう）で事故（じこ）があったために、遅（おそ）くなりました。

1秒後影子跟讀

譯 因路上發生事故，所以遲到了。

出題重點 途中（とちゅう）：“途中、路上”通常用於描述某事物正在進行中，還沒有完成。問題 3 陷阱可能有，

- 最初（さいしょ）：“最初、起初”指事物開始的階段或狀態。
- 途上（とじょう）：“在路上”也指在路上或旅途中，但更常用於文學或正式文體中。
- 終わり（おわり）：“結束、完畢”則明確表示某事物或過程已經完全結束。

文法 ため（に）[因為…所以…]：表示由於前項的原因，引起後項的結果。

生字 事故（じこ）／事故；遅（おそ）い／時間晚了

名 とちゅう【途中】

半路上，中途；半途

類 間（あいだ） 路程中

對 終（お）わり 終點

□□□ 0579

例 特急（とっきゅう）で行（い）こうと思（おも）う。

1秒後影子跟讀

譯 我想搭特急列車前往。

文法 （よ）うとおもう [我想…]：表示說話人告訴聽話人，說話當時自己的想法，打算或意圖，且動作實現的可能性很高。

生字 行（い）く／前去

名 とっきゅう【特急】

特急列車；火速

類 急行（きゅうこう） 快車

對 各駅（かくえき） 各站停靠

音 急＝キュウ

□□□ 0580

例 無事（ぶじ）に産（う）まれてくれれば、男（おとこ）でも女（おんな）でもどっちでもいいです。

1秒後影子跟讀

譯 只要能平平安安生下來，不管是男是女我都喜歡。

文法 ば [如果…的話；假如…]：表示條件。只要前項成立，後項也當然會成立。前項是焦點，敘述需要的是什麼，後項大多是被期待的事。

生字 無事（ぶじ）／順利；産（う）まれる／誕生

代 どっち【何方】

哪一個

類 どちら 哪裡

對 どちらも 兩者都

讀書計劃：□□／□□

□□□ 0581

例 忘れ物を届けてくださって、ありがとう。

1秒後影子跟讀

譯 謝謝您幫我把遺失物送回來。

出題重點 「届ける」用來描述將物品或訊息送到指定的地方或對象，如「荷物を届ける」。下面為問題 5 錯誤用法：

- 個人的才能或技能，如「彼は手紙を届ける才能がある」。
- 物理的重量或大小，如「この荷物は重くて届ける」。
- 情感或感受，如「彼女の言葉は心に届ける」。

文法 てくださる [（為我）做…]：表示他人為我，或為我方的人做前項有益的事，用在帶著感謝的心情，接受別人的行為時。

生字 忘れ物／遺失物品

他下一 **とどける【届ける】**

送達；送交；申報，報告

類 送る 送

對 受け取る 接收

□□□ 0582

例 今、ちょうど機械が止まったところだ。

1秒後影子跟讀

譯 現在機器剛停了下來。

文法 たところだ [剛…]：表示剛開始做動作沒多久，也就是在 […之後不久] 的階段。

生字 ちょうど／正好；機械／機器

自五 **とまる【止まる】**

停止；止住；堵塞

類 止める 使停止

對 動く 移動

訓 止＝と（まる）

□□□ 0583

例 お金持ちじゃないんだから、いいホテルに泊まるのはやめなきゃ。

1秒後影子跟讀

譯 既然不是有錢人，就得打消住在高級旅館的主意才行。

文法 じゃ：[じゃ] 是 [では] 的縮略形式，一般是用在口語上。多用在跟自己比較親密的人，輕鬆交談的時候。

生字 お金持ち／富人；やめる／放棄

自五 **とまる【泊まる】**

住宿，過夜；(船) 停泊

類 住む 居住

對 出かける 外出

□□□ 0584

例 その動きつづけている機械を止めてください。

1秒後影子跟讀

譯 請關掉那台不停轉動的機械。

文法 つづける [連續…]：表示某動作或事情還沒有結束，還繼續，不斷地處於同樣狀態。

生字 動く／運轉；機械／機器

他下一 **とめる【止める】**

關掉，停止；戒掉

類 閉じる 關閉

對 始める 開始

訓 止＝と（める）

主題單字 あ か さ た な は ま や ら わ 練習

□□□ 0585

例 新しい商品と取り替えられます。

1秒後影子跟讀

譯 可以更換新產品。

出題重點 「取り替える」用來描述用新的或不同的東西替換原有的東西，如「服を取り替える」。下面為問題 5 錯誤用法：

- 天氣變化，如「空は急に取り替える」。
- 情感或心情的描述，如「彼は気分を取り替えた」。
- 聲音或音樂的變化，如「音楽はリズムを取り替える」。

文法 （ら）れる [可以…；能…]：從周圍的客觀環境條件來看，有可能做某事。

生字 新しい／新的；商品／貨品

他下一 とりかえる【取り替える】

交換；更換

類 変える　變更

對 そのまま　保持原樣

□□□ 0586

例 泥棒を怖がって、鍵をたくさんつけた。

1秒後影子跟讀

譯 因害怕遭小偷，所以上了許多道鎖。

生字 怖がる／唯恐；つける／安裝上

名 どろぼう【泥棒】

偷竊；小偷，竊賊

類 盗む　偷竊

對 警官　警察

□□□ 0587

例 水がどんどん流れる。

1秒後影子跟讀

譯 水嘩啦嘩啦不斷地流。

生字 水／水；流れる／流逝

副 どんどん

連續不斷，接二連三；（炮鼓等連續不斷的聲音）咚咚；（進展）順利；（氣勢）旺盛

類 早く　快速

對 ゆっくり　慢慢地

□□□ 0588　Track2-26

例 ナイロンの丈夫さが、女性のファッションを変えた。

1秒後影子跟讀

譯 尼龍的耐用性，改變了女性的時尚。

文法 さ：接在形容詞、形容動詞的詞幹後面等構成名詞，表示程度或狀態。

生字 丈夫／堅固的；ファッション／時尚；変える／改革

名 ナイロン【nylon】

尼龍

類 ポリエステル【polyester】　聚酯纖維

對 綿　棉

讀書計劃：□□／□□

□□□ 0589

例 自転車(じてんしゃ)を直(なお)してやるから、持(も)ってきなさい。

1秒後影子跟讀

譯 我幫你修理腳踏車，去把它牽過來。

文法 てやる：表示以施恩或給予利益的心情，為下級或晚輩（或動、植物）做有益的事。

生字 自転車(じてんしゃ)／自行車；持(も)つ／拿，牽

他五 なおす【直す】

修理；改正；整理；更改

類 修理(しゅうり)する 修理

對 壊(こわ)す 破壞

□□□ 0590

例 風邪(かぜ)が治(なお)ったのに、今度(こんど)はけがをしました。

1秒後影子跟讀

譯 感冒才治好，這次卻換受傷了。

文法 のに［明明…；卻…］：表示逆接，用於後項結果違反前項的期待，含有説話者驚訝，懷疑、不滿、惋惜等語氣。

生字 風邪(かぜ)／生病；けが／傷口

自五 なおる【治る】

治癒，痊愈

類 よくなる 變好

對 病気(びょうき)になる 生病

□□□ 0591

例 この車(くるま)は、土曜日(どようび)までに直(なお)りますか。

1秒後影子跟讀

譯 這輛車星期六以前能修好嗎？

文法 までに［在…之前］：接在表示時間的名詞後面，表示動作或事情的截止日期或期限。

生字 車(くるま)／汽車；土曜日(どようび)／週六

自五 なおる【直る】

改正；修理；回復；變更

類 修理(しゅうり)される 被修理

對 壊(こわ)れる 壞掉

□□□ 0592

例 なかなかさしあげる機会(きかい)がありません。

1秒後影子跟讀

譯 始終沒有送他的機會。

出題重點 題型４裡「なかなか」的考點有：

- 例句：この問題(もんだい)はなかなか難(むずか)しい／這個問題相當難。
- 換句話說：この問題(もんだい)はとても難(むずか)しい／這個問題非常難。
- 相對說法：この問題(もんだい)はあまり難(むずか)しくない／這個問題不是很難。

「なかなか」用來表示程度上的相當或不容易；「とても」強調程度上的非常或極度；「あまり」後接否定則表示不怎麼或不太。

文法 さしあげる［給予…］：授受物品的表達方式。表示下面的人給上面的人物品。是一種謙虛的説法。

生字 機会(きかい)／機遇

副・形動 なかなか【中々】

超出想像;頗 ,非常 ,相當;(不)容易；(後接否定) 總是無法

類 とても 非常

對 あまり 不太

主題單字 あ か さ た な は ま や ら わ 練習

□□□ 0593

例 子(こ)どもが、泣(な)きながら走(はし)ってきた。

1秒後影子跟讀

譯 小孩哭著跑過來。

文法 てくる[…來]：由遠而近，向說話人的位置、時間點靠近。

生字 泣(な)く／哭泣；走(はし)る／奔跑

接助 ながら

一邊…，同時…

類 たり～たり 有時…有時…

對 止(と)まる 停止

□□□ 0594

例 彼女(かのじょ)は、「とても悲(かな)しいです。」と言(い)って泣(な)いた。

1秒後影子跟讀

譯 她說：「真是難過啊」，便哭了起來。

出題重點 「泣(な)く」用來描述因為悲傷、感動或其他情緒而哭泣的行為，如「子(こ)どもが泣(な)く」。下面為問題 5 錯誤用法：

- 物理活動或運動，如「彼(かれ)は毎日(まいにち)泣(な)く運動(うんどう)をする」。
- 食物的味道或質量，如「この料理(りょうり)は泣(な)く味(あじ)がする」。
- 天氣或自然現象，如「今日(きょう)の天気(てんき)は泣(な)く」。

慣用語

- 子(こ)どもが泣(な)く／孩子哭泣。

生字 悲(かな)しい／哀傷的

自五 なく【泣く】

哭泣

類 悲(かな)しい 悲傷的

對 笑(わら)う 笑

□□□ 0595

例 財布(さいふ)をなくしたので、本(ほん)が買(か)えません。

1秒後影子跟讀

譯 錢包弄丟了，所以無法買書。

生字 財布(さいふ)／錢包；本(ほん)／書籍

他五 なくす【無くす】

弄丟，搞丟

類 失(うしな)う 失去

對 見(み)つける 找到

□□□ 0596

例 おじいちゃんがなくなって、みんな悲(かな)しんでいる。

1秒後影子跟讀

譯 爺爺過世了，大家都很哀傷。

生字 おじいちゃん／祖父；悲(かな)しむ／悲痛

他五 なくなる【亡くなる】

去世，死亡

類 死(し)ぬ 過世

對 生(う)まれる 出生

讀書計劃：□□／□□

□□□ 0597

例 きのうもらった本(ほん)が、なくなってしまった。

1秒後影子跟讀

譯 昨天拿到的書不見了。

文法 てしまう [⋯了]：表示出現了説話人不願意看到的結果，含有遺憾、惋惜、後悔等語氣，這時候一般接的是無意志的動詞。

生字 きのう／昨日；もらう／收到

自五 なくなる【無くなる】

不見，遺失；用光了

類 消(き)える　消失

對 増(ふ)える　增加

□□□ 0598

例 そのボールを投(な)げてもらえますか。

1秒後影子跟讀

譯 可以請你把那個球丟過來嗎？

出題重點 投げる（なげる）："投擲、扔"用於描述拋出或投擲物體的動作。問題 3 陷阱可能有，

- 捨てる（すてる）："丟棄、扔掉"指把不需要的物品丟掉或放棄。
- 切れる（きれる）："斷裂、用盡"指物體被分割成兩部分或資源用盡。
- 拾う（ひろう）："撿起"撿起或拾起物品。

文法 てもらう [（我）請（某人為我做）⋯]：表示請求別人做某行為，且對那一行為帶著感謝的心情。

生字 ボール／球

自下一 なげる【投げる】

丟，拋；摔；提供；投射；放棄

類 飛(と)ぶ　飛散

對 拾(ひろ)う　撿起

□□□ 0599

例 どうして、あんなことをなさったのですか。

1秒後影子跟讀

譯 您為什麼會做那種事呢？

文法 あんな [那樣的]：間接地説人或事物的狀態或程度。而這是指説話人和聽話人以外的事物，或是雙方都理解的事物。

生字 どうして／為何

他五 なさる

做（「する」的尊敬語）

類 する　做

對 止(や)める　停止

□□□ 0600

例 なぜ留学(りゅうがく)することにしたのですか。

1秒後影子跟讀

譯 為什麼決定去留學呢？

文法 ことにした [決定⋯]：表示決定已經形成，大都用在跟對方報告自己決定的事。

生字 留学(りゅうがく)／留學

副 なぜ【何故】

為什麼

類 どうして　為何

對 だから　因此

□□□ 0601

例 生ごみは一般のごみと分けて捨てます。

1秒後影子跟讀

譯 廚餘要跟一般垃圾分開來丟棄。

生字 ごみ／垃圾；分ける／區分；捨てる／丟棄

名 なまごみ【生ごみ】

廚餘，有機垃圾

類 屑　廢棄物

對 乾燥ごみ　乾燥垃圾

□□□ 0602

例 ベルが鳴りはじめたら、書くのをやめてください。

1秒後影子跟讀

譯 鈴聲一響起，就請停筆。

文法 たら [一到…就…]：表示確定條件，知道前項一定會成立，以其為契機做後項。

生字 ベル／鈴，響鈴；やめる／停止

自五 なる【鳴る】

響，叫

類 歌う　唱歌

對 静か　安靜的

□□□ 0603

例 なるべく明日までにやってください。

1秒後影子跟讀

譯 請盡量在明天以前完成。

出題重點 題型４裡「なるべく」的考點有：

- 例句：なるべく早く／盡可能快。
- 換句話說：できるだけ早く／盡量快。
- 相對說法：無理に急がない／不要太著急。

「なるべく」表示盡可能或盡量；「できるだけ」也表示盡可能，強調在能力範圍內的最大努力；「無理に」則表示強迫或勉強，超出了正常或舒適的範圍。

文法 までに [在…之前]：接在表示時間的名詞後面，表示動作或事情的截止日期或期限。

生字 やる／做，幹

副 なるべく

盡量，盡可能

類 できるだけ　盡可能

對 無理に　難以辦到

□□□ 0604

例 なるほど、この料理は塩を入れなくてもいいんですね。

1秒後影子跟讀

譯 原來如此，這道菜不加鹽也行呢！

文法 なくてもいい [不…也行]：表示允許不必做某一行為，也就是沒有必要，或沒有義務做前面的動作。

生字 塩／鹽巴；入れる／加入

感·副 なるほど

的確，果然；原來如此

類 そうか　原來如此

對 どうして　為什麼

讀書計劃：□□／□□

□□□ 0605

例 毎朝5時に起きるということに、もう慣れました。

1秒後影子跟讀

譯 已經習慣每天早上５點起床了。

文法 という [⋯的⋯]：用於針對傳聞、評價、報導、事件等內容加以描述或說明。

生字 毎朝／每天早上；起きる／起床

自下一 なれる【慣れる】

習慣；熟悉

類 上手になる　變得熟練

對 忘れる　忘記

□□□ 0606

Track2-27

例 この花は、その花ほどいい匂いではない。

1秒後影子跟讀

譯 這朵花不像那朵花味道那麼香。

出題重點 「匂い」讀作「におい」，意指氣味或香味。問題１誤導選項可能有：

- 「にがい」表示苦味，食物或飲料的苦味感受。
- 「あまい」意味著甜味，食物或飲料的甜味感受。
- 「くさい」指惡臭或臭味，通常用於形容令人不愉快的氣味。

文法 ほど⋯ない [不像⋯那麼⋯]：表示兩者比較之下，前者沒有達到後者那種程度。是以後者為基準，進行比較的。

生字 花／花朵

名 におい【匂い】

味道，氣味；風貌

類 香り　香氣

對 匂いがない　無味

□□□ 0607

例 食べてみましたが、ちょっと苦かったです。

1秒後影子跟讀

譯 試吃了一下，覺得有點苦。

文法 てみる [試著（做）⋯]：表示嘗試著做前接的事項，是一種試探性的行為或動作，一般是肯定的說法。

生字 ちょっと／稍微

形 にがい【苦い】

苦；痛苦

類 辛い　辣的

對 甘い　甜的

□□□ 0608

例 「あの建物は何階建てですか？」「二階建てです。」

1秒後影子跟讀

譯 「那棟建築物是幾層樓的呢？」「２層樓的。」

生字 建物／建築物；建て／樓層

名 にかいだて【二階建て】

二層建築

類 一階建て　一層建築

對 建物　建築物，不特別指層數

訓 建＝たて（る）

□□□ 0609

例 食べ難ければ、スプーンを使ってください。

1秒後影子跟讀

譯 如果不方便吃，請用湯匙。

文法 ければ [如果…的話；假如…]：敘述一般客觀事物的條件關係。

生字 スプーン／湯匙；使う／使用

接尾 **にくい【難い】**

難以，不容易

類 難しい　困難的

對 易しい　容易

□□□ 0610

例 警官が来たぞ。逃げろ。

1秒後影子跟讀

譯 警察來了，快逃！

出題重點 「逃げる」用來描述逃離危險、威脅或不愉快的狀況，如「犯人が逃げる」。下面為問題 5 錯誤用法：

- 作為描述情感或心情的方式，如「彼は心が逃げる」。
- 音樂或藝術作品的風格，如「この絵は逃げる感じがある」。
- 個人的才能或技能，如「彼女は逃げる特技がある」。

文法 命令形：表示命令。一般用在命令對方的時候，由於給人有粗魯的感覺，所以大都是直接面對當事人說。

生字 警官／警察

自下一 **にげる【逃げる】**

逃走，逃跑；逃避；領先（運動競賽）

類 逃亡する　逃亡

對 争う　戰鬥

□□□ 0611

例 みんなは、あなたが旅行について話すことを期待しています。

1秒後影子跟讀

譯 大家很期待聽你說有關旅行的事。

文法 について（は）[有關…]：表示前項先提出一個話題，後項就針對這個話題進行說明。近 についての[有關…]

生字 旅行／遊歷；期待／期望

連語 **について**

關於

類 関係　關係

對 無関係　無關

□□□ 0612

例 日記は、もう書きおわった。

1秒後影子跟讀

譯 日記已經寫好了。

生字 もう／已經；終わる／完成

名 **にっき【日記】**

日記

類 小説　小說

對 辞書　字典

讀書計劃：□□／□□

□□□ 0613

例 入院するときは手伝ってあげよう。

1秒後影子跟讀

譯 住院時我來幫你吧。

出題重點 題型４裡「にゅういん」的考點有：
- 例句：怪我のために入院する／因為受傷而住院。
- 換句話說：怪我で病院に行く／因傷去醫院。
- 相對說法：怪我が治って退院する／傷癒出院。

「入院」指住院接受治療；「病院に行く」表達前往醫院；「退院」則意味著離開醫院，結束住院治療。

文法 てあげる［（為他人）做…］：表示自己或站在一方的人，為他人做前項利益的行為。

生字 手伝う／協助

名・自サ にゅういん【入院】

住院

類 入る 進入

對 出発 出發

音 院＝イン

□□□ 0614

例 入学するとき、何をくれますか。

1秒後影子跟讀

譯 入學的時候，你要送我什麼？

文法 くれる［給…］：表示他人給說話人（或說話一方）物品。這時候接受人跟給予人大多是地位、年齡相當的同輩。

生字 何／什麼

名・自サ にゅうがく【入学】

入學

類 学生 學生

對 卒業 畢業

□□□ 0615

例 ラジオのスペイン語入門講座を聞いています。

1秒後影子跟讀

譯 我平常會收聽廣播上的西班牙語入門課程。

生字 ラジオ／廣播；スペイン／西班牙

名 にゅうもんこうざ【入門講座】

入門課程，初級課程

類 基本講座 基礎課程

對 上級講座 進階課程

□□□ 0616

例 ひらがなで入力することができますか。

1秒後影子跟讀

譯 請問可以用平假名輸入嗎？

文法 ことができる［可以…］：表示在外部的狀況、規定等客觀條件允許時可能做。

生字 ひらがな／平假名

名・他サ にゅうりょく【入力】

輸入；輸入數據

類 タイプする【type する】打字，輸入

對 出力 輸出

音 力＝リョク

によると【に拠ると】

□□□ 0617

例 天気予報によると、7時ごろから雪が降りだすそうです。

1秒後影子跟讀

譯 根據氣象報告說，7 點左右將開始下雪。

文法 だす [⋯起來；開始⋯]：表示某動作、狀態的開始。

生字 天気予報／氣象預報；ごろ／前後

連語 **によると【に拠ると】**

根據，依據

類 現状　現狀

對 無視　忽略

□□□ 0618

例 私は、妹ほど母に似ていない。

1秒後影子跟讀

譯 我不像妹妹那麼像媽媽。

生字 妹／妹妹；母／母親

自上一 **にる【似る】**

相像，類似

類 そっくり　一模一樣

對 違う　不同

□□□ 0619

例 人形の髪が伸びるはずがない。

1秒後影子跟讀

譯 娃娃的頭髮不可能變長。

文法 はずがない [不可能⋯；沒有⋯的道理]：表示説話人根據事實，理論或自己擁有的知識，來推論某一事物不可能實現。

生字 伸びる／長長，變長

名 **にんぎょう【人形】**

娃娃，人偶，玩偶

類 玩具　玩具

對 人　人

□□□ 0620

例 お金を盗まれました。

1秒後影子跟讀

譯 我的錢被偷了。

出題重點 「盗む」用來描述非法地取走他人的財物或想法，如「お金を盗む」。下面為問題 5 錯誤用法：

- 情感或心理狀態，如「彼の言葉は私の心を盗む」。
- 物品或對象的特性，如「この車は盗む速さだ」。
- 氣候或自然現象，如「夜の風は盗むように静かだ」。

慣用語

- お金を盗む／偷錢。

生字 お金／金錢

他五 **ぬすむ【盗む】**

偷盜，盜竊

類 取る　竊取

對 上げる　給予，與取走相反

讀書計劃：□□／□□

□□□ 0621

例 赤とか青とか、いろいろな色を塗りました。

1秒後影子跟讀

譯 紅的啦、藍的啦，塗上了各種顏色。

出題重點 「塗る」用來描述在物體表面涂抹某種物質，如「壁にペンキを塗る」。下面為問題5錯誤用法：

- 情感或心情，如「彼女の言葉は心に塗る」。
- 聲音或音樂，如「この歌は耳に塗るメロディだ」。
- 人際關係或社會互動，如「彼は人間関係に色を塗る」。

慣用語

- 壁にペンキを塗る／在牆上刷油漆。

生字 赤／紅；青／藍；色／顏色

他五 ぬる【塗る】

塗抹，塗上

類 描く 畫

對 消す 擦掉

□□□ 0622

例 雨のために、濡れてしまいました。

1秒後影子跟讀

譯 因為下雨而被雨淋濕了。

生字 雨／雨；ため／由於

自下一 ぬれる【濡れる】

淋濕

類 雨 下雨

對 乾く 乾躁

□□□ 0623

例 こちらは値段が高いので、そちらにします。

1秒後影子跟讀

譯 這個價錢較高，我決定買那個。

文法 にする［決定…］：常用於購物或點餐時，決定買某樣商品。

生字 高い／昂貴的；そちら／那個

名 ねだん【値段】

價錢

類 価格 價錢

對 無料 免費

□□□ 0624

例 熱がある時は、休んだほうがいい。

1秒後影子跟讀

譯 發燒時最好休息一下。

生字 時／時候；休む／歇息

名 ねつ【熱】

高溫；熱；發燒

類 温度 溫度

對 寒さ 寒冷

□□□ 0625

例 毎日10時になると、熱心に勉強しはじめる。

1秒後影子跟讀

譯 每天一到10點，便開始專心唸書。

文法 と[一…就]：表示陳述人和事物的一般條件關係，常用在機械的使用方法、說明路線、自然的現象及反覆的習慣等情況。

生字 毎日／每天；はじめる／開始

名・形動 **ねっしん【熱心】**

專注，熱衷；熱心；熱衷；熱情

類 やる気　積極

對 無関係　不關心

音 心＝シン

□□□ 0626

例 寝坊して会社に遅れた。

1秒後影子跟讀

譯 睡過頭，上班遲到。

出題重點 寝坊（ねぼう）：“睡懶覺、起床晚”專指因睡眠過度而起床晚的情況。問題3陷阱可能有，

- 遅刻（ちこく）：“遲到”用於描述任何遲到的情況。
- 眠る（ねむる）：“睡眠、休息”指進入睡眠狀態或處於靜止休息狀況。
- 早起き（はやおき）：“早起”指早晨早早起床。

慣用語

- 朝、寝坊する／早上睡過頭。

生字 会社／公司；遅れる／遲了，晚了

名・形動・自サ **ねぼう【寝坊】**

睡懶覺，貪睡晚起的人

類 遅刻　遲到

對 早く起きる　早起

□□□ 0627

例 お酒を飲んだら、眠くなってきた。

1秒後影子跟讀

譯 喝了酒，便開始想睡覺了。

生字 酒／酒；飲む／飲用

形 **ねむい【眠い】**

睏

類 疲れる　疲累

對 元気　精力充沛

□□□ 0628

例 眠たくてあくびが出る。

1秒後影子跟讀

譯 想睡覺而打哈欠。

生字 あくび／呵欠；出る／出現

形 **ねむたい【眠たい】**

昏昏欲睡，睏倦，想睡

類 眠い　困倦的

對 目覚める　醒來

讀書計劃：□□／□□

0629

例 薬(くすり)を使(つか)って、眠(ねむ)らせた。

1秒後影子跟讀

譯 用藥讓他入睡。

文法 （さ）せる [讓…；叫…]：表示使役。近（さ）せておく [讓…]

生字 薬(くすり)／藥物；使(つか)う／使用

自五 ねむる【眠る】

睡覺

類 寝(ね)る　去睡覺

對 起(お)きる　起床

0630

例 小(ち)さいノートパソコンを買(か)いたいです。

1秒後影子跟讀

譯 我想要買小的筆記型電腦。

生字 小(ち)さい／小巧的

名 ノートパソコン【notebook personal computer 之略】

筆記型電腦

類 デスクトップ【desktop】　桌上型電腦

對 手紙(てがみ)　手寫信件

0631

例 みんなあまり食(た)べなかったために、食(た)べ物(もの)が残(のこ)った。

1秒後影子跟讀

譯 因為大家都不怎麼吃，所以食物剩了下來。

出題重點 残る（のこる）：“剩下、留下”通常用於描述物體或情況的剩餘、餘留。問題 3 陷阱可能有，

- 増える（ふえる）：“增加、增長”指數量或程度上的上升和擴大。
- 減る（へる）：“減少、降低”指數量或程度上的下降和減小。
- 消える（きえる）：“消失”則表示事物的完全消失或結束。

生字 あまり／（不）太；食(た)べ物(もの)／食物

自五 のこる【残る】

剩餘，剩下；遺留

類 余(あま)る　剩餘

對 無(な)くなる　用完，消失

0632

例 風邪(かぜ)を引(ひ)くと、喉(のど)が痛(いた)くなります。

1秒後影子跟讀

譯 一感冒，喉嚨就會痛。

文法 と [一…就]：表示前項一發生，後項就接著反覆或習慣性地發生。

生字 風邪(かぜ)／生病；引(ひ)く／感染

名 のど【喉】

喉嚨

類 口(くち)　嘴巴

對 足(あし)　腳

補充小專欄

とおり【通り】

道路，街道

慣用語

- 通りを歩く／沿著街道走。
- 忙しい通り／繁忙的街道。
- 賑やかな通り／熱鬧的街道。

とくに【特に】

特地，特別

慣用語

- 特に注意する／特別注意。
- 特に好きな食べ物／特別喜歡的食物。
- 特に重要な点／特別重要的一點。

必考音訓讀

特

音讀：トク

特別、特殊。例：

- **特別（とくべつ）**／特別

とくばいひん【特売品】

特賣商品，特價商品

必考音訓讀

売

音讀：バイ

訓讀：う（る）

銷售、出售。例：

- **特売品（とくばいひん）**／特價品、打折商品
- **売る（うる）**／銷售、出售

とこや【床屋】

理髮店；理髮室

必考音訓讀

屋

音讀：オク

訓讀：や

房子；特定類型的商店。例：

- **屋上（おくじょう）**／屋頂
- **八百屋（やおや）**／菜販

とちゅう【途中】

半路上，中途；半途

慣用語

- 途中で会う／路途上相遇。
- 途中で電車を降りる／途中下電車。
- 途中でやめる／中途放棄。

とどける【届ける】

送達；送交；申報，報告

慣用語

- 荷物を届ける／送貨。
- メッセージを届ける／傳遞訊息。
- 家に届ける／送到家。

とりかえる【取り替える】

交換；更換

慣用語

- 商品を取り替える／更換商品。
- 切符を取り替える／更換票據。
- 服を取り替える／換衣服。

なかなか【中々】

超出想像；頗，非常；(不) 容易；(後接否定) 總是無法

慣用語

- なかなか面白い／很有趣。
- なかなか難しい／相當難。
- なかなか来ない／遲遲不來。

なく【泣く】

哭泣

慣用語

- 喜びで泣く／高興得哭了。
- 悲しみで泣く／悲傷地哭泣。

なげる【投げる】

丟，拋；摔；提供；投射；放棄

慣用語

- ボールを投げる／丟球。
- ゴミを投げる／丟垃圾。
- 石を投げる／丟石頭。

なるべく

盡量，盡可能

慣用語

- なるべく早く来てください／盡量快點來。
- なるべく安いものを選ぶ／盡量選擇便宜的東西。
- なるべく努力する／盡可能地努力。

におい【匂い】

味道；風貌

慣用語

- 花のにおい／花的香味。
- 美味しい料理のにおい／美味的菜餚香味。
- においを感じる／感覺到氣味。

にげる【逃げる】

逃走，逃跑；逃避；領先（運動競賽）

慣用語

- 犯人がにげる／罪犯逃跑。
- 危険からにげる／逃離危險。
- 問題から逃げる／逃避問題。

にゅういん【入院】

住院

慣用語

- 病院に入院する／住院。
- 手術のために入院する／因手術住院。
- 長期の入院をする／長期住院。

ぬすむ【盗む】

偷盜，盜竊

慣用語

- アイデアを盗む／竊取創意。
- 店から商品を盗む／從店裡偷東西。

ぬる【塗る】

塗抹，塗上

慣用語

- クリームを塗る／塗抹乳霜。
- 絵の具を塗る／塗上顏料。

ねぼう【寝坊】

睡懶覺，貪睡晚起的人

慣用語

- 大事な日に寝坊する／在重要的日子睡過頭。
- 寝坊の理由／睡過頭的原因。

□□□ 0633

例 一人2,000円で飲み放題になります。

1秒後影子跟讀

譯 一個人 2000 圓就可以無限暢飲。

生字 一人／一人；円／圓

名 のみほうだい【飲み放題】

喝到飽，無限暢飲

類 食べ放題　吃到飽

對 しか　只有，與無限相反

訓 飲＝の（む）

音 題＝ダイ

□□□ 0634

例 新宿で JR にお乗り換えください。

1秒後影子跟讀

譯 請在新宿轉搭 JR 線。

出題重點 題型４裡「のりかえる」的考點有：

- 例句：電車を乗り換える／換乘火車。
- 換句話說：電車での旅は続く／火車旅程繼續。
- 相對說法：目的地に着く／到達目的地。

「乗り換える」表示在交通工具間轉換；「続く」表示一個過程的延續；「着く」則是到達某個地點。

文法 お…ください [請…]：用在對客人、屬下對上司的請求，表示敬意而抬高對方行為的表現方式。

生字 新宿／新宿；JR／日本鐵道公司的合稱

他下一 自下一 のりかえる【乗り換える】

轉乘，換車；改變（或唸：のりかえる）

類 続く　繼續

對 止まる　停止，換乘與停止相反

□□□ 0635

例 乗り物に乗るより、歩くほうがいいです。

1秒後影子跟讀

譯 走路比搭交通工具好。

生字 乗る／搭乘；歩く／步行

名 のりもの【乗り物】

交通工具

類 車　汽車

對 歩く　步行，與搭乘交通工具相反

訓 物＝もの

□□□ 0636

Track2-28

例 この葉は、あの葉より黄色いです。

1秒後影子跟讀

譯 這樹葉，比那樹葉還要黃。

生字 黄色い／黃色

名 は【葉】

葉子，樹葉

類 木　樹

對 根　根，與葉子在植物結構上相對

讀書計劃：□□／□□

□□□ 0637

例 彼(かれ)が来(こ)ない場合(ばあい)は、電話(でんわ)をくれるはずだ。

1秒後影子跟讀

譯 他不來的時候，應該會給我電話的。

出題重點 「場合(ばあい)」用來描述特定的情況或假設的情形，如「雨(あめ)の場合(ばあい)」。下面為問題5錯誤用法：

- 物理特性或外觀，如「この建物(たてもの)は場合(ばあい)の構造(こうぞう)がある」。
- 氣味或味道的方式，如「この料理(りょうり)は場合(ばあい)の味(あじ)がする」。
- 個人的情緒或心理狀態，如「彼(かれ)は場合(ばあい)の気分(きぶん)だ」。

文法 はずだ[（按理說）應該…]：表示說話人根據事實、理論或自己擁有的知識來推測出結果，是主觀色彩強，較有把握的推斷。

生字 電話(でんわ)／電話

名 ばあい【場合】

時候；狀況，情形

類 状況(じょうきょう) 狀況

對 普通(ふつう) 普通，與特殊情況相反

音 場＝バ

□□□ 0638

例 母(はは)は弁当屋(べんとうや)でパートをしています。

1秒後影子跟讀

譯 媽媽在便當店打工。

生字 母(はは)／母親；弁当屋(べんとうや)／便當店

名 パート【part】

打工;部分，篇，章;職責，(扮演的）角色；分得的一份（或唸：パート）

類 半分(はんぶん) 一半

對 全部(ぜんぶ) 整體

□□□ 0639

例 夏(なつ)のバーゲンは来週(らいしゅう)から始(はじ)まります。

1秒後影子跟讀

譯 夏季特賣將會在下週展開。

生字 来週(らいしゅう)／下星期；始(はじ)まる／開始

名 バーゲン【bargain sale 之略】

特價，出清；特賣

類 セール【sale】 銷售

對 定価(ていか) 定價，固定價格與特價銷售相反

□□□ 0640

例 今年(ことし)から、倍(ばい)の給料(きゅうりょう)をもらえるようになりました。

1秒後影子跟讀

譯 今年起可以領到雙倍的薪資了。

文法 ようになる[（變得）…了]：表示是能力、狀態、行為的變化。大都含有花費時間，使成為習慣或能力。

生字 給料(きゅうりょう)／薪水；もらう／獲得

名・接尾 ばい【倍】

倍，加倍

類 2倍(ばい) 兩倍

對 半分(はんぶん) 一半，與倍數相對

主題單字 あ か さ た な は ま や ら わ 練習

□□□ 0641

例 写真を拝見したところです。

1秒後影子跟讀

譯 剛看完您的照片。

出題重點 「拝見」用於表示對上級或尊敬對象提出查看，或審視某物的請求，如「作品を拝見する」。下面為問題 5 錯誤用法：

- 物理運動或活動，如「彼は朝のジョギングで拝見する」。
- 聲音或音樂描述，如「この曲は拝見の旋律がある」。
- 個人興趣或愛好，如「彼は写真を拝見の趣味がある」。

生字 写真／照片

名・他サ **はいけん【拝見】**

看，拜讀

類 見る　看

對 見せる　展示，主動展示與被動看相反

□□□ 0642

例 歯が痛いなら、歯医者に行けよ。

1秒後影子跟讀

譯 如果牙痛，就去看牙醫啊！

文法 なら［要是…就…］：表示接受了對方所說的事情、狀態、情況後，說話人提出了意見、勸告、意志、請求等。

生字 歯／牙齒；痛い／疼痛的

名 **はいしゃ【歯医者】**

牙醫

類 医者　醫生

對 患者　患者，醫師與患者相反

音 医＝イ

音 者＝シャ

□□□ 0643

例 そんなことばかり言わないで、元気を出して。

1秒後影子跟讀

譯 別淨說那樣的話，打起精神來。

文法 ばかり［淨…；光…］：表示數量、次數非常多。

生字 元気／精神；出す／拿出，使出

副助 **ばかり**

大約；光，淨；僅只；幾乎要

類 だけ　僅僅

對 多く　很多，與僅僅相反

□□□ 0644

例 靴を履いたまま、入らないでください。

1秒後影子跟讀

譯 請勿穿著鞋進入。

文法 まま［…著］：表示附帶狀況，指一個動作或作用的結果，在這個狀態還持續時，進行了後項的動作，或發生後項的事態。

生字 靴／鞋子；入る／進入

他五 **はく【履く】**

穿（鞋、襪）

類 着る　穿，指衣服

對 脱ぐ　脫下，與穿上相反

□□□ 0645

例 その商品は、店の人が運んでくれます。

1秒後影子跟讀

譯 那個商品，店裡的人會幫我送過來。

生字 商品／產品；店／商店

自・他五 **はこぶ【運ぶ】**

運送，搬運；進行

類 持つ 持有

對 届ける 送達，指送到目的地

訓 運＝はこ（ぶ）

□□□ 0646

例 ベルが鳴るまで、テストを始めてはいけません。

1秒後影子跟讀

譯 在鈴聲響起前，不能開始考試。

生字 ベル／鈴，響鈴；鳴る／鳴，響；テスト／測驗

他下一 **はじめる【始める】**

開始；開創；發（老毛病）

類 スタート【start】 開始

對 終わる 結束，與開始相反

訓 始＝はじ（める）

□□□ 0647

例 彼は、年末までに日本にくるはずです。

1秒後影子跟讀

譯 他在年底前，應該會來日本。

生字 年末／年終

形式名詞 **はず**

應該；會；確實

類 多分 可能

對 必ず 一定

□□□ 0648

例 失敗しても、恥ずかしいと思うな。

1秒後影子跟讀

譯 即使失敗了也不用覺得丟臉。

出題重點 恥ずかしい（はずかしい）：“害羞、尷尬”感到羞愧或不自在的情感狀態。問題 3 陷阱可能有，

- 懐かしい（なつかしい）：“懷舊、回憶”指引發對過去美好記憶的情感。
- 珍しい（めずらしい）：“罕見、不尋常”指不常見或不常發生的事物或現象。
- 自信がある（じしんがある）：“有自信”表達自信和安心的狀態。

文法 な［不要…］：表示禁止。命令對方不要做某事的說法。由於說法比較粗魯，所以大都是直接面對當事人說。

生字 失敗／失敗；思う／覺得

形 **はずかしい【恥ずかしい】**

丟臉，害羞；難為情

類 不安 局促不安

對 安心 安心自在

□□□ 0649

例 パソコンは、ネットとワープロぐらいしか使(つか)えない。

1秒後影子跟讀

譯 我頂多只會用電腦來上上網、打打字。

生字 ネット／網路；ワープロ／文字處理

名 パソコン【personal computer 之略】

個人電腦

類 コンピューター【computer】 電腦

對 手紙(てがみ) 手寫信，與電子設備相反

□□□ 0650

例 日本語(にほんご)の発音(はつおん)を直(なお)してもらっているところです。

1秒後影子跟讀

譯 正在請他幫我矯正日語的發音。

文法 ているところだ［正在…］：表示正在進行某動作，也就是動作、變化處於正在進行的階段。

生字 直(なお)す／修正

名 はつおん【発音】

發音

類 声(こえ) 聲音

對 聞(き)き取(と)る 聽懂

音 発＝ハツ

音 音＝オン

□□□ 0651

例 君(きみ)ははっきり言(い)いすぎる。

1秒後影子跟讀

譯 你說得太露骨了。

出題重點 題型４裡「はっきり」的考點有：

- 例句：はっきり分(わ)かる／明確地理解。
- 換句話說：よく分(わ)かる／充分理解。
- 相對說法：大体(だいたい)分(わ)かる／大致上明白。

「はっきり」指表達或理解上的清晰、不含糊；「よく」“經常、很好”用於描述頻繁發生的事情或良好的狀態；「大体」“大致、大概”指事物的大部分或概略情況。

文法 すぎる［太…；過於…］：表示程度超過限度，超過一般水平，過份的狀態。

生字 君(きみ)／你

副 はっきり

清楚；明確；爽快；直接

類 見(み)える 看得見

對 見(み)えない 看不見

□□□ 0652

例 花見(はなみ)は楽(たの)しかったかい？

1秒後影子跟讀

譯 賞櫻有趣嗎？

文法 かい［…嗎］：放在句尾，表示親暱的疑問。

生字 楽(たの)しい／愉快的

名 はなみ【花見】

賞花（常指賞櫻）

類 花(はな) 花

對 紅葉狩(もみじが)り 賞楓

訓 花＝はな

讀書計劃：□□／□□

□□□ 0653

例 林(はやし)の中(なか)の小道(こみち)を散歩(さんぽ)する。

1秒後影子跟讀

譯 在林間小道上散步。

生字 小道(こみち)／小路；散歩(さんぽ)／散步

名 はやし【林】

樹林；林立；(轉) 事物集中貌

類 森(もり) 森林

對 川(かわ) 河流

□□□ 0654

例 来週(らいしゅう)までに、お金(かね)を払(はら)わなくてはいけない。

1秒後影子跟讀

譯 下星期前得付款。

出題重點 「払(はら)う」用來描述支付金錢以滿足賬單、租金、債務等，如「家賃(やちん)を払(はら)う」。下面為問題 5 錯誤用法：

- 身體動作或運動，如「彼(かれ)はジョギングで汗(あせ)を払(はら)う」。
- 情感或心理狀態，如「彼女(かのじょ)の言葉(ことば)は心(こころ)の疑(うたが)いを払(はら)う」。
- 天氣或自然現象，如「雨(あめ)が道(みち)のほこりを払(はら)う」。

文法 なくてはいけない [必須…]：表示義務和責任，多用在個別的事情，或對某個人。口氣比較強硬，所以一般用在上對下，或同輩之間。

生字 来週(らいしゅう)／下週；お金(かね)／金錢

他五 はらう【払う】

付錢，支付；除去；處裡；驅趕；揮去

類 買(か)う 買

對 貰(もら)う 收到，接受

□□□ 0655

例 新(あたら)しい番組(ばんぐみ)が始(はじ)まりました。

1秒後影子跟讀

譯 新節目已經開始了。

生字 新(あたら)しい／新的；始(はじ)まる／開始

名 ばんぐみ【番組】

節目

類 紹介(しょうかい) 介紹

對 終(お)わり 結束

□□□ 0656

例 12 番線(ばんせん)から東京(とうきょう)行(ゆ)きの急行(きゅうこう)が出(で)ます。

1秒後影子跟讀

譯 開往東京的快車即將從 12 月台發車。

生字 急行(きゅうこう)／快車；出(で)る／發車

名 ばんせん【番線】

軌道線編號，月台編號

類 乗(の)り換(か)える 換乘

對 出発(しゅっぱつ) 出發

第四回

言語知識（文字、語彙）

題型 1

もんだい１ ＿＿＿＿の　ことばは　ひらがなで　どう　かきますか。1・2・3・4から　いちばん　いい　ものを　ひとつ　えらんで　ください。

1 本を　きれいに　棚に　ならべて　ください。

1 たたみ　　2 たな　　3 ゆか　　4 ちか

2 彼は　いつも　適当な　こたえを　します。

1 てきどう　　2 できとう　　3 てきとう　　4 てきと

題型 2

もんだい２ ＿＿＿＿の　ことばは　どう　かきますか。1・2・3・4から　いちばん　いい　ものを　ひとつ　えらんで　ください。

3 でんしゃの　中で　ちかんに　あうのは　とても　こわいです。

1 痴官　　2 痴漢　　3 地官　　4 地漢

4 彼は　とても　おおきな　ちからを　もって　います。

1 体　　2 背　　3 力　　4 歯

題型 3

もんだい３（　　）に　なにを　いれますか。1・2・3・4から　いちばん　いい　ものを　ひとつ　えらんで　ください。

5 てんきが　わるいため、ピクニックは　（　　）に　なりました。

1 よてい　　2 るす　　3 ちゅうし　　4 じゆう

讀書計劃：□□／□□

6 しんごうの（　　）で　左に　まがって　ください。

1 てあと　　2 てまえ　　3 あしまえ　　4 あしあと

題型 4

もんだい4 ＿＿＿＿の　ぶんと　だいたい　おなじ　いみの　ぶんが　あります。1・2・3・4から　いちばん　いい　ものを　ひとつ　えらんで　ください。

7 この　シャツの　ねだん　わかりますか。

1 この　シャツの　いろは　なんですか。

2 この　シャツの　ざいりょうは　なんですか。

3 この　シャツの　サイズは　なんですか。

4 この　シャツの　かかくは　いくらですか。

8 しごとを　もっと　はやくして　ください。

1 しごとを　もっと　しずかにして　ください。

2 しごとを　もっと　おそくして　ください。

3 しごとを　もっと　いそいで　ください。

4 しごとを　もっと　はっきりして　ください。

題型 5

もんだい5 つぎの　ことばの　つかいかたで　いちばん　いい　ものを　1・2・3・4から　ひとつ　えらんで　ください。

9 はいけん

1 らいしゅう、友だちに　はいけんする　やくそくを　して　います。

2 このあいだ、先生の　かいた　ほんを　はいけんしました。

3 さくや、おもしろい　えいがを　はいけんしました。

4 わたしたちは　こうじょうを　はいけんに　いくことに　しました。

答案：1.(2)　2.(3)　3.(2)　4.(3)　5.(3)　6.(2)　7.(4)　8.(3)　9.(2)

□□□ 0657

例 あなたが社長（しゃちょう）に反対（はんたい）しちゃ、困（こま）りますよ。

1秒後影子跟讀

譯 你要是跟社長作對，我會很頭痛的。

出題重點 「反対」意指“反對、對立”，表示不同意某觀點、提案或行為。問題 2 可能混淆的漢字有：

- 「友對, 丈対, 又讨」這些詞彙並不常見。其中，「友」朋友；「對（対）」對立；「丈」度量單位或指男性；「（対）」對立（「對」的簡體字）；「又」再次或另外；「讨（討）」討論（「討」的簡體字）。

文法 ちゃ［要是…的話］：表示條件。［ちゃ］是［ては］的縮略形式，一般是用在口語上。

生字 社長（しゃちょう）／總經理；困（こま）る／困擾

名・自サ はんたい【反対】

相反；反對

類 嫌（いや） 討厭

對 賛成（さんせい） 贊成，與反對相反

□□□ 0658

例 電車（でんしゃ）の中（なか）にハンドバッグを忘（わす）れてしまったのですが、どうしたらいいですか。

1秒後影子跟讀

譯 我把手提包忘在電車上了，我該怎麼辦才好呢？

生字 中（なか）／之中；忘（わす）れる／遺忘

名 ハンドバッグ【handbag】

手提包

類 鞄（かばん） 背包

對 リュックサック【rucksack】 背包，手提與背負相對

□□□ 0659 Track2-29

例 その日（ひ）、私（わたし）は朝（あさ）から走（はし）りつづけていた。

1秒後影子跟讀

譯 那一天，我從早上開始就跑個不停。

生字 走（はし）る／奔跑；つづける／持續不斷

名 ひ【日】

天，日子（或唸：ひ）

類 日曜日（にちようび） 星期日

對 月（げつ） 月份

□□□ 0660

例 ガスコンロの火（ひ）が消（き）えそうになっています。

1秒後影子跟讀

譯 瓦斯爐的火幾乎快要熄滅了。

文法 そう［好像…］：表示說話人根據親身的見聞，而下的一種判斷。

生字 ガスコンロ／瓦斯爐；消（き）える／熄滅

名 ひ【火】

火

類 点（つ）ける 點燃

對 水（みず） 水，火與水相反

讀書計劃：□□／□□

□□□ 0661

例 ピアノが弾けたらかっこういいと思います。

1秒後影子跟讀

譯 心想要是會彈鋼琴那該是一件多麼酷的事啊！

文法 とおもう [覺得…；我想…]：表示說話者有這樣的想法、感受、意見。

生字 弾く／彈奏；かっこういい／帥氣的

名 ピアノ【piano】

鋼琴

類 ギター【guitar】 吉他

對 ドラム【drum】 鼓，作為一種打擊樂器與鍵盤樂器鋼琴形成對比

□□□ 0662

例 夜は冷えるのに、毛布がないのですか。

1秒後影子跟讀

譯 晚上會冷，沒有毛毯嗎？

生字 毛布／毯子

自下 ひえる【冷える】

變冷；變冷淡

類 寒い 寒冷的

對 暖かい 暖和的

□□□ 0663

例 月の光が水に映る。

1秒後影子跟讀

譯 月光照映在水面上。

生字 月／月亮；映る／倒映

名 ひかり【光】

光亮，光線；(喻) 光明，希望；威力，光榮

類 晴れる 晴天

對 暗い 暗的

□□□ 0664

例 夕べ、川で青く光る魚を見ました。

1秒後影子跟讀

譯 昨晚在河裡看到身上泛著青光的魚兒。

出題重點 「光る」用來描述物體發出光芒，或在某方面表現出色，如「星が光る」。下面為問題 5 錯誤用法：

- 情感或感受，如「彼の笑顔は部屋を光る」。
- 聲音或音樂，如「彼女の声は部屋に光る」。
- 思想或創意，如「そのアイデアは頭の中で光る」。

生字 夕べ／昨天晚上；川／河川

自五 ひかる【光る】

發光，發亮；出眾

類 明るい 明亮的

對 曇る 陰天

□□□ 0665

例 引き出しの中には、鉛筆とかペンとかがあります。
1秒後影子跟讀

譯 抽屜中有鉛筆跟筆等。

出題重點 引き出し（ひきだし）："抽屜"特指帶有抽拉功能的抽屜。問題3陷阱可能有，

- 棚（たな）："架子、貨架"，也用於存放物品，與「引き出し」功能相似，但結構不同。
- 戸棚（とだな）："櫥櫃"是帶門的櫥櫃。
- 押し入れ（おしいれ）："壁櫥、嵌入式儲物櫃"指日式房屋中用於儲物的小型隔間或櫃子。

生字 鉛筆／鉛筆；ペン／筆，鋼筆

名 ひきだし【引き出し】
抽屜
類 棚 架子
對 しまう 收起

□□□ 0666

例 今日は休みだから、ひげをそらなくてもかまいません。
1秒後影子跟讀

譯 今天休息，所以不刮鬍子也沒關係。

生字 そる／剃，刮；構わない／不要緊

名 ひげ
鬍鬚
類 髪の毛 頭髮
對 ひげを切る 剪鬍子

□□□ 0667

例 もう一つ飛行場ができるそうだ。
1秒後影子跟讀

譯 聽說要蓋另一座機場。

文法 そうだ［聽說…］：表示傳聞。表示不是自己直接獲得的，而是從別人那裡，報章雜誌或信上等處得到該信息。

生字 もう／再，更；できる／建成

名 ひこうじょう【飛行場】
機場
類 空港 機場
對 駅 火車站
音 場=ジョウ

□□□ 0668

例 久しぶりに、卒業した学校に行ってみた。
1秒後影子跟讀

譯 隔了許久才回畢業的母校看看。

生字 卒業／畢業；学校／學校

名・形動 ひさしぶり【久しぶり】
許久，隔了好久
類 偶に 偶爾
對 良く 經常

讀書計劃：□□／□□

□□□ 0669

例 美術館で絵はがきをもらいました。

1秒後影子跟讀

譯 在美術館拿了明信片。

生字 絵はがき／藝術明信片；もらう／得到

名 びじゅつかん【美術館】

美術館

類 博物館　博物館

對 図書館　圖書館

音 館＝カン

□□□ 0670

例 王さんは、非常に元気そうです。

1秒後影子跟讀

譯 王先生看起來很有精神。

生字 元気／朝氣

副 ひじょうに【非常に】

非常，很

類 とても　非常

對 一寸　一點

□□□ 0671

例 びっくりさせないでください。

1秒後影子跟讀

譯 請不要嚇我。

出題重點 題型４裡「びっくり」的考點有：

- 例句：大きな音にびっくりした／因巨大聲響而吃驚。
- 換句話說：大きな音に驚いた／因巨大聲響而驚訝。
- 相對說法：大きな音に慣れた／習慣巨大聲響了。

「びっくり」表示驚訝或吃驚；「驚く」也表示感到驚訝；「慣れる」則是指逐漸習慣或適應某事。

文法 （さ）せる [被…，給…]：表示某人用言行促使他人自然地做某種行為，常搭配當事人難以控制的情緒動詞。

生字 ください／請

副・自サ びっくり

驚嚇，吃驚

類 驚く　吃驚

對 慣れる　習慣，驚訝與習慣相反

□□□ 0672

例 大阪に引っ越すことにしました。

1秒後影子跟讀

譯 決定搬到大阪。

文法 ことにする [決定…]：表示説話人以自己的意志，主觀地對將來的行為做出某種決定、決心。

生字 大阪／大阪

自五 ひっこす【引っ越す】

搬家

類 移る　移動

對 住所を変えない　不改變住址

主題單字 あ か さ た な は ま や ら わ 練習

補充小專欄

のこる【残る】
剩餘，剩下；遺留

慣用語
- 食べ物が残る／食物剩下。
- 仕事が残る／工作沒做完。
- 時間が残る／還有剩餘時間。

のみほうだい【飲み放題】
喝到飽，無限暢飲

必考音訓讀

飲

訓讀：の（む）

喝、飲用。例：
- 飲む（のむ）／喝

のりかえる【乗り換える】
轉乘，換車；改變（或唸：のりかえる）

慣用語
- 電車を乗り換える／換搭電車。
- バスから地下鉄に乗り換える／從公車換搭地鐵。
- 駅で乗り換える／在車站換車。

のりもの【乗り物】
交通工具

必考音訓讀

物

音讀：ブツ

訓讀：もの

事物；物品。例：
- 見物（けんぶつ）／觀賞
- 着物（きもの）／和服

ばあい【場合】
時候；狀況，情形

慣用語
- 雨の場合／如果下雨。
- 緊急の場合／在緊急情況下。
- この場合／在這種情況下。

はいけん【拝見】
看，拜讀

慣用語
- 資料を拝見する／檢視資料。
- 作品を拝見する／觀賞作品。
- 上司の提案を拝見する／閱讀上司的提案。

はいしゃ【歯医者】
牙醫

必考音訓讀

医

音讀：イ

醫、關聯於醫學或醫療。例：
- 医療費（いりょうひ）／醫療費

はこぶ【運ぶ】
運送，搬運；進行

必考音訓讀

運

音讀：ウン

訓讀：はこ（ぶ）

運輸；運氣。例：
- 運転（うんてん）／駕駛
- 運ぶ（はこぶ）／運送

はじめる【始める】

開始；開創；發（老毛病）

必考音訓讀

始

訓讀：はじ（める）

開始、啟動。例：

- **始める（はじめる）**／開始

はずかしい【恥ずかしい】

丟臉，害羞；難為情

慣用語

- **恥ずかしい思い出**／羞恥的回憶。
- **恥ずかしい間違い**／羞恥的錯誤。
- **恥ずかしい経験**／尷尬的經驗。

はつおん【発音】

發音

必考音訓讀

発

音讀：ハツ

發出、起源、開始。例：

- **発音（はつおん）**／發音

はっきり

清楚；明確；爽快；直接

慣用語

- **はっきりと言う**／說清楚。
- **はっきり見える**／清楚看見。
- **はっきりとした答え**／清楚的答案。

はなみ【花見】

賞花（常指賞櫻）

必考音訓讀

花

音讀：カ

訓讀：はな

植物的開花部分、花卉。例：

- **花瓶（かびん）**／花瓶
- **花見（はなみ）**／賞花、賞櫻

はらう【払う】

付錢；除去；處裡；驅趕；揮去

慣用語

- **請求書を払う**／支付帳單。
- **家賃を払う**／支付房租。
- **食事代を払う**／支付飯錢。

はんたい【反対】

相反；反對

慣用語

- **反対意見を言う**／表達反對意見。
- **計画に反対する**／反對計畫。
- **反対投票をする**／投反對票。

ひかる【光る】

發光，發亮；出眾

慣用語

- **星が光る**／星星閃爍。
- **目が光る**／眼神發亮。
- **ランプが光る**／燈泡發光。

びじゅつかん【美術館】

美術館

必考音訓讀

館

音讀：カン

建築物、專門機構。例：

- **美術館（びじゅつかん）**／美術館

びっくり

驚嚇，吃驚

慣用語

- **びっくりするニュース**／令人吃驚的新聞。
- **びっくりする出来事**／令人吃驚的事件。
- **突然の音にびっくりする**／被突然的聲音嚇到。

□□□ 0673

例 必要(ひつよう)だったら、さしあげますよ。

1秒後影子跟讀

譯 如果需要就送您。

生字 さしあげる／敬獻

名・形動 ひつよう【必要】

需要

類 重要(じゅうよう)　重要

對 必要(ひつよう)でない　不必要

□□□ 0674

例 そんなひどいことを言(い)うな。

1秒後影子跟讀

譯 別說那麼過分的話。

出題重點 「酷い」意指“嚴重、殘酷”，表示某事或某人的行為過分嚴厲、殘忍或極端。問題 2 可能混淆的漢字有：

- 「酔、酰」在日語中不常見；「醋」指調味用的醋。

慣用語

- ひどい天気(てんき)／惡劣的天氣。
- ひどい交通事故(こうつうじこ)／嚴重的交通事故。
- ひどい扱(あつか)いを受(う)ける／受到惡劣的對待。

生字 そんな／那樣的；こと／事情

形 ひどい【酷い】

殘酷；過分；非常；嚴重，猛烈

類 大変(たいへん)　困難的

對 良(よ)い　好的，與糟糕相對

□□□ 0675

例 ばらの花(はな)が開(ひら)きだした。

1秒後影子跟讀

譯 玫瑰花綻放開來了。

文法 だす［…起來，開始…］：表示某動作、狀態的開始。

生字 ばら／薔薇

自・他五 ひらく【開く】

綻放；打開；拉開；開拓；開設；開導

類 開(あ)ける　打開

對 閉(し)める　關閉

訓 開＝ひら（く）

□□□ 0676

例 このビルは、あのビルより高(たか)いです。

1秒後影子跟讀

譯 這棟大廈比那棟大廈高。

生字 より／比較；高(たか)い／高的

名 ビル【building 之略】

高樓，大廈

類 建物(たてもの)　建築物

對 家(いえ)　家，相對於大樓較小

讀書計劃：□□／□□

□□□ 0677

例 彼(かれ)は、昼間(ひるま)は忙(いそが)しいと思(おも)います。

1秒後影子跟讀〉

譯 我想他白天應該很忙。

生字 忙(いそが)しい／繁忙的；思(おも)う／認為

名 ひるま【昼間】

白天

類 昼(ひる) 中午

對 夜(よる) 夜晚

訓 昼＝ひる

□□□ 0678

例 昼休(ひるやす)みなのに、仕事(しごと)をしなければなりませんでした。

1秒後影子跟讀〉

譯 午休卻得工作。

生字 仕事(しごと)／工作

名 ひるやすみ【昼休み】

午休

類 お昼(ひる)ご飯(はん) 午餐

對 働(はたら)く 工作

訓 昼＝ひる

□□□ 0679

例 公園(こうえん)でごみを拾(ひろ)わせられた。

1秒後影子跟讀〉

譯 被叫去公園撿垃圾。

文法〉（さ）せられる [被迫…；不得已…]：被某人或某事物強迫做某動作，且不得不做。含有不情願，感到受害的心情。

生字 公園(こうえん)／公園；ごみ／垃圾

他五 ひろう【拾う】

撿拾；挑出；接；叫車

類 取(と)る 拿起

對 落(お)とす 掉落

□□□ 0680

Track2-30

例 昨日(きのう)、作成(さくせい)したファイルが見(み)つかりません。

1秒後影子跟讀〉

譯 我找不到昨天已經做好的檔案。

出題重點 ファイル：“文件、資料”主要用於存儲和整理文件或數據，如文件夾或電腦文件。問題 3 陷阱可能有，

- 資料（しりょう）：“資料”意為所收集的具體信息或數據。
- 記録（きろく）：“記錄”意指記錄或記載的具體資訊。
- 消す（けす）：“熄滅、刪除”指使火焰熄滅、光線消失或去除資訊。

生字 作成(さくせい)／製作；見(み)つかる／找出

名 ファイル【file】

文件夾；合訂本，卷宗；(電腦)檔案

類 書類(しょるい) 文檔

對 報告書(ほうこくしょ) 報告書，特定類型的文件

□□□ 0681

例 結婚しない人が増えだした。

1秒後影子跟讀

譯 不結婚的人變多了。

生字 結婚／結婚

自下一 ふえる【増える】

増加

類 足す　増加

對 消す　勾消

□□□ 0682

例 このプールは深すぎて、危ない。

1秒後影子跟讀

譯 這個游泳池太過深了，很危險！

生字 プール／泳池；危ない／不安全的

形 ふかい【深い】

深的;濃的;晚的;（情感）深的;（關係）密切的

類 厚い　厚的

對 浅い　淺的

□□□ 0683

例 日本語と英語と、どちらのほうが複雑だと思いますか。

1秒後影子跟讀

譯 日語和英語，你覺得哪個比較複雜？

文法 と…と…どちら［在…與…中，哪個…］：從兩個裡面選一個。也就是詢問兩個人或兩件事，哪一個適合後項。

生字 日本語／日語；思う／認為

名・形動 ふくざつ【複雑】

複雜

類 難しい　繁雜的

對 簡単　簡單的

□□□ 0684

例 授業の後で、復習をしなくてはいけませんか。

1秒後影子跟讀

譯 下課後一定得複習嗎？

出題重點 「復習」讀作「ふくしゅう」，意指再次學習或複習先前學過的內容。問題１誤導選項可能有：

- 「ふくじゅう」用濁音「じゅう」誤導了「しゅう」。
- 「ふくしゅ」去除了長音「う」。
- 「ふっしゅう」用促音「っ」混淆了「く」。

文法 なくてはいけない［必須…］：表示義務和責任，多用在個別的事情，或對某個人，口氣比較強硬，一般用在上對下，或同輩之間。

生字 授業／上課；後／之後

名・他サ ふくしゅう【復習】

複習

類 学ぶ　學習

對 予習　預習

音 習＝シュウ

讀書計劃：□□／□□

□□□ 0685

例 部長(ぶちょう)、会議(かいぎ)の資料(しりょう)がそろいましたので、ご確認(かくにん)ください。

1秒後影子跟讀

譯 部長，開會的資料我都準備好了，請您確認。

生字 資料(しりょう)／資料；そろう／齊全；確認(かくにん)／檢查

名 ぶちょう【部長】

部長

類 課長(かちょう) 科長

對 社員(しゃいん) 員工

□□□ 0686

例 急行(きゅうこう)は小宮駅(こみやえき)には止(と)まりません。普通列車(ふつうれっしゃ)をご利用(りよう)ください。

1秒後影子跟讀

譯 快車不停小宮車站，請搭乘普通車。

出題重點 普通（ふつう）：“一般、常規”強調普遍的、一般的或常規的狀況或事物。問題 3 陷阱可能有，

- 適当（てきとう）：“適當、恰當”指事物或行為在程度、方式上恰到好處。
- 変な（へんな）：“奇怪、異常”描述事物或行為的不尋常或不合常規。
- 特別 (とくべつ)：“不尋常、特殊”指超出普通或日常的事物或情況。

生字 急行(きゅうこう)／快車；止(と)まる／停下；利用(りよう)／利用

名・形動 ふつう【普通】

普通，平凡；普通車

類 普段(ふだん) 平時

對 特別(とくべつ) 特別的

音 通＝ツウ

□□□ 0687

例 隣(となり)のうちから、ぶどうをいただきました。

1秒後影子跟讀

譯 隔壁的鄰居送我葡萄。

文法 いただく [承蒙…；拜領…]：表示從地位，年齡高的人那裡得到東西。用在給予人身分、地位、年齡比接受人高的時候。

生字 隣(となり)／近鄰；うち／房子

名 ぶどう【葡萄】

葡萄

類 林檎(りんご) 蘋果

對 バナナ 香蕉

□□□ 0688

例 ああ太(ふと)っていると、苦(くる)しいでしょうね。

1秒後影子跟讀

譯 一胖成那樣，會很辛苦吧！

文法 ああ [那樣]：指示說話人和聽話人以外的事物，或是雙方都理解的事物。

生字 苦(くる)しい／艱難的

自五 ふとる【太る】

胖，肥胖；增加

類 大(おお)きくなる 變大

對 痩(や)せる 變瘦

□□□ 0689

例 布団(ふとん)をしいて、いつでも寝(ね)られるようにした。
1秒後影子跟讀

譯 鋪好棉被，以便隨時可以睡覺。

文法 ようにする [以便…]：表示對某人或事物，施予某動作，使其起作用。

生字 いつでも／無論何時；寝(ね)る／就寢

名 ふとん【布団】
被子，床墊
類 枕(まくら) 枕頭
對 ベッド【bed】 床

□□□ 0690

例 飛行機(ひこうき)は、船(ふね)より速(はや)いです。
1秒後影子跟讀

譯 飛機比船還快。

生字 飛行機(ひこうき)／飛機；速(はや)い／快速的

名 ふね【船・舟】
船；舟，小型船
類 船(せん) 船
對 飛行機(ひこうき) 飛機

□□□ 0691

例 この機械(きかい)は、不便(ふべん)すぎます。
1秒後影子跟讀

譯 這機械太不方便了。

出題重點 不便（ふべん）：“不便利”特別是在日常生活或特定情況中所遇到的困難或麻煩。問題 3 陷阱可能有，

- 複雜（ふくざつ）：“複雜、繁複”指事物結構或情況錯綜複雜，不易理解或處理。
- 不都合（ふつごう）：“不適當”指具體不合時宜或不適當的狀況。
- 便利（べんり）：“方便”指生活中的方便和實用。

生字 機械(きかい)／機器；すぎる／過於…

形動 ふべん【不便】
不方便
類 邪魔(じゃま) 麻煩
對 便利(べんり) 方便
音 不=フ

□□□ 0692

例 電車(でんしゃ)の中(なか)で、足(あし)を踏(ふ)まれたことはありますか。
1秒後影子跟讀

譯 在電車裡有被踩過腳嗎？

生字 電車(でんしゃ)／電車；足(あし)／腳

他五 ふむ【踏む】
踩住，踩到；踏上；實踐
類 歩(ある)く 行走
對 飛(と)ぶ 飛行

讀書計劃：□□／□□

□□□ 0693

例 子(こ)どもたちは、プレゼントをもらって喜(よろこ)んだ。

1秒後影子跟讀

譯 孩子們收到禮物，感到欣喜萬分。

出題重點 題型4裡「プレゼント」的考點有：

- 例句：プレゼントをあげる／送禮物。
- 換句話說：お土産(みやげ)をあげる／送紀念品。
- 相對說法：自分(じぶん)でプレゼントを買(か)う／自己買禮物。

「プレゼント」通常指作為禮物送給他人的物品；「お土産」指帶回來的紀念品或禮物；「自分で買う」則表示自己購買，不是作為禮物收到的。

生字 子(こ)ども／小孩；喜(よろこ)ぶ／歡喜

名 プレゼント【present】

禮物

類 お土産(みやげ)　紀念品

對 自分(じぶん)で買(か)う　自己買

□□□ 0694

例 去年(きょねん)からブログをしています。

1秒後影子跟讀

譯 我從去年開始寫部落格。

生字 去年(きょねん)／去年

名 ブログ【blog】

部落格

類 ウェブサイト【web site】 網站

對 日記(にっき)　日記

□□□ 0695

例 外国(がいこく)の文化(ぶんか)について知(し)りたがる。

1秒後影子跟讀

譯 他想多了解外國的文化。

文法 たがる［想…］：顯露在外表的願望或希望，也就是從外觀就可看對方的意願。近 ないでほしい［希望（對方）不要…］

生字 外国(がいこく)／外國；について／關於…

名 ぶんか【文化】

文化；文明

類 歴史(れきし)　歷史

對 自然(しぜん)　自然

音 文＝ブン

□□□ 0696

例 アメリカ文学(ぶんがく)は、日本文学(にほんぶんがく)ほど好(す)きではありません。

1秒後影子跟讀

譯 我對美國文學，沒有像日本文學那麼喜歡。

生字 アメリカ／美國；好(す)き／喜愛

名 ぶんがく【文学】

文學

類 小説(しょうせつ)　小說

對 科学(かがく)　科學

音 文＝ブン

□□□ 0697

例 文法（ぶんぽう）を説明（せつめい）してもらいたいです。
1秒後影子跟讀

譯 想請你說明一下文法。

生字 説明（せつめい）／講解；もらう／為我

名 ぶんぽう【文法】
文法
類 語彙（ごい） 詞彙
對 話し言葉（はなしことば） 口語
音 文＝ブン

□□□ 0698

例 駐車場（ちゅうしゃじょう）に別（べつ）の車（くるま）がいて私（わたし）のをとめられない。
1秒後影子跟讀

譯 停車場裡停了別的車，我的沒辦法停。

文法 のを：前接短句，表示強調。另能使其名詞化，成為句子的主語或目的語。

生字 駐車場（ちゅうしゃじょう）／停車場；とめる／停泊

名・形動 べつ【別】
別外，別的；區別
類 違う（ちがう） 不同
對 同じ（おなじ） 相同
音 別＝ベツ

□□□ 0699

例 別（べつ）に教（おし）えてくれなくてもかまわないよ。
1秒後影子跟讀

譯 不教我也沒關係。

出題重點 「べつに」用來表示沒有特定的理由、意見或計劃，如「別（べつ）に問題（もんだい）ない」。下面為問題５錯誤用法：

- 物理的尺寸或大小，如「この箱（はこ）はべつに大（おお）きい」。
- 個人特質或性格，如「彼（かれ）はべつに性格（せいかく）をしている」。
- 具體的物品或對象，如「その車（くるま）はべつにスタイルだ」。

慣用語
- 別（べつ）に問題（もんだい）ない／沒有特別的問題。

生字 教（おし）える／指導；かまわない／不要緊

副 べつに【別に】
分開；額外；除外；（後接否定）（不）特別，（不）特殊
類 特に（とくに） 特別
對 普通に（ふつうに） 普通地
音 別＝ベツ

□□□ 0700

例 どこかでベルが鳴（な）っています。
1秒後影子跟讀

譯 不知哪裡的鈴聲響了。

文法 か：前接疑問詞。當一個完整的句子中，包含另一個帶有疑問詞的疑問句時，則表示事態的不明確性。

生字 鳴（な）る／鳴響

名 ベル【bell】
鈴聲
類 鐘（かね） 鐘
對 光（ひかり） 光

讀書計劃：□□／□□

□□□ 0701

例 週に2回、ヘルパーさんをお願いしています。

1秒後影子跟讀

譯 一個禮拜會麻煩看護幫忙兩天。

生字 週／一星期；回／次，回

名 ヘルパー【helper】

幫傭；看護

類 手伝い 幫忙

對 リーダー【leader】 領導

□□□ 0702

例 その服は、あなたが思うほど変じゃないですよ。

1秒後影子跟讀

譯 那件衣服，其實並沒有你想像中的那麼怪。

出題重點 「変」用來描述事物或情況的異常或不同尋常，如「変な踊り」。下面為問題5錯誤用法：

- 描述音樂或藝術風格，如「この曲はとても変なリズムがある」。
- 形容情感或心情，如「彼女は変な心だ」。
- 描述身體感覺或觸感，如「この布は変で柔らかい」。

生字 服／服裝；思う／感覺

名·形動 へん【変】

奇怪，怪異；變化；事變

類 不思議 奇異

對 普通 普通

□□□ 0703

例 両親とよく相談してから返事します。

1秒後影子跟讀

譯 跟父母好好商量之後，再回覆你。

生字 両親／雙親；相談／討論

名·自サ へんじ【返事】

回答，回覆

類 答え 答案

對 質問 問題

音 事＝ジ

□□□ 0704

例 私の代わりに、返信しておいてください。

1秒後影子跟讀

譯 請代替我回信。

生字 代わり／代替

名·自サ へんしん【返信】

回信，回電

類 答える 回答

對 申し込み 申請

主題單字 あ か さ た な は ま や ら わ 練習

□□□ 0705 Track2-3

例 子(こ)どもの服(ふく)なら、やはり大(おお)きいほうを買(か)います。

1秒後影子跟讀

譯 如果是小孩的衣服，我還是會買比較大的。

生字 服(ふく)／服裝；買(か)う／購買

名 ほう【方】

…方，邊；方面；方向

類 向(む)こう 對面

對 所(ところ) 地點

音 方＝ホウ

□□□ 0706

例 貿易(ぼうえき)の仕事(しごと)は、おもしろいはずだ。

1秒後影子跟讀

譯 貿易工作應該很有趣。

生字 おもしろい／新奇的；はず／理應

名 ぼうえき【貿易】

國際貿易

類 売(う)る 出售

對 買(か)う 購買

□□□ 0707

例 英語(えいご)の番組(ばんぐみ)が放送(ほうそう)されることがありますか。

1秒後影子跟讀

譯 有時會播放英語節目嗎？

出題重點 放送（ほうそう）：“廣播、播放”指通過電視、電臺或其他媒體進行的聲音或影像的傳播。問題 3 陷阱可能有，

- 案内（あんない）：“導引、介紹”指提供方向、資訊或解釋的行為。
- お知らせ（おしらせ）：“通知、公告”指對某事進行公開或個別的告知。
- 連絡（れんらく）：“聯繫、溝通”指為交流資訊或協調行動而進行的交流。

生字 番組(ばんぐみ)／節目

名・他サ ほうそう【放送】

播映，播放，廣播

類 テレビ 電視

對 新聞(しんぶん) 報紙

音 送＝ソウ

□□□ 0708

例 法律(ほうりつ)は、ぜったい守(まも)らなくてはいけません。

1秒後影子跟讀

譯 一定要遵守法律。

文法 なくてはいけない [必須…]：表示社會上一般人普遍的想法。

生字 ぜったい／堅決；守(まも)る／恪守

名 ほうりつ【法律】

法律

類 規則(きそく) 規則

對 自由(じゆう) 自由

讀書計劃：□□／□□

□□□ 0709

例 新しい情報はホームページに載せています。

1秒後影子跟讀

譯 最新資訊刊登在網站首頁上。

生字 情報／消息；載せる／刊載

名 ホームページ【homepage】

網站首頁；網頁（總稱）

類 ウェブサイト【web site】網站

對 手紙 信件

□□□ 0710

例 この仕事は、僕がやらなくちゃならない。

1秒後影子跟讀

譯 這個工作非我做不行。

出題重點 「僕」讀作「ぼく」，是第一人稱代詞，常用於男性自稱。問題1誤導選項可能有：

- 「かれ」指“他”，用於提到第三人稱男性。
- 「わたし」表示“我”，是第一人稱代詞，性別中立，但多見於女性使用。
- 「あなた」指“你”，是第二人稱代詞，用於對話中指稱聽話者。

生字 仕事／工作；やる／做，幹

名 ぼく【僕】

我（男性用）

類 私 我，通用

對 貴方 你

□□□ 0711

例 山の上では、星がたくさん見えるだろうと思います。

1秒後影子跟讀

譯 我想在山上應該可以看到很多的星星吧！

文法 （だろう）とおもう［（我）想…吧］：說話人主觀的判斷，或個人的見解。

生字 たくさん／許多的；見える／看得見

名 ほし【星】

星星

類 月 月亮

對 太陽 太陽

□□□ 0712

例 別の名前で保存した方がいいですよ。

1秒後影子跟讀

譯 用別的檔名來儲存會比較好喔。

生字 別／其他的；方／比較

名・他サ ほぞん【保存】

保存；儲存（電腦檔案）

類 集める 收集

對 捨てる 丟棄

□□□ 0713

例 あなたほど上手(じょうず)な文章(ぶんしょう)ではありませんが、なんとか書(か)き終(お)わったところです。

1秒後影子跟讀

譯 我的文章程度沒有你寫得好，但總算是完成了。

文法 おわる［結束］：接在動詞連用形後面，表示前接動詞的結束、完了。

生字 文章(ぶんしょう)／文章；なんとか／勉強

名・副助 **ほど【程】**

…的程度；限度；越…越…

類 位(くらい) 約

對 全然(ぜんぜん) 完全

□□□ 0714

例 みんな、ほとんど食(た)べ終(お)わりました。

1秒後影子跟讀

譯 大家幾乎用餐完畢了。

生字 終(お)わる／完成

名・副 **ほとんど【殆ど】**

大部份；幾乎

類 大抵(たいてい) 大多數

對 少(すこ)し 少量

□□□ 0715

例 部下(ぶか)を育(そだ)てるには、褒(ほ)めることが大事(だいじ)です。

1秒後影子跟讀

譯 培育部屬，給予讚美是很重要的。

生字 部下(ぶか)／下屬；育(そだ)てる／培育；大事(だいじ)／重要的

他下一 **ほめる【褒める】**

誇獎，讚美

類 賛成(さんせい)する 贊成

對 叱(しか)る 責罵

□□□ 0716

例 英語(えいご)の小説(しょうせつ)を翻訳(ほんやく)しようと思(おも)います。

1秒後影子跟讀

譯 我想翻譯英文小說。

出題重點 「翻訳」讀作「ほんやく」，意指將一種語言的文字或話語轉換成另一種語言。問題１誤導選項可能有：

- 「ほんいく」用清音「い」混淆「や」。
- 「ほんぎゃく」用拗濁音「ぎゃ」混淆「や」。
- 「つうやく」用「つう」混淆「ほん」。

文法 （よ）うとおもう［我想…］：表示說話人告訴聽話人，說話當時自己的想法，打算或意圖，且動作實現的可能性很高。

生字 英語(えいご)／英語；小説(しょうせつ)／小說

名・他サ **ほんやく【翻訳】**

翻譯

類 書(か)く 書寫

對 話(はな)す 說話

讀書計劃：□□／□□

□□□ 0717 Track2-32

例 ご都合がよろしかったら、2時にまいります。

1秒後影子跟讀

譯 如果您時間方便，我兩點過去。

出題重點 「参る」用於表達自己或與自己相關的人的行動，如「神社にまいる」。下面為問題 5 錯誤用法：

- 物理活動或運動，如「彼は毎朝まいる運動をする」。
- 食物的味道或質量，如「この料理はまいる味がする」。
- 物品或服務的特性，如「このサービスは客をまいる」。

文法 ご…[貴…]：後接名詞（跟對方有關的行為、狀態或所有物），表示尊敬、鄭重、親愛，另外，還有習慣用法等意思。

生字 都合／（狀況）方便與否

自五 まいる【参る】

來，去（「行く」、「来る」的謙讓語）；認輸；参拜

類 行く 去

對 来る 來

□□□ 0718

例 マウスの使い方が分かりません。

1秒後影子跟讀

譯 我不知道滑鼠的使用方法。

生字 使い方／使用方式

名 マウス【mouse】

滑鼠；老鼠

類 キーボード【keyboard】 鍵盤

對 ペン【pen】 筆

□□□ 0719

例 がんばれよ。ぜったい負けるなよ。

1秒後影子跟讀

譯 加油喔！千萬別輸了！

生字 がんばる／努力；ぜったい／絕對

自下一 まける【負ける】

輸；屈服

類 失敗 失敗

對 勝つ 贏

□□□ 0720

例 今後も、まじめに勉強していきます。

1秒後影子跟讀

譯 從今以後，也會認真唸書。

文法 ていく[…去；…下去]：表示動作或狀態，越來越遠地移動或變化，或動作的繼續、順序，多指從現在向將來。

生字 今後／往後；勉強／用功讀書

名・形動 まじめ【真面目】

認真；誠實

類 熱心 熱衷

對 冗談を言う 開玩笑

訓 真＝ま

訓 目＝め

主題單字 あ か さ た な は ま や ら わ 練習

□□□ 0721

例 まずここにお名前(なまえ)をお書(か)きください。

1秒後影子跟讀

譯 首先請在這裡填寫姓名。

出題重點 題型４裡「まず」的考點有：

- 例句：まず計画(けいかく)を立(た)てる／先訂定計畫。
- 換句話說：最初(さいしょ)に計画(けいかく)を立(た)てる／最開始擬定計畫。
- 相對說法：最後(さいご)に計画(けいかく)を見(み)る／最後重新檢視計畫。

「まず」表示做某事的第一步或首先；「最初に」也表示最開始的時候；「最後に」則指事情的最終階段或結束時刻。

生字 名前(なまえ)／名字；書(か)く／書寫

副 まず【先ず】

首先，總之；大約；姑且

類 最初(さいしょ)　最初

對 最後(さいご)　最後

□□□ 0722

例 ボールペンまたは万年筆(まんねんひつ)で記入(きにゅう)してください。

1秒後影子跟讀

譯 請用原子筆或鋼筆謄寫。

生字 ボールペン／原子筆；万年筆(まんねんひつ)／鋼筆；記入(きにゅう)／寫上

接續 または【又は】

或者

類 別(べつ)に　另外

對 そして　然後，邏輯上的對比

□□□ 0723

例 先生(せんせい)は、間違(まちが)えたところを直(なお)してくださいました。

1秒後影子跟讀

譯 老師幫我訂正了錯誤的地方。

生字 直(なお)す／修正

他下一 まちがえる【間違える】

錯;弄錯(或唸:まちがえる)

類 違(ちが)う　不同

對 正(ただ)しい　正確

□□□ 0724

例 タクシーに乗(の)らなくちゃ、間(ま)に合(あ)わないですよ。

1秒後影子跟讀

譯 要是不搭計程車，就來不及了唷！

生字 タクシー／計程車；乗(の)る／搭乘

自五 まにあう【間に合う】

來得及，趕得上，及時；夠用

類 合(あ)う　算準

對 遅(おく)れる　遲到

讀書計劃：□□／□□

□□□ 0725

例 靴(くつ)もはかないまま、走(はし)りだした。

1秒後影子跟讀

譯 沒穿鞋子，就跑起來了。

生字 履(は)く／穿著；走(はし)る／奔跑

名 まま

如實，照舊，…就…；隨意

類 そのまま　就這樣

對 変(か)わる　改變

□□□ 0726

例 本屋(ほんや)で声(こえ)を出(だ)して読(よ)むと周(まわ)りのお客様(きゃくさま)に迷惑(めいわく)です。

1秒後影子跟讀

譯 在書店大聲讀出聲音，會打擾到周遭的人。

出題重點 周り（まわり）：“周圍、附近”這個詞用來描述某個點或物體周圍的區域或環境。問題 3 陷阱可能有，

- 近所（きんじょ）：“鄰近地區”指鄰近或周邊的地區或地方。
- 辺り（あたり）：“周圍、附近”指某一特定地點的周圍區域或環境。
- 真ん中（まんなか）：“正中央”指位置或空間的正中心點。

生字 客様(きゃくさま)／賓客；迷惑(めいわく)／困擾

名 まわり【周り】

周圍，周邊

類 近(ちか)く　附近

對 真(ま)ん中(なか)　中間

□□□ 0727

例 村(むら)の中(なか)を、あちこち回(まわ)るところです。

1秒後影子跟讀

譯 正要到村裡到處走動走動。

文法 ところだ [剛要…]：表示將要進行某動作，也就是動作，變化處於開始之前的階段。

生字 村(むら)／村莊；あちこち／各處，這裡那裡

自五 まわる【回る】

轉動；走動；旋轉；繞道；轉移

類 動(うご)く　轉動

對 止(と)まる　停止

□□□ 0728

例 漫画(まんが)ばかりで、本(ほん)はぜんぜん読(よ)みません。

1秒後影子跟讀

譯 光看漫畫，完全不看書。

生字 ばかり／淨是；ぜんぜん／一點也（不）

名 まんが【漫画】

漫畫

類 アニメ【anime】　動畫

對 小説(しょうせつ)　小説

音 画＝ガ

補充小專欄

ひらく【開く】

綻放；打開；拉開；開拓；開設；開導

必考音訓讀

開

訓讀：あ（く）、ひら（く）

打開、開始、展開。例：

- **開く（あく）**／開啟
- **開く（ひらく）**／開啟

ひるま【昼間】

白天

必考音訓讀

昼

訓讀：ひる

白天、正午時分。例：

- **昼ご飯（ひるごはん）**／午餐

ファイル【file】

文件夾；合訂本，卷宗；（電腦）檔案

慣用語

- **ファイルを整理する**／整理文件。
- **ファイルを保存する**／儲存檔案。
- **ファイルを開く**／開啟檔案。

ふくしゅう【復習】

複習

慣用語

- **教科書を復習する**／複習教科書。
- **授業の内容を復習する**／複習課堂內容。
- **試験前に復習する**／考試前複習。

ふつう【普通】

普通，平凡；普通車

慣用語

- **普通の日**／平常日。
- **普通の人**／普通的人。
- **普通の生活**／普通的生活。

ふべん【不便】

不方便

慣用語

- **交通が不便**／交通不便。
- **不便な生活**／生活不便。
- **不便を感じる**／感覺不便。

必考音訓讀

不

音讀：フ

不，表否定。例：

- **不安（ふあん）**／不放心
- **注意不足（ちゅういぶそく）**／不夠注意

プレゼント【present】

禮物

慣用語

- **プレゼントをあげる**／送禮物。
- **誕生日のプレゼント**／生日禮物。
- **プレゼントを選ぶ**／挑選禮物。

ぶんか【文化】

文化；文明

必考音訓讀

文

音讀：ブン

文字、文學。例：

- **作文（さくぶん）**／作文

べつに【別に】

分開；額外；除外；（後接否定）（不）特別，（不）特殊

慣用語

- **別に普通**／沒什麼特別的，很普通。
- **別にいらない**／不特別需要。

へん【変】

奇怪，怪異；變化；事變

慣用語

- 変な振る舞い／奇怪的行為。
- 特に変じゃない／沒有特別奇怪。
- 変な感じ／奇怪的感覺。

ほう【方】

…方，邊；方面；方向

必考音訓讀

方
音讀：ホウ
訓讀：かた
方向；方法。例：
- 両方（りょうほう）／兩邊
- 仕方（しかた）／方法

ほうそう【放送】

播映，播放

慣用語

- テレビ放送／電視播放。
- ラジオ放送／收音機播放。
- ニュース放送／新聞播報。

ぼく【僕】

我（男性用）

慣用語

- 僕の考え／我的想法。
- 僕たち／我們。
- 僕の家／我的家。

ほんやく【翻訳】

翻譯

慣用語

- 文書を翻訳する／翻譯文件。
- 英語に翻訳する／翻譯成英文。
- 作品の翻訳／翻譯作品。

まいる【参る】

來，去（「行く」、「来る」的謙讓語）；認輸；參拜

慣用語

- 神社にまいる／去神社。
- お墓参りにまいる／去墓園拜祭。
- 先生の家にまいる／拜訪老師的家。

まじめ【真面目】

認真；誠實

必考音訓讀

目
音讀：モク
訓讀：め
眼睛；目標；面貌。例：
- 目標（もくひょう）／目標
- 真面目（まじめ）／認真

まず【先ず】

首先，總之；大約；姑且

慣用語

- まず最初に／首先。
- まず確認する／首先確認。
- まず計画を立てる／先制定計畫。

□□□ 0729

例 電車(でんしゃ)が田(た)んぼの真(ま)ん中(なか)をのんびり走(はし)っていた。

1秒後影子跟讀

譯 電車緩慢地行走在田園中。

生字 田(た)んぼ／水田；のんびり／悠閒地

名 まんなか【真ん中】

正中間

類 中(なか) 中心

對 端(はし) 邊緣

訓 真＝ま

□□□ 0730

例 ここから東京(とうきょう)タワーが見(み)えるはずがない。

1秒後影子跟讀

譯 從這裡不可能看得到東京鐵塔。

出題重點 「見(み)える」用來描述能夠看到或觀察到某物，如「遠(とお)くに山(やま)が見(み)える」。下面為問題 5 錯誤用法：

- 描述聲音或音樂，如「彼女(かのじょ)の声(こえ)は空気(くうき)の中(なか)で見(み)える」。
- 情感或心情描述，如「彼(かれ)は幸(しあわ)せが見(み)える」。
- 過去或未來時間，如「その建物(たてもの)は昔(むかし)から見(み)える」。

慣用語

- 遠(とお)くに山(やま)が見(み)える／遠處可以看到山。

生字 タワー／塔樓；はず／應該

自下一 みえる【見える】

看見；看得見；看起來

類 見(み)る 看

對 見(み)えない 看不見

□□□ 0731

例 山(やま)の上(うえ)に、湖(みずうみ)があります。

1秒後影子跟讀

譯 山上有湖泊。

生字 山(やま)／山岳；上(うえ)／上方

名 みずうみ【湖】

湖，湖泊

類 池(いけ) 池塘

對 海(うみ) 海

□□□ 0732

例 この料理(りょうり)は、みそを使(つか)わなくてもかまいません。

1秒後影子跟讀

譯 這道菜不用味噌也行。

生字 料理(りょうり)／菜餚；使(つか)う／使用

名 みそ【味噌】

味噌

類 醤油(しょうゆ) 醬油

對 砂糖(さとう) 糖

音 味＝ミ

讀書計劃：□□／□□

□□□ 0733

例 財布は見つかったかい？

1秒後影子跟讀

譯 錢包找到了嗎？

生字 財布／錢包

自五 みつかる【見付かる】

發現了；找到

類 見付ける 找到

對 失う 遺失

□□□ 0734

例 どこでも、仕事を見つけることができませんでした。

1秒後影子跟讀

譯 不管到哪裡都找不到工作。

文法 でも[不管…都…]：前接疑問詞。表示全面肯定或否定，也就是沒有例外，全部都是。句尾大都是可能或容許等表現。

生字 仕事／工作；できる／做得到

他下一 みつける【見付ける】

找到，發現；目睹

類 探す 尋找

對 無くす 遺失

□□□ 0735

例 今、町を緑でいっぱいにしているところです。

1秒後影子跟讀

譯 現在鎮上正是綠意盎然的時候。

生字 町／小鎮；いっぱい／滿溢

名 みどり【緑】

綠色，翠綠；樹的嫩芽

類 青 藍色

對 赤 紅色

□□□ 0736

例 この街は、みなに愛されてきました。

1秒後影子跟讀

譯 這條街一直深受大家的喜愛。

出題重點 「皆」讀作「みな」，用於涵蓋一個群體中的每個成員。問題１誤導選項可能有：

- 「だれか」意味著“有人”，用於指稱不特定的某個人。
- 「だれも」指“沒有人”，表示沒有任何人。
- 「ひとり」意味著“一個人”，指一個人獨自一人。

慣用語

- みなで行動する／大家一起行動。

文法 （ら）れる[被…]：為被動。是種客觀的事實描述。

生字 街／街道；愛する／珍愛

名 みな【皆】

大家；所有的

類 みんな 大家

對 一人 一個人

□□□ 0737

名 みなと【港】

港口，碼頭

類 海 海

對 空港 機場

例 港には、船がたくさんあるはずだ。

1秒後影子跟讀

譯 港口應該有很多船。

生字 船／船隻；たくさん／許多的

□□□ 0738

自五 むかう【向かう】

面向

類 行く 去

對 帰る 返回

例 船はゆっくりとこちらに向かってきます。

1秒後影子跟讀

譯 船隻緩緩地向這邊駛來。

出題重點 題型４裡「むかう」的考點有：

- 例句：駅に向かう／朝車站去。
- 換句話說：駅に行く／去車站。
- 相對說法：家に帰る／回家。

「向かう」表示朝著某個方向或目的地前進；「行く」也表示去某處，但更泛用；「帰る」則是返回到出發點或家中。

慣用語

- 目的地に向かう／前往目的地。

生字 ゆっくり／緩慢地

□□□ 0739

他下一 むかえる【迎える】

迎接；邀請；娶，招；迎合

類 お迎え 迎接

對 送る 送別

例 高橋さんを迎えるため、空港まで行ったが、会えなかった。

1秒後影子跟讀

譯 為了接高橋先生，趕到了機場，但卻沒能碰到面。

文法 ため（に）[以…為目的，做…]：表示為了某一目的，而有後面積極努力的動作、行為，前項是後項的目標。

生字 空港／機場；会う／見面

□□□ 0740

名 むかし【昔】

以前，過去

類 過去 過去

對 未来 未來

例 私は昔、あんな家に住んでいました。

1秒後影子跟讀

譯 我以前住過那樣的房子。

生字 家／屋子；住む／居住

讀書計劃：□□／□□

□□□ 0741

例 息子さんのお名前を教えてください。

1秒後影子跟讀

譯 請教令郎的大名。

出題重點 「息子さん」是對他人的兒子的稱呼，在日語中是一種尊敬的稱呼方式，如「息子さんの成長が楽しみです」。下面為問題 5 錯誤用法：

- 食物味道，如「この料理は息子さんの味がする」。
- 形容天氣，如「今日の天気は息子さんだ」。
- 形容物品的功能，如「この道具は息子さんに便利だ」。

生字 名前／姓名；教える／告訴

名 むすこさん【息子さん】

（尊稱他人的）令郎

類 娘さん　女兒

對 親　父母

□□□ 0742

例 隣の娘さんは来月ハワイで結婚式を挙げるのだそうだ。

1秒後影子跟讀

譯 聽說隔壁家的女兒下個月要在夏威夷舉辦婚禮。

生字 ハワイ／夏威夷；挙げる／舉行

名 むすめさん【娘さん】

您女兒，令嬡

類 息子さん　兒子

對 両親　父母

□□□ 0743

例 この村への行きかたを教えてください。

1秒後影子跟讀

譯 請告訴我怎麼去這個村子。

生字 行きかた／前往的方法；教える／告訴

名 むら【村】

村莊，村落；鄉

類 町　鎮

對 都市　都市

□□□ 0744

例 病気のときは、無理をするな。

1秒後影子跟讀

譯 生病時不要太勉強。

生字 病気／患病

形動 むり【無理】

勉強；不講理；逞強；強求；無法辦到，難以做到

類 難しい　難解決的

對 やりやすい　容易做的

音 理＝リ

□□□ 0745 Track2-33

例 田中(たなか)さんは、右(みぎ)から3人目(にんめ)の人(ひと)だと思(おも)う。

1秒後影子跟讀

譯 我想田中應該是從右邊算起的第3位。

出題重點 目（…め）：“第…、次序”用於具體的次序位置。問題3陷阱可能有，

- 回（かい）：“次、回合”用於計數事件的發生次數或輪次。
- 番目（ばんめ）：“第…號”用於表示次序，如一番目、二番目等。
- 最後（さいご）：“最後”專指序列或過程的結束部分。

生字 右(みぎ)／右邊；思(おも)う／認為

接尾 **め【…目】**

第…

類 番(ばん)　次序

對 最初(さいしょ)　最初

訓 目＝め

□□□ 0746

例 会議(かいぎ)の場所(ばしょ)と時間(じかん)は、メールでお知(し)らせします。

1秒後影子跟讀

譯 將用電子郵件通知會議的地點與時間。

文法 お…する：對要表示尊敬的人，透過降低自己或自己這一邊的人，以提高對方地位，來向對方表示尊敬。

生字 会議(かいぎ)／會議；場所(ばしょ)／位置

名 **メール【mail】**

電子郵件；信息；郵件（或唸：メール）

類 ライン【line】　line

對 手紙(てがみ)　書信

□□□ 0747

例 このメールアドレスに送(おく)っていただけますか。

1秒後影子跟讀

譯 可以請您傳送到這個電子信箱地址嗎？

文法 ていただく［承蒙…］：表示接受人請求給予人做某行為，且對那一行為帶著感謝的心情。「いただく」的可能形是「いただける」。

生字 送(おく)る／寄送

名 **メールアドレス【mail address】**

電子信箱地址，電子郵件地址

類 住所(じゅうしょ)　住址

對 電話番号(でんわばんごう)　電話號碼

□□□ 0748

例 お菓子(かし)を召(め)し上(あ)がりませんか。

1秒後影子跟讀

譯 要不要吃一點點心呢？

生字 菓子(かし)／零食

他五 **めしあがる【召し上がる】**

吃，喝（「食べる」、「飲む」的尊敬語）

類 食(た)べる　吃

對 作(つく)る　做，烹飪

讀書計劃：□□／□□

□□□ 0749

例 彼がそう言うのは、珍しいですね。

1秒後影子跟讀

譯 他會那樣說倒是很稀奇。

文法 そう［那樣］：指示較靠近對方或較為遠處的事物時用的詞。

生字 言う／說話

形 めずらしい【珍しい】

少見，稀奇，罕見

類 非常 非常，罕見

對 普通 普通

□□□ 0750

例 先生にお礼を申し上げようと思います。

1秒後影子跟讀

譯 我想跟老師道謝。

生字 お礼／感謝；思う／打算

他下一 もうしあげる【申し上げる】

說（「言う」的謙讓語）

類 言う 說

對 聞く 聽

□□□ 0751

例 「雨が降りそうです。」と申しました。

1秒後影子跟讀

譯 我說：「好像要下雨了。」

出題重點 「もうす」用來表達“說、稱呼”，常用於正式或禮貌的場合，如「名前をもうす」。下面為問題5錯誤用法：

- 身體動作或姿勢，如「彼はもうすように立っている」。
- 物理大小或尺寸，如「この部屋はもうす大きさだ」。
- 情感或心理狀態，如「彼女はもうす心を持っている」。

慣用語

- 名前をもうす／報上名字。

生字 雨／雨；降る／下（雨）

他五 もうす【申す】

說，叫（「言う」的謙讓語）

類 言います 說

對 お聞きする 聽，敬語

□□□ 0752

例 この本は、もうすぐ読み終わります。

1秒後影子跟讀

譯 這本書馬上就要看完了。

生字 本／書籍

副 もうすぐ【もう直ぐ】

不久，馬上

類 直ぐに 馬上

對 後で 稍後

主題單字 あ か さ た な は ま や ら わ 練習

□□□ 0753

例 これは更にもう一つの例だ。

1秒後影子跟讀

譯 這是進一步再舉出的一個例子。

生字 更に／進一步；例／例子

連語 もうひとつ【もう一つ】

再一個

類 もう一回 再一次

對 今のまま 維持現狀

□□□ 0754

例 燃えるごみは、火曜日に出さなければいけません。

1秒後影子跟讀

譯 可燃垃圾只有星期二才可以丟。

生字 火曜日／星期二；出す／拿出

名 もえるごみ【燃えるごみ】

可燃垃圾

類 缶ゴミ 金屬垃圾

對 燃えないごみ 不可燃垃圾

□□□ 0755

例 もしほしければ、さしあげます。

1秒後影子跟讀

譯 如果想要就送您。

出題重點 「若し」讀作「もし」，意指如果或假如，常用於表達假設情況。問題 1 誤導選項可能有：

- 「いつも」意味著“總是、常常”，用於描述經常發生的事情或習慣。
- 「たぶん」表示“可能、或許”，用於表示不確定性或可能性。
- 「すぐに」意味著“馬上、立刻”，用於指即將發生的事情或迅速的行動。

生字 さしあげる／呈送

副 もし【若し】

如果，假如

類 たら …的話

對 実際に 實際上

□□□ 0756

例 中国人だったら中国語はもちろん話せる。

1秒後影子跟讀

譯 中國人當然會說中文。

生字 話す／說話

副 もちろん

當然

類 きっと 一定

對 なかなか～ない 不輕易

讀書計劃：□□／□□

□□□ 0757

例 大学生(だいがくせい)の時(とき)が一番(いちばん)もてました。

1秒後影子跟讀

譯 大學時期是最受歡迎的時候。

生字 大学生(だいがくせい)／大學生；一番(いちばん)／第一

自下一 もてる【持てる】

能拿，能保持；受歡迎，吃香

類 好(す)き　歡迎

對 嫌(きら)い　不歡迎

□□□ 0758

例 こう行(い)って、こう行(い)けば、駅(えき)に戻(もど)れます。

1秒後影子跟讀

譯 這樣走，再這樣走下去，就可以回到車站。

文法 こう［這樣］：指眼前的物或近處的事時用的詞。

生字 駅(えき)／車站

自五 もどる【戻る】

回到；折回

類 帰(かえ)る　回去

對 出(で)かける　出門，離開

□□□ 0759

例 友達(ともだち)に、木綿(もめん)の靴下(くつした)をもらいました。

1秒後影子跟讀

譯 朋友送我棉質襪。

生字 友達(ともだち)／友人；靴下(くつした)／襪子

名 もめん【木綿】

棉，棉花

類 綿(わた)　棉

對 毛(け)　羊毛

□□□ 0760

例 私(わたし)は、もらわなくてもいいです。

1秒後影子跟讀

譯 不用給我也沒關係。

出題重點 題型４裡「もらう」的考點有：

- 例句：本(ほん)をもらう／收到書籍。
- 換句話說：本(ほん)を受(う)け取(と)る／得到書籍。
- 相對說法：本(ほん)をあげる／贈送書籍。

「もらう」表示接收或得到某物；「受け取る」也表示接受，但著重於接受服務或行為；「あげる」則是給予或贈送。

生字 私(わたし)／我

他五 もらう【貰う】

收到，拿到

類 受(う)ける　接受

對 上(あ)げる　給予

□□□ 0761

例 森(もり)の中(なか)で鳥(とり)が鳴(な)いて、川(かわ)の中(なか)に魚(さかな)が泳(およ)いでいる。

1秒後影子跟讀

譯 森林中有鳥叫聲，河裡有游動的魚兒。

生字 鳥(とり)／鳥兒；鳴(な)る／鳴叫；泳(およ)ぐ／優游

名 もり【森】

樹林

類 森林(しんりん) 森林

對 農園(のうえん) 農場

□□□ 0762

Track2-3

例 肉(にく)を焼(や)きすぎました。

1秒後影子跟讀

譯 肉烤過頭了。

生字 肉(にく)／肉類；すぎる／過度

他五 やく【焼く】

焚燒；烤；曬；嫉妒

類 焼(や)ける 被烤，被燒

對 煮(に)る 煮

□□□ 0763

例 ああ約束(やくそく)したから、行(い)かなければならない。

1秒後影子跟讀

譯 已經那樣約定好，所以非去不可。

文法 なければならない［必須…］：表示無論是自己或對方，從社會常識或事情的性質來看，不那樣做就不合理，有義務要那樣做。

生字 ああ／那樣；行(い)く／前往

名・他サ やくそく【約束】

約定，規定

類 守(まも)る 遵守約定

對 破(やぶ)る 違反

□□□ 0764

例 その辞書(じしょ)は役(やく)に立(た)つかい？

1秒後影子跟讀

譯 那辭典有用嗎？

必考音訓讀

立

音讀：リツ

訓讀：た（つ）、た（てる）

形成；站立；建立。例：

- 立派（りっぱ）／優秀
- 立つ（たつ）／站立
- 立てる（たてる）／站立

生字 辞書(じしょ)／辭典

慣 やくにたつ【役に立つ】

有幫助，有用

類 便利(べんり) 方便

對 無駄(むだ) 無用

訓 立=た（つ）

讀書計劃：□□／□□

□□□ 0765

例 ケーキが焼(や)けたら、お呼(よ)びいたします。

1秒後影子跟讀

譯 蛋糕烤好後我會叫您的。

文法 お…いたす：對要表示尊敬的人，透過降低自己或自己這一邊的人的說法，以提高對方地位，來向對方表示尊敬。

生字 ケーキ／蛋糕；呼(よ)ぶ／呼叫

自下一 やける【焼ける】

烤熟；(被) 烤熟；曬黑；燥熱；發紅；添麻煩；感到嫉妒

類 できる　做好

對 冷(ひ)える　變冷

□□□ 0766

例 彼女(かのじょ)があんなに優(やさ)しい人(ひと)だとは知(し)りませんでした。

1秒後影子跟讀

譯 我不知道她是那麼貼心的人。

生字 知(し)る／知道

形 やさしい【優しい】

溫柔的，體貼的；柔和的；親切的

類 親切(しんせつ)　親切的

對 厳(きび)しい　嚴厲的

□□□ 0767

例 風邪(かぜ)をひきやすいので、気(き)をつけなくてはいけない。

1秒後影子跟讀

譯 容易感冒，所以得小心一點。

文法 なくてはいけない［必須…］：表達說話者自己的決心。

生字 風邪(かぜ)／感冒；引(ひ)く／感染

接尾 やすい

容易…

類 安全(あんぜん)　安全

對 高(たか)い　昂貴的

□□□ 0768

例 先生(せんせい)は、少(すこ)し痩(や)せられたようですね。

1秒後影子跟讀

譯 老師您好像瘦了。

出題重點 「痩(や)せる」用來描述體重減輕或身材變瘦的過程，如「運動(うんどう)して痩(や)せる」。下面為問題5錯誤用法：

- 音聲描寫，如「彼女(かのじょ)の歌声(うたごえ)は痩(や)せる」。
- 形容物品，如「この本(ほん)は痩(や)せている」。
- 形容天氣或季節，如「春(はる)は暖(あたた)かくて痩(や)せる」。

文法 (ら) れる：表示對對方或話題人物的尊敬，就是在表敬意之對象的動作上用尊敬助動詞。

生字 少(すこ)し／稍微

自下一 やせる【痩せる】

瘦；貧瘠

類 細(ほそ)い　細的

對 太(ふと)る　胖

□□□ 0769

例 やっと来てくださいましたね。
1秒後影子跟讀

譯 您終於來了。

生字 来る／前來

副 やっと
終於，好不容易
類 到頭　最終
對 直ぐに　立刻

□□□ 0770

例 みんなには行くと言ったが、やはり行きたくない。
1秒後影子跟讀

譯 雖然跟大家說了我要去，但是我還是不想去。

生字 みんな／眾人；行く／前往

副 やはり
依然，仍然
類 決して　絕對
對 時々　有時

□□□ 0771

例 雨がやんだら、出かけましょう。
1秒後影子跟讀

譯 如果雨停了，就出門吧！

出題重點 題型４裡「やむ」的考點有：
- 例句：雨が止む／雨停了。
- 換句話說：雨が上がる／雨停止了。
- 相對說法：雨が続く／雨繼續下。

「止む」指某事物（如下雨）停止；「上がる」“停止、放晴” 用於描述雨停止並天氣轉晴的狀況；「続く」則表示持續或不斷進行。

生字 雨／雨；出かける／外出

自五 やむ【止む】
停止
類 止まる　停
對 続く　繼續
訓 止＝や（む）

□□□ 0772

例 こう考えると、会社を辞めたほうがいい。
1秒後影子跟讀

譯 這樣一想，還是離職比較好。

生字 考える／思索；会社／公司

他下一 やめる【辞める】
停止；取消；離職
類 変わる　轉職
對 勤める　工作

讀書計劃：□□／□□

□□□ 0773

例 好き(す)なゴルフをやめるつもりはない。

1秒後影子跟讀

譯 我不打算放棄我所喜歡的高爾夫。

文法 つもり(で)はない[不打算…]：說話者意志堅定的語氣。

生字 ゴルフ／高爾夫

他下一 や|める【止める】

停止

類 休む(やす) 休息

對 始める(はじ) 開始

訓 止＝や（める）

□□□ 0774

例 動物(どうぶつ)にえさをやっちゃだめです。

1秒後影子跟讀

譯 不可以給動物餵食。

生字 動物(どうぶつ)／動物；えさ／動物的食物，飼料

他五 や|る【遣る】

派；給，給予；做

類 する 做

對 止める(や) 停止

□□□ 0775

例 このレストランのステーキは柔(やわ)らかくておいしい。

1秒後影子跟讀

譯 這家餐廳的牛排肉質軟嫩，非常美味。

出題重點 柔らかい（やわらかい）：“柔軟、軟綿綿”用於描述物質的質地柔軟、不堅硬。問題3陷阱可能有，

- 細かい（こまかい）：“細微、精細”指物體的細小、細節之多或細緻。
- 優しい（やさしい）：“溫柔、親切”指行為或性格表現出的溫和和親切。
- 硬い（かたい）：“硬的”指質地堅硬或不易彎曲的特性。

生字 レストラン／餐廳；ステーキ／牛排

形 や|わらか|い【柔らかい】

柔軟的

類 優しい(やさ) 溫柔的

對 固い(かた) 硬的

□□□ 0776

例 湯(ゆ)をわかすために、火(ひ)をつけた。

1秒後影子跟讀

譯 為了燒開水，點了火。

生字 わかす／煮沸；つける／點火

名 ゆ|【湯】

開水，熱水；浴池；溫泉；洗澡水

類 温泉(おんせん) 溫泉

對 冷たい水(つめ)(みず) 冷水

□□□ 0777

例 叔母(おば)は、いつも夕飯(ゆうはん)を食(た)べさせてくれる。

1秒後影子跟讀

譯 叔母總是做晚飯給我吃。

文法 てくれる[(為我)做…]：表示他人為我，或為我方的人做前項有益的事，用在帶著感謝的心情，接受別人的行為。

生字 叔母(おば)／姨母

名 ゆうはん【夕飯】
晚飯
類 晩(ばん)ご飯(はん) 早餐
對 昼食(ちゅうしょく) 午餐
訓 夕＝ゆう
音 飯＝ハン

□□□ 0778

例 ゆうべは暑(あつ)かったですねえ。よく眠(ねむ)れませんでしたよ。

1秒後影子跟讀

譯 昨天晚上真是熱死人了，我根本不太睡得著。

生字 暑(あつ)い／炎熱的；眠(ねむ)る／睡覺

名 ゆうべ【夕べ】
昨晚；傍晚
類 夕方(ゆうがた) 傍晚
對 今朝(けさ) 今早
訓 夕＝ゆう

□□□ 0779

例 ユーモアのある人(ひと)が好(す)きです。

1秒後影子跟讀

譯 我喜歡有幽默感的人。

生字 好(す)き／愛好

名 ユーモア【humor】
幽默，滑稽，詼諧
類 冗談(じょうだん) 開玩笑
對 真面目(まじめ) 認真的

□□□ 0780

例 自動車(じどうしゃ)の輸出(ゆしゅつ)をしたことがありますか。

1秒後影子跟讀

譯 曾經出口汽車嗎？

出題重點 「輸出」意指“出口、輸出”，表示將商品、服務或數據從一個國家、地區或系統轉移到另一個國家、地區或系統。問題 2 可能混淆的漢字有：

- 「輸出」及「偷山，瑜佡，喻㞢」這些詞彙並不常見。其中，「偷」偷竊；「山」山脈；「瑜」美玉；「佡」在日語中不常見；「喻」比喻；「㞢」是注音符號。

文法 たことがある[曾…]：表示經歷過某個特別的事件，且事件的發生離現在已有一段時間，或指過去的一般經驗。

生字 自動車(じどうしゃ)／汽車

名・他サ ゆしゅつ【輸出】
出口
類 出(で)る 銷出
對 輸入(ゆにゅう) 輸入

讀書計劃：□□／□□

□□□ 0781

例 指が痛いために、ピアノが弾けない。

1秒後影子跟讀

譯 因為手指疼痛，而無法彈琴。

生字 痛い／疼痛的；ピアノ／鋼琴；弾く／彈奏

名 ゆび【指】

手指

類 手 手

對 足 腳

□□□ 0782

例 記念の指輪がほしいかい？

1秒後影子跟讀

譯 想要紀念戒指嗎？

生字 記念／紀念；ほしい／想要

名 ゆびわ【指輪】

戒指

類 ネックレス【necklace】項鍊

對 靴 鞋子

□□□ 0783

例 彼は、まだ甘い夢を見つづけている。

1秒後影子跟讀

譯 他還在做天真浪漫的美夢！

出題重點 題型４裡「ゆめ」的考點有：

- 例句：歌手になる夢を見る／夢想成為歌手。
- 換句話說：歌手になることを願う／期望成為歌手。
- 相對說法：現実には歌手になれない／現實中無法成為歌手。

「夢」通常指睡眠時的夢境或人們的夢想；「願う」意指希望或期望；「現実」則是指實際發生的事情或現實生活。

生字 甘い／天真，樂觀；つづける／持續

名 ゆめ【夢】

夢

類 願う 願望

對 現実 現實

□□□ 0784

例 地震で家が激しく揺れた。

1秒後影子跟讀

譯 房屋因地震而劇烈的搖晃。

出題重點 揺れる（ゆれる）：“搖晃、震動”用於描述物體因外力作用而發生搖晃或震動的動作。問題３陷阱可能有，

- 立てる（たてる）：“設置、立起”指使物體豎立或建立起來。
- 落とす（おとす）：“掉落、使落下”指使物品從高處掉落或使其落地。
- 鳴る（なる）：“響起、發出聲音”指產生聲音或聲響。

生字 地震／地震；激しい／激烈的

自下一 ゆれる【揺れる】

搖動，搖晃；動搖

類 地震 地震

對 静か 靜止不動

補充小專欄

まわり【周り】

周圍，周邊

慣用語

- 周り（まわ）を見る（み）／環顧四周。
- 周り（まわ）の環境（かんきょう）／周圍的環境。
- 周り（まわ）の人（ひと）／周圍的人。

まんが【漫画】

漫畫

必考音訓讀

画

音讀：カク、ガ

計劃；繪畫、圖像。例：

- **計画（けいかく）**／計劃
- **漫画（まんが）**／漫畫

まんなか【真ん中】

正中間

必考音訓讀

真

訓讀：ま

真實、誠實。例：

- **真面目（まじめ）**／認真

みえる【見える】

看見；看得見；看起來

慣用語

- 窓（まど）から景色（けしき）が見える（み）／從窗戶看得到風景。
- 夜空（よぞら）に星（ほし）が見える（み）／夜空中可以看到星星。

みそ【味噌】

味噌

必考音訓讀

味

音讀：ミ

訓讀：あじ

興趣；味、味道。例：

- **興味（きょうみ）**／興趣
- **味見（あじみ）**／品嘗

みな【皆】

大家；所有的

慣用語

- みなが同意（どうい）する／大家都同意。
- みなに知（し）らせる／通知大家。

むかう【向かう】

面向

慣用語

- 家（いえ）に向（む）かう／回家。
- 駅（えき）に向（む）かう／前往車站。

むすこさん【息子さん】

（尊稱他人的）令郎

慣用語

- 息子（むすこ）さんは立派（りっぱ）になりました／令郎變得很出色。
- あなたの息子（むすこ）さん／令郎。
- 息子（むすこ）さんのお仕事（しごと）／令郎的職業。

むり【無理】
勉強；不講理；逞強；強求；無法辦到

必考音訓讀

理

音讀：リ

理論、原因、管理。例：

- **地理（ちり）**／地理

め【…目】
第…

慣用語

- **第一番目の計画**／第一項計劃。
- **二つ目の課題**／第 2 個任務。
- **最初の一人目**／第一個人。

もうす【申す】
說，叫（「言う」的謙讓語）

慣用語

- **願いをもうす**／提出請求。
- **意見をもうす**／表達意見。

もし【若し】
如果，假如

慣用語

- **もし雨が降ったら**／如果下雨的話。
- **もし時間があれば**／如果有時間的話。
- **もし可能なら**／如果可能的話。

もらう【貰う】
收到，拿到

慣用語

- **友達からプレゼントをもらう**／從朋友那裡收到禮物。
- **アドバイスをもらう**／得到建議。
- **手紙をもらう**／收到信件。

やく【焼く】
焚燒；烤；曬；嫉妒

慣用語

- **肉を焼く**／烤肉。
- **パンを焼く**／烤麵包。
- **ケーキを焼く**／烤蛋糕。

やせる【痩せる】
瘦；貧瘠

慣用語

- **ダイエットで痩せる**／透過節食減肥。
- **運動して痩せる**／透過運動減肥。
- **健康的に痩せる**／健康的減肥。

やむ【止む】
停止

慣用語

- **雨が止む**／雨停。
- **戦いが止む**／戰鬥結束。
- **泣き声が止む**／哭聲停止。

やわらかい【柔らかい】
柔軟的

慣用語

- **やわらかい布団**／柔軟的被褥。
- **やわらかい髪**／柔軟的頭髮。
- **やわらかいパン**／柔軟的麵包。

ゆうはん【夕飯】
晚飯

必考音訓讀

飯

音讀：ハン

飯食、與飯相關的食物。例：

- **朝ご飯（あさごはん）**／早餐

□□□ 0785

Track2-35

例 用(よう)がなければ、来(こ)なくてもかまわない。

1秒後影子跟讀

譯 如果沒事，不來也沒關係。

生字 かまわない／不要緊

名 よう【用】

事情；用途

類 用事(ようじ) 事務

對 無駄(むだ) 無用

音 用＝ヨウ

□□□ 0786

例 食事(しょくじ)をご用意(ようい)いたしましょうか。

1秒後影子跟讀

譯 我來為您準備餐點吧？

出題重點 用意（ようい）：“準備、預備”為某個特定活動、事件或需求所做的準備或安排。問題 3 陷阱可能有，

- 用事（ようじ）：“事務、任務”指需要處理或完成的具體事情或任務。
- 用（よう）：“用途、需要”指某物品或行為的具體用途或需要。
- 準備（じゅんび）：“準備”指為了特定目的而做的準備。

文法 ご…いたす：對要表示尊敬的人，透過降低自己或自己這一邊的人的説法，以提高對方地位，來向對方表示尊敬。

生字 食事(しょくじ)／餐食

名・他サ ようい【用意】

準備；注意

類 準備(じゅんび) 準備

對 止(と)める 停止

音 用＝ヨウ

音 意＝イ

□□□ 0787

例 ようこそ、おいで下(くだ)さいました。

1秒後影子跟讀

譯 衷心歡迎您的到來。

生字 おいで下(くだ)さい／敬請蒞臨

寒暄 ようこそ

歡迎

類 いらっしゃい 歡迎

對 さようなら 再見

□□□ 0788

例 用事(ようじ)があるなら、行(い)かなくてもかまわない。

1秒後影子跟讀

譯 如果有事，不去也沒關係。

生字 かまわない／沒問題

名 ようじ【用事】

事情；工作

類 仕事(しごと) 工作

對 暇(ひま) 空閒

音 用＝ヨウ

音 事＝ジ

讀書計劃：□□／□□

□□□ 0789

例 よくいらっしゃいました。靴(くつ)を脱(ぬ)がずに、お入(はい)りください。

1秒後影子跟讀

譯 歡迎光臨。不用脫鞋，請進來。

文法 ず（に）[不…地；沒…地]：表示以否定的狀態或方式來做後項的動作，或產生後項的結果，語氣較生硬。

生字 脫(ぬ)ぐ／脫掉；入(はい)る／進入

寒暄 よくいらっしゃいました

歡迎光臨

類 いらっしゃい　歡迎

對 さようなら　再見

□□□ 0790

例 汚(よご)れたシャツを洗(あら)ってもらいました。

1秒後影子跟讀

譯 我請他幫我把髒的襯衫拿去送洗了。

生字 シャツ／襯衫；洗(あら)う／清洗

自下一 よごれる【汚れる】

髒污；齷齪

類 汚(よご)す　弄髒

對 綺麗(きれい)になる　變乾淨

□□□ 0791

例 授業(じゅぎょう)の前(まえ)に予習(よしゅう)をしたほうがいいです。

1秒後影子跟讀

譯 上課前預習一下比較好。

出題重點 「予習」讀作「よしゅう」，意指提前學習或預先準備課程內容。問題１誤導選項可能有：

- 「よじゅう」用拗濁音「じゅ」誤導了「しゅ」。
- 「よすう」用發音接近的清音「す」混淆拗音「しゅ」。
- 「よしゅ」缺長音「う」。

慣用語

- 授業(じゅぎょう)の予習(よしゅう)をする／預習課程。
- 試験(しけん)のための予習(よしゅう)する／為了考試的預習。

生字 授業(じゅぎょう)／授課；前(まえ)／之前

名·他サ よしゅう【予習】

預習

類 練習(れんしゅう)　練習

對 復習(ふくしゅう)　複習

音 習＝シュウ

□□□ 0792

例 木村(きむら)さんから自転車(じてんしゃ)をいただく予定(よてい)です。

1秒後影子跟讀

譯 我預定要接收木村的腳踏車。

文法 いただく[承蒙…，拜領…]：表示從地位，年齡高的人那裡得到東西。用在給予人身分、地位、年齡比接受人高的時候。

生字 自転車(じてんしゃ)／自行車

名·他サ よてい【予定】

預定，計畫

類 計画(けいかく)　規劃

對 たまたま　偶然，沒有計劃的

□□□ 0793

例 レストランの予約(よやく)をしなくてはいけない。

1秒後影子跟讀

譯 得預約餐廳。

生字 レストラン／食堂

名・他サ よやく【予約】

預約

類 注文(ちゅうもん) 訂單

對 消(け)す 解除

□□□ 0794

例 彼(かれ)は、会社(かいしゃ)の帰(かえ)りに喫茶店(きっさてん)に寄(よ)りたがります。

1秒後影子跟讀

譯 他下班回家途中總喜歡順道去咖啡店。

生字 帰(かえ)り／回程；喫茶店(きっさてん)／咖啡廳

自五 よる【寄る】

順道去…；接近，靠近；增多

類 訪(おとず)れる 訪問

對 離(はな)れる 離開

□□□ 0795

例 弟(おとうと)と遊(あそ)んでやったら、とても喜(よろこ)びました。

1秒後影子跟讀

譯 我陪弟弟玩，結果他非常高興。

生字 遊(あそ)ぶ／玩耍；とても／極為

自五 よろこぶ【喜ぶ】

高興

類 嬉(うれ)しい 快樂的

對 悲(かな)しい 悲傷的

□□□ 0796

例 よろしければ、お茶(ちゃ)をいただきたいのですが。

1秒後影子跟讀

譯 如果可以的話，我想喝杯茶。

出題重點 「宜しい（よろしい）」意為“好的、適當的”，常用於正式場合或禮貌提問。問題2可能混淆的漢字有：

- 正しい（ただしい）：“正確的、對的”，用於描述事物符合事實、標準或期望的方式。
- 懐かしい（なつかしい）：“懷舊的、令人懷念的”，用於形容喚起過去美好記憶的事物或經歷。
- 珍しい（めずらしい）：“罕見的、不尋常的”，用於描述不常見或不平凡的事物。

生字 いただく／喝

形 よろしい【宜しい】

好，可以

類 結構(けっこう)です 很好，可以

對 駄目(だめ)です 不行

讀書計劃：□□／□□

□□□ 0797

例 その子どもは、体が弱そうです。

1秒後影子跟讀

譯 那個小孩看起來身體很虛弱。

出題重點 弱い（よわい）："薄弱、不堅強" 描述力量、能力或結構上的薄弱或不堅固。問題 3 陷阱可能有，

- 薄い（うすい）："薄" 描述物體厚度小或深度淺。
- 安い（やすい）："便宜" 表示物品或服務的價格較低。
- 強い（つよい）："堅固、有力" 代表堅固或有力的狀態。

慣用語
- 体がよわい／身體虛弱。
- 弱い立場／弱勢地位。

生字 体／身體

形 よわい【弱い】

虛弱；不擅長，不高明

類 薄い　薄弱的

對 強い　強的

□□□ 0798

Track2-36

例 ラップで英語の発音を学ぼう。

1秒後影子跟讀

譯 利用饒舌歌來學習英語發音！

生字 発音／發音；学ぶ／學習

名 ラップ【rap】

饒舌樂，饒舌歌

類 ヒップホップ　嘻哈音樂

對 クラシック　古典音樂

□□□ 0799

例 野菜をラップする。

1秒後影子跟讀

譯 用保鮮膜將蔬菜包起來。

生字 野菜／青菜

名・他サ ラップ【wrap】

保鮮膜；包裝，包裹（或唸：ラップ）

類 包む　包裹

對 開ける　打開

□□□ 0800

例 付き合いはじめたばかりですから、ラブラブです。

1秒後影子跟讀

譯 因為才剛開始交往，兩個人如膠似漆。

文法 たばかりだ [剛…]：從心理上感覺到事情發生後不久的語感。

生字 付き合い／交往

形動 ラブラブ【lovelove】

（情侶，愛人等）甜蜜，如膠似漆

類 恋　戀愛

對 喧嘩　爭吵

□□□ 0801

例 彼女は、理由を言いたがらない。

1秒後影子跟讀

譯 她不想說理由。

文法 たがらない[不想…]：顯露在外的否定意願，也就是從外觀就可看對出對方的不願意。

生字 彼女／她；言う／說

名 りゆう【理由】

理由，原因

類 原因 原因

對 結果 結果

音 理＝リ

□□□ 0802

例 図書館を利用したがらないのは、なぜですか。

1秒後影子跟讀

譯 你為什麼不想使用圖書館呢？

文法 のは：前接短句，表示強調。另能使其名詞化，成為句子的主語或目的語。

生字 図書館／圖書館

名・他サ りよう【利用】

利用

類 使う 使用

對 無駄 浪費

音 用＝ヨウ

□□□ 0803

例 やっぱり両方買うことにしました。

1秒後影子跟讀

譯 我還是決定兩種都買。

出題重點 「両方」讀作「りょうほう」，涵蓋兩個相關對象或方面。問題1誤導選項可能有：

- 「かたほう」指“一邊、一方”，用於描述兩者中的其中一個。
- 「うらがわ」表示“背面、反面”，指物體的後面或相對隱藏的一面。
- 「ちがい」意味著“差異、不同”，用於描述兩者間的區別或對比。

文法 ことにする[決定…]：表示說話人以自己的意志，主觀地對將來的行為做出某種決定、決心。如果用「ことにしている」就表示因某決定，而養成了習慣或形成了規矩。

生字 やっぱり／不變，依然；買う／購買

名 りょうほう【両方】

兩方，雙方，兩種（或唸：りょうほう）

類 どちらも 兩者都

對 一つ 一個

音 方＝ホウ

□□□ 0804

例 和式の旅館に泊まることがありますか。

1秒後影子跟讀

譯 你曾經住過日式旅館嗎？

生字 和式／日本風；泊まる／投宿

名 りょかん【旅館】

旅館

類 ホテル【hotel】 飯店

對 家 家，私人住宅

音 旅＝リョ 音 館＝カン

讀書計劃：□□／□□

□□□ 0805

例 遊(あそ)びに行(い)ったのに、留守(るす)だった。

1秒後影子跟讀

譯 我去找他玩，他卻不在家。

生字 遊(あそ)ぶ／玩耍

名 るす【留守】

不在家；看家

類 出(で)かける　外出

對 居(い)る　在

□□□ 0806

例 なぜ冷房(れいぼう)が動(うご)かないのか調(しら)べたら、電気(でんき)が入(はい)っていなかった。

1秒後影子跟讀

譯 檢查冷氣為什麼無法運轉，結果發現沒接上電。

文法 たら…た [原來…；發現…]：表示說話者完成前項動作後，有了新發現，或是發生了後項的事情。

生字 動(うご)く／運轉；調(しら)べる／調查；電気(でんき)／電力

名・他サ れいぼう【冷房】

冷氣

類 クーラー【cooler】　空調

對 暖房(だんぼう)　暖氣

□□□ 0807

例 日本(にほん)の歴史(れきし)についてお話(はな)しいたします。

1秒後影子跟讀

譯 我要講的是日本歷史。

出題重點 「歴史（れきし）」表示“歷史”，研究過去人類社會的事件、人物和文化的學科。問題 2 可能混淆的漢字有：

- 数学（すうがく）：“數學”，涉及研究數字、量、空間以及與之相關的抽象概念的學科。
- 科学（かがく）：“科學”，是研究自然界和宇宙的現象、規律的系統化學問。
- 芸術（げいじゅつ）：“藝術”，涉及創造和表達美學、情感和思想的各種形式，如繪畫、音樂、舞蹈等。

生字 について／關於…

名 れきし【歴史】

歷史

類 過去(かこ)　過去

對 現在(げんざい)　現在

□□□ 0808

例 レジで勘定(かんじょう)する。

1秒後影子跟讀

譯 到收銀台結帳。

生字 勘定(かんじょう)／付款

名 レジ【register 之略】

收銀台

類 カウンター【counter】　櫃檯

對 払(はら)う　付款

□□□ 0809

例 レポートにまとめる。

1秒後影子跟讀

譯 整理成報告。

生字 まとめる／彙整

名・他サ レポート【report】

報告（或唸：レポート）

類 研究 研究

對 質問 提問

□□□ 0810

例 連絡せずに、仕事を休みました。

1秒後影子跟讀

譯 沒有聯絡就缺勤了。

文法 せず（に）[不…地，沒…地]：表示以否定的狀態或方式來做後項的動作，或產生後項的結果。語氣較生硬。

生字 休む／休假

名・自他サ れんらく【連絡】

聯繫，聯絡；通知

類 関係 聯繫

對 無視 不聯繫

□□□ 0811

Track2-37

例 このワープロは簡単に使えて、とてもいいです。

1秒後影子跟讀

譯 這台文書處理機操作簡單，非常棒。

生字 簡単／容易的；とても／相當地

名 ワープロ【word processor 之略】

文字處理機

類 コンピューター【computer】 計算機

對 手書き 手寫

□□□ 0812

例 ここでお湯が沸かせます。

1秒後影子跟讀

譯 這裡可以將水煮開。

出題重點 題型４裡「わかす」的考點有：

- 例句：水を沸かす／燒開水。
- 換句話說：水を温める／把水加熱。
- 相對說法：水が冷える／水冷卻了。

「沸かす」指加熱液體直至沸騰；「温める」是加熱液體或食物；「冷える」則表示溫度下降，變得冷卻。

慣用語

- お湯を沸かす／燒開水。

生字 湯／熱開水

他五 わかす【沸かす】

煮沸；使沸騰

類 煮る 煮

對 冷える 放涼

讀書計劃：□□／□□

□□□ 0813

例 若い二人は、両親に別れさせられた。

1秒後影子跟讀

譯 兩位年輕人，被父母給強行拆散了。

生字 若い／年輕的；二人／兩個人；両親／雙親

自下一 わかれる【別れる】

分別，分開

類 離れる　離開

對 会う　相遇

訓 別＝わか（れる）

□□□ 0814

例 お湯が沸いたら、ガスをとめてください。

1秒後影子跟讀

譯 熱水開了，就請把瓦斯關掉。

生字 ガス／瓦斯；とめる／關閉

自五 わく【沸く】

煮沸，煮開；興奮

類 熱い　熱的

對 冷たい　冷涼

□□□ 0815

例 私がそうしたのには、訳があります。

1秒後影子跟讀

譯 我那樣做，是有原因的。

生字 そう／那樣

名 わけ【訳】

原因，理由；意思

類 理由　原因

對 結果　結果

□□□ 0816

例 あまり忘れ物をしないほうがいいね。

1秒後影子跟讀

譯 最好別太常忘東西。

出題重點 忘れ物（わすれもの）：“遺忘的物品”用來指稱因忘記而留下或遺失的物品。問題 3 陷阱可能有，

- 乘り物（のりもの）：“交通工具”指用於運輸或移動的各種工具。
- 贈り物（おくりもの）：“贈品”指作為禮物贈送給他人的物品。
- 持ち物（もちもの）：“隨身物品”則表示個人持有且未遺失的物品。

生字 あまり／（不）太

名 わすれもの【忘れ物】

遺忘物品，遺失物

類 失う　失去

對 見付ける　找到

わらう【笑う】

□□□ 0817

例 失敗して、みんなに笑われました。

1秒後影子跟讀

譯 因失敗而被大家譏笑。

生字 失敗／失敗；みんな／眾人

自五 わらう【笑う】

笑；譏笑

類 楽しい　高興的

對 泣く　哭泣

□□□ 0818

例 人件費は、経費の中でもっとも大きな割合を占めている。

1秒後影子跟讀

譯 人事費在經費中所佔的比率最高。

出題重點 割合（わりあい）：“比例、比率”指事物間相對數量或重要性的比例。問題 3 陷阱可能有，

- 倍になる（ばいになる）：“倍增”指事物數量或程度加倍增長。
- 十分（じゅうぶん）：“充分”表示事物或情況達到滿意的程度或足夠。
- 最も（もっとも）：“最”用於強調事物或情形在所有中最突出。

生字 人件費／人事費用；経費／經費；占める／佔據

名 わりあい【割合】

比，比例

類 比べる　比例

對 全体　整體

□□□ 0819

例 東京の冬は、割合に寒いだろうと思う。

1秒後影子跟讀

譯 我想東京的冬天，應該比較冷吧！

生字 冬／冬天；寒い／寒冷的

副 わりあいに【割合に】

比較地，相對地

類 けれど　但是

對 全く　完全地

□□□ 0820

例 鈴木さんにいただいたカップが、割れてしまいました。

1秒後影子跟讀

譯 鈴木送我的杯子，破掉了。

生字 カップ／杯子

自下一 われる【割れる】

破掉，破裂；分裂；暴露；整除

類 壊れる　破碎

對 続く　連續

讀書計劃：□□／□□

補充小專欄

ゆうべ【夕べ】
昨晚；傍晚

必考音訓讀

夕

訓讀：ゆう

傍晚、黃昏。例：

- 夕方（ゆうがた）／傍晚

ゆしゅつ【輸出】
出口

慣用語

- 商品を海外に輸出する／將商品出口到海外。
- 日本の技術を輸出する／出口日本的技術。
- 農産物を輸出する／出口農產品。

ゆめ【夢】
夢

慣用語

- 夢を見る／做夢。
- 大きな夢を持つ／擁有大夢想。
- 夢を実現する／實現夢想。

よう【用】
事情；用途

必考音訓讀

用

音讀：ヨウ

用途、使用、目的。例：

- 用事（ようじ）／事務

ようい【用意】
準備；注意

慣用語

- 食事の用意をする／準備食物。
- パーティーの用意をする／籌備派對。
- 試験の用意をする／準備考試。

よしゅう【予習】
預習

慣用語

- 新しい章の予習をする／預習新的章節。

よろしい【宜しい】
好，可以

慣用語

- この時間でよろしいですか？／這個時間可以嗎？
- その案でよろしいですね／那個方案很好。
- この料金でよろしいですか？／這個價格可以嗎？

よわい【弱い】
虛弱；不擅長，不高明

慣用語

- この橋の作りはよわい／這座橋的結構脆弱。

りょうほう【両方】
兩方，兩種（或唸：りょうほう）

慣用語

- 両方の意見を聞く／聽取雙方的意見。
- 両方の提案を採用する／採納兩邊的提案。
- 両方のチームに応援する／為兩邊的團隊加油。

りょかん【旅館】
旅館

必考音訓讀

旅

音讀：リョ

旅行、旅程。例：

- 旅館（りょかん）／旅館

れきし【歴史】

歴史

慣用語

- 日本の歴史を学ぶ／學習日本歷史。
- 歴史のある建物／有歷史的建築。
- 歴史を大切にする／重視歷史。

わかす【沸かす】

煮沸；使沸騰

慣用語

- スープを沸かす／煮沸湯。
- ふろを沸かす／燒洗澡水。

わすれもの【忘れ物】

遺忘物品，遺失物

慣用語

- 忘れ物を取りに戻る／回去拿忘記的東西。
- 忘れ物を届ける／把遺忘的物品送到。
- 忘れ物がないか確認する／確認是否有遺忘的物品。

わりあい【割合】

比，比例

慣用語

- 男女の割合を調べる／調查男女比例。
- 成功の割合を計算する／計算成功的比率。
- 大学生の割合が高い／大學生的比例較高。

第五回

言語知識（文字、語彙）

題型 1

もんだい1 ＿＿＿＿の　ことばは　ひらがなで　どう　かきますか。1・2・3・4から　いちばん　いい　ものを　ひとつ　えらんで　ください。

1　昨日、友だちと　いっしょに　美術館に　行きました。

1 びしゅつかん 2 びじゅつかん 3 みしゅっかん 4 みじゅっかん

2　この　ちいきでは、しろい　カラスは　とても　珍しいです。

1 めずらしい　2 うつくしい　3 なつかしい　4 たのしい

題型 2

もんだい2 ＿＿＿＿の　ことばは　どう　かきますか。1・2・3・4から　いちばん　いい　ものを　ひとつ　えらんで　ください。

3　ひるまは　とても　あついので、水を　もって　行きましょう。

1 眉間　2 昼間　3 眉真　4 昼聞

4　よるの　そらには　うつくしい　ひかりの　ほしが　ひかって　います。

1 光　2 星　3 雲　4 風

題型 3

もんだい3（　）に　なにを　いれますか。1・2・3・4から　いちばん　いい　ものを　ひとつ　えらんで　ください。

5　彼は　（　）　はやく　はしることが　できます。すごいです。

1 へんに　2 やくそくに　3 ひじょうに　4 じゆうに

主題單字 あ か さ た な は ま や ら わ 練習

6 彼女は　いつも　（　　）　わらったかおで　人を　むかえます。

1 いそがしい　2 たのしい　3 かなしい　4 やさしい

題型 4

もんだい4 ＿＿＿＿の　ぶんと　だいたい　おなじ　いみの　ぶんが　あります。1・2・3・4から　いちばん　いい　ものを　ひとつ　えらんで　ください。

7 かれは　ほとんど　うちに　います。

1　かれは　ときどき　うちに　います。
2　かれは　ぜんぜん　うちに　いません。
3　かれは　たいてい　うちに　います。
4　かれは　すこし　うちに　います。

8 まちの　じんこうが　きゅうに　ふえました。

1 まちの　じんこうが　とつぜん　かわりました。
2 まちの　じんこうが　ゆっくり　へりました。
3 まちの　じんこうが　ときどき　かわりました。
4 まちの　じんこうが　ほとんど　しずかに　なりました。

題型 5

もんだい5 つぎの　ことばの　つかいかたで　いちばん　いい　ものを　1・2・3・4から　ひとつ　えらんで　ください。

9 こえ

1 この　たてものは　かわった　こえを　して　います。
2 かのじょは　あかるい　こえの　ドレスを　えらんだ。
3 いもうとの　うつくしい　こえが　へやから　きこえた。
4 きょうかいの　かねの　こえが　しずかな　まちに　きこえました。

讀書計劃：□□／□□

答案：1.(2) 2.(1) 3.(2) 4.(1) 5.(3) 6.(4) 7.(3) 8.(1) 9.(3)

第一回 新制日檢模擬考題【語言知識—文字・語彙】

問題1 漢字讀音問題 應試訣竅

這一題要考的是漢字讀音問題。出題形式改變了一些，但考點是一樣的。預估出９題。

漢字讀音分音讀跟訓讀，預估音讀跟訓讀將各佔一半的分數。音讀中要注意的有濁音、長短音、促音、撥音…等問題。而日語固有讀法的訓讀中，也要注意特殊的讀音單字。當然，發音上有特殊變化的單字，出現比率也不低。我們歸納分析一下：

1.音讀：接近國語發音的音讀方法。如：「花」唸成「か」、「犬」唸成「けん」。
2.訓讀：日本原來就有的發音。如：「花」唸成「はな」、「犬」唸成「いぬ」。
3.熟語：由兩個以上的漢字組成的單字。如：練習、切手、毎朝、見本、為替等。其中還包括日本特殊的固定讀法，就是所謂的「熟字訓読み」。如：「小豆」（あずき）、「土産」（みやげ）、「海苔」（のり）等。
4.發音上的變化：字跟字結合時，產生發音上變化的單字。如：春雨（はるさめ）、反応（はんのう）、酒屋（さかや）等。

もんだい１ ＿＿＿のことばはどうよみますか。１・２・３・４からいちばんいいものを一つえらんでください。

1 かれにもらった指輪をなくしてしまったようです。

1 よびわ　2 ゆびは　3 ゆびわ　4 ゆひは

2 この文法がまちがっている理由をおしえてください。

1 りよう　2 りゆ　3 りいよう　4 りゆう

3 運転手さんに文化かいかんへの行き方を聞きました。

1 うんでんしょ　　2 うんでんしょ

3 うんてんしゅう　　4 うんてんしゅ

4 校長せんせいのおはなしがおわったら、すいえいの競争がはじまります。

1 きょそう　　2 きょうそ　　3 きょうそう　　4 きょうそお

5 ことし100さいになる男性もパーティーに招待されました。

1 しょうたい　　2 しょうだい　　3 しょおたい　　4 しょうた

6 小説をよみはじめるまえに食料品をかいにスーパーへいきます。

1 しょうせつ　　2 しょおせつ　　3 しゃせつ　　4 しょうせっつ

7 果物のおさけをつくるときは、3かげつぐらいつけたほうがいい。

1 くたもの　　2 くだもん　　3 くだもの　　4 くだも

8 再来月、祖母といっしょに展覧会にいくつもりです。

1 さいらいげつ　　2 らいげつ　　3 さらいげつ　　4 さらいつき

9 美術館にゴッホの作品が展示されています。

1 みじゅつかん　　2 びじゅつかん

3 めいじゅつかん　　4 げいじゅつかん

問題2　漢字書寫問題　應試訣竅

這一題要考的是漢字書寫問題，出題形式改變了一些，但考點是一樣的。問題預估為6題。

這道題要考的是音讀漢字跟訓讀漢字，預估將各佔一半的分數。音讀漢字考點在識別詞的同音異字上，訓讀漢字考點在掌握詞的意義，及該詞的表記漢字上。

解答方式，首先要仔細閱讀全句，從句意上判斷出是哪個詞，浮想出這個詞的表記漢字，確定該詞的漢字寫法。也就是根據句意確定詞，根據詞意來確定字。如果只看畫線部分，很容易張冠李戴，要小心。

もんだい2　＿＿＿のことばはどうかきますか。1・2・3・4からいちばんいいものを一つえらんでください。

10 ねつが36どまでさがったから、もう心配しなくていいです。

1 塾　　2 熱　　3 熟　　4 勢

11 へやのすみは道具をつかってきれいにそうじしなさい。

1 遇　　2 隅　　3 禺　　4 偶

12 にほんせいの機械はとても高いそうですよ。

1 姓　　2 性　　3 製　　4 制

13 ごぞんじのとおり、このパソコンはこしょうしています。

1 古障　　2 故障　　3 故章　　4 故症

14 事務所のまえにちゅうしゃじょうがありますので、くるまできてもいいですよ。

1 注車場　　2 往車場　　3 駐車場　　4 駐車所

15 くつのなかに砂がはいって、あるくといたいです。

1 靴　　2 鞍　　3 鞄　　4 鞙

問題3　選擇符合文脈的詞彙問題　應試訣竅

這一題要考的是選擇符合文脈的詞彙問題。這是延續舊制的出題方式，問題預估為10題。

這道題主要測試考生是否能正確把握詞義，如類義詞的區別運用能力，及能否掌握日語的獨特用法或固定搭配等等。預測名詞、動詞、形容詞、副詞的出題數都有一定的配分。另外，外來語也估計會出一題，要多注意。

由於我們的國字跟日本的漢字之間，同形同義字佔有相當的比率，這是我們得天獨厚的地方。但相對的也存在不少的同形不同義的字，這時候就要注意，不要太拘泥於國字的含義，而混淆詞義。應該多從像「暗号で送る」（用暗號發送）、「絶対安静」（得多靜養）、「口が堅い」（口風很緊）等日語固定的搭配，或獨特的用法來做練習才是。以達到加深對詞義的理解、觸類旁通、豐富詞彙量的目的。

もんだい３（　　　）になにをいれますか。１・２・３・４からいちばんいいものを一つえらんでください。

16　さむいのがすきですから、＿＿＿＿＿はあまりつけません。

1　だんぼう　　2　ふとん　　3　コート　　4　れいぼう

17　きのう、おそくねたので、きょうは＿＿＿＿＿。

1　うんてんしました　　2　うんどうしました

3　ねぼうしました　　4　すべりました

18　6じを＿＿＿＿＿、しょくじにしましょうか。

1　きたら　　2　くると　　3　まえ　　4　すぎたら

19 けんきゅうしつのせんせいは、せいとにとても＿＿＿＿です。

1 くらい　2 うれしい　3 きびしい　4 ひどい

20 かいしゃにいく＿＿＿＿、ほんやによりました。

1 うちに　2 あいだ　3 ながら　4 とちゅうで

21 おとうとをいじめたので、ははに＿＿＿＿。

1 しっかりしました　2 しっぱいしました

3 よばれました　4 しかられました

22 もう＿＿＿＿だとおもいますが、アメリカにりゅうがくすることになりました。

1 ごちそう　2 ごくろう　3 ごぞんじ　4 ごらん

23 かぜをひいたので、あさから＿＿＿＿がいたいです。

1 こえ　2 のど　3 ひげ　4 かみ

24 こうこうせいになったので、＿＿＿＿をはじめることにしました。

1 カーテン　2 オートバイ　3 アルバイト　4 テキスト

25 なつやすみになったら、＿＿＿＿おばあちゃんにあいにいこうとおもいます。

1 ひさしぶりに　2 だいたい　3 たぶん　4 やっと

問題4　替換同義詞　應試訣竅

這一題要考的是替換同義詞，或同一句話不同表現的問題，這是延續舊制的出題方式，問題預估為5題。

這道題的題目預測會給一個句子，句中會有某個關鍵詞彙，請考生從4個選項句中，選出意思跟題目句中該詞彙相近的詞來。看到這種題型，要能馬上反應出，句中關鍵字的類義跟對義詞。如：太る（肥胖）的類義詞有肥える、肥る…等；太る的對義詞有やせる…等。

這對這道題，準備的方式是，將詞義相近的字一起記起來。這樣，透過聯想記憶來豐富詞彙量，並提高答題速度。

另外，針對同一句話不同表現的「換句話說」問題，可以分成幾種不同的類型，進行記憶。例如：

比較句

○中小企業は大手企業より資金力が乏しい。

○大手企業は中小企業より資金力が豊かだ。

分裂句

○今週買ったのは、テレビでした。

○今週は、テレビを買いました。

○部屋の隅に、ごみが残っています。

○ごみは、部屋の隅にまだあります。

敬語句

○お支払いはいかがなさいますか。

○お支払いはどうなさいますか。

同概念句

○夏休みに桜が開花する。

○夏休みに桜が咲く。

…等。

也就是把「換句話説」的句子分門別類，透過替換句的整理，來提高答題正確率。

もんだい4 ＿＿＿＿のぶんとだいたいおなじいみのぶんがあります。1・2・3・4からいちばんいいものを一つえらんでください。

26 ちょうどでんわをかけようとおもっていたところです。

1 でんわをかけたはずです。

2 ちょうどでんわをかけていたところです。

3 これからでんわをかけるところでした。

4 ちょうどでんわをかけたところです。

27 きのうはなにがつれましたか。

1 きのうはどんなにくがとれましたか。

2 きのうはどんなにやさいがとれましたか。

3 きのうはどんなさかながとれましたか。

4 きのうはどんなくだものがとれましたか。

28 いそいでいたので、くつしたをはかないままいえをでました。

1 いそいでいたので、くつしたをはいてからいえをでました。

2 いそいでいたのに、くつしたをはかずにいえをでました。

3 いそいでいたのに、くつしたをはいたままいえをでました。

4 いそいでいたので、くつしたをぬいでいえをでました。

29 いとうせんせいのせつめいは、ひじょうにていねいではっきりしています。

1 いとうせんせいのせつめいはかんたんです。

2 いとうせんせいのせつめいはわかりやすいです。

3 いとうせんせいのせつめいはふくざつです。

4 いとうせんせいのせつめいはひどいです。

30 きょうはぐあいがわるかったので、えいがにいきませんでした。

1 きょうはべんりがわるかったので、えいがにいきませんでした。

2 きょうはつごうがわるかったので、えいがにいきませんでした。

3 きょうはようじがあったので、えいがにいきませんでした。

4 きょうはたいちょうがわるかったので、えいがにいきませんでした。

問題5　判斷語彙正確的用法　應試訣竅

這一題要考的是判斷語彙正確用法的問題，這是延續舊制的出題方式，問題預估為５題。

詞彙在句子中怎樣使用才是正確的，是這道題主要的考點。預測名詞、動詞、形容詞、副詞的出題數都有一定的配分。名詞以２個漢字組成的詞彙為主、動詞有漢字跟純粹假名的、副詞就以往經驗來看，也有一定的比重。

針對這一題型，該怎麼準備呢？方法是，平常背詞彙的時候，多看例句，多唸幾遍例句，最好是把單字跟例句一起背。這樣，透過仔細觀察單字在句中的用法與搭配的形容詞、動詞、副詞…等，可以有效增加自己的「日語語感」。而該詞彙是否適合在該句子出現，很容易就感覺出來了。

もんだい５　つぎのことばのつかいかたでいちばんいいものを１・２・３・４から一つえらんでください。

31 ほめる

1 こどもがしゅくだいをわすれたので、ほめました。

2 あのくろいいぬは、ほかのいぬにほめられているようです。

3 わたしのしっぱいですから、そんなにほめないでください。

4 子どもがおてつだいをがんばったので、ほめてあげました。

32 もうすぐ

1 しあいはもうすぐはじまりましたよ。

2 もうすぐおはなみのきせつですね。

3 なつやすみになったので、もうすぐたのしみです。

4 わたしのばんがおわったのでもうすぐほっとしました。

33 ひきだし

1 ひきだしにコートをおいてもいいですよ。

2 ひきだしのうえにテレビとにんぎょうをかざっています。

3 ひきだしからつめたいのみものを出してくれますか。

4 ひきだしにはノートやペンがはいっています。

34 あく

1 ひどいかぜをひいて、すこしあいてしまいました。

2 水曜日のごごなら、時間があいていますよ。

3 テストのてんすうがあまりにあいたので、お母さんにおこられました。

4 朝からなにもたべていませんので、おなかがとてもあいています。

35 まじめに

1 あつい日がつづきますから、おからだどうぞまじめにしてください。

2 それはもうつかいませんから、まじめにかたづければいいですよ。

3 かのじょはしごともべんきょうもまじめにがんばります。

4 あのひとはよくうそをつくので、みんなまじめにはなしをききます。

主題單字 あ か さ た な は ま や ら わ 練習

もんだい１　＿＿＿のことばはどうよみますか。１・２・３・４からいちばんいいものを一つえらんでください。

1　かいしゃのまわりはちかてつもあり、交通がとてもべんりです。

1　こおつ　　2　こうつう　　3　こほつう　　4　こうつ

2　警官に事故のことをいろいろはなしました。

1　けいかん　　2　けいがん　　3　けえかん　　4　けへかん

3　経済のことなら伊藤さんにうかがってください。かれの専門ですから。

1　けえざい　　2　けいざい　　3　けへざい　　4　けいさい

4　社長からの贈り物は今夜届くことになっています。

1　しゃちょお　　2　しゃっちょ　　3　しゃちょう　　4　しゃちょ

5　ごはんをたべるまえに歯を磨くのが私の習慣です。

1　しゅがん　　2　しゅうかん　　3　しゅかん　　4　しょうかん

6　あには政治や法律をべんきょうしています。

1　ほふりつ　　2　ほうりつ　　3　ほりつ　　4　ほおりつ

7　港に着いた時は、もう船がしゅっぱつした後でした。

1　ふに　　2　ふな　　3　うね　　4　ふね

8 煙草をたくさん吸うと体に良くないですよ。

1 たはこ　2 たばこ　3 たはご　4 だはこ

9 何が原因で火事が起こったのですか。

1 げんいん　2 げえいん　3 げいいん　4 げいん

主題單字 あ か さ た な は ま や ら わ 練習

もんだい２　＿＿＿のことばはどうかきますか。１・２・３・４からいちばんいいものを一つえらんでください。

10 工場に泥棒がはいって、しゃちょうのさいふがとられました。

1 財希　2 賺布　3 財布　4 財巾

11 そぼが生まれた時代には、エスカレーターはありませんでした。

1 阻母　2 租母　3 姐母　4 祖母

12 注射をしたら、もうたいいんしてもいいそうです。

1 退院　2 出院　3 入院　4 撤院

13 すずき先生のこうぎがきけなかったので、とても残念です。

1 校義　2 講儀　3 講義　4 講議

14 きょうからタイプを特別にれんしゅうすることにしました。

1 聯習　2 練習　3 煉習　4 連習

15 なつやすみの計画については、あとでお父さんにそうだんします。

1 相談　2 想談　3 想淡　4 相淡

もんだい３　（　　　）になにをいれますか。１・２・３・４からいちばん いいものを一つえらんでください。

16 くちにたくさんごはんがはいっているときに、はなしたら＿＿＿ですよ。

1 そう　　2 きっと　　3 うん　　4 だめ

17 ずっとまえから、つくえのひきだしが＿＿＿。

1 われています　　2 こわれています

3 こわしています　　4 とまっています

18 すずきさんは、＿＿＿言わないので、何をかんがえているのかよくわかりません。

1 もっと　　2 はっきり　　3 さっぱり　　4 やっぱり

19 いらないなら、＿＿＿ほうがへやがかたづきますよ。

1 もらった　　2 くれた　　3 すてた　　4 ひろった

20 かぜをひかないように、寝るときはクーラーを＿＿＿。

1 あけません　　2 けしません　　3 やめません　　4 つけません

21 ちょっと＿＿＿がありますので、ごごはおやすみをいただきます。

1 もの　　2 おかげ　　3 ふべん　　4 ようじ

22 あたたかくなってきたので、木にもあたらしい＿＿＿がたくさんはえてきました。

1 は　　2 つち　　3 くさ　　4 くも

23 えんそくのおべんとうは＿＿＿＿がいいです。

1 ラジオ　　2 サンドイッチ
3 オートバイ　　4 テキスト

24 ＿＿＿＿かいぎしつにはいっていったのは、いとうさんですか。

1 このごろ　　2 あとは　　3 さっき　　4 これから

25 そんなにおこって＿＿＿＿いないで、たのしいことをかんがえましょうよ。

1 まま　　2 だけ　　3 おかげ　　4 ばかり

もんだい4　＿＿＿＿のぶんとだいたいおなじいみのぶんがあります。1・2・3・4からいちばんいいものを一つえらんでください。

26 <u>こうこうせいのあには、アルバイトをしています</u>。

1 あには何もしごとをしていません。
2 あにはかいしゃいんです。
3 あにはときどきしごとに行きます。
4 あには、まいにち朝から夜まではたらいています。

27 <u>わたしがるすの時に、だれか来たようです</u>。

1 わたしが家にいない間に、だれか来たようです。
2 わたしが家にいる時、だれか来たようです。
3 わたしが家にいた時、だれか来たようです。
4 わたしが家にいる間に、だれか来たようです。

28 ほうりつとぶんがく、りょうほう勉強することにしました。

1 ほうりつとぶんがく、どちらも勉強しないことにしました。

2 ほうりつかぶんがくを勉強することにしました。

3 ほうりつとぶんがくのどちらかを勉強することにしました。

4 ほうりつとぶんがく、どちらも勉強することにしました。

29 だいがくの友達からプレゼントがとどきました。

1 だいがくの友達はプレゼントをうけとりました。

2 だいがくの友達がプレゼントをおくってくれました。

3 だいがくの友達へプレゼントをおくりました。

4 だいがくの友達にプレゼントをあげました。

30 しらせをうけて、母はとてもよろこんでいます。

1 しらせをうけて、母はとてもさわいでいます。

2 しらせをうけて、母はとてもおどろいています。

3 しらせをうけて、母はとてもびっくりしています。

4 しらせをうけて、母はとてもうれしがっています。

もんだい５　つぎのことばのつかいかたでいちばんいいものを１・２・３・４から一つえらんでください。

31　ふくしゅうする

1　２ねんせいがおわるまえに、３ねんせいでならうことをふくしゅうします。

2　今日ならったことは、家にかえって、すぐふくしゅうします。

3　らいしゅうべんきょうすることをふくしゅうしておきます。

4　あした、がっこうであたらしいぶんぽうをふくしゅうします。

32　なかなか

1　10ねんかかったじっけんが、ことしなかなかせいこうしました。

2　そらもくらくなってきたので、なかなかかえりましょうよ。

3　いとうさんなら、もうなかなかかえりましたよ。

4　いそがしくて、なかなかおはなしするきかいがありません。

33　かみ

1　なつになったので、かみをきろうとおもいます。

2　ごはんをたべたあとは、かみをきれいにみがきます。

3　ちいさいごみがかみにはいって、かゆいです。

4　がっこうへ行くときにけがをしました。かみがいたいです。

34　おく

1　かぜをひいて、ねつが40おくちかくまででました。

2　えきのとなりのデパートをたてるのに３おくかかったそうですよ。

3　わたしのきゅうりょうは、1カ月だいたい30おくあります。

4　さかなやでおいしそうなイカを３おくかいました。

35 ひろう

1 もえないごみは、かようびのあさにひろいます。

2 すずきさんがかわいいギターをわたしにひろってくれました。

3 がっこうへいくとちゅうで、500えんひろいました。

4 いらなくなったほんは、ともだちにひろうことになっています。

もんだい１　＿＿＿のことばはどうよみますか。１・２・３・４からいちばんいいものを一つえらんでください。

1　わからなかったところをいまから<u>復習</u>します。

1　ふくしょう　　2　ふくしゅう　　3　ふくしゅ　　4　ふくしょお

2　おおきな音に<u>驚いて</u>、いぬがはしっていきました。

1　おとろいて　　2　おどろいて　　3　おどるいて　　4　おどらいて

3　ベルがなって電車が<u>動き</u>だしました。

1　うごき　　2　ゆごき　　3　うこき　　4　うこぎ

4　<u>再来週</u>、柔道の試合がありますから頑張ってれんしゅうします。

1　さいらいしゅ　　2　さえらいしゅう

3　さらいしゅう　　4　さらいしょう

5　<u>祖父</u>は昔、しんぶんしゃではたらいていました。

1　そひ　　2　そふ　　3　そぼ　　4　そふぼ

6　世界のいろんなところで<u>戦争</u>があります。

1　せんそ　　2　せんぞう　　3　せんそお　　4　せんそう

7　母はとなりのお寺の木をたいせつに<u>育てて</u>います。

1　そたてて　　2　そだてて　　3　そうだてて　　4　そったてて

8 かいしゃの事務所に泥棒が入ったそうです。

1 どろほう　　2 どろぼ　　3 どろぽう　　4 どろぼう

9 いとうさんは非常に熱心に発音のれんしゅうをしています。

1 ひっじょう　　2 ひじょ　　3 ひじょう　　4 ひしょう

もんだい２　＿＿＿のことばはどうかきますか。１・２・３・４からいちばんいいものを一つえらんでください。

10 かれはしんせつだし、優しいし、クラスのにんきものです。

1 新切　2 真切　3 親窃　4 親切

11 台風のせいで、水道もでんきもとまってしまいました。

1 電機　2 電気　3 電池　4 電器

12 しょうらい、法律にかんする仕事をしたいとおもっています。

1 将來　2 将来　3 未来　4 蒋来

13 この問題ちょっとふくざつですから、みなでかんがえましょう。

1 複雑　2 复雑　3 複雑　4 復雑

14 おおきな地震が起きて、たくさんの家がこわれました。

1 割れました　2 壊れました　3 崩れました　4 破れました

15 海岸のちかくはきけんですから、一人でいってはいけませんよ。

1 危剣　2 危険　3 危倹　4 棄験

もんだい３　（　　　）になにをいれますか。１・２・３・４からいちばん　いいものを一つえらんでください。

16　ふるいじしょですが、つかいやすいし、とても＿＿＿＿。

1　だします　　2　やくにたちます
3　みつかります　　4　ひらきます

17　はるになると、あのこうえんにはきれいなはながたくさん＿＿＿＿。

1　のびます　　2　でます　　3　さきます　　4　あきます

18　このいしは、せかいにひとつしかないとても＿＿＿＿ものです。

1　ほそい　　2　めずらしい　　3　うれしい　　4　ほしい

19　15＿＿＿＿3は5です。

1　たす　　2　ひく　　3　かける　　4　わる

20　こたえがわかるひとは、てを＿＿＿＿くださいね。

1　あけて　　2　たって　　3　たてて　　4　あげて

21　あそこでたのしそうに＿＿＿＿のが、わたしのおにいちゃんです。

1　はしっている　　2　おこっている　　3　しっている　　4　わかっている

22　おいしゃさんに、らいしゅうには＿＿＿＿できるといわれました。

1　たいいん　　2　そつぎょう　　3　ていいん　　4　にゅうがく

23 いもうとのけっこんしきには、＿＿＿＿をきていくつもりです。

1　もめん　　2　くつした　　3　きもの　　4　ぼうし

24 ＿＿＿＿のじゅぎょうでは、よくじっけんをします。

1　ぶんがく　　2　ほうりつ　　3　けいざい　　4　かがく

25 ぼくの＿＿＿＿は、しゃちょうになることです。

1　ほし　　2　ゆめ　　3　そら　　4　つき

もんだい４　＿＿＿＿のぶんとだいたいおなじいみのぶんがあります。１・２・３・４からいちばんいいものを一つえらんでください。

26 いもうとは、むかしから体がよわいです。

1 いもうとはむかしから、とても元気です。

2 いもうとはむかしから、ほとんどかぜをひきません。

3 いもうとはむかしから、よくびょうきをします。

4 いもうとはむかしから、ほとんどびょういんへ行きません。

27 もうおそいですから、そろそろしつれいします。

1 もうおそいですから、そろそろ寄ります。

2 もうおそいですから、そろそろむかえに行きます。

3 もうおそいですから、そろそろ来ます。

4 もうおそいですから、そろそろ帰ります。

28 ぶたにくいがいは、何でもすきです。

1 どんなにくも、すきです。

2 ぶたにくだけ、すきです。

3 ぶたにくだけはすきではありません。

4 ぶたにくもほかのにくも何でもすきです。

29 木のしたに、ちいさなむしがいました。

1 木のしたで、ちいさなむしをみつけました。

2 木のしたで、ちいさなむしをけんぶつしました。

3 木のしたで、ちいさなむしをひろいました。

4 木のしたに、ちいさなむしをおきました。

30 だいたいみっかおきに、家に電話をかけます。

1 だいたい毎月みっかごろに、家に電話をかけます。

2 だいたい１週間に２かい、家に電話をかけます。

3 だいたい１日に２、３かい、家に電話をかけます。

4 だいたい３時ごろに、家に電話をかけます。

もんだい５　つぎのことばのつかいかたでいちばんいいものを１・２・３・４から一つえらんでください。

31　へん

1　テレビのちょうしがちょっとへんです。

2　くすりをのんでから、ずいぶんへんになりました。よかったです。

3　このふくはへんで、つかいやすいです。

4　すずきさんはいつもとてもへんにいいます。

32　たおれる

1　ラジオが雨にぬれてたおれてしまいました。

2　コップがテーブルからたおれました。

3　今日はみちがたおれやすいので、気をつけてね。

4　だいがくのよこの大きな木が、かぜでたおれました。

33　きっと

1　太郎くんがきっとてつだってくれたので、もうできました。

2　４年間がんばって、きっとだいがくにごうかくしました。

3　私のきもちはきっときめてあります。

4　きっとだいじょうぶだから、そんなにしんぱいしないで。

34 ねだん

1 がいこくでは、おみせの人にすこしねだんをあげるそうです。

2 こまかいねだんは、こちらのさいふに入れています。

3 がんばってはたらいても、1カ月のねだんは少ないです。

4 気にいりましたので、ねだんがたかくてもかおうと思います。

35 しょうたいする

1 らいげつのしけんにしょうたいしてください。

2 じょうしから、あすのかいぎにしょうたいされました。

3 だいがくのともだちをけっこんしきにしょうたいするつもりです。

4 ちょっとこっちにきて、このさくひんをしょうたいなさいませんか。

第一回

問題 1

1 3	2 4	3 4	4 3	5 1
6 1	7 3	8 3	9 2	

問題 2

10 2	11 2	12 3	13 2	14 3
15 1				

問題3

16 1	17 3	18 4	19 3	20 4
21 4	22 3	23 2	24 3	25 1

問題4

26 3	27 3	28 2	29 2	30 4

問題5

31 4	32 2	33 4	34 2	35 3

第二回

問題 1

1 2	2 1	3 2	4 3	5 2
6 2	7 4	8 2	9 1	

問題 2

10 3	11 4	12 1	13 3	14 2
15 1				

問題3

16 4	17 2	18 2	19 3	20 4
21 4	22 1	23 2	24 3	25 4

問題4

26 3	27 1	28 4	29 2	30 4

問題5

31 2	32 4	33 1	34 2	35 3

第三回

問題 1

1 2	2 2	3 1	4 3	5 2
6 4	7 2	8 4	9 3	

問題 2

10 4	11 2	12 2	13 1	14 2
15 2				

問題3

16 2	17 3	18 2	19 4	20 4
21 1	22 1	23 3	24 4	25 2

問題4

26 3	27 4	28 3	29 1	30 2

問題5

31 1	32 4	33 4	34 4	35 3

絕對合格 特效藥

影子跟讀 標重音

日檢精熟單字

[25K＋QR碼線上音檔]

【自學制霸 07】

■ 發行人　林德勝

■ 著者　吉松由美、林勝田、山田社日檢題庫小組

■ 出版發行　山田社文化事業有限公司
臺北市大安區安和路一段112巷17號7樓
電話　02-2755-7622
傳真　02-2700-1887

■ 郵政劃撥　19867160號　大原文化事業有限公司

■ 總經銷　聯合發行股份有限公司
新北市新店區寶橋路235巷6弄6號2樓
電話　02-2917-8022
傳真　02-2915-6275

■ 印刷　上鎰數位科技印刷有限公司

■ 法律顧問　林長振法律事務所　林長振律師

■ 書＋QR碼　定價　新台幣 435 元

■ 初版　2024年3月

© ISBN：978-986-246-814-2